U0088919

古典文獻研究輯刊

四　編

曾　永　義　主編

第 16 冊

元雜劇情節單元與故事類型研究

劉　淑　爾　著

國家圖書館出版品預行編目資料

元雜劇情節單元與故事類型研究／劉淑爾 著 -- 初版 -- 新北
市：花木蘭文化出版社，2012〔民101〕

序 2+ 目 2+240 面；19×26 公分

（古典文學研究輯刊　四編：第 16 冊）

ISBN：978-986-254-765-6（精裝）

1. 元雜劇 2. 戲曲評論

820.8　　　　　　　　　　　　　　　101001741

ISBN-978-986-254-765-6

9 789862 547656

古典文學研究輯刊
四　編　第十六冊　　　　　　ISBN：978-986-254-765-6

元雜劇情節單元與故事類型研究

作　　者　劉淑爾
主　　編　曾永義
總 編 輯　杜潔祥
出　　版　花木蘭文化出版社
發 行 所　花木蘭文化出版社
發 行 人　高小娟
聯絡地址　新北市永和區中正路五九五號七樓
　　　　　電話：02-2923-1455／傳真：02-2923-1452
網　　址　http://www.huamulan.tw 信箱 sut81518@ms59.hinet.net
印　　刷　普羅文化出版廣告事業
初　　版　2012 年 3 月
定　　價　四編 32 冊（精裝）新台幣 52,000 元
版權所有・請勿翻印

元雜劇情節單元與故事類型研究

劉淑爾　著

作者簡介

劉淑爾，國立政治大學中文系畢業，中國文化大學中國文學研究所碩士、博士。現為國立勤益科技大學基礎通識教育中心副教授。研究領域以「民間文學」為主軸，如〈從中彰民間文學的神明傳說故事觀其民間信仰思維〉、〈整合性課程在通識教育中的建構與效能——以「民間文學」課程為例〉、〈灰姑娘型故事的共同性與差異性析論〉……等都是有關這個領域的研究。而本書《元雜劇情節單元與故事類型研究》，則是作者嘗試以民間文學研究中相當普遍被使用的分析單元——「情節單元」與「故事類型」，應用在元雜劇中所做的分析探討。

提　　要

　　本論文採用民間故事的研究領域中已世界通用的 AT 分類法為基礎，再以分類歸納的方法，將所研究之原始資料——《全元雜劇初編、二編、三編、外編》之劇目的「情節單元」分門別類，並將成故事類型與不成故事類型的劇目作一區別，再以比較分析的方式，論述各故事類型的特色，並探索其相互結合的內蘊意義。以期建立元雜劇的「情節單元」與「故事類型」之研究的初步系統，使元雜劇的故事情節與它類或它國的故事情節，得以有相互比較的憑藉，並為比較文學的研究有更深廣的認知而獻力。

　　本論文研究結構主要分為五大章，第一章緒論，主要在介紹元雜劇及元雜劇觀眾群之來源的主要特性及本論文的研究方向、目的與撰寫方法。第二章有「情節單元」之元雜劇則分為四節，第一節主要在說明「情節單元」的定義，以及各類別之「情節單元」的分佈情形；第二節則陳述具有「情節單元」之元雜劇的實際分類情形；第三節則分為主題顯現的焦點、人物形象的強化、內容發展的高潮、劇本結構的骨架等四個單元來敘述「情節單元」在劇本中的運用意義；第四節則分成觀眾身分的基層性、行為思慮的講智慧、鬼魂迷思的深滲透、宗教信仰的奇幻性、人倫道德的世俗化、情節單元的社會價值及其它等六個單元來敘述「情節單元」與元雜劇觀眾之反饋訊息。第三章成「故事類型」之元雜劇亦分為四小節，第一節敘述戲曲之分類型態，先敘前人對戲曲分類與批評的幾種主要方式及優缺點，再述「故事類型」的定義及運用；第二節陳述可以成「故事類型」之元雜劇的實際分類；第三節述各類「故事類型」與「情節單元」的結合情形；第四節述元雜劇各「故事類型」的發展與特色。第四章無「情節單元」及不成「故事類型」之元雜劇也分為四節，第一節敘述此類劇目之生成及存在的因素，第二節述無「情節單元」及不成「故事類型」之元雜劇的實際分類。第三節述此類劇目的內容路線，第四節述此類劇目的文化意義。第五章為結論—— 一個新途徑的嘗試與開展，則在說明本論文的研究成果。

目
次

自 序

　　對元雜劇會保有閱讀的興趣，首先要感謝大學時代的戲曲老師顏師天佑教授對我的教導，然而，對元雜劇產生深入研究的意念，則是上了研究所博士班的事，這其中又以八十一學年度的「民間文學研究」與八十二學年度的「元雜劇研究」這兩門課程，對我產生了最關鍵性的影響。前者開啟我對中國文學探討的一些新觀念與新視野，後者則不僅讓我選定了論文題目，同時也對我的論文撰寫有著實際的助益，而這些收穫都要感謝指導教授金師榮華的帶領。

　　上「元雜劇研究」這一門課時，在整整的一個學年裡，於老師的引導下，我們以民間故事的「情節單元」及「故事類型」的觀念嘗試對元雜劇做重新的整理，在整理中我得到了許多來自老師與同學們的寶貴糾正與啟發，這些都對我在掌握論文之"實際分類"的正確性上有著莫大的助益，所以，本論文對元雜劇之「情節單元」與「故事類型」的歸納整理能夠完成，首先要感謝吾　師金教授榮華的啟迪，同時亦感謝於當時與我同修「元雜劇研究」之同學們的腦力激盪。

　　從論文題目的選定、架構的安排、文字的斧正，始終得到指導教授的悉心指導，使我獲益良深，衷心感激；另外，邱老師燮友、皮老師述民、傅老師錫壬、沈老師謙在論文審查時也提供了許多寶貴的意見，對我論文的修改及未來的研究工作多有啟發及助益，在此亦敬致我衷誠的謝意。而論文撰寫期間，亦要謝謝外子及家人對我的全力支持，乃能使我在煩忙的工作下，還能有一些小小的成績。論文於今能如期順利完成，實衷心地感謝這些曾教導我、幫助我及關懷我的人。

中華民國八十五年六月
劉淑爾謹誌於台中太平

第一章　緒論——來自民間並歸向民間的元雜劇

　　「中國眞正的戲曲，始自元代的雜劇。雜劇的產生，在中國的戲曲史上，成立了一個新紀元。但這種雜劇，並不是偶然出現的，也不是一兩個天才作家所創造出來的。它是在前代各種講唱文學和舞曲歌詞的基礎上，在民間漸漸演化而成的。」〔註1〕因此，不管是就雜劇表演體制的形成，或是雜劇內容的來源，來自民間的化育是最重要的源頭。並且，元雜劇雖是文學中的一種，但它卻持有獨特的性質，它的生命是與群眾結合在一起的。一個劇本，如果不在舞台上表演，沒有大量的觀眾來參加，它便失去了生命，因此，廣大的市民觀眾，又成了元雜劇的主要支持者。就這個關係而言，我們可以說：元雜劇來自民間又歸向民間。

　　近人王國維在其《宋元戲曲考》序中曾對元雜劇提出這樣的讚美與感嘆：「凡一代有一代之文學：楚之騷，漢之賦，六代之駢語，唐之詩，宋之詞，元之曲，皆所謂一代之文學，而後世莫能繼焉者也。獨元人之曲，爲時既近，託體稍卑，故兩朝史志與《四庫》集部，均不著於錄；後世儒碩，皆鄙棄不復道。」最能成爲元代文學代表的確實是元曲——尤其是元雜劇，然而比起楚騷、漢賦、唐詩、宋詞而言，元雜劇具有更鮮明及普遍性的時代精神。因爲它所代表的不僅僅是某一代的知識分子文學，而是廣大的市民文學，它有著騷、賦、詩、詞所缺乏的濃厚民間味，而這也應是「後世儒碩」所鄙棄不道的最重要原因罷！然而，元雜劇畢竟在民間的曠野綻放出美麗的花朵。時

〔註1〕　《校訂本中國文學發展史》，劉大杰著，華正書局，1983，頁787。

至今日，我們對元雜劇的研究與重視，早已拋開了舊有的錯誤成見——不再對它鄙棄不復道，而是傾注了很多的心力，企圖對它的各方面都能有更深入的瞭解，所以，有關元雜劇的研究著作便在這種正確觀念的引導下大量產生，在這些著作中，有許多確實給了我們幫助，對於這些精勤研究者的奉獻，實值得讓每一位走在這條探索路上的人致上由衷的謝意。然而，就在後人踩著前人腳印的同時，一些不必要的拘泥與偏頗卻也伴隨而至，並且可能在不自覺的狀況下愈陷愈深，因而，為了有更新視野的開發（其實是舊有面貌的更清晰復原），拋開拘泥與偏頗，另尋一新的門徑，是值得一試的。

而新的門徑尋覓要從何處開啓？我想從元雜劇的來源與歸向——民間，會是一個好的選擇，這也是本論文藉助於民間文學研究方式的原因。在近代有關元雜劇的研究論著中，多數對元雜劇的研究方向與對漢賦、唐詩等知識分子文學的研究方向是沒有差別的，比如對劇本曲詞的研究、對單一作家的研究、對單一劇本的研究，當然這些研究還是有所助益的，因為每一位元雜劇作家也如同知識分子文學的每一位作家一樣——為自己的每一作品傾注心力，所以元雜劇的每一位作家、每一部作品也都是值得深入探究的。然而，元雜劇又與傳統的知識分子文學有著很大的不同——基本上，它是為下層平民提供服務的，它的內容基本上必須是大眾化的，因為元雜劇不只是文學，更重要的，它是鮮活的廣場性藝術，它必須廣受平民大眾的喜愛。因此，研究元雜劇如果也只是像研究傳統的知識分子文學一樣來研究它，那是不夠的，因為那廣大的平民百姓——那劇本背後的幕後老闆，對元雜劇所產生的影響，也常會在這樣的情況下受到忽視。元雜劇在傳統的文學地位中，曾因它那濃厚的民間文學性而遭受鄙夷，而今天我們的努力，則是要在相同的地方為它回復美麗的面貌。本論文的撰寫也是為著這個目的。

從民間文學這個角度來論述元雜劇的，本人並不是第一個從事者，香港的譚達先先生在他的《民間文學與元雜劇》及《民間文學·元雜劇·講唱文學·》二書中對論述元雜劇向民間文學的語言及作法吸取營養的情形，已有頗精詳的見解，這是二書最主要的貢獻。不過，致力於民間文學研究的譚先生，仍以民間文學為主軸來論述，在書裡，我們可以清楚地看見民間文學的各種語言及作法出現在許多的元雜劇中，給元雜劇以營養並對元雜劇產生重要的影響，但反過來看，每一部元雜劇、甚或龐大的元雜劇系統存在著多少民間文學內容？而這些內容特質又賦予元雜劇什麼樣的意義？則是這兩書比

較缺乏的。所以本論文的撰寫是以元雜劇為主軸，再借助於民間文學的研究方法，對整個元雜劇的民間性作一番重新的審視，以期對元雜劇在這方面的瞭解能有一些小小的貢獻。

　　本論文的題目是「元雜劇情節單元與故事類型研究」，至今還有多少元雜劇的劇本留存各家仍有不同的意見，本論文並不涉及這項考證，但像這樣的研究總會牽涉到底本問題，我則必須對我所用的元雜劇底本提出說明，本論文所採用的是由楊家駱先生所主編、世界書局所印行的《全元雜劇初編、二編、三編、外編》這四部書，共計三十二冊，其中刪除同一劇目但不同版本的劇本，內共含二百一十二個元雜劇劇本，採用此書作為研究底本的主要原因乃是因為它的完整與普遍性，有利於研究的完整，亦有利於在這方面有興趣的人可做再次的審視與查驗，所以，雖然裡面有少數的劇目，有些研究者認為應是明代的作品，但因本論文的研究，在整體性中亦有個別性──對每一個單一劇本裡所包含的民間性內容如何，在本論文每一章節之"實際分類"的這一單元中都有個別的說明。我如果多做了幾個不是元代的作品，對整個論文研究結果的正確性並不會有太大的影響，基於這些考量，所以就採用了這一套書作為研究的基礎。而論文題目裡「情節單元與故事類型研究」的涵意則是必須說明的。「情節單元」與「故事類型」──這兩者都是在民間故事研究中的重要基礎。而對民間故事的研究，西洋學者的起步比我們早，因而有許多重要的基礎是在他們手中建立的，就以民間故事的研究而言，「情節單元」與「故事類型」的分類是有一套國際認可的系統歸類編號，「情節單元」的分類以美國學者湯普遜（Stith Thompson）的《民間文學情節單元分類索引》（Motif-Index of Folk-Literature）為觀念基礎，而「故事類型」的分類則是以阿爾奈（Antti Aarne）和湯普遜兩位學者所建立的 AT 分類法為原則，本論文因借助於民間故事的這兩項研究觀念，所以所採用的也是湯氏所建立的一系列分類原則，以利於新資料建立的可流通性，以及來日其他研究者的比較研究。

　　「情節單元」及「故事類型」的定義是什麼，將在往後的專章裡做詳細的論述，在此就不多做說明，但為什麼要借助於這兩項研究方式，則必須先做說明。鍾敬文先生在中譯本的《中國民間故事類型索引》（丁乃通著）一書的序裡對「故事類型」的編著原則及其功用有相當精要的說明：「我們所理解和要求的故事學，主要是對故事這類特殊意識形態的一種研究。它首先把故

事作爲一定社會形態中的人們的精神產物看待。研究者聯系著它產生和流傳的社會生活、文化傳承，對它的內容、表現技術以及演唱的人和情景等進行分析、論證，以達到闡明這種民眾文藝的性質、特點、形態變化及社會功用等的目的。類型索引的編著乃至根據這種觀點、方法的探索，一般比較不重視故事思想內容和藝術特點等的分析和闡明。它的注意力比較集中於故事梗概的共同點及相異點，比較重視探究故事的流變過程和原始形態。〔註2〕」本論文所走的也是這樣的研究方向——注重劇作之故事的梗概，注重這故事所產生的社會生活形態，乃至於在這個社會生活形態中的人們。說的更簡明些，就是要借助這樣的研究能更瞭解元代的平民大眾——那些劇本的幕後老闆。瞭解他們的文化傳承、他們的意識形態，乃至於瞭解他們對元雜劇所產生的種種影響。

然而，元雜劇雖然與平民大眾這樣地接近，但終究它仍不是民間文學，它仍存在作家個人的智慧與獨創性，並不能與民間故事同等看待，所以上述的那兩項研究並不能夠直接套用，在運用之前必須對元雜劇的每一個劇本內容做重新整理——去掉作家的文學性修飾、思想性內容等，簡明扼要而完整的整理出劇情的大要，才能夠繼續那兩項研究分類的進行，這項基礎性工作的完成，實得力於指導教授金師榮華所開之兩門課程的觀念引導與訓練，一是八十一學年度的「民間文學研究」，一是八十二學年度的「元雜劇研究」，尤其後者對我的幫助最大，在整整的一個學年裡，於老師的引導下，我們以民間故事的「情節單元」及「故事類型」的觀念嘗試著對元雜劇做重新的整理，在整理中我得到了許多來自老師與同學們的寶貴糾正與啟發。於今，我已將這項歸納分類的基礎工作全部整理完成，並依其特性置於各章之"實際分類"的單元中，而這些歸納與分類的結果，便是本論文的論述依據與源頭。另外，爲了讀者檢閱的方便，則製作了「《全元雜劇》情節單元與故事類型檢索總表」置於附錄中。

基礎的歸納分類工作完成後，我把整個經過整理的《全元雜劇》分爲三個主要部來論述——一是有「情節單元」的元雜劇，二是有「故事類型」的元雜劇，三是無「情節單元」及不成「故事類型」的元雜劇。在第一個部分中，我首先說明「情節單元」在民間故事運用中的定義，並述及我是如何在

〔註2〕《中國民間故事類型索引》，丁乃通著，北京：中國民間文藝出版社，1986.07，
　　　鍾敬文序頁6。

每一篇元雜劇中去求得「情節單元」的，以使閱讀者能清楚明白「情節單元」的意義而不致於和一般文學裡所謂的「情節」相混淆，在定義清楚之後，再進一步依照「情節單元」所提供的線索，試著去探究與分析「情節單元」對元雜劇這個市民廣場性藝術提供了什麼有效的支助，同時也藉著「情節單元」為線索，去瞭解元代市民大眾的社會生活、文化傳承、意識形態等，以及因市民大眾的意識形態等種種因素對元雜劇所產生的影響。第二部分的論述，則先對前人對元雜劇的分類做介紹，再說明「故事類型」的定義，進而對元雜劇之各「故事類型」與「情節單元」的結合情形做一番述說，並探討元雜劇之各類「故事類型」的發展與特色。最後一部分，則在探討元雜劇是以什麼獨特藝術手法及劇情內容使元雜劇可以有無「情節單元」及不成「故事類型」的劇本存在。

　　元雜劇的民間文學性，在思想、內容及藝術特點上，都涉及不少方面的複雜問題，本文並不能夠完全一一解決，但「情節單元」與「故事類型」——這借助於民間故事的研究方法，在對瞭解元代市民觀眾對元雜劇所產生的種種影響，則或許有深刻的幫助。願本文的研究，對這來自民間又歸向民間的元雜劇能有一些小小的貢獻。

第二章　具有「情節單元」之元雜劇

第一節　「情節單元」之定義與類別

　　「情節單元」（motif）〔註1〕一詞，在「民間故事」的研究中，是指「故事」構成的最基本要素，也是「故事」分析中不可再分析的最小單位，所有可稱之爲「故事」的，至少都必須有一個極基本的「情節單元」。而形成「情節」的要件，則必須是一不尋常的、有趣的、令人意想不到、或值得一提的事件：通常它以行爲、行動爲核心——包含行爲的本身不尋常（如：死而復活、人變老虎）、行爲的發生者不尋常（如：聚寶盆、鳥雀助人分穀）、行爲的結果或影響不尋常（如：繡球招親、假新娘）等；亦或是不以行爲、行動爲核心的靜態異象（如：三腿驢、九尾豹）。因此，一般性的、通常性的事件敘述，縱使是洋洋千言，也不能成爲「故事」；必須具有這種值得一提的非常通常性「情節單元」，才能構成「故事」。

　　目前，在各種民間故事的「情節單元」整理分類中，以美國學者湯普遜（Stith Thompson）所完成的《民間文學情節單元索引》〔註2〕一書，最具國際性及普

〔註1〕Motif 一詞的翻譯，參考金榮華《六朝志怪小說情節單元分類索引》（中國文化大學中文研究所，民國 73 年）之序文。亦有人翻成「母題」或「子題」，但都不能掌握此詞的涵義，就實際所指，「Motif」一詞，仍以稱作「情節單元」最爲適當。

〔註2〕Stith Thompson.《Motif-Index of Folk-Literature》. Revised and enlarged edition. Bloomington: Indiana University Press, 1955, 6 vols.湯氏於 1932～1936 年間完成此書，後來他又陸續對此書作了大規模的增訂，於 1955 年此書已增訂爲六冊出版。

遍性。雖然，此書在歸納排列上仍有一些不妥或顯得瑣碎的瑕疵，〔註3〕但因此書不僅是最早將民間文學情節單元做較全面性地細加分類的著作，同時此書所收錄的範圍又極其廣泛，〔註4〕以其內涵具備國際性及廣泛性，所以仍是各國致力於「情節單元」分類者的基本依據，亦是從事比較文學工作者的一本十

〔註3〕 在此書中，每一個情節單元都有一個編號，在這個號碼之下，各國民間文學中相同的情節單元都放在一起。使用者很快可以查知：某個情節單元是否別國也有；或是在那些國家的故事裡也有。湯普遜歸納情節單元的方式是：將情節單元分為二十三個大類，每大類以A、B、C、D等字母表示（未使用之三字母為I、O、Y）。大類之中，各分若干次大大類，次大類下又分支類，支類之下再列細目：各類各目之情節單元都有一個號碼，號碼採用有小數點的方式，以利有新的情節單元時在適當之處插入。湯普遜所分之二十三大類的內容及秩序依金師榮華之翻譯如下：

    A 0-2899.   神話、諸物起源（Mythological Motifs）
    B 0-899.   動物（Animals）
    C 0-999.   禁忌（Tabu）
    D 0-2199.   變化、法術、法寶（Magic）
    E 0-799.   鬼、亡魂（The Dead）
    F 0-1099.   奇人、奇事、奇物（Marvels）
    G 0-699.   妖魔精怪（Ogres）
    H 0-1599.   考驗、檢定（Tests）
    J 0-2799.   聰明人、傻瓜（The Wise and the Foolish）
    K 0-2399.   機智、欺騙（Deceptions）
    L 0-499.   天命無常、事有意外（Reversal of Fortune）
    M 0-499.   預言未來（Ordaining the Future）
    N 0-899.   好運、壞運（Chance and Fate）
    P 0-799.   社會（Society）
    Q 0-599.   獎勵、懲罰（Rewards and Punishments）
    R 0-399.   捕捉、拯救、逃亡（Captives and Fugitives）
    S 0-499.   乖戾、殘忍（Unusual Cruelty）
    T 0-699.   婚姻、生育（Sex）
    U 0-299.   生活的本質（The Nature of Life）
    V 0-599.   宗教（Religion）
    W 0-299.   個性的特點（Traits of Character）
    X 0-1899.   幽默（Humor）
    Z 0-599.   其他（Miscellaneous Group of Motifs）

歸納排列之不妥或瑕疵，請參考金榮華〈對湯普遜「民間文學情節單元索引」中歸類排列的幾點商榷〉（漢學研究第八卷第1期）

〔註4〕 湯普遜的《民間文學情節單元索引》一書收錄範圍極廣：在文學形式方面，除民間故事外，也包括了神話、傳說、寓言、笑話、故事歌謠等記錄；在流傳地區方面，涵蓋了亞州、歐州、南北美洲、非洲各國的材料；在採集時間方面，則是古今作品兼容並取。

分重要的參考書。

　　茲因研究元雜劇——這個需群眾支持的戲曲文學。爲了想更深入瞭解這支持主力的「民間觀眾」與雜劇之間的多重交互關係，便思尋找一適當的研究方式及觀點切入，以期爲上述問題求得更圓滿的闡釋，我便嘗試運用了在民間文學研究中已被廣泛應用的「情節單元」分析法。

　　就創作者與觀賞者的關係而言，元雜劇算是已相當接近民間的市民文學〔註5〕，然而比起那些以口傳爲傳播途徑的「民間故事」而言，元雜劇的民間性則又遜一疇，又因兩者間的傳播憑藉形式有所不同——一爲以舞台演出的劇本，一爲口耳相傳的故事；因形式之異，內容走向亦有所不同。因此，我在應用「情節單元」分析時，便斟酌了元雜劇的內容，參考湯普遜的分類方式，把元雜劇的「情節單元」內容重新分爲十四大類，茲依順序敘述如下：一、天象類。二、神仙類。三、鬼魂類。四、變化類。五、法術類。六、奇物（人、事）類。七、動物類。八、夢兆類。九、人倫類。十、機智、欺騙類。十一、命運類。十二、乖戾、殘忍類。十三、字謎、隱語類。十四、報應類。而這十四類之「情節單元」的內容分布情形，則在本章之第二節中會有清楚的敘述。

　　然而劇本和民間故事存在的條件並不相同，民間故事之所以成爲「故事」，「情節單元」是絕對必要的條件，但就劇本而言，「情節單元」雖是重要的條件，但卻不是絕對條件——相對於西方的悲劇，對中國的戲曲而言更是如此。形成劇本內容的要素，尚包括形象、性格、言詞、歌曲與思想等，也有他們展現的機會與地位。因此有些戲曲的表現高潮是在歌曲的優美、言詞的幽默、性格的獨特……等，所以一般研究著作中所謂的「情節」高潮，有

〔註5〕就創作者與觀賞者（閱讀者）的關係而言，全面性的中國文學應包含三大類：知識份子文學、市民文學、民間文學。知識份子文學：又稱爲士大夫文學或雅文學。此種文學，是知識份子「言志」的作品，如離騷、唐詩之類等即是，這類文學的閱讀者亦同屬知識份子，所以是知識份子寫給知識份子看的文學。
市民文學：又稱爲通俗文學；所謂市民，是在工商業發展之後的小市民——他們認識一些字，但又不能達到成爲文學家的水準。而通俗的市民文學，便是這些小市民的重要精神食糧與娛樂，因此，此類作品通常是士大夫「降格」以作，換言之，也就是知識份子寫給小市民看的文學（但它也可以雅俗共賞），如水滸傳、三言二拍等，因此此類作家通常不希望、也不願意出名。
民間文學：又稱爲口傳文學或農民文學。此類作品是最早的文學作品，如神話、傳說等即是。它以口耳相傳爲憑藉，創作者同時是傳播者也是欣賞者，因此原始的初民、或是廣大的民間百姓，都能成爲此類文學的作者與讀者。

時是含混地包含了上述的這些要素，便與本文中所言的「情節單元」有所不同，這是必須事先說明的。

　　就現存的元雜劇劇本而言，並不是所有的劇本都是有「情節單元」的，約有三之一的劇本是無「情節單元」的，佔有不輕的比例地位。因其存在，我們在探究上就有瞭解的必要，相對的，也因其存在，提供了我們在探究上的線索。而屬於這一部分的研探，則於後另闢專章加以探討，在此章便不多作說明。

第二節　具有「情節單元」之劇本的實際分類

　　原始資料的重新閱讀，為求完整與普遍，是以《全元雜劇初編、二編、三編、外編》（楊家駱主編・世界書局印行）四套書為依據，這四套書中去除不同版本的相同劇目，共收了 212 篇不同劇本（初編 83 篇、二編 25 篇、三編 43 篇、外編 61 篇），經過重閱與歸類，發現並不是所有的劇本都有「情節單元」──約有三分之一強的劇本是無「情節單元」的，這一部分的歸納分類，將在第四章中再做說明，而「有情節單元」的元雜劇，其「情節單元」的實際分類情形及劇情大要，便是本節的主要內容，將依特性及閱讀之方便，敘述如下。

一、元雜劇之「情節單元」的分類歸納表

表格一：以「情節單元」為中心之分類表

　　1、此表格易於得知某一個「情節單元」究竟有多少劇目使用。

　　2、此表格易於瞭解某一大類之「情節單元」的多寡及其細類名稱。

　　3、此表格中「劇目之篇名」後的數碼，前一個數字 1、2、3、4 分別代表《全元雜劇》之初編、二編、三編、外編，後面的數字則代表各編中之第某篇。例如「1-5」表示在《全元雜劇初編》中的第 5 篇中可以找到這個劇目的原文。

　　4、此表格中「劇情大要之頁碼」的標示，則是指這一個劇目的劇情大要可以在本論文中的第某頁中查閱。

情節單元類別及名稱	劇目之篇名	劇情大要之頁碼
1. 天象類　六月飛雪 冬變春使桑樹結果（1）	感天動地竇娥冤 1-5	P71
	降桑椹蔡順孝母 1-59	P54
2. 神仙類 爲惡遭神罰（2）	徐伯株貧富興衰記 4-47	P58
神懲罰惡者爲守財奴（2）	看錢奴買冤家債主 1-45	P51
神靈助戰草木成軍（2）	破苻堅蔣神靈應 1-25	P56
知人夢境（2）	陳季卿悟道竹葉舟 2-18	P67
神仙（物）被罰投胎爲人（2）	月明和尙度柳翠 1-51	P31
	老莊周一枕蝴蝶夢 1-21	P38
	布袋和尙忍字記 1-47	P32
神仙化人以度脫（2）	觀音菩薩魚籃記 4-52	P89
神祇化身以助人（2）	雲臺門聚二十八將 4-9	P67
神祇化身試凡人（2）	長安城四馬投唐 4-23	P46
龍王救人（2）	楚昭公疏者下船 1-44	P70
龍神擊碑懲罰罵者（2）	半夜雷轟薦福碑 1-33	P37
3. 鬼魂類 鬼魂托夢助破案	感天動地竇娥冤 1-5	P71
借屍還魂（3）	呂洞賓度鐵拐李岳 1-65	P43
	薩眞人夜斷碧桃花 3-15	P83
鬼魂托夢（3）	神奴兒大鬧開封府 3-28	P54
鬼魂托夢求報仇（3）	關張雙赴西蜀夢 1-2	P88
	八大王開詔救忠臣 4-35	P27
鬼魂托夢求救（3）	昊天塔孟良盜骨 2-24	P48
亡魂托夢報喪訊（3）	死生交范張雞黍 2-9	P38
鬼魂擋人去路求報仇（3）	神奴兒大鬧開封府 3-28	P54
鬼魂作詞示意破案（3）	包龍圖智勘後庭花 1-46	P36
魂離軀體成二身（3）	迷青瑣倩女離魂 2-4	P58
鬼魂托夢告密（3）	承明殿霍光鬼諫 2-12	P49
瓦盆訴冤（3）	玎玎璫璫盆兒鬼 3-22	P39
靈柩不動待故人（3）	死生交范張雞黍 2-9	P38
4. 變化類 桃符變女子	太乙仙夜斷桃符記 4-55	P31

猛虎變驢（4）	雲臺門聚二十八將 4-9	P67
龍變蛇（4）	洞庭湖柳毅傳書 1-78	P53
猿變人（4）	時眞人四聖鎖白猿 4-56	P54
	龍濟山野猿聽經 3-35	P86
5. 法術類 施法術令人入夢（5）	崔府君斷冤家債主 1-49	P61
	月明和尚度柳翠 1-51	P31
	瘸李岳詩酒翫江亭 3-42	P83
	開壇闡教黃粱夢 1-36	P68
	花間四友東坡夢 1-70	P43
	呂翁三化邯鄲店 4-53	P44
施法術竹葉變船（5）	陳季卿悟道竹葉舟 2-18	P67
施法術令人壽盡不死（5）	講陰陽八卦桃花女 2-25	P85
施法術避凶煞（5）	講陰陽八卦桃花女 2-25	P85
施法術令人死而復生（5）	講陰陽八卦桃花女 2-25	P85
6. 奇物（人、事）類 寶鍋煮海（6）	沙門島張生煮海 1-67	P45
聚獸牌（6）	馬授擂打聚獸牌 4-8	P57
	雲臺門聚二十八將 4-9	P67
自飛的寶劍（6）	楚昭公疏者下船 1-44	P70
馬踐罪人屍首始前進（6）	唐明皇秋夜梧桐雨 1-18	P58
黃石授書（6）	張子房圯橋進履 1-26	P65
貴人睡時顯蛇鑽七竅相（6）	雲臺門聚二十八將 4-9	P67
	劉關張桃園三結義 4-19	P78
睡時成虎形顯富貴相（6）	賢達婦龍門隱秀 4-25	P82
耳垂過肩、手長過膝（6）	劉關張桃園三結義 4-19	P78
冤死者屍血上噴不著地（6）	感天動地竇娥冤 1-5	P71
久孕而產（6）	相國寺公孫汗衫記 1-40	P50
死而復活（6）	王月英元夜留鞋記 3-10	P29
撈月身亡（6）	李太白貶夜郎 1-60	P40
屍提己頭而走（6）	包待制智賺生金閣 1-64	P33
人捉鬼魂訴案情（6）	包待制智賺生金閣 1-64	P33
為明志寧燒死（6）	晉文公火燒介子推 1-68	P55
龍女嫁人（6）	洞庭湖柳毅傳書 1-78	P53

	洞庭湖柳毅傳書 1-78	P53
人遊龍宮（6）	李太白貶夜郎 1-60	P40
轉世投胎再結姻緣（6）	玉簫女兩世姻緣 2-16	P32
能知身後事（6）	蘇子瞻醉寫赤壁賦 3-33	P87
眾人皆老唯己年少如昔（6）	漢鍾離度脫藍彩和 3-37	P76
二人同夢（6）	王文秀渭塘奇遇記 4-49	P29
指倒城牆（6）	雲臺門聚二十八將 4-9	P67
	裴少俊牆頭馬上 1-19	P75
一見鍾情（6）	董秀英花月東牆記 1-20	P68
	崔鶯鶯待月西廂記 1-27	P61
7. 動物類 樹木托胎為人	呂洞賓三醉岳陽樓 1-34	P43
蒼蠅示冤（7）	王閏香夜月四春園 1-10	P30
馬能躍大溪（7）	劉玄德醉走黃鶴樓 2-23	P78
	劉玄德獨赴襄陽會 1-55	P77
烏鴉引路（7）	雲臺門聚二十八將 4-9	P67
8. 夢兆類 夢蝶示意	包待制三勘蝴蝶夢 1-12	P34
夢吞紅光未婚生子（8）	立成湯伊尹耕莘 2-6	P36
夢兆得人（8）	鍾離春智勇定齊 2-7	P84
夢虎咬得猛將（8）	雁門關存孝打虎 2-19	P67
因夢允婚（8）	司馬相如題橋記 4-7	P37
因圓夢以解圍（8）	楊六郎調兵破天陣 4-36	P71
9. 人倫類 護婆婆媳婦甘蒙冤	感天動地竇娥冤 1-5	P71
暗中的扶持（9）	東堂老勸破家子弟 2-21	P46
	錢大尹智寵謝天香 1-11	P79
捨己救人（9）	楚昭公疏者下船 1-44	P70
	救孝子賢母不認屍 1-23	P62
以己子代他人之子受苦（9）	包待制三勘蝴蝶夢 1-12	P34
	趙氏孤兒大報仇 1-52	P73
一飯之恩（9）	蕭何月夜追韓信 2-11	P77
爭死以求親人免禍（9）	孝義士趙禮讓肥 2-20	P42

自殺以守貞潔（9）	破幽夢孤雁漢宮秋 1-30	P50
自殺以守密（9）	說鱄諸伍員吹簫 1-50	P75
	金水橋陳琳抱粧盒 3-5	P48
	趙氏孤兒大報仇 1-52	P73
祖（母）拜其孫（子），似有人推孫（子）起身（9）	相國寺公孫汗衫記 1-40	P50
	劉夫人慶賞五侯宴 1-15	P77
爲救母許願焚兒（9）	小張屠焚兒救母 3-3	P29
發願以身代死（9）	輔成王周公攝政 2-1	P74
以身代死救人苦難（9）	晉文公火燒介子推 1-68	P55
喬裝替死（9）	陽平關五馬破曹 4-12	P70
秋胡戲妻（9）	魯大夫秋胡戲妻 1-74	P80
誣妻爲奴（9）	臨江驛瀟湘夜雨 1-37	P86
得官戲妻（9）	呂蒙正風雪破窯記 1-29	P44
割股療飢（9）	晉文公火燒介子推 1-68	P55
灰欄辨母（9）	包待智勘灰欄記 1-75	P33
以妻兒爲人質示忠誠（9）	輔成王周公攝政 2-1	P74
士子應舉因妓淪落妓念舊情助士中舉（9）	李亞仙花酒曲江池 1-73	P41
妓念舊情助士中舉（9）	鄭月蓮秋夜雲窗夢 3-11	P81
妓念舊情助郎投軍（9）	逞風流王煥百花亭 3-31	P64
因人盡忠不究前嫌（9）	程咬金斧劈老君堂 2-8	P69
爲子賢孟母三遷（9）	守貞節孟母三移 3-39	P40
10. 機智、欺騙類漆身裝癩	忠義士豫讓吞炭 2-13	P47
美人計（10）	趙盼兒風月救風塵 1-9	P74
	望江亭中秋切鱠 1-7	P63
	花間四友東坡夢 1-70	P43
	陶學士醉寫風光好 1-82	P66
美女離間計（10）	錦雲堂美女連環記 3-16	P80
反間計（10）	後七國樂毅圖齊 4-3	P52
火牛陣（10）	後七國樂毅圖齊 4-3	P52
爲己求婚空設新郎（10）	溫太眞玉鏡台 1-8	P72
劫持人質得脫身（10）	關大王獨赴單刀會 1-1	P88
	保成公徑赴澠池會 1-57	P51

劫持人質以達目的（10）	十八國臨潼鬥寶 4-1	P26
利用文字筆畫增添 使一人成兩人（10）	包待制智斬魯齋郎 1-13	P34
增添筆畫以害人（10）	謝金吾詐拆清風府 3-29	P84
改文字助人脫罪（10）	魏徵改詔風雲會 4-28	P87
文字記（10）	包待制陳州糶米 3-24	P35
機智不言避諱（10）	錢大尹智寵謝天香 1-11	P79
齋後鐘激士志（10）	呂蒙正風雪破窯記 1-29	P44
掉包嫁禍（10）	宋上皇御斷金鳳釵 1-48	P45
冒名嫁禍（10）	梁山泊黑旋風負荊 1-66	P64
衣飾嫁禍（10）	包待智勘灰欄記 1-75	P33
下毒嫁禍（10）	包待智勘灰欄記 1-75	P33
	張鼎智勘魔合羅 1-76	P66
	晉文公火燒介子推 1-68	P55
	海門張仲村樂堂 3-41	P59
下毒謀害（救人）（10）	關雲長千里獨行 3-6	P88
	黑旋風雙獻功 1-54	P62
同語異事使其誤此為彼（10）	張鼎智勘魔合羅 1-76	P66
核對爲名騙取文書（10）	包待制智賺合同文字記 3-14	P35
以假案破眞案（10）	包待制智賺合同文字記 3-14	P35
用計離間騙婚（10）	江州司馬青衫淚 1-32	P40
詐言騙局以勸降（10）	運機謀隨何騙英布 4-5	P72
明修棧道暗度陳倉（10）	韓元帥暗度陳倉 4-6	P86
假新娘（10）	趙匡義智娶符金錠 3-17	P73
設計激士，求取功名（10）	謝金蓮詩酒紅梨花 1-69	P85
	秦脩然竹塢聽琴 1-22	P56
	㲃梅香騙翰林風月 2-3	P57
假意屈辱以激人奮發（10）	王鼎臣風雪漁樵記 3-9	P30
	錢大尹智寵謝天香 1-11	P79
	孟光女舉案齊眉 3-7	P49
	凍蘇秦衣錦還鄉 3-8	P59
	司馬相如題橋記 4-7	P37
假意屈辱以挫人傲氣（10）	醉思鄉王粲登樓 2-2	P76

冒名替代上任為官（10）	半夜雷轟薦福碑 1-33	P37
謊稱乙物騙取甲物真象（10）	包待制智賺生金閣 1-64	P33
編騙局以探實情（10）	河南府張鼎勘頭巾 1-61	P48
操響蒲琴（10）	鍾離春智勇定齊 2-7	P84
碎解玉連環（10）	鍾離春智勇定齊 2-7	P84
暗號為訊相呼應（10）	承明殿霍光鬼諫 2-12	P49
	黑旋風雙獻功 1-54	P62
暗號為訊捕來者（10）	莽張飛大鬧石榴園 4-16	P57
設晏為名捕來賓（10）	莽張飛大鬧石榴園 4-16	P57
吞炭改聲（10）	忠義士豫讓吞炭 2-13	P47
炊煙欺敵得脫困（10）	諸葛亮博望燒屯 3-1	P81
偽裝身分以救（殺）人（10）	劉玄德醉走黃鶴樓 2-23	P78
	黑旋風雙獻功 1-54	P62
喬裝脫逃（10）	曹操夜走陳倉路 4-11	P60
	陽平關五馬破曹 4-12	P70
故意遺物表情意（10）	李太白匹配金錢記 2-17	P41
故讓職位，使人替死（10）	走鳳雛龐統掠四郡 4-13	P42
偽裝賊兵刺探將領（10）	下高麗敬德不伏老 2-14	P27
佯裝瘋顛求免禍（10）	隨何智賺風魔蒯通 3-25	P83
佯敗誘敵以火攻（10）	兩軍對陣互鬥智 3-1	P46
假誓毀令箭絕人退路（10）	劉玄德醉走黃鶴樓 2-23	P78
假裝送客，暗設伏兵（10）	關雲長千里獨行 3-6	P88
叫賣失物以尋原主（10）	王月英元夜留鞋記 3-10	P29
殺狗勸夫（10）	王翛然斷殺狗勸夫 3-12	P31
以比計謀高低為計誘人出（10）	龐涓夜走馬陵道 3-19	P89
減灶添兵誘敵（10）	龐涓夜走馬陵道 3-19	P89
信物為證 得以獲救報仇（10）	魯智深喜賞黃花峪 3-43	P80
天色昏暗中，以面具亂 人視覺而破敵軍（10）	長安城四馬投唐 4-23	P46
剃度為僧以避禍（10）	招涼亭賈島破風詩 4-26	P47
智賺帥印囚權臣（10）	八大王開詔救忠臣 4-35	P27
假閒聊以取罪證（10）	八大王開詔救忠臣 4-35	P27

良將先殺奸臣，再開讀赦書以救好人（10）	八大王開詔救忠臣 4-35	P27
以貌似者替死以保命（10）	楊六郎調兵破天陣 4-36	P71
設計陷害再相救（10）	梁山五虎大劫牢 4-58	P63
	梁山七虎鬧銅臺 4-59	P63
11. 命運類 仕女相互鍾情	崔鶯鶯待月西廂記 1-27	P61
	秦月娥誤失金環記 4-50	P55
中舉方成眷屬（11）	王文秀渭堂奇偶記 4-49	P30
11.A 陰錯陽差 殺錯人（11.A）	感天動地竇娥冤 1-5	P71
被告反得助（11.A）	張于湖誤宿女眞觀 4-40	P65
害人反助人（11.A）	李素蘭風月玉壺春 1-63	P42
賠了夫人又折兵（11.A）	兩軍師隔江鬥智 3-30	P46
11.B 亂點鴛鴦 陰錯陽差成良緣（11.B）	閨怨佳人拜月亭 1-3	P75
	玉清庵錯送鴛鴦被 3-4	P32
繡球招親（11.B）	山神廟裴度還帶 1-16	P28
	呂蒙正風雪破窯記 1-29	P44
	李太白匹配金錢記 2-17	P41
	趙匡義智娶符金錠 3-17	P73
12. 乖戾、殘忍類 以頭骨爲飲器	忠義士豫讓吞炭 2-13	P47
摔死己子以示決心（12）	馬丹陽三度任風子 1-35	P56
收人贈物惹災禍（12）	大婦小婦還牢末 1-58	P28
貌美惹禍（12）	包待制智賺生金閣 1-64	P33
挖心梟首（12）	梁山泊黑旋風負荊 1-66	P64
放火搜人（12）	晉文公火燒介子推 1-68	P55
刺字於身以譏辱（12）	鍾離春智勇定齊 2-7	P84
	曹操夜走陳倉路 4-11	P60
以剝衣抵殺人（12）	忠義士豫讓吞炭 2-13	P47
因奸害（殺）夫（12）	包待智勘灰欄記 1-75	P33
因奸害（殺）夫（12）	河南府張鼎勘頭巾 1-61	P48
	鯁直張千替殺妻 3-2	P87
	風雨像生貨郎旦 3-32	P52

胯下之辱（12）	蕭何月夜追韓信 2-11	P77
知人心事，惹禍上身（12）	曹操夜走陳倉路 4-11	P60
知人心事，惹禍上身（12）	陽平關五馬破曹 4-12	P70
13. 字謎、隱語類 字謎	王閏香夜月四春園 1-10	P30
14. 報應類 浮漚為證魂擒兇手（14）	硃砂擔滴水浮漚記 3-20	P60
憐人反救（助）己（14）	須賈誶范睢 1-56	P69
	張公藝九世同居 3-18	P65
救人出難還救己（14）	鄭孔目風雪酷寒亭 1-38	P81
	好酒趙元遇上皇 1-53	P39
以其人之道還制其人（14）	須賈誶范睢 1-56	P69
	鄧夫人苦痛哭存孝 1-17	P82
投胎討（還）債（14）	崔府君斷冤家債主 1-49	P61
為惡者地獄中受苦（14）	崔府君斷冤家債主 1-49	P61
	地藏王證東窗事犯 1-42	P38
善惡有報（14）	小張屠焚兒救母 3-3	P29
	施仁義劉弘嫁婢 3-21	P53

表格二：以「篇目名稱」為中心之分類表

1、本表格以「篇目名稱」之第一個字的筆劃多寡為順序。

2、本表格易於得知某一個篇目到底有多少個「情節單元」。

3、本表格亦將這一劇目的「故事類型」附於後，以方便於瞭解「情節單元」與「故事類型」之間的關係。

4、「劇情大要之頁碼」的標示，同樣亦是指在本論文中的第幾頁可尋得。

篇目名稱	情節單元	故事類型	劇情大要 之頁碼
二 劃			
◎十八國臨潼鬥寶 4-1	劫持人質以達目的（10）	不成型	P26
◎八大王開詔救忠臣 4-35	良將先殺奸臣再開讀大赦書（10）	不成型	P27
	鬼魂托夢求報仇（3）		
	智賺帥印囚權臣（10）		
	假開聊以取罪證（10）		

三 劃			
◎下高麗敬德不伏老 2-14	偽裝賊兵刺探將領（10）	忠心的將領因偽裝的賊兵而恢復原貌 丙3	P27
◎大婦小婦還牢末 1-58	收人贈物惹災禍（12）	不成型	P28
◎山神廟裴度還帶 1-16	繡球招親（11.B）	神使行善者改變壞命運 乙1	P28
	善有善報（14）		
◎小張屠焚兒救母 3-3	為救母許願焚兒（9）	神保護無辜 乙1	P29
	善惡有報（14）		
四 劃			
◎王月英元夜留鞋記 3-10	叫賣失物以尋原主（10）	死而復活的戀人 甲7	P29
	死而復活（6）		
◎王文秀渭塘奇遇記 4-49	仕女相互鍾情中舉方成眷屬（11）	父母對向其女求婚者的考驗 丙2	P29
	二人同夢（6）		
◎王閨香夜月四春園 1-10	字謎（13）	負責主宰自己命運的姑娘 丙1	P30
	蒼蠅示冤（7）	動物的幫助而破案 甲4	
◎王鼎臣風雪漁樵記 3-9	假意屈辱以激人奮發（10）	假意屈辱以激人奮發上進 丙6	P30
		暗中的扶持 丙3	
◎王鑌然斷殺狗勸夫 3-12	殺狗勸夫（10）	以動物的屍體謊稱人屍，以試驗不可靠的朋友 丙3	P31
◎太乙仙夜斷桃符記 4-55	桃符變女子（4）	不成型	P31
◎月明和尚度柳翠 1-51	施法術使人夢游地府（5）	瞬息京華 乙4	P31
	神仙被罰投胎為人（2）		
五 劃			
◎布袋和尚忍字記 1-47	神仙被罰投胎為人（2）	神仙下凡以度人 乙4	P32
◎玉清庵錯送鴛鴦被 3-4	陰錯陽差成良緣（11.B）	和一個誤認的男人締結婚約的姑娘 丙1	P32
◎玉簫女兩世姻緣 2-16	轉世投胎再結姻緣（6）	轉世投胎 甲7	P32
◎包待制智賺生金閣 1-64	貌美惹禍（12）	妻美夫遭殃 丙9	P33
	屍提己頭而走（6）	謊稱乙物騙取甲物真象 丙6	
	謊稱乙物騙取甲物真相（10）		
	人捉鬼魂訴案情（6）		
◎包待智勘灰欄記 1-75	因奸害夫（12）	所羅門式的判決 丙6	P33
	衣飾嫁禍（10）		
	下毒嫁禍（10）		
	灰欄辨母（9）		

◎包待制三勘蝴蝶夢 1-12	夢蝶示意（8）	忠心的後母　丙3	P34
	以己子代他人之子受苦（9）		
◎包待制智斬魯齋郎 1-13	利用文字筆畫增添使一人成爲兩人（10）	法官更改法令文書或變象解釋以懲惡人　丙6	P34
◎包待制智賺合同文字記 3-14	核對爲名騙取文書（10）	以假案破眞案　丙6	P35
	以假案破眞案（10）		
◎包待制陳州糶米 3-24	文字計（10）	法官更改法令文書或變象解釋以懲惡人或救好人 丙6	P35
◎包龍圖智勘後庭花 1-46	鬼魂作詞，示意破案（3）	鬼魂訴冤　甲7	P36
◎立成湯伊尹耕莘 2-6	夢吞紅光未婚生子（8）	神仙兒子其母不夫而孕 甲2	P36
◎半夜雷轟薦福碑 1-33	冒名替代上任爲官（10）	神懲罰對其不敬者　乙1	P37
	龍神擊碑懲罰罵者（2）		
◎司馬相如題橋記 4-7	因夢允婚（8）	不成型	P37
	假意屈辱以激人奮發（10）		
六　　　劃			
◎老莊周一枕蝴蝶夢 1-21	神仙被罰投胎爲人（2）	神仙下凡以度人　乙4	P38
◎地藏王證東窗事犯 1-42	爲惡者地獄中受苦（14）	因果輪迴終有報　乙1	P38
◎死生交范張雞黍 2-9	亡魂托夢報喪訊（3）	至交生死有感　甲7	P38
	靈柩不動待故人（3）		
◎玎玎璫璫盆兒鬼 3-22	瓦盆訴冤（3）	會唱歌的骨頭　甲7	P39
◎好酒趙元遇上皇 1-53	救人出難還救己（14）	救了人後來得到所救的人相救　丙5	P39
◎江州司馬青衫淚 1-32	用計離間騙婚（10）	被離間騙婚無意巧遇重圓 丙7	P40
◎守貞節孟母三移 3-39	爲子賢孟母三遷（9）	不成型	P40
七　　　劃			
◎李太白貶夜郎 1-60	撈月身亡（12）	不成型	P40
	人遊龍宮（12）		
◎李太白匹配金錢記 2-17	故意遺物表情意（10）	不成型	P41
	繡球招親（11.B）		
◎李亞仙花酒曲江池 1-73	士子應舉因妓淪落妓念舊情助士中舉（9）	忠心的妓女　丙3	P41
◎李素蘭風月玉壺春 1-63	害人反助人（11.A）	忠貞的妓女　丙3	P42
		害人反助人　丙7	
◎孝義士趙禮讓肥 2-20	爭死以求親人免禍（9）	誠信不畏死使盜賊感動因而未受害　丙8	P42
◎走鳳雛龐統掠四郡 4-13	故讓職位，使人替死（10）	不成型	P42

◎花間四友東坡夢 1-70	美人計（10）	不成型	P43
	施法術讓人入夢（5）		
◎呂洞賓度鐵枴李岳 1-65	借屍還魂（3）	不成型	P43
◎呂洞賓三醉岳陽樓 1-34	樹木托胎爲人（7）	夢或眞　乙4	P43
◎呂翁三化邯鄲店 4-53	施法術使人入夢（5）	瞬息京華　乙4	P44
◎呂蒙正風雪破窰記 1-29	繡球招親（11.B）	負責主宰自己命運的姑娘 丙1	P44
	齋後鐘激士志（10）	丈夫考驗妻子的貞操　丙3	
	得官戲妻（9）	假意屈辱以激其上進　丙6	
◎宋上皇御斷金鳳釵 1-48	掉包嫁禍（10）	救人之後得到所救的人相助　丙5	P45
◎沙門島張生煮海 1-67	寶鍋煮海（6）	煮海寶　甲5	P45
八　　劃			
◎東堂老勸破家子弟 2-21	謹守遺託暗中扶持浪蕩子（9）	暗中的扶持　丙3	P46
◎兩軍師隔江鬥智 3-30	賠了夫人又折兵（11.A）	不成型	P46
◎長安城四馬投唐 4-23	天色昏暗中，以面具亂人視覺而破敵軍（10）	不成型	P46
	神祇化身試凡人（2）		
◎招涼亭賈島破風詩 4-26	剃度爲僧以避禍（10）	不成型	P47
◎忠義士豫讓呑岩 2-13	以頭骨爲飲器（12）	忠貞的臣子　丙3	P48
	漆身裝癩（10）		
	呑炭改聲（10）		
	以刜衣抵殺人（12）		
◎昊天塔孟良盜骨 2-24	鬼魂托夢求救（3）	不成型	P48
◎金水橋陳琳抱粧盒 3-5	自殺以守密（9）	忠貞的臣子　丙3	P48
		兒子長大後才報仇　丙9	
◎河南府張鼎勘頭巾 1-61	因奸殺夫（12）	奸夫與淫婦　丙5	P48
	編騙局以探實情（10）		
◎承明殿霍光鬼諫 2-12	暗號爲訊相呼應（10）	鬼魂告密　甲7	P49
	鬼魂托夢告密（3）	忠貞的臣子　丙3	
◎孟光女舉案齊眉 3-7	假意屈辱以激人奮發（10）	假意屈辱以激人奮發上進 丙6	P49
		暗中的扶持　丙3	
九　　劃			
◎相國寺公孫汗衫記 1-40	久孕而產（6）	兒子長大後才報仇　丙9	P50
	祖拜其孫，似有人推孫起身（9）		
◎看錢奴買冤家債主 1-45	神懲罰吝嗇者爲守財奴（2）	神懲罰惡者　乙1	P51

◎保成公徑赴澠池會 1-57	劫持人質得脫身（10）	不成型	P51
◎風雨像生貨郎旦 3-32	因奸害夫（12）	遭陷害不死久經淪落終團圓　丙7	P52
◎後七國樂毅圖齊 4-3	反間計（10）	不成型	P52
	火牛陣（10）		
◎洞庭湖柳毅傳書 1-78	龍女嫁人（6）	感恩的龍公主　甲2	P53
	龍變蛇（4）		
	人遊龍宮（6）		
◎施仁義劉弘嫁婢 3-21	善惡有報（14）	神使行善者改變壞命運 乙1	P53
◎神奴兒大鬧開封府 3-28	鬼魂托夢（3）	鬼魂訴冤　甲7	P54
	鬼魂訴冤（3）		
◎降桑椹蔡順孝母 1-59	冬變春使桑樹結果（1）	神使有孝心的人願望實現 乙1	P54
十劃			
◎時眞人四聖鎖白猿 4-56	猿變人（4）	不成型	P54
◎晉文公火燒介子推 1-68	下毒嫁禍（10）	不成型	P55
	以身代死救人苦難（9）		
	割股療飢（9）		
	放火搜人（12）		
	爲明志寧燒死（12）		
◎秦月娥誤失金環記 4-50	仕女相互鍾情中舉方成眷屬（11）	父母對向其女求婚者的考驗　丙2	P55
◎秦脩然竹塢聽琴 1-22	設計激士求取功名（10）	暗中的扶持　丙3	P55
		謊稱其女友爲女鬼激士離開求上進　丙6	
◎破幽夢孤雁漢宮秋 1-30	自殺以示忠誠（9）	不成型	P50
◎破苻堅蔣神靈應 1-25	神靈助戰草木成軍（2）	神幫助祂的信仰者　乙1	P56
◎馬丹陽三度任子 1-35	摔死己子以示決心（12）	夢或眞　乙4	P56
◎馬授撾打聚獸牌 4-8	聚獸牌（6）	不成型	P57
◎莽張飛大鬧石榴園 4-16	設晏爲名捕來賓（10）	不成型	P57
	暗號爲訊捕來者（10）		
◎㑳梅香騙翰林風月 2-3	設計激士求取功名（10）	父母對向其女求婚者的考驗　丙2	P57
◎徐伯株貧富興衰記 4-47	爲惡遭神罰（2）	神懲罰惡者　乙1	P58
◎唐明皇秋夜梧桐雨 1-18	馬踐罪人屍首方始前進（6）	不成型	P58
◎迷青瑣倩女離魂 2-4	魂離軀體成二身（3）	魂離軀體成二身　甲7	P58
◎凍蘇秦衣錦還鄉 3-8	假意屈辱以激人奮發（10）	假意屈辱以激人奮發上進 丙6	P59
		暗中的扶持　丙3	

◎海門張仲村樂堂 3-41	下毒嫁禍（10）	不成型	P59
	十 一 劃		
◎硃砂擔滴水浮漚記 3-20	浮漚爲證魂擒兇手（17）	陽光下眞象大白　丙 8	P60
		神懲罰惡者　　乙 1	
◎曹操夜走陳倉路 4-11	刺字於身以譏辱（12）	不成型	P60
	知人心事惹禍上身（12）		
	喬裝脫逃（10）		
◎崔府君斷冤家債主 1-49	施法使活人夢游地府（5）	因果輪迴終有報　乙 2	P61
	投胎討（還）債（14）		
	爲惡者地獄中受苦（14）		
◎崔鶯鶯待月西廂記 1-27	一見鍾情（6）	父母對向其女求婚者的考驗　丙 2	P61
◎救孝子賢母不認屍 1-23	以己子代他人之子受苦難（9）	忠貞的後母　丙 6	P62
◎望江亭中秋切鱠旦 1-7	美人計（10）	以美色誘人以達目的　丙 6	P63
◎梁山五虎大劫牢 4-58	設計陷害再相救（10）	不成型	P63
◎梁山七虎鬧銅臺 4-59	設計陷害再相救（10）	不成型	P63
◎梁山泊黑旋風負荊 1-66	冒名嫁禍（10）	不成型	P64
	挖心梟首（12）		
◎逞風流王煥百花亭 3-31	妓念舊情助郎投軍（9）	忠貞的妓女　丙 3	P64
◎張子房圯橋進履 1-26	黃石授書	不成型	P65
◎張于湖誤宿女眞觀 4-40	被告反得助（11.A）	不成型	P65
◎張公藝九世同居 3-18	憐人反助己（14）	幫助人後來得到所助者的幫助　丙 5	P65
◎張鼎智勘魔合羅 1-76	下毒嫁禍（10）	以假案破眞案　丙 6	P66
	同語異事使其誤此爲彼（10）		
◎陶學士醉寫風光好 1-82	美人計	不成型	P66
◎陳季卿悟道竹葉舟 2-18	施法術竹葉變船（5）	瞬息京華　乙 4	P67
	仙人知人夢境（2）		
	十 二 劃		
◎雁門關存孝打虎 2-19	夢虎咬得猛將（8）	不成型	P67
◎雲臺門聚二十八將 4-9	指倒城牆（6）	不成型	P67
	神祇化身以助人（2）		
	貴人睡時顯蛇鑽七竅相（6）		
	烏鴉引路（7）		
	猛虎變驢（4）		
	聚獸牌（6）		

◎董秀英花月東牆記 1-20	一見鍾情（6）	父母對向其女求婚者的考驗　丙2	P68
◎黑旋風雙獻功 1-54	下毒救人（10）	不成型	P62
	暗號爲訊相呼應（10）		
	僞裝身分以殺人（10）		
◎開壇闡教黃粱夢 1-36	施法術讓人入夢（5）	瞬息京華　乙4	P68
◎程咬金斧劈老君堂 2-8	因人盡忠不究前嫌（9）	因人盡忠不究前嫌　丙3	P69
◎須賈誶范睢 1-56	憐人反救己（17）	用凶手當初害人的方式報復凶手　丙9	P69
	以其人之道還制其人（17）		
◎陽平關五馬破曹 4-12	知人心事惹禍上身（14）	不成型	P70
	喬裝逃脫（10）		
	喬裝替死（9）		
十　三　劃			
◎楚昭公疏者下船 1-44	捨己救人（9）	不成型	P70
	龍王救人（2）		
	寶劍自飛（6）		
◎感天動地竇娥冤 1-5	陰錯陽差（11.A）	鬼魂訴冤　甲7	P71
	冤死者屍血上噴不著地（12）	忠貞的媳婦　丙9	
	六月飛雪（1）		
	護婆婆媳婦甘蒙冤（9）		
	鬼魂托夢助破案（3）		
◎楊六郎調兵破天陣 4-36	因圓夢以解圍（8）	不成型	P71
	以貌似者替死以保命（10）		
◎溫太眞玉鏡台 1-8	爲己求婚空設新郎（10）	不成型	P72
◎運機謀隨何騙英布 4-5	詐言騙局以勸降（10）	不成型	P72
十　四　劃			
◎趙氏孤兒大報仇 1-52	自殺以守密（9）	忠貞的臣子　丙3	P73
	以己子代他人之子受死（9）	兒子長大後才報仇　丙9	
◎趙匡義智娶符金錠 3-17	繡球招親（11.B）	以假護眞事終成　丙6	P73
	假新娘（10）		
◎趙盼兒風月救風塵 1-9	美人計（10）	以假護眞事終成　丙6	P74
◎輔成王周公攝政 2-1	發願以身代死（9）	不成型	P74
	以妻兒爲人質示忠誠（9）		
◎閨怨佳人拜月亭 1-3	亂點鴛鴦（11.B）	亂點鴛鴦　丙7	P75
◎裴少俊牆頭馬上 1-19	一見鍾情（6）	不成型	P75
◎說轉諸伍員吹簫 1-50	自殺以守密（9）	忠心的朋友　丙3	P75

◎漢鍾離度脫藍彩和 3-37	眾人皆老唯己年少如昔（6）	不成型	P76
十　五　劃			
◎醉思鄉王粲登樓 2-2	假意屈辱以挫人傲氣（10）	暗中的扶持　丙3	P76
		假意屈辱以激人奮發上進　丙6	
◎蕭何月夜追韓信 2-11	胯下之辱（14）	不成型	P77
	一飯之恩（9）		
◎劉夫人慶賞五侯宴 1-15	母親拜子，似有人推子起身（9）	不成型	P77
◎劉玄德獨赴襄陽會 1-55	馬躍大溪帶人脫困（7）	不成型	P77
◎劉玄德醉走黃鶴樓 2-23	馬能躍溪（7）	忠貞的臣子　丙3	P78
	偽裝身分以救人（10）		
	假誓毀令箭絕人退路（10）		
◎劉關張桃園三結義 4-19	耳垂過肩、手長過膝（6）	不成型	P78
	貴人睡時顯蛇鑽七竅相（6）		
◎魯大夫秋胡戲妻 1-74	秋胡戲妻（9）	丈夫考驗妻子的貞操　丙3	P80
◎魯智深喜賞黃花峪 3-43	信物為證得以獲救報仇（10）	不成型	P80
◎錦雲堂美女連環記 3-16	美女離間計（10）	以美色誘人以達目的　丙6	P80
◎諸葛亮博望燒屯 3-1	佯敗誘敵以火攻（10）	不成型	P81
	炊煙欺敵得脫困（10）		
◎鄭月蓮秋夜雲窗夢 3-11	妓念舊情助士中舉（9）	忠貞的妓女　丙3	P81
◎鄭孔目風雪酷寒亭 1-38	救人出難還救己（14）	救人之後得到所救的人相救　丙5	P81
◎鄧夫人苦痛哭存孝 1-17	以其人之道還制其人（14）	用凶手當初害人的方式報復凶手　丙8	P82
十　六　劃			
◎賢達婦龍門隱秀 4-25	睡時成虎形顯富貴相（6）	不成型	P82
◎瘸李岳詩酒翫江亭 3-42	施法術讓人入夢以度脫（5）	瞬息京華　乙4	P83
◎錢大尹智寵謝天香 1-11	假意屈辱以激人奮發（10）	假意屈辱以激人奮發上進　丙6	P79
	機智不言避諱（10）	避諱　丙6	
	暗中的扶持（9）	暗中的扶持　丙3	
◎隨何賺風魔蒯通 3-25	佯裝瘋顛求免禍（10）	言功為過而脫罪　丙6	P83
十　七　劃			
◎薩真人夜斷碧桃花 3-15	借屍還魂（3）	借屍還魂　甲7	P83
◎鍾離春智勇定齊 2-7	夢兆得人（8）	不成型	P84
	操響蒲琴（10）		
	碎解玉連環（10）		
	刺字於身以譏辱（12）		
◎謝金吾詐拆清風府 3-29	增添筆劃以害人（10）	不成型	P84

		暗中的扶持　丙3	P85
◎謝金蓮詩酒紅梨花 1-69	設計激士求取功名（10）	謊稱其女友為鬼騙士離開求上進　丙6	
◎講陰陽八卦桃花女 2-25	施法術令人壽盡不死（5）	兩術士鬥法　甲1	P85
	施法術避凶煞（5）		
	施法術令人死而復生（5）		
◎龍濟山野猿聽經 3-35	猿變人（4）	不成型	P86
十 八 劃			
◎臨江驛瀟湘夜雨 1-37	誣妻為奴（9）	貪榮害妻　丙4	P86
◎韓元帥暗度陳倉 4-6	明修棧道暗度陳倉（10）	不成型	P86
◎鯁直張千替殺妻 3-2	因奸害（殺）夫（12）	奸夫與淫婦　丙4	P87
◎魏徵改詔風雲會 4-28	改文字助人脫罪（10）	法官更改法令文書或變象解釋以懲惡人或救好人　丙6	P87
十 九 劃			
◎蘇子瞻醉寫赤壁賦 3-33	能知身後事（6）	不成型	P87
◎關大王獨赴單刀會 1-1	劫持人質得脫身（10）	不成型	P88
◎關張雙赴西蜀夢 1-2	鬼魂托夢求報仇（3）	鬼魂求報仇　甲7	P88
◎關雲長千里獨行 3-6	假裝送客暗設伏兵（10）	不成型	P88
	下毒謀害（10）		
二 十 劃			
◎龐涓夜走馬陵道 3-19	以比計謀高低為計（10）	害人後來得到被害者的報復　丙5	P89
	減灶添兵誘敵（10）		
二 十 四 劃			
◎觀音菩薩魚藍記 4-52	神仙化人以度脫（2）	神仙下凡以度人　乙4	P89

二、具有「情節單元」之各劇的劇情大要

二　劃

◎十八國臨潼鬥寶　外編　一

劇情大要——

　　秦穆公用百里奚之計，請十八國諸侯聚會，各帶寶物一件，文、武各一人，赴秦國臨潼鬥寶。有不赴會者，則起兵征討。如諸侯皆至，秦則派大軍把住關口，全部捉拿。楚平公使伍員帶保物前往臨潼，遇盜跖展雄在城外劫寶，諸侯被阻。伍員與之交戰，詐敗，引至無人處鞭擊展雄落馬。展雄心服

伍員，結爲兄弟。伍員與諸侯入關，展雄率兵在外接應。秦穆公於宴席上讓其弟秦姬輦挂周景王所賜白金劍，以爲盟府，借此威攝諸侯。伍員力舉千斤鼎，挫敗秦姬輦爭得盟府劍；又論文挫敗百里奚，比武勝了甘繩，乘機挾持秦穆公，迫其與楚聯姻，並送諸侯出關。十七國諸侯感伍員相救，遂同往楚國設宴慶祝，加封伍員爲十七國元戎之職。

情節單元：劫持人質以達目的（10）

故事類型：不成型

◎八大王開詔救忠臣　外編　三五

劇情大要——

番將韓延壽帶兵來犯，宋以潘仁美爲帥，楊令公父子爲先鋒與之交戰。潘仁美因舊時過節屢次陷害楊家父子，致使楊令公被困兩狼山，撞李陵碑而亡。楊七郎突圍請救兵，也被潘仁美害死。七郎托夢其兄六郎爲其父子報仇，六郎方知事情經過，突圍至東京告御狀，八大王得知此事，命太尉假意勞軍，騙取帥印，將潘仁美等奸臣押回京師，並命寇準審理此案。寇對潘曲意奉承，暗中派人錄口供，取得罪證，將潘仁美等人下獄。適逢大赦，楊六郎父仇未報去求八大王，八大王佯怒，把楊六郎也下到獄中，使楊六郎在獄中殺潘仁美，報了父仇。然後開讀大赦詔書，赦免楊六郎。

情節單元：鬼魂托夢求報仇（3）

智賺帥印囚權臣（10）

假閒聊以取罪證（10）

良將先殺奸臣再開讀大赦書（10）

故事類型：不成型

三　劃

◎下高麗敬德不伏老　楊梓　二編　十四

劇情大要——

唐太宗以平定四海，實賴將士用命，於是設功臣宴，功大者上座，次者旁列，並命房玄齡爲主宴官。皇叔李道宗無功而欲居首坐，尉遲敬德不伏，怒而打落李之兩顆門牙。敬德因攪宴，主宴官貶其遣歸田里。高麗王聞敬德遭貶，乘機遣大將領兵犯邊。太宗聞道，又傳旨起用敬德。敬德裝瘋不肯領

旨。徐茂公看出破綻，教小校冒充高麗兵，闖進敬德家索要酒食。敬德不知是計，遂舉拳相向。茂公趁機出現勸勉，敬德應允，領兵上陣御敵。臨行，徐茂公笑他：「將軍年事已老，此去萬勿輕敵」。敬德聞之，不伏年老，終於奮其神威，大勝而還。

　　　情節單元：偽裝賊兵刺探將領（10）

　　　故事類型：忠心的將領因偽裝的賊兵而恢復原貌　丙3

◎大婦小婦還牢末　李致遠　初編　五八
劇情大要——

　　　敘梁山泊頭領宋江遣李逵下山至東平府招降五衙都首領劉唐、史進。不料李逵路見不平，將人打死，拘至府衙。本是死罪，六案都孔目李榮祖改案為誤傷發配。李逵感恩，至榮祖家致謝，道出真實姓名，並將所佩金環遺榮祖。榮祖使小婦保存。大婦謂恐有不妥。小婦原與趙令史有私，又怒大婦之語，以金環為證告榮祖私通賊人。榮祖被拿問。小婦知榮祖與劉唐有隙，教劉唐吊死榮祖，棄之荒郊。風吹雨澆，榮祖又活。被小婦發現，又使劉唐背之還牢。宋江差阮小五持書下山，再次招降劉唐、史進，三人劫獄救出榮祖。正欲還山，與下山搭救榮祖的李逵相遇。

　　　情節單元：收人贈物惹災禍（12）

　　　故事類型：不成型

◎山神廟裴度還帶　關漢卿　初編　十六
劇情大要——

　　　唐裴度早年家貧，寄居山神廟。一日，去白馬寺趕齋，遇相士趙野鶴，斷言裴必遭橫禍死。有韓瓊英因父被誣告，下獄追贓，至郵亭賣詩納款，李文俊予以玉帶一條，讓其賠贓救父。瓊英避雪山廟，不慎將玉帶失落，被裴度拾到。次日瓊英偕母來尋帶，裴問明情況，原物奉還。送母女出廟，廟忽倒塌。裴度因行善積德不僅逃過橫禍從此更時來運轉，考中狀元。後瓊英奉旨彩樓拋繡球，與裴度成婚。

　　　情節單元：繡球招親（11.B）
　　　　　　　　善有善報（14）

　　　故事類型：神使行善者改變壞命運　乙1

◎小張屠焚兒救母 三編 三

劇情大要——

　　小張屠事母至孝，母病重想吃米湯，張將棉襖典當，換米奉母。張屠妻又讓他以首飾向王員外換朱砂爲母治病，王員外卻給了假朱砂，醫療無效。張屠夫妻求助無門便遙拜東岳神，願以兒子爲祭物焚獻予神，以求母親病愈。張母痊愈後，張屠帶兒子去東岳廟還願，王員外也帶其子至東岳廟作買賣。神明因查得小張屠是孝子，反是王員外瞞心昧己，早該受懲，遂將二人孩兒調換，遣使者送張子回家，而讓王員外孩兒遭焚，得到報應。

　　情節單元：爲救母焚兒許願（9）

　　　　　　　善惡有報（14）

　　故事類型：神保護無辜　乙1

四　劃

◎王月英元夜留鞋記 三編 十

劇情大要——

　　書生郭華與胭脂店的王月英相愛，月英命其婢傳詩簡與生，約其元宵夜在相國寺裡相會。是日，郭華因醉酒在相國寺中熟睡。月英赴約，推他不醒，便用羅帕包著一只繡鞋放在郭的懷中以爲表記。郭醒後追悔莫及，吞帕自殺，經人報案開封府。包公乃令人扮作貨郎，叫賣繡鞋，找到鞋主王月英，審出王、郭之間的戀情，包公因命月英去看郭之屍首並找出証物羅帕。月英從郭華口中拉出羅帕，郭竟死而復生，包公斷案，使二人結爲夫妻。

　　情節單元：死而復活（6）

　　　　　　　叫賣失物以尋原主（10）

　　故事類型：死而復活的戀人　甲7

◎王文秀渭塘奇遇記 外編 四九

劇情大要——

　　王文秀代父收租，路過渭塘鎮，入盧員外所開酒店小飲。因見酒店清雅，遂吟詩一首。員外之女聽得詩句清新，遂挑廉偷看。二人眉目傳情，盧員外看穿二人心思，便將女喚回。夜來文秀、員外女都得奇夢，夢見二人在繡房幽會，並互贈信物。盧員外知女兒有情於文秀，便將文秀招至店中，詢以姓

字、家世。欲招其入贅爲婿，但須中舉求官後方可婚配。文秀赴京趕考，一舉成名，衣錦還鄉，於是入贅盧家。

　　情節單元：二人同夢（6）

　　　　　　　仕女相互鍾情中舉方成眷屬（11）

　　故事類型：父母對向其女求婚者的考驗　丙2

◎王閨香夜月四春園　關漢卿　初編　十

劇情大要——

　　書生李慶安與王員外之女王閨香經父母指腹訂婚。其後李家敗落，王員外派人拿著錢兩與其女兒親手所做的一雙鞋到李家毀婚。某日李慶安穿著王女所製之鞋出外放風箏，風箏落入王家花園，李入園脫鞋上樹尋風箏，因鞋而與王閨香夫妻相認。王女約李夜間來花園等候，將派婢女送財物給他，以此來娶親。是夜賊人裴炎偷入王家花園，殺死婢女，劫走財物。李慶安如約前來時，碰到婢女屍體，摸了兩手血，大驚回家。王家因此指控李爲殺人凶手，李慶安被判死刑。開封府尹復判此案時，蒼蠅履次破壞「斬」字之審，府尹疑李有冤，令其于獄神廟祈禱。李夢中念詩有「非衣兩把火，殺人賊是我」之語，於是知凶手爲裴炎，令人尋訪捉獲，還李清白，並令兩家成親。

　　情節單元：字謎（13）

　　　　　　　蒼蠅示冤（7）

　　故事類型：負責主宰自己命運的姑娘　丙1＋

　　　　　　　動物的幫助而破案　甲4

◎王鼎臣風雪漁樵記　三編　九

劇情大要——

　　劉二公因其婿王鼎臣不肯進取功名，乃命其女向王索取休書，以激其進京考試。劉女遵其父命，在大風雪夜將其夫逐出家門。劉二公又拿銀兩衣物，暗遣婿之友王安道資助他進京赴考。王一舉及第，奉命回鄉任太守，劉二公父女聞訊前來相認，被鼎臣拒絕，經王安道說明事情原委，方得和好如初。

　　情節單元：假意屈辱以激人奮發（10）

　　故事類型：假意屈辱以激人奮發上進　丙6

　　　　　　　＋暗中的扶持　丙3

◎王翛然斷殺狗勸夫　三編　十二

劇情大要——

　　孫榮與無賴柳某、胡某交好，反將其胞弟孫華逐出家門，見則打罵交加。孫榮妻楊氏頗賢，屢勸不聽。乃買一狗殺之，被以人衣，趁夜置於後門。孫榮醉歸蹴之，以為仇人栽贓，欲私埋之。楊氏讓其求助於柳、胡二友，兩人皆托辭不肯。最後只得求助於其弟，孫華奮身，獨力埋屍。次日，柳、胡二人以害死人命要挾孫榮銀兩。未達目的，便告到官府。公堂上孫華為兄獨擔罪名。此時，楊氏進堂說明原委，真相大白。封孫華為太守並表揚楊氏賢惠。

　　情節單元：殺狗勸夫（10）

　　故事類型：以動物的屍體謊稱人屍，以試驗不可靠的朋友　丙3

◎太乙仙夜斷桃符記　外編　五五

劇情大要——

　　洛陽府尹閭義家中的二塊桃符，日久成精，化為二女，大姊門東娘，二姊門西娘，迷惑府尹之子閭英，閭英因而染病不起，太乙仙途經閭家見其家妖氣纏繞，乃設壇召諸神擒伏二妖女，閭英病遂大癒。

　　情節單元：桃符變女子（4）

　　故事類型：不成型

◎月明和尚度柳翠　李壽卿　初編　五一

劇情大要——

　　觀音菩薩淨瓶中之楊柳枝葉，因蒙塵不潔，被罰往人間打一遭輪回，在杭州化作風塵妓女，名曰柳翠。三十年後，觀音遣月明尊者化作和尚前往點化，但柳翠留戀風流而不能悟。於是月明和尚設下幻局，使柳翠夢游陰司，乃悟生死之幻，遂出家為尼。然又遇舊時情人，凡心蠢動，被月明窺破，遂示以偈語，使堅佛心，並攜見觀音，使之復入淨瓶。

　　情節單元：施法術使人夢游地府（5）

　　　　　　　神仙被罰投胎為人（2）

　　故事類型：瞬息京華　乙4

五　劃

◎布袋和尚忍字記　鄭廷玉　初編　四七

劇情大要——

　　佛陀在靈山會講經時，羅漢賓頭盧俗心忽動，被罰往下方受磨難，投胎為富戶劉均佐。但佛又恐其迷失正道，再派彌勒佛，化為布袋和尚前往點化。布袋和尚在劉手上寫一「忍」字，並三造幻境勸化。首次係一乞丐對其詐財毀罵，惹他生氣，殺死乞丐。於是布袋和尚要其檢視死者胸膛，見上有一「忍」字。第二次乃其義弟與其妻勾搭，又惹起他殺念，但取刀時時，「忍」字卻出現在刀靶上。此時，布袋和尚勸他出家。第三次是他出家後，與布袋和尚坐禪，忍不住起了還俗回鄉之念，但和尚使他看清楚妻、財、子均是虛幻，乃徹底覺悟而恢復羅漢真身。

　　　　情節單元：神仙被罰投胎為人（2）

　　　　故事類型：神仙下凡以度人　乙4

◎玉清庵錯送鴛鴦被　三編　四

劇情大要——

　　府尹李彥實被劾進京，臨行向劉員外借銀十兩。劉要其立下文書為憑，並要李的女兒月英也在上畫押。一年後，劉員外向李月英索債，逼月英嫁給他，月英答應夜間到玉清庵相會。當晚，劉在去玉清庵途中被巡夜更卒扣留，李月英在玉清庵誤將上京應試的張瑞卿當作劉員外，兩人締結婚姻。張帶著月英送的鴛鴦被進京赴考。劉再去逼娶，月英不允，被罰在店中賣酒，後張瑞卿中狀元得官來尋李月英，以鴛鴦被為證，迎娶月英。李彥實也復官而歸，一家團聚。

　　　　情節單元：陰錯陽差成良緣（11.A）

　　　　故事類型：和一個誤認的男人締結婚約的姑娘　丙1

◎玉簫女兩世姻緣　喬吉　二編　十六

劇情大要——

　　洛陽妓女韓玉簫與書生韋皋相愛，共約白頭之好。韋皋進京應舉，玉簫思念成疾而死。死前自畫肖像，題詞篇，令鴇母托人攜像往京師去尋韋皋。韋皋狀元及第，十八年後官拜鎮西大元帥，差人去接取玉簫，方知其死訊。韋皋回朝途中，赴荊州張節度使宴席，席間張命義女玉簫奉酒。韋皋見此女

與韓玉簫同名，相貌也相同，遂向張求親。張以韋皋好色，調戲故人之女，怒而責之，以致刀兵相見，幸被玉簫勸開。韋皋進京面君，奏請娶張玉簫爲妻。恰得韓玉簫母出示韓之遺像，方知張玉簫是韓玉簫轉世，終由皇帝調解，韋皋與張玉簫結爲夫妻。

　　情節單元：轉世投胎再結姻緣（6）

　　故事類型：轉世投胎　甲7

◎包待制智賺生金閣　武漢臣　初編　六四
劇情大要──

　　郭成偕妻往京應舉，臨行，其父與之傳家寶物樂器金生閣，助他求取官職。夫婦途中遇大雪，憩於旅店，適龐衙內亦入店中。郭見其聲勢顯赫，以爲要人，遂獻生金閣以求官。龐見其妻貌美，將其夫婦騙至府中，拴郭於馬房，欲淫其妻。郭妻不從，龐令一老嫗去勸，郭妻釐面自誓，老嫗知始末後，與郭妻齊聲罵龐，龐怒投老嫗於井，又當著郭妻之面，鍘下郭頭，卻見郭提頭逾牆而走。翌日元宵，龐出賞燈，忽有一鬼提頭逐龐，眾皆驚散。包拯於酒店中聞此奇事。令人到城隍廟拘來提頭鬼。郭魂遂訴其冤死事，適郭妻和老嫗子亦來訴冤。包公乃置酒邀龐，僞稱得一金生塔。龐爲炫耀，出示金生閣並述其來歷，包公安排郭妻與老嫗子前來訴冤，人證物證俱在，即斬龐示眾。

　　情節單元：貌美惹禍（12）
　　　　　　　屍提己頭而走（6）
　　　　　　　謊稱乙物騙取甲物眞相（10）
　　　　　　　人捉鬼魂訴案情（6）
　　故事類型：謊稱乙物騙取甲物眞象　丙6
　　　　　　　＋妻美夫遭殃　丙9

◎包待智勘灰欄記　李潛夫　初編　七五
劇情大要──

　　張海棠家貧爲娼，其兄憤而離家。後海棠嫁與馬員外爲妾，生有一子。馬員外正妻，與趙令史有染，兩人謀害馬員外。某日，馬妻與員外帶著海棠子到各處寺院燒香；此日海棠兄亦狼狽歸鄉，前來向其妹求討盤纏，海棠閉門不納，其兄便在門外守候。恰馬妻從寺院中先行回家，盤問後，轉入，要海棠將身上衣飾贈與其兄，海棠從其言。馬妻持之與海棠兄，並言此是己物。員外歸家，

馬妻言海棠娼性復發，將衣飾等物皆與奸夫。員外怒打海棠，卻因此身感不適，討熱湯喝。馬妻支使海棠去做，又趁機將趙所送之毒藥傾入湯中，遣海棠端去，員外飲湯而死。馬妻便控告海棠藥死親夫，主司太守不解律令，審問之事皆由馬妻奸夫趙令史掌把。為避免馬家子孫來爭奪家財，趙將海棠子判歸馬妻所生。海棠不服，要收生大嫂及鄰居們作證，然這些人都被馬妻所收買，反而作了偽證。海棠被屈打成招，押往開封府定罪。半途，海棠巧遇己在開封府當差的兄長，向其訴說因贈兄衣飾而惹災禍的原委，其兄乃出面保護。包公開堂重審此案。叫人在地上以石灰畫圓圈（灰欄），把小孩置於其中，讓馬妻與海棠拉出小孩，拉向己方便是己子。海棠兩次皆因怕傷及小孩，未曾使力拉扯，馬妻則皆使力拉向己方。包公推之以情，施之以威，終使真象大白。

情節單元：因奸害夫（12）

衣飾嫁禍（10）

下毒嫁禍（10）

灰欄辨母（9）

故事類型：所羅門式的判決　丙6

◎包待制三勘蝴蝶夢　關漢卿　初編　十二

劇情大要——

王老漢夫妻有三個兒子皆好讀書。皇親葛彪打死王老漢，三子為父報仇，誤將葛彪打死，被捉到官。包拯夢見三隻小蝴蝶相繼墜入蜘蛛網，一大蝴蝶救出二小蝶，置第三隻小蝶不顧，醒後審判王氏兄弟一案。王婆婆提出願意將第三子抵命而求救免王大、王二。包拯問其緣故方知王大、王二是前妻所生，王三是親生。包拯大為感動，又想到夢境，暫將三人下獄。管獄者奉包拯之命放了王大、王二，並告知將以王三抵命，叫王婆等明早來墻外收屍。第二天，王婆母子在獄墻外看到一具屍體，正痛哭時，王三出現，原來死者是以盜馬賊替代，王則已被赦。包拯傳旨，封賞王婆全家。

情節單元：夢蝶示意（8）

以己子代他人之子受苦（9）

故事類型：忠心的後母　丙3

◎包待制智斬魯齋郎　關漢卿　初編　十三

劇情大要——

汴梁權豪魯齋郎到許州，見銀匠李四妻美貌，將其劫走。李四欲告官府，行至鄭州，得急病倒地，遇都孔目張珪救至家中，與張妻因同姓拜爲姐弟。張珪勸其切莫上告，免得身首異處。李四無奈回到許州，兒女卻已走失。

後魯齋郎又趁著清明時節，到郊外踏青想另尋新歡，遇張珪全家正在上墳，看中張妻。便脅迫張珪將妻子送到其宅中。而將李妻以自己妹妹的名義送給張珪，照管張珪的兒女。然張之兒女亦因尋父而走失。

李四因兒女失散，便回鄭州投奔張珪夫婦。至張家，夫妻相見而大哭。張明白原委後，還其妻，並以家產付李四，自己往華山出家。

開封府尹包拯外出採訪回京，路過許州和鄭州，收留了李四和張珪的兒女。後從兩家兒女口中得知魯齋郎之惡行，包拯便設下文字計使魯齋郎伏誅，他先以「魚齊即」之名向皇上呈報魯齋郎的惡行，皇上怒著令斬之。待行刑後，再將「魚齊即」增添筆畫改成魯齋郎向皇上覆命。

　　情節單元：利用文字筆畫增添使一人成爲兩人（10）

　　故事類型：法官更改法令文書或變象解釋以懲惡人　丙6

◎包待制智賺合同文字記　三編　十四

劇情大要——

　　時逢荒年，劉天瑞攜妻與子安住外出謀生，臨行，與其兄劉天祥立了二紙合同文書，載明家私未分，由李社長做證人。後天瑞夫妻病死他鄉，臨終托孤於張秉彝。安住成年，張告訴安住父母家鄉，並交還合同文字，令其負父母骨還葬。至家門，安住向其伯母說明身分後，伯母言：須出合同文字方肯認親。安住出合同文字，伯母以核對爲名，取走文書後便不歸還，並誣安住冒名認親，打破其額頭，適逢李社長接見，乃同安住往開封府告狀。包拯設計，詐說安住已因頭破而死，倘是親長打死則便不必償命，否則要償命，安住伯母驚嚇，趕緊取出合同文書，承認安住是其親姪，於是眞相大白。

　　情節單元：核對爲名騙取文書（10）

　　　　　　　以假案破眞案（10）

　　故事類型：以假案破眞案　丙6

◎包待制陳州糶米　三編　二四

劇情大要——

　　陳州大旱，范仲淹奉旨與眾大臣商議，派兩員清官前去開倉糶米。劉衙

內保薦其子小衙內與女婿楊金吾前往，並帶著欽賜紫金錘，以治刁民。劉衙內暗中吩咐二人，抬高米價一倍，米裡摻泥、糟糠，小斗量米，大秤稱銀，若有議論，由他在朝中撐腰。二人果然照辦，大肆貪污，殘害百姓。農民張撇古去買米，見狀據理力爭，被小衙內用紫金錘打死，其子小撇古至京控其惡行。朝中遂以得知。包拯被派往陳州查辦，且帶著勢劍金牌，有先斬後奏之權。包拯先私訪陳州，查知所聞惡行皆屬實。至陳州後，包拯審清此案，知劉衙內必討赦書來救二人，遂速戰速決，先斬楊金吾，再教小撇古用紫金錘打死小衙內，為父報仇，然後又將小撇古關在牢內。恰劉衙內向皇帝討得赦書至，因其上寫明：「只赦活的，不赦死的」，剛好救了小撇古。

　　情節單元：文字計（10）

　　故事類型：法官更改法令文書或變象解釋以懲惡或救好人　　丙6

◎包龍圖智勘後庭花　　鄭廷玉　　初編　　四六
劇情大要——

　　皇帝將翠鸞賜給無嗣之廉訪使趙忠為女，翠鸞母亦隨來。趙妻不欲容認，乃遣管家王慶謀殺二人。王慶與手下李順之妻有染，乃轉命李順殺之。李妻唆使李順放走翠鸞母女，王慶便指李順私放囚犯，迫李辭職，藉占其妻。順揚言告官，王慶擊殺之，將屍體投入井中。翠鸞母女逃出後，被巡卒沖散。翠鸞投宿獅子店，因抗拒店小二之奸而被殺，屍體亦投入井中。此時書生劉天義來京應考，寄宿客棧，翠鸞鬼魂與天義相見，二人各作《後庭花》詞一首。恰巧翠母也在客棧，窺見女兒鬼魂，疑天義私藏其女，執其至包公處告狀。包公據翠鸞給劉之詞中有「不見天邊雁，相侵井底蛙」之句，知翠鸞已死，其屍體必在井中，乃派人打撈，找到了翠鸞及李順的屍體。於是王慶、順妻、客棧小二等均被勘出正法。

　　情節單元：鬼魂作詞，示意破案（3）

　　故事類型：鬼魂訴冤　　甲7

◎立成湯伊尹耕莘　　鄭光祖　　二編　　六
劇情大要——

　　文曲星奉玉帝命，降生有莘趙氏，其母淑女，夜夢吞一紅光，遂不夫而孕。及生，棄於空桑之內；伊員外見而留養之，名曰伊尹。長而耕於有莘之野。湯知其賢，薦之夏桀；夏桀不用，湯自聘之。後夏桀令大元帥向九夷借

兵伐湯，九夷因桀無道，不肯相從。成湯聘伊尹爲軍師，伊尹列陣，一鼓而平夏。放夏桀於鳴條，遂建大商。

　　情節單元：夢吞紅光未婚生子（8）

　　故事類型：神仙兒子其母不夫而孕　甲2

◎半夜雷轟薦福碑　馬致遠　初編　三三
劇情大要——

　　范仲淹與張鎬是幼年的朋友，范奉旨到江南訪賢，並爲宋公序訪婿。范仲淹訪張鎬，見其在張浩家以課館爲生便勸他入朝爲官，並給了他三封引見書信。張鎬投遞第一封信給黃員外，次日黃便急病死亡；投第二封信到黃州時，收信人劉仕林已死去。張鎬於是灰心，無意去投第三封給宋公序的信。范舉薦張鎬爲縣令，使者誤傳旨意與張浩，張浩冒名赴任。張鎬歸途中遇雨，在薦福寺題詩譏罵龍神。張浩上任途中路遇張鎬，便派僕殺之，僕人了解眞相後放走了張鎬，張浩又要殺僕人滅口，恰爲宋公序撞見，帶了張浩和僕人進京。張鎬困居薦福寺，長老擬將寺內顏眞卿書碑文拓幾本賣錢，資助他進京，卻因張鎬曾題詩得罪龍神，龍神將碑擊碎。張鎬欲自殺，急難中遇見范仲淹。范帶張鎬進京，中了狀元。宋公序也帶了張浩來到。于是殺浩，賞僕人，張鎬娶宋公序之女爲妻。

　　情節單元：冒名替代上任爲官（10）
　　　　　　　龍神擊碑懲罰罵者（2）

　　故事類型：神懲罰對其不敬者　乙1

◎司馬相如題橋記　外編　七
劇情大要——

　　王縣令爲司馬相如設筵，席中縣內卓、程二富豪亦作陪，相如於席中彈琴，被在屏風後之卓女文君所聽得，卓女因此對相如傾心，相如亦因窺見文君倩影而有求婚之思。散席後，卓父歸家因夢見月下老人將其女許給相如，便思相如往後若來提親，定許這門親事。後相如與文君果如願成婚，然婚後相如懶怠於仕宦之途，卓父爲激女婿之志，便將卓女陪嫁的僮僕與妝奩收回。文君便跟隨相如另住，並以開店賣酒爲生，後相如得到王縣令的支助，遂決意進京求取功名，臨行文君送至昇仙橋，相如在橋上題詩，"不乘駟馬車，不復過此橋"，以表示他求取功名的堅定意志。相如進京後，獻上上林、長

楊、大人三賦，得到皇上的喜愛，因而得到了賞賜並被升爲中郎官，前往成都安撫百姓。相如於途中回鄉迎接文君，並與文君再次同過昇仙橋。

　　　　情節單元：因夢允婚（8）

　　　　　　　　　假意屈辱以激人奮發（10）

六　劃

◎老莊周一枕蝴蝶夢　史樟　初編　二一

劇情大要——

　　　　大羅仙在天庭因失笑得罪，被貶下界轉生爲莊周。蓬壺仙奉玉帝敕命，領風花雪月幻化爲四妓以迷之，太白金星則前來點化。太白金星化爲李府尹，使鶯燕蜂蝶四女作詩點示，然莊周不悟，依然迷戀花酒。於是太白金星再差桃柳竹石四女爲其煉丹，最後由三曹官將四女捉回，莊周方才證果還元。

　　　　情節單元：神仙被罰投胎爲人（2）

　　　　故事類型：神仙下凡以度人　乙4

◎地藏王證東窗事犯　孔學詩　初編　四二

劇情大要——

　　　　岳飛兵駐朱仙鎮，準備收復失地，卻被調回朝。秦檜及其妻在東窗下商討謀害岳飛，最後秦以謀反罪將岳飛送大理寺審問，岳飛力辨己冤，但皇帝聽信秦檜的讒言，殺了岳飛、岳雲和張憲。地藏王化爲呆行者，在靈隱寺中等候秦檜。秦來燒香時，地藏王所化呆行者告訴他：東窗事犯了。何宗立奉秦檜命去捉呆行者，行者已不見，留詩一首，有「家住東南第一山」之語。秦檜又令何宗立往東南第一山捉呆行者。何宗立得賣卦先生指引，見了地藏王。地藏王讓何去見披枷帶鎖的秦檜鬼魂。秦檜讓何宗立傳話給妻子：東窗事犯。二十年後何宗立回到京城，參見宋孝宗，奏明外出原因和經過，告知岳飛等三人已升天，秦檜則在地獄中受罰，以明善惡終有報之理。

　　　　情節單元：爲惡者地獄中受苦（14）

　　　　故事類型：因果輪迴終有報　乙1

◎死生交范張雞黍　宮天挺　二編　九

劇情大要——

　　　　范式與張劭結爲生死之交，在京別日，二人約定，兩年後此日范到張家

拜訪。張說屆時一定殺雞炊黍相待。兩年後范式如期赴約，張劭果然已殺雞炊黍等候。後張劭染病不治，臨終囑家人須待范式來主喪，口眼方閉，靈車方動。其母認為路途遙遠，往返不及，遂定於七日後下葬。范式夢中見張劭鬼魂，托他照看老母妻子，醒後肯定張劭已死，立即動身去張家。范式素車白馬而來，正值張出殯之日。靈車停在街上，眾人推拉不動，待范親挽靈車，方能入墓穴下葬。

　　情節單元：亡魂托夢報喪訊（3）

　　　　　　　靈柩不動待故人（3）

　　故事類型：至交生死有感　甲7

◎玎玎璫璫盆兒鬼　三編　二二

劇情大要──

　　楊國用聽卜卦之言，為避災而外出經商。歸途，宿盆罐趙家。盆罐趙夫妻圖財害命，又將其屍體燒成灰，制成瓦盆。適張撇古向盆罐趙討得此盆。張撇古拿回家後，瓦盆忽作人聲，求張撇古將其帶到包拯處告狀。包拯審問瓦盆，盆向包拯訴冤，包拯將盆罐趙夫妻捉來，審出真相，依法定罪。

　　情節單元：瓦盆訴冤（3）

　　故事類型：會唱歌的骨頭　甲7

◎好酒趙元遇上皇　高文秀　初編　五三

劇情大要──

　　開封府軍士趙元嗜酒如命。岳父、岳母勸戒無效，妻子欲與之離異。開封府司官與趙元妻私通，乃借故派他限期申解文書。其妻斷言他必誤期處死，逼他立寫休書。開封府司官遂與其妻婚配。趙元路遇風雪，進酒店飲酒。見三個文士無錢付賬，受店主毆打，乃仗義代付酒賬。其中一人為趙宋皇帝，感念趙之俠義，與其結為兄弟。得知趙元苦情，乃代為修書，保其安然無虞。趙元申解文書到達，已經誤期半月，有司欲依律治罪。趙元展示其義兄所寫的書信，有司見是皇帝親筆救命，赦趙元無罪，並任其為南京（開封）府尹。有司大驚，慌忙一拜。趙元返歸開封，參見皇帝，辭官不就，並說當官不如百姓自在，願做「汴梁城的酒都監」。皇帝遂准奏，並將開封府司官和趙妻捉拿治罪，為趙元報了仇。

情節單元：救人出難還救己（14）

故事類型：救人之後得到所救的人相救　丙5

◎江州司馬青衫淚　馬致遠　初編　三二

劇情大要——

　　吏部侍郎白居易，結識長安善彈琵琶的妓女裴興奴。時值唐憲宗，白居易以浮華尚酒，不務政事被遠謫江州。兩人誓言不相負。江西浮梁茶商劉一郎來長安做買賣，看中興奴。遂與鴇母定計，造一假書，言白居易病死江州。興奴在鴇母的威逼下，嫁茶商遠去。白居易之友元稹官拜廉訪使，路過江州，月夜，與居易江上小宴，聞有彈琵琶者，居易疑為興奴所彈，乃移船訪之，果是興奴。兩人相見始知原委。興奴趁劉郎醉臥之際復歸居易。元稹回朝，奏明唐憲宗，認為白居易無罪遠謫，理應召回，憲宗允之。元稹亦將白、裴相愛之事奏上，請求聖裁。憲宗讓興奴上殿訴其原委。最後親斷：興奴歸于白居易。虔婆與劉一郎偽造書信，誣人身亡，虔婆被杖，劉則流竄遠方。

情節單元：用計離間騙婚（10）

故事類型：被離間騙婚無意巧遇重圓　丙7

◎守貞節孟母三移　三編　三九

劇情大要——

　　孟母攜子居於鄉村之間，其子隨頑童牧牛、壘土而戲，時或與童子打架。孟母恐子因此癡頑，故而移居市井，其子又與屠戶形影不離。時子思奉齊大夫之命，於各州縣鄉村廣設學校，孟母於是移居學堂之側，送孟子入學，讓孟子隨子思學詩禮俎豆之事。子思並為其取名孟軻。如此數年，其間，孟母更以織布為喻，斷織告戒孟子不可中途而廢。之後，孟子學成，齊國奉之為上卿，並封孟母為鄒國夫人。

情節單元：為子賢孟母三遷（9）

故事類型：不成型

七　劃

◎李太白貶夜郎　王作成　初編　六十

劇情大要——

　　李白在長安承應宮廷，詩酒不羈。因識破楊貴妃和安祿山的私情，遭讒

而貶夜郎。後東返，在采石渡口因酒醉投江撈月，落水身亡，受到龍王和眾水族的歡迎。

　　　　情節單元：撈月身亡（12）

　　　　　　　　　人遊龍宮（12）

　　　　故事類型：不成型

◎李太白匹配金錢記　喬吉　二編　十七

劇情大要——

　　　　長安府尹王輔，以御賜金錢與女兒柳眉兒懸佩。三月三日，柳眉兒游九龍池遇韓飛卿，兩人一見傾心，柳眉兒故意將所佩金錢遺落，使他拾取。韓拾起金錢，乘醉追隨柳眉兒入王家花園，被王輔遇見，以為是賊，吊起準備責打。恰賀知章趕來，為韓通姓名。王輔素聞其才，聘為門館先生。某日，王輔在韓之書中見到女兒所佩之金錢，疑心女兒與韓有私情，憤而問女，並責罵韓飛卿。恰賀知章來到，告知皇帝見了韓的卷子，宣其入朝加官。飛卿中了狀元後，柳眉兒繡球招親，恰好打中飛卿，王輔準備招其為婿，韓卻因兩次受辱，故意拒絕。此時李太白來宣讀聖旨，命韓飛卿與柳眉兒成親。

　　　　情節單元：故意遺物表情意（10）

　　　　　　　　　繡球招親（11.B）

　　　　故事類型：不成型

◎李亞仙花酒曲江池　石君寶　初編　七三

劇情大要——

　　　　鄭元和赴長安應舉，在曲江池結識了妓女李亞仙。兩年後元和金盡床頭，被鴇母趕出，以為送殯者唱挽歌為生。十分狼狽。鄭父得知後，認為其子辱沒鄭氏門庭，趕到長安，將元和亂棍打得氣絕，丟在千人坑裡。李亞仙前往救活，後來且不顧鴇母的反對，把以乞食為生的元和接回，並自贖自身，與和另尋房屋居住。元和在亞仙的鼓勵下，苦讀詩書，一舉成名，官授洛陽縣令。鄭父前來認子，元和猶記當年痛打被棄的滋味，不肯相認。經亞仙從中調停，父子始得和好。

　　　　故事情節：士子應舉因妓淪落妓念舊情助士中舉（9）

　　　　故事類型：忠心的妓女　丙3

◎李素蘭風月玉壺春　武漢臣　初編　六三
劇情大要——

　　廣陵人李唐斌，游學嘉興。清明郊游，得識上廳行首李素蘭，隨往妓院住有一年。李唐斌友人陶綱，官授杭州同知，赴京路過嘉興，取唐斌萬言策以進，冀得一官。後唐斌資斧漸乏，鴇母翻臉，欲逐唐斌而接山西富商。素蘭堅決不肯，剪髮以明志。兩人私會，被鴇母發現而告官，豈知府尹正是自京歸來的陶綱，陶遂將素蘭許配與李唐斌。而李亦因陶綱薦舉，得授嘉興同知。才子佳人終結合。

　　情節單元：害人反助人（11.A）
　　故事類型：忠貞的妓女　丙3
　　　　　　　＋害人反助人　丙7

◎孝義士趙禮讓肥　秦簡夫　二編　二十
劇情大要——

　　西漢末年天下大亂，趙孝、趙禮兄弟，奉母在宜秋山下居住，生活艱難。趙禮至山中採野菜藥苗，被虎頭寨寨主馬武捉去，欲殺而食之。趙禮求馬武准他回家辭別母、兄後再來，馬武應允。趙禮回家辭母後果再至。趙孝歸家聞訊，忙去追趕，趙母也隨後趕去。三人爭說自己肥胖，願殺己而饒其餘二人。馬武受感動，皆免之。

　　情節單元：爭死以求親人免禍（9）
　　故事類型：誠信不畏死使盜賊感動因而未受害　丙8

◎走鳳雛龐統掠四郡　外編　十三
劇情大要——

　　周瑜臨終前修書一封，薦龐統去見魯肅。魯肅不識龐統即鳳雛先生，令其為丹陽縣令。龐統怒而離去，前往荊州。適值孔明外出，簡雍也不知龐統即鳳雛，便讓他去做耒陽縣尹。龐統在耒陽日飲酒，不理正事，簡雍讓張飛去取龐統的首級。統算出此事，恰來陽主簿素來貪污，統乃主動將縣令之印讓予主簿，張飛誤以主簿為龐統而殺之。武陵太守金全，令黃忠去請龐統，江夏四郡拜龐為軍師，領兵來索戰。孔明與龐統相見，說明前情，請龐統同來輔佐劉備。龐統遂與黃忠計議，捉了金全，使四郡兵馬都歸順了劉備。

情節單元：故讓職位，使人替死（10）

故事類型：不成型

◎花間四友東坡夢　吳昌齡　初編　七十

劇情大要──

　　蘇東坡與王安石不合，被貶往黃州任團練。途中得歌妓白牡丹。蘇有好友，在廬山東林寺出家爲僧，法號佛印。蘇欲使佛印還俗，共登仕途，對付王安石。二人一見即互鬥機鋒，東坡不勝。東坡遂使牡丹色誘佛印，然佛印使用金蟬脫身計，使東坡再告失敗。而東坡於酒醉睡去時，夢見花間四友（梅柳桃竹所化之仙子）來會，盡歡而去，醒時仍春心未滅，後方知四友乃佛印所遣。東坡又攜牡丹於佛印坐禪時問禪，意欲難倒佛印，逼其還俗，不料佛印寥寥數語，竟使牡丹猛醒，願出家爲尼。東坡亦悔，願爲佛門弟子。

情節單元：美人計（10）

　　　　　施法術讓人入夢（5）

故事類型：不成型

◎呂洞賓度鐵拐李岳　岳伯川　初編　六五

劇情大要──

　　鄭州孔目岳壽怙勢習惡，把持衙門大權。呂洞賓來度他修道，卻被岳吊起。魏國公韓琦私訪路過，放了呂洞賓，自己卻又被岳審問。岳壽的手下對韓又進行敲詐勒索，岳壽得知韓琦身分後，驚嚇而死。到陰司，閻王因岳罪大，擬加以油鑊之罪。呂洞賓趕來說情，收爲弟子，但原屍已被燒化，便借瘸腿的李屠之屍還魂復生。岳壽拄著拐杖回到家中，和家人相認，李家卻來人爭奪。相持不下，爭到官府，韓琦也無法斷。此時呂洞賓出現，度化岳壽出家成仙。

情節單元：借屍還魂（3）

故事類型：不成型

◎呂洞賓三醉岳陽樓　馬致遠　初編　三四

劇情大要──

　　呂洞賓欲度脫柳精和梅精，但二精須先托胎成人，方能度脫。修煉三十年後，二精托胎成人，結爲夫妻，賣茶爲生。呂來勸他們出家修道，梅精即刻省悟，而柳精不解前身，不受度脫。呂乃授之以劍，令其殺妻出家，柳精

攜劍回家，翌日發現妻已被殺，因此控呂殺人，但在公堂上見妻未死，遂因誣告被定罪，此刻始解前身，從呂入道。

　　情節單元：樹木托胎爲人（7）

　　故事類型：夢或眞　乙4

◎呂翁三化邯鄲店　外編　五三
劇情大要——

　　呂洞賓前去度脫邯鄲盧生。先後三次化爲道人、漁翁、賣酒人來點化盧生，生皆不悟。呂洞賓遂用一枕頭使盧生入睡，以便在睡夢中點悟他。盧生在夢中爲官受爵、娶妻生子，享盡榮華；後又因草寇爲害，獲罪問斬，因而驚醒，但一夢醒來黃粱方熟，方知五十餘年奔波碌碌，原來卻是夢，於是頓悟，跟隨呂洞賓出家。

　　情節單元：施法術使人入夢（5）

　　故事類型：瞬息京華　乙4

◎呂蒙正風雪破窯記　王德信　初編　二九
劇情大要——

　　洛陽員外劉仲賢，頗富家資，令女兒劉月娥拋繡球招婿。寇準、呂蒙正住城南破窯，意待劉員外招婿後獻詩求鈔。不料繡球打中呂蒙正，劉員外嫌蒙正家貧，將其夫妻趕出。白馬寺僧人撞鐘開齋，蒙正每日去趁齋就食。後寺僧改爲齋後撞鐘，蒙正再至，齋飯已無。蒙正知是辱己，題詩于壁，含恨而去。至破窯，見鍋碗盡碎。月娥道是適才其父怒而爲之。寇準借得兩錠銀子，與蒙正赴京應舉。二人俱中。蒙正授洛陽縣令，未至其家，先遣媒婆勸月娥改嫁，爲月娥所拒。蒙正又扮寒儒歸，月娥亦無怨言。蒙正嘆爲貞節。夫妻同至白馬寺燒香，劉員外擔羊擔酒，前來認親，蒙正拒不相認。適寇準奉命前來進香，道昔日齋後撞鐘，打破鍋碗，均是劉員外爲激其上進所用苦心。蒙正始悟，拜認岳丈。

　　情節單元：繡球招親（11.B）

　　　　　　　齋後鐘激士志（10）

　　　　　　　得官戲妻（9）

　　故事類型：負責主宰自己命運的姑娘　丙1

　　＋假意屈辱以激其上進　丙6

　　＋丈夫考驗妻子的貞操　丙3

◎宋上皇御斷金鳳釵　鄭廷玉　初編　四八

劇情大要──

　　趙鍔攜妻兒進京趕考，欠了客店許多錢。中了狀元，又因陛見謝恩失儀，被貶為平民。回到客店，備受店主的嘲諷。無奈下便到周橋賣詩，得錢三千文。適遇微服私訪的張姓諫議大夫遭受流氓敲詐，趙鍔便將賣詩錢付給流氓，替張解圍。諫議大夫感其恩，遣人贈趙金鳳釵十支。趙以其中之一支付店主欠金，把其餘九支埋藏門後，卻被同宿店中敲詐張大夫的流氓，用殺人劫得的銀匙易換而逃。銀匙失主前來查店，搜出失物，誤以趙鍔為殺人凶犯。後流氓用金鳳釵換錢使用，被店主認出是趙鍔之物，乃將其扭送官府，為趙鍔明冤。而張亦與店主趕赴法場，證明趙鍔無罪，將流氓繩之以法。

　　情節單元：掉包嫁禍（10）

　　故事類型：救了人後來得到所救的人相助　丙5

◎沙門島張生煮海　李好古　初編　六七

劇情大要──

　　金童玉女有思凡之心，被罰至下界。金童後即書生張羽；玉女為龍王三女瓊蓮。後張羽閑游海濱，借石佛寺僧房讀書。月夜撫琴遣興，瓊蓮上岸偷聽。相見後，二人由是定情。瓊蓮約張生八月十五日相會。張生等不到中秋，外出尋找。因不識路徑，入山中不得出。仙姑毛女奉東華上仙法旨來指示迷津。告訴張生女非凡人，乃龍王之女，其父性情凶暴，將不許婚。遂出法寶三件：銀鍋一只，金錢一枚，鐵勺一把。教張生用勺舀海水滿鍋，置錢其中，以火煎水。水沸則海沸，水乾則海乾。龍王懼怕，便會許下親事。張生依言煮海。龍王大窘，上岸央求石佛寺長老為媒，願將瓊蓮許配張羽。張羽入贅龍宮。正值歡宴之際，東華上仙至，謂金童玉女宿債已償，當離水府，同歸仙位。于是攜之共登瑤池仙境。

　　情節單元：寶鍋煮海（6）

　　故事類型：煮海寶　甲5

八　劃

◎東堂老勸破家子弟　秦簡夫　二編　二一

劇情大要——

　　財主趙國器因子揚州奴好酒非為，知其必然敗家，憂悶成疾。臨終前，陰以托孤事委之於東堂老李實。國器歿，揚州奴不聽東堂老之勸，在浪蕩子柳隆卿、戶子轉之攛掇下，不到十年將家產蕩盡，以致行乞求生。後得東堂老妻以微貲相助，遂以賣炭、賣茉刻苦營生。東堂老獲知揚州奴已悔改，便以己之生辰設筵待客，召鄰里故人及揚州奴夫婦，於筵中出趙國器遺囑，揚州奴方知其父生前暗寄五百銀與東堂老，東堂老則以該款輾轉購回揚州奴先前典賣之田產家當。東堂老既歸還揚州奴之所有物產，揚州奴遂富如故。

　　情節單元：謹守遺託暗中扶持浪蕩子（9）

　　故事類型：暗中的扶持　丙3

◎兩軍師隔江鬥智　三編　三十

劇情大要——

　　周瑜與魯肅商議，勸孫權將妹妹孫安嫁給劉備，暗中調人馬，以送親之名乘機奪取荊州；如此計不成，就令孫安在拜堂時刺殺劉備，然後大軍攻奪荊州。諸葛亮令張飛將送親人，眾攔在城外，孫安又不肯刺殺劉備，周瑜兩計皆空。周瑜又設計請劉備夫妻過江，借機留住劉備，索還荊州。諸葛亮使張飛前去接應，又令劉封去見劉備，故意將一封密信遺失，讓孫權看見。孫權因見信中言曹操將攻打荊州，諸葛亮將過江來借兵，便將劉備放回，希望他被曹操殺死。周瑜在兩江口截住劉備夫妻車輛，不料劉備夫妻早換馬已走，車中坐者乃是張飛，周瑜氣得昏死。諸葛亮在荊州設宴，慶祝劉備夫妻返回。

　　情節單元：賠了夫人又折兵（11.A）

　　故事類型：不成型

◎長安城四馬投唐　外編　二三

劇情大要——

　　李密不聽部將之勸，借糧與王世充，王得糧後，便詐言以李密拆周公廟，人神所共怒，神托夢於他：將助兵攻李，約其申時交戰。王利用天色已晚，令屬下著面具應戰，李密見後大驚，以為天兵，軍隊慌亂敗陣而逃。密為王

敗後，遂率臣下三人去投唐。李世民與密有舊仇，便對密無禮，二人嫌隙更深。故李密出關借兵攻唐，然被李世民所破，逃至邢公山斷密澗，見一山神廟，遂向山神擲杯珓以卜前程，結果爲三個下下敗象之兆。李密怒，言若得勝便拆山神廟，山神亦怒李密之無禮而指示唐兵前來殺李密。昔黎山老母曾賜李密一龍泉劍，約其必遵三戒：不殺陰人，不反唐，勿割鹿肉。李密已破前二戒，黎山老母遂化一貧婆，向李密借劍割鹿肉，密借之，破了三戒。黎山老母收回其劍且預言密將遭亡身之禍。不久，唐兵便追殺而來，李密自縊身亡。而李密部將徐勣、魏徵、程咬金等俱受唐之招降。唐於是平天下群雄。

　　情節單元：天色昏暗中，以面具亂人視覺而破敵軍（10）

　　　　　　　神祇化身試凡人（2）

　　故事類型：不成型

◎招涼亭賈島破風詩　外編　二六
劇情大要——

　　皇上開放選場，令天下書生皆赴京應舉，賈島亦前去。途中，賈島誤撞大尹陳浩古之馬頭，陳觀賈島出語不凡，遂將其萬言長策獻於皇上保奏爲官，且暫將賈島安置於妙香寺中。一日，韓愈微服查訪至妙香寺，賈島因疲憊而伏桌打盹，韓愈見其文章視爲不凡。賈島誤以爲韓愈欲偷盜其文卷，無禮得罪。後知爲韓愈，懼獲罪而隱名剃度爲僧至雲蓋寺避禍。白侍郎奉令尋賈島回朝爲官，至雲蓋寺休憩，於招涼亭臨景賦詩，卻被一僧一一說破其詩句皆仿前人所得，驚其才，後方知此僧原爲賈島。遂領其回朝封官受祿。

　　情節單元：剃度爲僧以避禍（10）

　　故事類型：不成型

◎忠義士豫讓吞炭　楊梓　二編　十三
劇情大要——

　　晉國六卿中之智伯，企圖吞併韓、趙、魏三家，設宴約請三子，席上勒逼他們割讓土地。魏、韓二家被迫應允，唯趙襄子不肯，離席而去。智伯脅迫韓、魏一同出兵伐趙。豫讓力諫不可，智伯不從。三家合兵圍趙襄子於晉陽城，趙使謀士游說魏、韓，反而合力共滅智伯。趙並漆智伯頭骨爲飲器，以消心頭之恨。豫讓想爲智伯報仇，夜入趙襄子家行刺，被擒。趙襄子敬其忠義，放之。豫讓漆身裝癩，吞炭改聲，僞裝瘋魔，再次行刺趙襄子，又被擒。豫讓於是向

趙襄子求衣一件，用劍剁碎，算是已殺了趙爲主人報仇，然後自刎而死。

　　　　情節單元：以頭骨爲飲器（12）

　　　　　　　　　漆身裝癩（10）

　　　　　　　　　吞炭改聲（10）

　　　　　　　　　以剁衣抵殺人（12）

　　　　故事類型：忠貞的臣子　丙3

◎昊天塔孟良盜骨　朱凱　二編　二四

劇情大要──

　　楊六郎之父被困遼邦，撞碑而亡，七郎爲救父亦被射死。楊父骨殖被遼人吊在幽州昊天塔尖上，作爲箭靶，痛苦不已。二鬼魂向楊六郎托夢求救。六郎和部下孟良來至昊天寺，孟良假意應允佈施，入寺門即逼和尚交出骨殖。六朝攜骨殖先逃，孟良後截追兵。六郎奔至五台山，偶遇已出家之楊五郎，兄弟相認之際，遼兵追至，便齊將遼將打死，爲父弟報仇。

　　　　情節單元：鬼魂托夢求救（3）

　　　　故事類型：不成型

◎金水橋陳琳抱粧盒　三編　五

劇情大要──

　　宋眞宗令六宮嬪妃到御園中拾他打出的金丸，拾到金丸者便駕幸之。金丸爲李美人拾到，眞宗夜宿其宮。後李美人產一子，劉皇后令寇宮人去把孩子殺死。寇宮人在金水橋恰遇內監陳琳抱粧盒去採果，準備爲八王爺上壽，兩人商議，把小兒放在粧盒內，假作禮品，由陳琳帶出宮，交給八王爺。十年後八王爺帶小兒入宮見眞宗，劉后見此兒貌似李美人，因而生疑，令陳琳掌刑拷問寇宮人。寇恐眞相洩露，觸階而死。后眞宗遺命八王爺之子即位，是爲宋仁宗。仁宗向陳琳問知自己的身世，封、贈寇、陳兩人，奉李美人爲太后。

　　　　情節單元：自殺以守密（9）

　　　　故事類型：忠貞的臣子　丙3

　　　　　　　　　＋兒子長大後才報仇　丙9

◎河南府張鼎勘頭巾　孫仲章　初編　六一

劇情大要──

劉平遠之妻與王道士有染。王小二與劉平遠因故口角，怒說要殺劉。劉妻趁機逼王小二立下保證其夫百日內平安無事的文書，又令道士殺死親夫。然後持文書誣告王小二殺死其夫。官府受賄，將其屈打成招。然因無確證，不能結案，半年後官府又向小二逼供頭巾、銀杯等贓物，小二胡指壓在城外劉家蔡園井邊石下。其事被在一旁聽審的賣草人聞得，並告知王道士，王便將贓物藏於其處，小二遂被判處死刑。臨刑時，孔目張鼎聞其冤，又發現頭巾、銀杯都無久埋痕跡提出復審。張終於從賣草人處找到線索，並編造其已捉拿王道士而王訴說劉謀害親夫的騙局，以賺劉妻供出眞情，平反了冤獄。

　　情節單元：因奸殺夫（12）

　　　　　　　編騙局以探實情（10）

　　故事類型：奸夫與淫婦　丙5

◎**承明殿霍光鬼諫**　楊梓　二編　十二

劇情大要——

　　漢昭帝死後，霍光廢新立之昌邑王另立漢宣帝爲君。宣帝因霍光功大，封其兩子爲官。霍光言其子惡，不足任職，宣帝不聽。後霍光往五南採訪，半年後歸京。得知二子將妹妹獻給宣帝，當即上朝進諫，請求將二子削職爲民，將女兒下於冷宮。宣帝不從。霍光憂心，一病不起。宣帝前來問疾，霍光稟宣帝，謂二子以後必反，求宣帝賜他一紙赦書，以免遭開棺戮屍之果，全家受累。霍光死後，二子果然設計，欲把宣帝請入私宅宴飲，擊鐘爲號，擊殺宣帝，取而代之。霍光鬼魂向宣帝托夢告密。宣帝擒殺二賊，告祭霍光。

　　情節單元：暗號爲訊相呼應（10）

　　　　　　　鬼魂托夢告密（3）

　　故事類型：忠貞的臣子　丙3

　　　　　　　＋鬼魂告密　甲7

◎**孟光女舉案齊眉**　三編　七

劇情大要——

　　孟光女與梁鴻自幼指腹爲婚。梁家二老早亡，鴻一貧如洗。孟父意欲悔親，然孟光女執意信守承諾，委身梁鴻。孟父無奈，將其招贅家中。成親後，孟父讓梁鴻獨居後園讀書，不准二人相見。一日，孟光女父母外出，孟光女去見梁鴻，梁不理孟光。孟光跪問其故。梁鴻謂孟光遍身羅綺，與自己不配。

梁鴻語罷，孟光立換荊釵布裙。孟父歸來，謂此是辱己，將梁鴻夫妻趕出家門。夫妻遂與豪門舂米爲生。梁鴻每日苦讀，孟光舉案齊眉地伺候飲食。孟光從嬤嬤處借得銀兩鞍馬，教梁鴻進京應舉。梁鴻一舉及第，授扶溝縣令。孟父前來認親。梁鴻夫婦拒不相認。此時嬤嬤道破眞情：昔日孟父冷遇梁鴻，皆爲激其上進，鞍馬銀兩均是孟父所贈。梁鴻夫妻始悟，同拜尊親。

　　情節單元：假意屈辱以激人奮發（10）

　　故事類型：假意屈辱以激人奮發上進　丙6

　　　　　　　＋暗中的扶持　丙3

九　劃

◎相國寺公孫汗衫記　張國賓　初編　四十

劇情大要——

　　員外之子張孝友救起凍臥雪中的陳虎，並認作義弟。孝友妻孕十八月不產，陳虎欲圖其妻，拐騙張孝友夫妻去東岳廟占卜。臨行，員外夫婦前來阻止子媳遠行，其子不肯，乃拆開汗衫，各取其半，欲以相憶。去廟途中，陳虎於船上推孝友入河，劫其妻逃走。員外回家後，家中失火，家產燒盡，以致行乞。

　　十八年後，孝友之子長成，然從賊姓叫陳豹。將上京應舉時，其母以所藏汗衫與之，囑其訪張員外，然並未告知其故。陳豹得中武狀元，除提察使，至相國寺散齋濟貧。此時張員外夫婦適爲行乞至相國寺，誤以陳豹爲其子，蓋以其相貌酷似其子孝友。後員外夫婦拜謝陳豹散齋之恩時，陳豹便感身後似有人推起，而感奇怪。陳又見其可憐，欲以汗衫與之補衣，張乃知陳爲其孫。陳心疑其事，歸家追問，其母告之以原委，始知認賊作父，決意爲父報仇，治陳虎之罪。

　　孝友落河後幸爲漁父救，捨俗出家十八年，而其父至其出家之寺追薦亡子，方知其子仍活，三代終成團圓，並治陳虎以死刑。

　　情節單元：久孕而產（6）

　　　　　　　祖拜其孫，似有人推孫起身（9）

　　故事類型：兒子長大後才報仇　丙9

◎破幽夢孤雁漢宮秋　馬致遠　初編　三十

劇情大要——

漢元帝使畫師毛延壽選天下美女，以充後宮。王昭君，生得十分豔麗；因家貧及貌美，不肯賄賂毛延壽。毛延壽懷恨，將美人圖點破，使其打入冷宮。昭君夜彈琵琶，被漢元帝聽到，由是得寵。昭君訴以不得見元帝之故。元帝怒，傳旨將毛延壽斬首。毛延壽攜美人圖逃入匈奴，獻給匈奴單于。匈奴單于遣使索取王昭君，若不應允，即興兵南侵。漢元帝向朝臣問計，文武百官莫展一籌。昭君得知此事，情願出塞，以息刀兵。元帝懼于匈奴兵威，只好答應昭君和番。

昭君毅然就道。行至黑龍江漢番交界處，昭君借酒向南澆奠，隨即投江而死。匈奴單于後悔不已，將其葬在江邊，號爲「青冢」；並把毛延壽拿下，解送漢朝治罪，與漢永結甥舅之好。元帝回宮，對著昭君畫像長吁短嘆，日夜思念。夢見昭君來會，幾聲秋雁，使元帝夢回。

　　情節單元：自殺以示忠誠（9）

　　故事類型：不成型

◎看錢奴買冤家債主　鄭廷玉　初編　四五
劇情大要——

　　窮漢賈仁爲人極慳吝，抱怨上天不公，往東岳廟向靈派侯祈求發財。曹州周榮祖率妻兒上京應舉，將家財藏於牆中。靈派侯使賈仁掘得壁中周氏藏金，暴發驟富。賈仁雖富，但仍然慳吝異常，一毛不拔。周榮祖則科名落第，回鄉又失其所藏，不得已將幼子長壽賣給賈仁爲兒。賈仁夫妻二十年後去世，家產盡歸於長壽。周榮祖父子也得重聚。當長壽奉上金銀於父母時，榮祖發現銀錠上鑄有自己祖公名字，原來就是當年所失藏金，悟出賈仁祇是替周家當了二十年的看錢奴。

　　情節單元：神懲罰吝嗇者爲守財奴

　　故事類型：神懲罰惡者　乙1

◎保成公徑赴澠池會　高文秀　初編　五七
劇情大要——

　　秦昭公欲圖趙國，設計以十五座連城換取趙國的和氏璧。藺相如自請帶璧赴秦，因見秦國君臣無信，遂暗中持璧而回，以完璧歸趙之功被封爲上大夫。秦昭公又約趙成公于澠池會盟，以乘機擒拿趙國君臣，廉頗欲發兵與秦抗爭，藺相如又力爭獨自保趙成公赴會。澠池會上，相如語折秦昭公，並挾

持他送趙成公還國。趙成公爲相如設宴慶功，加官封爵。廉頗以相如文臣無汗馬功勞，而屢受封賞極爲不服，使從人毆打相如。後廉頗知相如並非懼己，是不願文武相爭而誤國，因此極爲慚愧，親赴相如府上負荊請罪，兩人結爲生死之交。

　　情節單元：劫持人質得脫身（10）

　　故事類型：不成型

◎風雨像生貨郎旦　三編　三二
劇情大要——

　　李彥和娶妓女張玉娥爲妾。婚後，玉娥盜取彥和之家私並燒毀其屋，與李差役重修舊好。李彥和因家失火，攜兒春郎、乳母張三姑逃至岸邊。上船時，彥和被張、李兩人推下水，張三姑則被勒殺。三姑未死，帶春郎流落無依，恰有葛帖千戶無子，收春郎爲嗣；張三姑則被賣貨郎之張撇古收爲義女，學唱《貨郎兒》爲生。十三年後，張撇古已死，張三姑欲歸洛陽，遇見落水後被救起之李彥和。李窮困不堪，遂與張三姑爲伴，唱《貨郎兒》。春郎長大後襲千戶職，因差至河南，命差役叫人來唱《貨郎兒》，恰張三姑奉召而來。張三姑見召己之官貌似李春郎，便演唱了按李彥和家事和春郎來歷所編的貨郎曲十二調。李春郎春葛帖千戶臨終時曾告知其身世，於是詳問始末，與張三姑、李彥和相認。適吏役擒得兩犯，經審問正是張玉娥、李差役，遂將兩人誅殺。

　　情節單元：因奸害夫（12）

　　故事類型：遭陷害不死，久經淪落終團圓　丙7

◎後七國樂毅圖齊　外編　三
劇情大要——

　　燕王拜樂毅爲元帥，領兵伐齊。半年之間，連攻下七十餘城，而莒城、即墨二城卻三年未能攻破。齊公子孟嘗君遣使往雲夢山請孫臏下山用計。孫臏游說於燕王，說莒城、即墨久攻不下，乃是樂毅仰仗兵威，「反順於齊」。燕王果然上當，召回樂毅，使燕將騎劫代領其眾。齊將田單遣使將黃金千鎰獻於騎劫，約期出降。實則於即墨城中聚牛千頭；牛角安刀，兩勝負槍，尾縛火把、謂之「火牛陣」。訓練數日，於出降日放出，齊軍繼後，大敗燕軍，盡收失地。

　　情節單元：反間計（10）

火牛陣（10）

故事類型：不成型

◎洞庭湖柳毅傳書　尚仲賢　初編　七八

劇情大要——

　　洞庭湖龍女三娘嫁與涇河小龍爲妻，夫妻不和，龍女被罰至涇河岸邊牧羊。書生柳毅赴考途中，經涇河邊，龍女向其哭訴原委，並託其帶回家書求救。柳依龍女所囑，帶著龍女之金釵至沙浦廟邊的金橙樹上敲擊，果見巡海夜叉出現，便由其帶路，來至洞庭湖，傳書給洞庭老龍夫妻，並告知其女慘狀。此事被老龍之弟錢塘火龍所竊聞，火龍大怒便找小龍決鬥，最後將幻化爲蛇的小龍吞食腹中，救回龍女。爲感柳毅傳書之恩，老龍夫妻與火龍商議要把龍女嫁給柳毅，柳堅辭不允。洞庭君設宴款待柳毅，重贈珍寶，送柳還家。柳毅歸家後，母親已替他訂了范陽盧氏女爲妻。新婚之日，卻發現盧女正是龍女三娘，於是夫妻帶了老母同至洞庭龍宮。

　　情節單元：龍女嫁人（6）

　　　　　　　龍變蛇（4）

　　　　　　　人遊龍宮（6）

　　故事類型：感恩的龍公主　甲2

◎施仁義劉弘嫁婢　三編　二一

劇情大要——

　　巨富劉弘，鑒於貨卜先生言己會夭壽、乏嗣，因而疏財仗義，廣結善緣。縣令李遜，於赴任途中染病將死，念及劉有善名，乃修書一封：請其照顧寡妻、孤子。劉弘恤孤念寡，便收留了素不相識之李遜妻與子。又襄陽裴使君，遭人殺害，其孤女欲賣身葬父。媒婆將其領至劉家以爲婢。劉念其孝，認作義女，倒賠妝奩，配與李遜之子爲妻。上帝因李遜、裴使君二人生前爲人清正，分別封爲增福神和西川城隍。二神將劉弘仁義之事稟告上帝；上帝使劉增壽二十四歲、生一子。十三年後，李遜之子主司考卷，選劉弘之子爲解元，並將己妹配與劉弘子。

　　情節單元：善惡有報（14）

　　故事類型：神使行善者改變壞命運　乙1

◎神奴兒大鬧開封府　三編　二八

劇情大要——

　　李德仁夫婦，生一子名神奴兒。其弟李德義無嗣，弟媳王氏，貪悍乖劣，調唆德義與其兄分家。德仁不肯，王氏哭鬧，將其氣死。後又唆使德義將寡嫂陳氏趕出另居。一日，老院公領神奴兒於街頭嬉戲，往購傀儡時，神奴兒卻被醉歸之李德義抱回。王氏為獨霸家私，乘機將神奴兒勒死，埋於陰溝。德義醒來尋找神奴兒，王氏反誣其趁醉教他殺人。德義懼官，只好作罷。神奴兒托夢給老院公，言被王氏勒死。陳氏和老院公往德義家尋屍。王氏反誣陳氏與人有奸，殺子滅屍，並訴於官。縣官受賄，將陳氏屈打成招。老院公死於獄中。開封府尹包拯賞軍回來，神奴兒鬼魂擋路。包拯知有冤情，重審此案。神奴兒鬼魂上堂訴其原委，案情得以大白。

　　　情節單元：鬼魂托夢（3）

　　　　　　　　鬼魂訴冤（3）

　　　故事類型：鬼魂訴冤　甲7（780a）

◎降桑椹蔡順孝母　劉唐卿　初編　五九

劇情大要——

　　孝子蔡順，其母染病將死，隆冬想吃桑椹。遂設下香案禱告天神，叩頭出血，滴淚成冰，願減己壽一半使母病癒。一念誠孝，感動天地，果然冬天變春天，又降甘露，桑樹結果。順摘以奉母，母病立除。

　　　情節單元：冬變春使桑樹結果（1）

　　　故事類型：神使有孝心的人願望實現　乙1

十　劃

◎時真人四聖鎖白猿　外編　五六

劇情大要——

　　沈璧外出經商逐利，甚妻在家守候，有一自稱煙霞大聖的白猿，化為沈璧的模樣，至沈家霸佔了沈妻及其家業。二年後，沈璧泛海歸來，白猿現出原形，將沈璧逐出其家。沈璧感嘆禍事無法解決，正欲投湖自盡，適遇時真人相救，時真人遂領神將擒住白猿，沈璧一家方得團圓。沈終悟逐利無用，乃散盡家財予道觀寺院，遁入空門修道。

情節單元：猿變人（4）

故事類型：不成型

◎晉文公火燒介子推　狄君厚　初編　六八

劇情大要——

　　驪姬在祭物中下毒，嫁禍太子申生。奏請將太子賜死，太子因而自盡。驪姬爲讓己子登位而趕盡殺絕，又派呂用取重耳首級。重耳逃難入山，避於介子推家，子推之子引劍自刎，子推將子之首級僞爲重耳者交給前來追殺的呂用，並伴重耳繼續逃亡，途中還割股以療重耳之飢，直至楚大夫接納重耳，子推才返家，後重耳返國登基，是爲晉文公，封贈群臣，卻忘了封介子推。介子推作了篇龍蛇歌，懸於晉宮門，背母歸隱綿山而去。文公爲求子推而放火燒山，然子推卻矢志不出，抱著黃蘆樹燒死山中，劇終以文公祭子推作結。

　　　　情節單元：下毒嫁禍（10）
　　　　　　　　　以身代死救人苦難（9）
　　　　　　　　　割股療飢（9）
　　　　　　　　　放火搜人（12）
　　　　　　　　　爲明志寧燒死（12）

　　　　故事類型：不成型

◎秦月娥誤失金環記　外編　五十

劇情大要——

　　秦月娥之父卒於官，她和母親因路途遙遠，不能歸鄉。秦父故交之子楊倫上京應試，路過秦家拜訪，留住於後花園。秦月娥到後花園玩耍時失落金環，恰爲楊儒所得。月娥遣婢女去索，楊儒借機贈詩與月娥，以示愛慕。月娥也寫詩回贈，如此往返數次，終至發生私情。事被老夫人得知，在婢女的勸說下，同意二人的婚事，但仍要楊儒先去赴考。後楊儒中進士，夫妻得以歡聚。

　　　　情節單元：仕女相互鍾情中舉方成眷屬（11）

　　　　故事類型：父母對向其女求婚者的考驗　丙2

◎秦脩然竹塢聽琴　石子章　初編　二二

劇情大要——

　　鄭禮部之女鄭彩鸞，自幼與秦工部之子修然指腹為婚。後兩家父母俱亡，不通音信。因官府榜示民間女子限嫁，彩鸞自知有指腹婚約，不願另嫁便投奔姑母鄭道姑落髮為尼。秦修然亦因土寇擾攘，投奔鄭州府尹梁公弼。一日，修然出城踏青路過尼庵，報聽到鄭彩鸞撫琴，二人相見並相認。梁公弼察知秦修然經常淹留尼庵，頗為不滿，乃令嬤嬤假告秦修然庵中尼姑為女鬼，修然大驚。急忙整裝赴京應考。梁公弼往視尼庵，甚喜彩鸞聰慧，移彩鸞為白雲觀主，以為照應。秦修然赴考，高中狀元，命為鄭州府通判。梁公弼攜其赴白雲觀與采鸞相會，二人喜偕婚配。鄭道姑赴白雲觀，責彩鸞輕易還俗成婚，與趕來調解的失散丈夫梁公弼重逢，老少夫妻遂雙雙團聚。

　　情節單元：設計激士求取功名（10）

　　故事類型：謊稱其女友為女鬼激士離開求上進　　丙6

　　　　　　　＋暗中的扶持　　丙3

◎破幽夢孤雁漢宮秋　　見頁50

◎破苻堅蔣神靈應　　李文蔚　　初編　　二五

劇情大要——

　　北朝秦帝苻堅，不聽臣下勸阻，執意圖晉。選將，晉丞相謝安薦其姪謝玄為帥。謝安與人奕棋，謝玄旁觀。謝玄從棋局中悟出出奇制勝之理。謝玄率軍駐扎鍾山，並率眾至山神廟燒香神前，乞求蔣神陰助。隨即迎戰苻堅于淝水。謝玄謂苻堅：我軍只有十萬，不堪一擊，請秦軍退過淝水，回去請命後，便來投降。此時蔣神顯靈于八公山，令滿山草木盡為晉兵，苻堅大驚，秦兵不戰自亂。謝玄揮師追殺，由是得勝，班師回朝。與戰人員盡受封賞。

　　情節單元：神靈助戰草木成軍（2）

　　故事類型：神幫助祂的信仰者　　乙1

◎馬丹陽三度任風子　　馬致遠　　初編　　三五

劇情大要——

　　馬丹陽擬度屠夫任風子成仙，先勸化鎮上人都不要吃葷，屠戶們無法為生，訴苦於任風子，並推其持刀去殺馬丹陽。任屠不聽妻子勸阻，夜入馬丹陽家，反為護法神所殺。任向馬索頭，馬令其自摸，則頭仍在，于是猛省，決意隨馬丹陽修道。妻子勸他還俗，他則將幼兒摔死，以示恩斷義絕，執意出家。修道

十年後，在丹陽所設之幻境下，他又逢六賊，受生死之考驗，終於悟道成仙。

　　情節單元：摔死己子以示決心（12）

　　故事類型：夢或眞　乙4

◎馬授撾打聚獸牌　外編　八

劇情大要——

　　漢劉秀興兵反王莽，占據昆陽。王派部將巨無霸爲先鋒，領兵圍昆陽。巨無霸有一聚獸牌，擊響此牌則百獸都來助陣，故劉軍非其敵手。劉秀令馬武突圍請來嚴光作軍師，指揮運籌。馬授善使鐵飛撾，嚴使其擔任先鋒。兩軍交戰，待巨無霸敲聚獸牌時，馬授便以飛撾將聚獸牌擊碎，然後眾軍齊上，終於殺敗王莽軍。

　　情節單元：聚獸牌（6）

　　故事類型：不成型

◎莽張飛大鬧石榴園　外編　十六

劇情大要——

　　曹操挾天子以令諸侯，因劉備不聽調度，便宴請劉備於石榴園，並以七重圍子手圍園，擊金鐘爲號，擒劉備，若關張二人前來搭救時，再一一將其生擒。關張二人不在，劉備一人赴約，席中曹操與劉備論古今英雄；言中者飲酒，錯者罰飲涼水。楊修暗助劉備，故意使曹操多飲。曹操酒醉，楊修趁機暗示劉備酒宴中藏有殺機。是時，關羽、張飛前來搭救。關羽令校刀手圍定石榴園。張飛闖入，扶出劉備。曹操計策遂不得逞。

　　情節單元：設宴爲名捕來賓（10）
　　　　　　　暗號爲訊補來者（10）

　　故事類型：不成型

◎㑇梅香騙翰林風月　鄭光祖　二編　三

劇情大要——

　　裴度征討淮西時，白敏中之父捨命相救。裴度爲報恩，在白父病危時將女兒許與敏中。後因雙方父亡，音信暫隔。後敏中持信物往探裴夫人，意欲完婚。裴夫人留其後花園讀書，並讓女兒與敏中兄妹相稱，絕口不及婚事，敏中由是相思成疾。裴女之婢㑇梅香，從中撮合，二人得以於月下相會。不

料被裴夫人撞見，將白訓斥一頓，趕出家門。敏中離開裴家後進京赴考，一舉得第，官拜翰林院大學士。後奉旨到裴府完婚。以老夫人嘗待以冷面，故見時佯裝不識。䂮梅香識破，告知原委：原是裴夫人有意安排，旨在激敏中應舉，以光門第。遂欣然如故。

　　情節單元：設計激士求取功名（10）

　　故事類型：父母對向其女求婚者的考驗　丙2

◎**徐伯株貧富興衰記**　外編　四七
劇情大要——

　　徐伯株父喪家貧，無法上京應舉。風雪之日求助於叔父被拒，嬸嬸私下贈與金釵與襖子。後叔父因為富不仁，遭天譴降災，火神燒毀其所有家私，而讓其流落街頭。徐伯株得官後，家中舉筵慶祝，適叔父一家人乞討至此，徐伯株念嬸母舊恩，不計較叔父前仇，收留叔父一家。

　　情節單元：為惡遭神罰（2）

　　故事類型：神懲罰惡者　乙1

◎**唐明皇秋夜梧桐雨**　白樸　初編　十八
劇情大要——

　　唐明皇時，安祿山在幽州節度使屬下為將，失律當斬，被解到長安。唐明皇赦免了安祿山，讓其給楊貴妃當義子，後因楊國忠之言，外放為漁陽節度使。安祿山因與楊妃有私，對外放心懷忌恨，到漁陽操練兵馬，準備作亂。唐明皇寵幸楊妃，七夕在長生殿乞巧，對天盟誓，願世世為夫妻。明皇、楊妃設宴，四川進鮮荔枝，楊妃演《霓裳羽衣舞》。正歡樂間，李林甫報告安祿山叛亂，帶兵攻破潼關。唐明皇倉促決定逃往四川。明皇、楊妃等行至馬嵬坡，軍馬不前，隨行軍兵先殺楊國忠，又逼明皇令楊妃自縊，死後馬踐屍首，軍馬方前。安史亂後，明皇回到長安，退為太上皇。終日思念貴妃，一夕夢與貴妃見面，正欲共話之際，卻被梧桐雨聲驚醒，更添愁思。

　　情節單元：馬踐罪人屍首方始前進（6）

　　故事類型：不成型

◎**迷青瑣倩女離魂**　鄭光祖　二編　四
劇情大要——

張倩女與書生王文舉早年由父母指腹爲婚。王文舉上京赴考，先往張家探望。張母讓倩女與王生兄妹相稱，待王生取得功名後再行成婚。倩女對王生一見傾心，王去後，倩女思念成疾，魂離身體，前往追趕，並與其一同進京。王文舉及第後，寄書到張家，言授官之後將和小姐同回。臥病之倩女，以爲王生另娶，悲憤欲絕。王文舉與倩女魂衣錦還家。張家見狀大怪，教倩女魂去見臥病在床之倩女，二者遂合而爲一。倩女病愈，眞相終白，張家設宴爲倩女和王文舉完婚。

情節單元：魂離軀體成二身，魂體再度合一（3）

故事類型：魂離軀體成二身　甲7

◎凍蘇秦衣錦還鄉　三編　八

劇情大要——

蘇秦不做莊農，與張儀同堂讀書，同去求取功名。蘇秦離家時誇口：金榜無名誓不歸。行至半途，蘇秦生病，滯留客店。張儀先行。蘇秦病癒，得一長老資助，再度出發。不料蘇秦在途中舊病復發，銀錢用盡，無奈回家。然家人皆冷眼相待。蘇秦不堪羞辱，再次忿而離家。後張儀已位至秦國宰相，故意對前來投奔的蘇秦冷嘲熱諷，並在「冰雪堂」大開門窗冰冷地接待他，進之以冷湯、冷酒、冷飯。蘇秦受此羞辱，忿欲自盡。張儀暗遣僕人資助他金銀鞍馬，激其發奮投考。後來，蘇秦終於官至六國都元帥，衣錦還鄉。家人與張儀皆來道賀，蘇秦大罵眾人往日行逕，張儀僕人於是說明當年智激、暗助的眞相。蘇秦大悟，感激萬分，與張儀言歸於好，並與家人相認團圓。

情節單元：假意屈辱以激人奮發（10）

故事類型：假意屈辱以激人奮發上進　丙6
　　　　　＋暗中的扶持　丙3

◎海門張仲村樂堂　三編　四一

劇情大要——

蘇州王同知有妻張氏，妾王臘梅。王臘梅與管家王六斤私通，欲毒死王同知，將毒藥放在湯中，由張氏遞與王同知。王同知發現湯中有毒，王臘梅便誣張氏所爲。令史張本奉命勘問此案，王同知暗中向張本行賄，要他定張氏而釋臘梅。張本將賄金封存上交府尹。王同知恐事發累己，去向府尹求情，

府尹讓他去求岳父張仲承認行賄罪名，方能了解此案。王同知與妻張氏往村樂堂去求張仲，張仲因女兒被連累，不得以而應允。於是府尹含混了結此案，只將王臘梅、王六斤定罪。

　　情節單元：下毒嫁禍（10）

　　故事類型：不成型

十一劃

◎硃砂擔滴水浮漚記　三編　二十

劇情大要──

　　王文用辭別家人，至外經商。回途攜硃砂等貨物投店。遇盜匪白正想殺人劫貨。文用精警，將白灌醉而逃。然路上遇雨，躲入東岳廟，白正卻隨後而至，劫財害命。王臨死前，指著太尉像及屋檐下之浮漚為證，發誓要到陰司控告白正。白正後又至王家，推王父入井，強佔王妻。王死後果至陰司告狀，至家中向白索命。白正謂無見證，太尉率鬼力上，道昔日滴水浮漚便是證見，將其押入地獄，永為餓鬼，以示天理之不爽。

　　情節單元：浮漚為證魂擒兇手（17）

　　故事類型：神懲罰惡者　乙1

　　　　　　　＋陽光下眞象大白　丙8

◎曹操夜走陳倉路　外編　十一

劇情大要──

　　曹操派張魯去襲陽平關，張魯與張飛交戰，被飛生擒，諸葛亮命於張魯臉上刺譏諷曹操之詩句後，將其釋放。張魯歸後，被曹操所殺。其弟張恕遂帶人馬糧草降劉備。曹操因缺少糧草，有意退軍。楊修料知曹之心事，為曹操所忌，因而被殺。曹操率軍攻劉，失利撤退，諸葛亮命趙雲等埋伏、追殺。曹操割須棄袍，喬裝成兵卒，夜從陳倉路脫逃。孔明以天意不欲亡曹，遂命收兵，回營慶功。

　　情節單元：刺字於身以譏辱（12）

　　　　　　　知人心事，惹禍上身（12）

　　　　　　　喬裝脫逃（10）

　　故事類型：不成型

◎崔府君斷冤家債主　鄭廷玉　初編　四九

劇情大要——

　　張樂善積有五錠銀子，某日被趙廷玉盜走。有五台山僧人將所募化之十錠銀寄存張家，則被張妻吞沒。後張善友生有兩子。長子一心爲家聚財；次子則揮霍無度。張善友於是分子家產，不久，長子便病死，妻亦因次子敗家而氣死，次子亦接著去世。張善友因此怨天地不公，前往爲官的崔姓友人處控告閻神。崔作法，使張善友夢游地府，親自求於閻神，張至地府，方知長子是偷銀的趙廷玉轉生，次子是五台山僧人轉生，前世宿債既清，自然離去。張妻則因吞沒僧人之銀，在地獄中受苦。張善友於是感悟妻、子、財乃身外之物，冤家債主，一還一報，各有定數。

　　　情節單元：施法使活人夢游地府（5）

　　　　　　　投胎討（還）債（14）

　　　　　　　爲惡者地獄中受苦（14）

　　　故事類型：因果輪迴終有報　乙2

◎崔鶯鶯待月西廂記　王實甫　初編　二七

劇情大要——

　　崔鶯鶯與母扶亡父靈柩歸鄉，途中寄居普救寺。適逢士子張君瑞赴京應試，途至該寺遊玩，巧遇鶯鶯，一見鍾情，便設法借居寺中。時恰有賊將聞鶯鶯貌美，率兵圍寺，強令婚嫁。崔夫人便宣稱有能退賊者，既以女許配爲妻。張生聞言遂請寺僧送書請求摯友杜元帥前來解團。事成後，崔夫人設宴謝張生，令鶯鶯以兄禮出拜，背信而不履行前約，並言鶯鶯早已許配其姪鄭恆。

　　張生央求鶯鶯侍女紅娘相助，紅娘獻計予張生：若以詩亂之，可得也。張生即以撫琴示情、遞簡示愛，使鶯鶯深受感動。一日，紅娘持鶯鶯答詩予張生，張生見詩中含意，是夜踰牆而達西廂，然卻被鶯鶯嚴詞斥退。張生自此相思成疾。紅娘便從中撮合二人在西廂歡會，勾卻相思債。崔夫人發現兩人曖昧關係後，勉強允婚，但命張生應試中舉後方能成親。張生至長安，一舉狀元及第，授河中府尹，衣錦還鄉。時鄭恆出現，發生一場糾紛，求婚未偕，觸樹而亡，於是張生和鶯鶯始得長相廝守。

　　　情節單元：一見鍾情（6）

　　　　　　　仕女相互鍾情中舉方成眷屬（11）

故事類型：父母對向其女求婚者的考驗　丙2

◎黑旋風雙獻功　高文秀　初編　五四

劇情大要——

　　運城孔目孫榮將帶妻子上東岳廟燒香還願，恐遇壞人，特地到梁山請故交宋江派人保護。李逵自告奮勇願前去護送。孫妻原與白衙內有染，且約定於途中以「眉兒鎖常吃皺，夫妻每醉了還依舊」為暗號，相偕私奔。孫妻趁孫、李外出離開旅店時，與白會合私奔。孫榮、李逵回到旅店後，發現孫妻逃走，並知為白衙內拐去。孫榮去官府告狀，誰知坐堂的竟是白衙內，結果孫榮反被打入死囚牢內。李逵扮作農民探監，設計用蒙藥麻醉了禁卒，救出孫榮。李逵又偽祇候，送酒至白衙內府中，殺了正在飲酒取樂的白衙內及孫妻二人，提雙頭回梁山獻功。

　　情節單元：下毒救人（10）

　　　　　　　暗號為訊相呼應（10）

　　　　　　　偽裝身分以殺人（10）

　　故事類型：不成型

◎救孝子賢母不認屍　王仲文　初編　二三

劇情大要——

　　大興府西軍莊軍護楊某，其妻李氏生子名興祖；其妾康氏生子名謝祖。楊某與妾早逝。值大興府府尹王脩然來征兵，看中楊謝祖，李氏不許，而讓長子興祖前往。王脩然問清原由，嘆為賢德。一日李氏命謝祖送其嫂春香歸寧，為恐叔嫂嫌疑，可送至近莊而去。不料嫂嫂與謝祖別後，卻遇上一惡徒，他以行醫為名，拐騙推官啞婢其有孕後又將其誘至郊外將之殺害。適春香至，惡徒剝下春香衣服與啞婢穿上，又將梅香面目劃破，迫春香順己逃走。春香母不見女兒，來問李氏，方知春香失蹤。尋人時發現啞婢，春香母誤認為己女而訴于鞏推官。屍首腐爛，亦未詳驗，鞏推官便定罪謝祖為奸淫未成，欺兄殺嫂而打入死牢。威逼李氏領屍燒化，李氏堅持不認。興祖從軍立功告歸，路逢其妻，驚問其故，方知為惡徒所掠強逼為妻，因不從，勒令汲水澆畦。興祖執惡徒至官。適王脩然奉命前來審因，春香上堂，案情大白，將惡徒明正典刑，並表章賢母李氏及興祖賢妻。

　　情節單元：以己子代他人之子受苦難（9）

故事類型：忠貞的後母　丙6

◎望江亭中秋切鱠旦　關漢卿　初編　七

劇情大要──

　　年輕寡婦譚記兒常到清安觀與白道姑閑聊。白道姑侄子白士中新官上任，途中順訪白道姑，白得知其妻子新喪，遂撮合其與譚爲夫妻。京師楊衙內，早已垂涎於譚記兒，聞此消息，便向皇帝參奏白士中「貪花戀酒，不理公事」，皇帝准其帶欽賜勢劍、金牌及文書，去取白士中首級。白母探知此事，使人告知其兒早作準備。譚記兒遂立下巧計，欣然去見楊衙內。中秋月夜，譚記兒喬扮漁婦，以獻新切鱠爲由，接近楊衙內，並調情獻媚。楊衙內色迷心竅，邀其共飲。譚記兒乘機把勢劍、金牌和殺人文書賺到手中駕舟而去。翌日，楊衙內在公堂上要殺白士中，但無任何官方憑證。士中反告楊衙內欲強占漁婦爲妾，並喚出譚記兒，衙內始知中計。時京中府官，奉旨暗查士中一案，盡得實情，遂罷楊之官職，白士中夫妻喜團圓。

　　情節單元：美人計（10）

　　故事類型：以美色誘人以達目的　丙6

◎梁山五虎大劫牢　外編　五八

劇情大要──

　　梁山泊頭領宋江遣李應下山招好漢韓伯龍齊入伙。李應依言下山，後因染病財空，風雪天昏倒於韓家門口，韓伯龍相救，倆人遂結爲兄弟，李應從此於韓家住下。宋江半年不見李應回轉，恐有閃失，又遣魯智深、武松、劉唐、阮小五等四人下山接應。四人暗見李應，共商計策。伯龍清明節踏青賞春，魯智深等故來挑釁，誘至僻靜處，將其擒拿，擄上梁山。李應則在家放火燒房，絕其後路。伯龍上山，仍戀家中妻兒，請求放歸。歸後，官軍以伯龍勾結梁山強人，將其全家下獄。宋江得信後再遣李應、魯智深等五人下山劫牢，救出其全家，韓因感搭救之恩，終歸梁山。

　　情節單元：設計陷害再相救（10）

　　故事類型：不成型

◎梁山七虎鬧銅臺　外編　五九

劇情大要──

　　盧俊義與燕青、李固為結義兄弟。梁山頭領宋江知盧燕二人武藝高強，使吳用去賺二人上山。吳用扮作算卦先生至盧俊義家，告其有百日大災，需外出避禍。盧俊義帶李固外出，行至梁山，被宋江埋伏的人馬所擒。宋江等勸盧俊義入伙，盧不肯，宋江只好放他回家。李固原與盧妻有奸，乘機去官府告盧俊義勾結梁山強盜。官府受賄，將盧打入牢內。幸得燕青赴梁山報信，宋江乃令眾人往銅台城擒拿李固，救盧俊義上山。盧俊義感宋江相救之恩，遂願入梁山結義。

　　情節單元：設計陷害再相救（10）

　　故事類型：不成型

◎梁山泊黑旋風負荊　康進之　初編　六六

劇情大要——

　　毛賊宋剛、魯智恩，冒稱梁山頭目宋江、魯智深，搶走杏花莊酒家店主之女。店主向下山飲酒的黑旋風李逵哭訴，李逵信以為真。回山大鬧，並與宋江賭頭以別真假。於是，帶宋江、魯智深到杏花莊辨認。及至真相辨明，李逵知己莽撞，遂向宋江負荊請罪。後毛賊宋剛等又來杏花莊取鬧，店主將他們灌醉，到梁山來報。宋江令李逵下山捉拿假宋江以贖其罪。李逵與魯智深將假宋江等擒回梁山，宋江將二賊挖心梟首，店主父女也得團圓。

　　情節單元：冒名嫁禍（10）

　　　　　　　挖心梟首（12）

　　故事類型：不成型

◎逞風流王煥百花亭　三編　三一

劇情大要——

　　王煥與妓女賀憐憐在百花亭相識，彼此愛慕。王煥便去賀憐憐家長住，後因錢財用盡，被鴇母趕出。賀憐憐被賣給延安府來採買軍需之高邈。賀憐憐托人帶信，請王煥來相會，王扮作賣梨之小販前往。賀贈以首飾，助王煥去投軍。王煥在種師道麾下立了功，高邈卻因盜用官錢犯罪，與賀憐憐一同被執。賀憐憐說她本是王煥之妻，被高邈強奪來。恰王煥也來告高邈，於是高邈被定罪，王煥與賀憐憐成親。

　　情節單元：妓念舊情助郎投軍（9）

故事類型：忠貞的妓女　丙3

◎**張子房圯橋進履　李文蔚　初編　二六**

劇情大要——

　　張良行刺秦始皇未成，被迫逃入深山，遇太白金星指引，令其去下邳尋師。黃石公奉玉帝旨臨凡，教導張良。福星扮作卜者，指點張良去見黃石公。黃石公要張良為其撿鞋、並以相約不斷延期考驗了張良三次，然後傳授他三卷天書，告知他就是穀城山下之黃石後便消失。張良得奇書後，盡通兵甲之策，離下邳，入咸陽，投劉邦，為其將，屢建大功，官居重職，先後用計擒奸人，承恩祿萬載崢嶸。

　　情節單元：黃石授書

　　故事類型：不成型

◎**張于湖誤宿女真觀　外編　四十**

劇情大要——

　　長沙太守張于湖，任滿進京。路過金陵，入女貞觀閑游，遇道姑陳妙常彈琴。張見其貌美，便填詞挑之，彼此和詞者數四。因天晚，張宿觀中；次日離去，妙常春心已動。張去後，有觀主侄潘必正住入觀中，久之，妙常與潘萌生愛意，且有身孕。觀主視破妙常已懷孕，便到金陵府告妙常辱沒道門清規。時府尹正為張于湖，知被告即陳妙常，反以金錢資助，使其順利待產。

　　情節單元：被告反得助（11.A）

　　故事類型：不成型

◎**張公藝九世同居　三編　十八**

劇情大要——

　　張公藝家從北齊直到隋朝，九世同居。至唐，張公藝之長子管家，次子習文，三子學武。王澄之父親亡故，向張公藝借錢葬父，公藝慨然相助。後王澄為主考官，張公藝之兩子前去應試。次子被舉拔為文狀元，三子則為武狀元。王澄又面稟聖上張家九世同居之德。唐帝問張公藝何以能和睦家族，九世同居，張公藝便寫了一百個「忍」字。皇上於是對其加官賜賞。

　　情節單元：憐人反助己（14）

　　故事類型：幫助人後來得到所助者的幫助　丙5

◎張鼎智勘魔合羅　孟漢卿　初編　七六

劇情大要——

　　李德昌爲避百日災而外出經商，與妻、子及在對面開藥舖的叔父、堂弟辭別。德昌走後，堂弟調戲其妻，被叔父叱罵。德昌歸家途中，病倒古廟，託小販高山送信回家。高山因不識李家，先到藥舖詢問，被其堂弟知道消息，先到廟中用藥毒倒德昌，並奪其錢財。待德昌妻趕到古廟將他接回家後，其夫便七竅流血而亡。德昌堂弟誣德昌妻因奸殺夫，以此迫其嫁給他，被拒絕。德昌堂弟告到官府，主司受賄，刑逼成招。府尹復審此案時，德昌妻向孔目張鼎哭訴，張鼎力爭德昌有冤，府尹限張鼎三日內審清此案。張鼎從德昌妻處得知送信人曾贈其子一個魔合羅玩具，底座上有「高山制」三字，從而知送信人爲高山。又從高山處得知他曾先到藥舖詢問。便設下計謀：僞裝府尹夫人生病要德昌堂弟開藥來醫，又謊稱夫人吃藥之後七竅流血而亡，將父子兩人捉來，先拷問李父爲何下藥使人七竅流血，李父誤以夫人案是德昌案，痛罵其子並說出眞象。終使眞象大白，還德昌妻清白，而張鼎亦因審理此案而得賞及升遷。

　　情節單元：下毒嫁禍（10）

　　　　　　　同語異事使其誤此爲彼（10）

　　故事類型：以假案破眞案　丙6

◎陶學士醉寫風光好　戴善夫　初編　八二

劇情大要——

　　宋翰林學士陶谷奉命出使南唐。南唐丞相丘托言唐王有疾，不能接見，卻令人設宴款待陶谷。席間使妓女秦弱蘭相誘惑，陶谷僞作道學，正色而拒，但又乘醉題隱語於壁上，暗示獨居寂寞之感。丞相見隱語後，設計令秦女假扮爲驛吏嬌妻，月下吟詩，勾引陶谷。陶果入圈套，與秦發生關係，並贈一詞名（風光好），允諾將來必娶她爲妻。次日丞相設宴，席上仍令秦弱蘭歌舞勸酒。陶谷不知秦即「驛吏嬌妻」，仍僞作道學相拒。丞相命秦唱（風光好）詞，並出示陶親筆寫的詞文。陶谷大慚，羞歸宋朝，投奔吳越王錢俶。宋兵滅南唐，秦弱蘭逃到吳越，由錢俶主持，陶谷與秦弱蘭成婚。

　　情節單元：美人計

　　故事類型：不成型

◎陳季卿悟道竹葉舟　范康　二編　十八

劇情大要——

　　陳季卿應試落弟，不能歸家，訪僧於終南山青龍寺。呂洞賓望氣，知陳有仙緣，勸其出家，陳季卿不肯。因陳有思鄉之意，呂洞賓指壁上華夷圖，把一片竹葉粘在牆上，化爲小船，要陳緊閉雙眸，莫忘正道，說可以送他回家。陳季卿言談間睡去，夢中乘船歸家，見過家人後仍乘船上京赴考。路遇大風，船被吹翻，陳於夢中驚醒，醒後見呂洞賓留下之詩，講其夢中之事，頓知呂是異人，急忙趕去。陳季卿追上呂洞賓後，拜求呂度化成仙。共登蓬萊閣。

　　　　情節單元：施法術竹葉變船（5）

　　　　　　　　　仙人知人夢境（2）

　　　　故事類型：瞬息京華　乙4

十二劃

◎雁門關存孝打虎　陳以仁　二編　十九

劇情大要——

　　唐末沙陀李克用，應唐朝皇帝之命帶兵去抵御黃巢，行至雁門關，夢見被飛虎所咬。周德威爲其圓夢，說李克用將遇應夢將軍。李克用行圍射獵，遇安敬思獨力打死猛虎，李克用收爲義子，改名李存孝。李存孝打敗黃巢部下大將，又乘勝攻入長安，殺敗黃巢之弟黃圭。

　　　　情節單元：夢虎咬得猛將（8）

　　　　故事類型：不成型

◎雲臺門聚二十八將　外編　九

劇情大要——

　　蘇獻率軍圍攻頓丘城，太守劉欽命長子及次子應戰，二子不敵而城破。劉欽交給九歲幼子劉秀一個暖金盒及白玉環，以備逃亡時用，命其投奔伯父。秀逃至城東北時找不著出路，以手指城牆，心想希望牆倒，牆竟眞的應願倒塌，乃得脫逃。秀於途中向一陰太公借宿，公見秀睡時有蛇鑽七竅，知久後必然大貴，遂將其女妻之，秀遂留下金盒蓋爲信物，允以後來迎娶。秀離開後，迷路山中，便於地上滾動白玉環，希望依著玉環滾動方向走出山林，然一隻烏鴉卻將玉環套在頸上飛走。此時土地神化身爲老者，借秀一匹驢，要

其緊跟著烏鴉，遂出了山林。秀將驢子放歸山林，卻發現原來竟是猛虎所變。秀順利尋得伯父。長成之後，於白水村起義，功取昆陽，卻遭巨無霸圍困。此人有一聚獸牌，敲響時有群獸助戰，故劉軍難與爲敵。所幸嚴光教馬授出戰時以飛撾擊碎其牌，遂得以打敗巨無霸，於是劉軍連連得勝，終平定天下。劉秀乃於雲臺門圖畫二十八功臣之像，以彰其功。

> 情節單元：指倒城牆（6）
>
> 　　　　神祇化身以助人（2）
>
> 　　　　貴人睡時顯蛇鑽七竅相（6）
>
> 　　　　烏鴉引路（7）
>
> 　　　　猛虎變驢（4）
>
> 　　　　聚獸牌（6）
>
> 故事類型：不成型

◎董秀英花月東牆記　白樸　初編　二十

劇情大要——

　　三元馬彬之父與松江董秀英之父爲至友。二人幼時曾有婚約。馬父卒後，馬彬游學松江，欲問此親事。不料董父亦卒，遂館于山壽家之花木堂，與秀英所居後花園，只隔一東牆。暮春，秀英閨房悶悶，與婢女梅香至後園賞花，與攀牆看花的馬生相見。自此二人皆相思成疾。其後經梅香多次傳書送簡，遂約定某夜在海棠亭中歡會。董母往視秀英病，見不在繡房，尋出，撞見二人。梅香告訴董母，此即當初有婚約的馬彬，不如成全其事，以掩家門之醜。董母謂須馬生中舉後，方可成婚。馬生赴京一舉狀元及第，授翰林學士；秀英敕封學士夫人，隨馬生上任。

> 情節單元：一見鍾情（6）
>
> 故事類型：父母對向其女求婚者的考驗　丙2

◎黑旋風雙獻功　見頁62

◎開壇闡教黃粱夢　馬致遠　初編　三六

劇情大要——

　　呂洞賓進京赴試，路過黃化店，有老嫗煮粱飯相待。仙人鍾離權來此度脫呂洞賓，使其昏昏睡去。在睡夢中，洞賓一舉成名，官封天下兵馬大元帥。被

高太尉招贅爲婿，並得一雙兒女。蔡州吳元濟反，洞賓奉旨往討。高太尉置酒以壯其行，洞賓因酒烈吐血，從此絕酒。至蔡州，洞賓軍前賣陣得財，率軍還朝。至家，見其妻與人私通，大怒，欲殺其妻。爲院公勸止。其妻將賣陣事出告。洞賓發配沙門島，由是絕財。臨行，其妻逼索休書，洞賓無奈書之，由是絕色。流配路上，解子私放洞賓父子三人。時大雪紛飛，三人投宿茅庵，茅庵有老嫗，兒方獵。嫗云，其子性情暴燥，歸將不利於洞賓。洞賓表示，縱被打亦不動怒，由是絕氣。至此，酒色財氣俱斷。獵夫歸來，將洞賓兒女摔死，並要殺洞賓。洞賓驚醒。老婦所煮黃粱飯尚未熟，於是省悟，成仙而去。

　　情節單元：施法術讓人入夢（5）

　　故事類型：瞬息京華　乙4

◎程咬金斧劈老君堂　鄭光祖　二編　八
劇情大要——

　　李世民率兵路經北邙山時，至山上觀看金庸城。時程咬金在李密手下爲將，巡邊至此，前來捉拿李世民。李躲入老君堂，程咬金用斧劈開廟門，將李世民捉去，關入牢內。後李密征淪州獲勝，大赦牢內囚犯。徐懋功、魏徵、秦叔寶等傾心於李世民，改詔書將李世民、劉文靜釋放。及李世民南征蕭銑得勝，原李密部下眾將皆降唐。李世民以程咬金能盡忠事主，非但不究前嫌，反而保舉重用。

　　情節單元：因人盡忠不究前嫌（9）

　　故事類型：因人盡忠不究前嫌　丙3

◎須賈誣范睢　高文秀　初編　五六
劇情大要——

　　魏丞相魏齊令須賈使齊，須賈薦范睢爲副。齊王愛范睢之才，極爲禮遇。歸國後，須賈告訴魏齊：齊王如此禮遇范睢，恐係將魏國陰事泄露於齊。於是雖隆多而將范睢剝衣痛打，氣絕後棄於茅廁。范睢醒後，由一院公救出，逃往秦國，更名張祿。數年後，張祿拜相，各國遣使入秦慶賀。須賈奉命赴秦，范睢布衣往見。須賈不知范睢即秦相，憫其寒，念爲故人，贈以綈袍。齊使先宴張祿丞相及各國使節。席間，范睢喚須賈至前，於大雪中將其剝衣痛打，一如己之被打，眾人以曾贈綈袍求情，須賈方留得一命。

　　　　情節單元：憐人反救己（17）

　　　　　　　　以其人之道還制其人（17）

　　　　故事類型：用凶手當初害人的方式報復凶手　丙9

◎陽平關五馬破曹　外編　十二

劇情大要——

　　孔明得知曹操率軍欲攻劉備，乃命人先後攻取定軍山及陽平關。操得知大怒，命張魯收復陽平關，卻遭馬超生擒。孔明在魯臉上寫信譏刺曹操，放歸曹營。操見信大怒，遂斬魯，欲班師而猶豫不決，卻被楊脩識破，擅自傳令軍士班師，曹操大怒欲斬脩，因眾將力保而得免。操遂連夜拔營欲回許都，不料孔明早已料知，命關、張等五虎將率兵追殺，曹軍死傷大半，操棄甲更衣遁走陳倉路，操子曹虎則扮做曹操模樣，馬超乃生擒曹虎，而操得得以逃脫。孔明下令將虎斬首，論功行賞。

　　　　情節單元：知人心事惹禍上身（14）

　　　　　　　　喬裝逃脫（10）

　　　　　　　　喬裝替死（9）

　　　　故事類型：不成型

　　十三劃

◎楚昭公疏者下船　鄭廷玉　初編　四四

劇情大要——

　　春秋時吳王闔廬所藏湛盧寶劍，飛入楚國，屢索不與。遂命伍員、孫武攻楚。楚兵敗，楚昭公與其弟及夫人、兒子出奔。過江時僅有一小船。船至中流，狂風驟起，波濤洶湧，船進水不堪重載。艄公要與昭王疏遠的人自動投水以救昭王。其弟認為自己疏，便要下水，為楚昭公所阻。夫人認為自己是別姓，乃是疏者，即主動投水。船仍不負載，還須下去一人。其弟再次請死，又被昭公擋阻。兒子認為自己不親，亦投水。船濟岸後，兄弟各投他國。後來申包胥從秦國請來救兵，得復楚國，兄弟相見。夫人及兒子則均由龍王救起，合家團聚。

　　　　情節單元：捨己救人（9）

　　　　　　　　龍王救人（2）

寶劍自飛（6）

故事類型：不成型

◎感天動地竇娥冤　關漢卿　初編　五

劇情大要——

　　楚州秀才竇天章，因欠蔡婆債無力償還，又欲上京求取功名，乃允其女端雲爲蔡婆童養媳。蔡婆替端雲改名竇娥，後與其子成親。婚後未久蔡子即死，婆媳相依爲命。時有賽盧醫欠蔡婆銀兩無法償還，便將蔡婆騙至野外，欲將其勒死，恰爲無賴張驢兒父子所救。張驢兒乘機逼迫蔡婆，要婆媳改嫁他們父子。蔡婆被迫應允，將張氏父子帶回家中。竇娥知後，抵死不從。後蔡婆生病，張驢兒趁機在湯藥中下毒，欲害死蔡婆以強娶竇娥，不料反毒死張父。張驢兒再以此脅迫竇娥未遂，便向官府誣告竇娥殺人。竇娥忍刑堅不認罪。官府轉而刑拷蔡婆，竇娥爲救蔡婆而屈招。被判死刑，臨刑前發下三願以明己冤：一、被斬後血不落地，全飛向懸卦的丈二白絹。二、六月大雪蓋其屍體。三、楚州乾旱三年。竇娥死後，果然全部應驗。三年後，竇天章官爲廉訪史，到楚州審囚、查卷，竇娥鬼魂向他托夢，訴說冤情，終得昭雪。

　　情節單元：陰錯陽差（11.A）

　　　　　　　冤死者屍血上噴不著地（12）

　　　　　　　六月飛雪（1）

　　　　　　　護婆婆媳婦甘蒙冤（9）

　　　　　　　鬼魂托夢助破案（3）

　　故事類型：忠貞的媳婦　丙9

　　　　　　　＋鬼魂訴冤　甲7

◎楊六郎調兵破天陣　外編　三六

劇情大要——

　　遼將韓延壽探知楊六郎已不在人世，便領兵犯宋，將寇準等圍困在銅台城。聖上夜夢與番兵交戰，行至一河，河中之船跳出一隻大羊，躍身至岸上，將番兵趕退，寇準使人圓夢，知六郎未死，求皇帝赦六郎，並令呼延必顯請出六郎，以解銅台之困。原來六郎因私下三關，射殺謝金吾被貶汝州，王欽若假傳聖旨，差軍校去取楊六郎首級。汝州太守用一與楊象貌相似的死囚代之，而將六郎隱藏在家中後園。及呼延必顯傳來特赦及徵召之命，楊六郎乃

集合舊部，大破遼兵，解銅台城之圍。

　　情節單元：因圓夢以解圍（8）

　　　　　　　以貌似者替死以保命（10）

　　故事類型：不成型

◎溫太真玉鏡台　關漢卿　初編　八

劇情大要——

　　翰林學士溫嶠（字太眞）將年老寡居的姑母及其女倩英遷到京師居住。姑母欲請溫嶠教習倩英彈琴寫字，溫嶠對倩英一見傾心，遂應允。教習間，溫嶠愈發愛戀倩英。時姑母又托溫嶠爲倩英保舉婚事，溫嶠心生一計，佯做替人說親，實是爲己求親，待姑母應允，便以御賜「玉鏡台」爲納定之禮。後媒人前來定親，姑母方知被騙。成婚之後，倩英責溫嶠無禮不肯依順，時達兩月。溫嶠知因老夫少妻之故，賠盡小心，倩英仍不轉意。某府尹知溫學士夫妻失諧，乃設「水墨宴」調和二人感情。宴中言奉聖人命要溫嶠作詩，有詩則夫妻飲酒、簪釵，無詩則罰飲水、墨面簪草。倩英恐受罰出醜，乃央告溫嶠善爲作詩，許以回心轉意。溫嶠口吟詩成，倩英受賀，兩人遂和好歡洽。

　　情節單元：爲己求婚空設新郎（10）

　　故事類型：不成型

◎運機謀隨何騙英布　外編　五

劇情大要——

　　劉邦欲得楚將英布。丞相蕭何欲遣英布同鄉隨何前往勸降，恐其不肯受命，遂依張良計，設考功宴於相府，使漢營中有功者飲酒。隨何自慚無功，願說英布來降以建功。隨何至楚，先設法至同窗楚太宰費客私宅。佯醉詐言：與費客有約，指日降漢。英布之細作記錄後呈報。英布聞言大怒，欲殺費客，隨何從中說情將其救下，使其共說英布背楚。隨何又使漢營死囚扮楚使到英布處，歷數其負楚之罪。爲絕英布後路，隨何當場殺死假使者。英布不知其詐，只好帶領人馬跟隨何歸漢。

　　情節單元：詐言騙局以勸降（10）

　　故事類型：不成型

　　十四劃

◎趙氏孤兒大報仇　紀君祥　初編　五二

劇情大要——

　　晉帥屠岸賈與趙盾有隙，誅盡趙府三百餘口。趙盾子駙馬趙朔，亦賜自盡。時公主有孕，產一男，即趙氏孤兒。屠岸賈認爲這是禍根，意在必除。命韓厥把守。醫生程嬰，以看公主病爲名，將嬰兒置藥箱中帶出。公主則自縊身亡以示守密。出門時嬰兒被韓搜出。然韓素對屠之凶橫不滿，便將程嬰放走。程回囑韓厥勿泄此事，韓亦拔劍自刎以示守密。

　　屠岸賈得知孤兒已失，假傳靈公之命將晉國半歲以下一月以上之新添嬰兒搜補殺死。程嬰見狀，遂至太平庄上找趙盾舊僚公孫杵臼商議辦法。決定將程嬰之子僞爲趙氏孤兒藏於公孫杵臼處，由程嬰報與屠岸賈知。屠岸賈至，殺死假趙孤，杵臼觸階而死。屠岸賈將程嬰視爲心腹之人，使其爲元帥府門客，並認程子（實爲趙孤）爲義子。

　　二十年後，趙孤長成。程嬰將趙氏一門被害經過繪圖冊悉告趙孤，趙孤立誓報仇。晉靈公死後，晉悼公即位。趙孤將前事上奏，悼公准其捉拿屠岸賈。趙孤在鬧市等候，值屠岸賈回私宅時突襲而擒之。屠岸賈並被宣判凌遲處死。趙孤終爲父祖報仇。

　　情節單元：自殺以守密（9）

　　　　　　　以己子代他人之子受死（9）

　　故事類型：忠貞的臣子　丙3

　　　　　　　＋兒子長大後才報仇　丙9

◎趙匡義智娶符金錠　三編　十七

劇情大要——

　　皇上命京城之傾城士戶，皆至符太守家之花園遊賞。趙匡義與太守之女符金錠在園中相遇，兩人一見鍾情，吟詩唱和，因韓松闖來，將兩人沖散。趙匡義歸家後，相思成疾，趙妹便讓其丈夫爲媒，向符家提親。恰韓松也向符家求親，符太守無法決定，便搭彩樓，讓女兒自擇。符金錠將彩球拋給趙匡義，卻被韓松把彩球搶走。太守答應趙匡義前來迎娶，而韓松則決定在其迎親途中搶親。趙想得一計：叫其結拜兄弟詐妝坐入轎內。而在韓松錯搶花轎之同時，符金錠已順抵趙家，與匡義成親。

　　情節單元：繡球招親（11.B）

　　　　假新娘（10）

　　故事類型：以假護眞事終成　丙6

◎**趙盼兒風月救風塵　關漢卿　初編　九**

劇情大要——

　　妓女宋引章與周舍交好欲嫁之，有安秀才亦曾與引章相好，遂央引章同行姊妹趙盼兒代爲說親。趙盼兒慧眼識人，勸引章嫁安秀才，引章不聽，竟嫁周舍，隨赴鄭州。婚後，引章常遭周舍毒打，遂致書趙盼兒求救。趙便到鄭州找周舍。使出風月場中手段，迷住周舍。並表示，只要周舍休掉宋引章，情願嫁周。周舍果然上當，給了引章休書。計成，趙盼兒造了份假休書，攜引章同歸，周舍得知受騙追至，撕毀休書，以爲再無憑證，要帶回引章，引章不肯，周舍乃強拉告官。安秀實早已得到消息，緊密配合，也到官府告周舍強奪人妻。盼兒出頭做安秀實之保親，又呈眞本休書，人證物證俱在，周舍乃被判杖打六十，而引章歸安秀才爲妻。

　　情節單元：美人計（10）

　　故事類型：以假護眞事終成　丙6

◎**輔成王周公攝政　鄭光祖　二編　一**

劇情大要——

　　武王滅殷後，封武庚以維殷祀。另封管、蔡、霍三叔爲三監。武王病重，周公祝告天帝，願以身代死；適王命急宣，慌亂中將祝冊誤置金縢木櫃中。武王崩後，周公受遺詔輔佐成王。武庚及三叔叛亂，並散布流言，誣周公欲廢成王自立。周公乃請留妻兒做人質，親自率軍東征；成王亦發現金縢木櫃中周公以身代死之祝冊，流言不攻自破。叛亂者依罪論處，周公則歸政成王。

　　情節單元：發願以身代死（9）

　　　　　　　以妻兒爲人質示忠誠（9）

　　故事類型：不成型

◎**閨怨佳人拜月亭　關漢卿　初編　三**

劇情大要——

　　王瑞蘭的父親因戰事離家，留下瑞蘭與其母，後城中大亂，母女二人在逃離中被沖散。時書生蔣世隆亦與其妹走失。王夫人遇蔣女，認爲義女；蔣

世隆遇王瑞蘭，結伴同行進而私定終身。後蔣世隆染病，夫妻投宿旅店，王女巧遇其父，王父嫌蔣家貧，不認此婚姻攜女而走。歸途中，王父女與王夫人、蔣女重逢，同返汴梁。王女思念蔣世隆，于夜間至後院拜月焚香祈禱，被蔣女窺破。王女述其原委，二人認爲姑嫂。一年後，王父作主，欲招文、武新科狀元爲婿，將女兒許配武狀元、義女許配文狀元。誰知陰錯陽差，文狀元恰爲義女之兄蔣世隆。後經一番波折，義女改配武狀元，女兒改配文狀元，成就了二樁好姻緣，並使女兒夫妻團圓。

　　情節單元：亂點鴛鴦（11.B）

　　故事類型：亂點鴛鴦　丙7

◎裴少俊牆頭馬上　白樸　初編　十九

劇情大要——

　　裴少俊代父前往洛陽選奇花異卉，路經洛陽李總管家，少俊於馬上見牆內有一佳人，遂作詩投之。此佳人乃李總管之女李千金。裴李兩家尊翁在京爲官時，曾指腹爲婚，其後因李父被貶，兩家不議此婚，少俊與千金俱不知此事。兩人相見，情投意合，是夜千金約少俊相見，兩人情意正密，卻被守夜的嬤嬤撞見。嬤嬤勸二人私奔逃走，等裴少俊得官，再來李府認親。少俊攜千金返回長安，不敢告知父母，將千金匿於後花園，七年之中生兒女一雙。一日，少俊及其母祭奠於外，裴父閒行至後花園，遇孫兒、孫女及千金，始得知隱情，大怒之餘，誤認千金爲倡優之流，命少俊休棄千金，留下子女。李千金回洛陽家中，父母已亡，守節於家。不久，裴少俊應試狀元及第，除授洛陽縣尹，到李家認親，千金不允。裴父知千金爲李總管之女後，攜其兒女來見，千金不忍兒女啼哭，方肯團聚。

　　情節單元：一見鍾情（6）

　　故事類型：不成型

◎說鱄諸伍員吹簫　李壽卿　初編　五十

劇情大要——

　　楚國奸臣費無忌殺害伍奢一家，又派其子去騙駐守樊城之伍員入朝。伍員已知訊息，乃痛打費子後奔鄭，鄭不納，遂投吳。路遇浣紗女和漁父，兩人都協助伍員逃亡，也都自殺以示不洩露伍員行蹤。伍員在吳國吹簫乞食，終於借吳國兵力攻入楚國，擒殺費無忌；本欲再攻打鄭國，因漁父之子求情而止，蓋

漁父為鄭人。大仇既報，伍員遂重謝漁父之子，並贍養浣紗女之母以報恩。

情節單元：自殺以守密（9）

故事類型：忠心的朋友　丙3

◎漢鍾離度脫藍彩和　三編　三七

劇情大要——

　　上仙鍾離權在天庭見有青氣沖天，知洛陽梁園棚內伶人藍彩和有半仙之分，遂下界度脫。鍾離權以言語點撥，藍彩和不悟；反怪鍾離權誤了自己入場，將其鎖入勾欄。藍彩和生日，鍾離權又來點化，藍彩和依然不悟。此時鍾離權請來呂洞賓化作州官，叫藍彩和前去當官差。藍彩和因生日宴席，誤了差遣。呂洞賓要打他四十大棍。鍾離權出面勸阻，藍彩和感恩，便隨鍾離權出家。後來藍彩和又到洛陽，行歌市上，被妻兒認出，要他回家，藍彩和執意不肯。三十年後，藍彩和再過家門，家人皆老，唯自己仍如年少時。在昔日勾欄朋友苦勸下，藍彩和凡心又動，準備再度作場。此時鍾離權，呂洞賓出現，以語點化，藍彩和大悟，成仙而去。

情節單元：眾人皆老唯己年少如昔（6）

故事類型：不成型

十五劃

◎醉思鄉王粲登樓　鄭光祖　二編　二

劇情大要——

　　王粲與丞相蔡邕之女指腹為婚，粲辭母入京求見蔡邕。粲恃才傲物，蔡既惜其才，又欲挫其銳氣，在粲進京後，故意當面折辱之。之後，蔡卻又托曹植暗助王粲資財，使其去投劉表。不料粲又因傲失禮，不為劉表所用，流落荊州。某日，友人邀粲登樓飲酒，粲望景傷情，咱嘆懷才不遇，流落他鄉，欲尋短見，遭友勸阻。此時忽有朝臣來宣，授粲為天下兵馬大元帥。原來粲投劉表不遂後，曾寄萬言長策予曹植，經蔡邕面呈聖上，遂大受賞賜。後曹植、蔡邕聞訊，前來向粲道賀，粲對曹植優禮有加，卻故意怠慢蔡邕，經曹植細訴個中原委，方使誤會冰釋。

情節單元：假意屈辱以挫人傲氣（10）

故事類型：假意屈辱以激人奮發上進　丙6（926T）

　　　　＋暗中的扶持　丙3（893A）

◎蕭何月夜追韓信　金仁傑二編　十一

劇情大要——

　　韓信大雪天歸來，受妻子奚落，煩惱出門。又遇惡少仗劍相欺，韓信忍辱三穿其胯下。後來漂母憐其飢寒，以一飯相贈，韓信言日後富貴當報。韓信初投楚霸王項羽，楚王不用；改投漢王劉邦，亦不被重視，於是決意離漢他奔。丞相蕭何得知，月夜追來，曉以大義，韓信復回漢營。劉邦築壇拜韓信爲將。韓信爲劉邦分析楚漢形勢之優劣，分兵遣將，定計逼項羽自刎，建立大功。（第四折殘缺）

　　情節單元：胯下之辱（14）

　　　　　　　一飯之恩（9）

　　故事類型：不成型

◎劉夫人慶賞五侯宴　關漢卿　初編　十五

劇情大要——

　　李氏因夫主王屠去世，貧無以葬，爲殯丈夫，卻賣幼子阿三。在街市適逢趙太公，商妥李氏典身三年，以乳養看顧趙太公幼子。李氏到趙家，趙心懷不仁，將典身契改爲賣身契，並責備李氏偏私己子阿三，逼其丟棄親子。

　　李克用之子李嗣源領兵打獵，追狩一白兔，適遇李氏雪中棄子，遂收養阿三爲義子，改名李從珂。十八年後，李嗣源率李從珂等五虎上將與梁作戰，大勝而歸。歸途遇李氏因桶墜井，不敢歸家，欲自盡，從珂命人喚來李氏以問其故，李氏趨前前一拜，從珂受不起，似有人推起，從珂異之，並命左右爲其撈出水桶。李氏見從珂貌似阿三，悲啼痛哭，因述其子故事。從珂聞李氏子生日與己相同，大爲詫異，返家問於李嗣源，嗣源隱之，眾人亦不吐實。

　　時值嗣源之母劉夫人爲慶賀戰功設下五侯宴。從珂於宴中以死逼得劉夫人吐實。而後從珂親迎李氏，奉養終身。

　　情節單元：母親拜子，似有人推子起身（9）

　　故事類型：不成型

◎劉玄德獨赴襄陽會　高文秀　初編　五五

劇情大要——

　　劉備到荊州向劉表借地屯軍，劉表請劉備於三月三日赴襄陽會。劉表在會上讓劉備接管荊州，劉備不肯，並推薦劉表長子爲繼承人。劉表次子因此懷恨，派蒯越、蔡瑁共謀殺害劉備。表長子聞訊，暗叫劉備逃走。蒯越差家將去盜劉備的座騎，家將卻放走劉備。劉備馬到檀溪，千里波濤，萬分危急。所乘「的盧」馬一躍而過，劉備得以脫險。劉備脫難後，路遇隱士司馬徽。司馬徽推薦伏龍、鳳雛。又遇隱士龐德，龐德令寇封爲劉備義子（即劉封），並指點劉備請出徐庶擔任軍師。時曹操率師南下，派二將引兵十萬攻打劉備駐地新野。張飛率兵殺敗其一將，另一活捉；趙雲、關羽並伏兵相助，結果曹軍大敗。劉備設宴，以慶賀敗曹之功。

　　　情節單元：馬躍大溪帶人脫困（7）

　　　故事類型：不成型

◎劉玄德醉走黃鶴樓　朱凱　二編　二三
劇情大要——

　　赤壁大戰後，周瑜恐劉備趁勢取荊州，便於孔明追擊曹操之際，邀劉備過江赴黃鶴樓宴飲，欲乘機殺之。劉備不聽趙雲之勸，騎著能躍四十里大溪之的盧馬單獨赴會。孔明回軍，馬上布置營救。將赤壁之戰時向周瑜取得之令箭，藏於暖衣挂拂子中，遣關平送予劉備。再令姜維裝成漁翁，手書「彼驕必褒，彼醉必逃」八字，潛入黃鶴樓以教劉備。關平送暖衣予劉備而回，周瑜見而不疑。黃鶴樓上，周瑜與劉備飲酒論英雄，劉備得姜維之教，故意說錯，被罰以涼水，而使周瑜飲酒。酒酣之際，周瑜假做發誓，謂若心存歹意，當如折箭，便將令箭折斷投江，使劉無法盜取令箭逃走，安心而眠。劉備絕望時，誤擲挂拂子而得令箭，假傳周瑜之命逃出。最後張飛將劉備接回。

　　　情節單元：馬能躍溪（7）

　　　　　　　　僞裝身分以救人（10）

　　　　　　　　假誓毀令箭絕人退路（10）

　　　故事類型：忠貞的臣子　丙3（889）

◎劉關張桃園三結義　外編　十九
劇情大要——

　　漢末蒲州解良人關羽殺死東漢的州尹而亡命江湖。後至涿郡范陽。范陽

人張飛，久習武藝，以賣肉爲生。一日，往某處探親，將屠刀壓在千斤重的石頭下，囑店中人說，來買肉而能取出屠刀者，不要肉錢。關羽前來取出屠刀並付給肉錢。張飛回來聽此事，知是仁義壯士；遂造訪關羽並拜之爲兄。本郡樓桑人劉備，以織席編履爲業。一日在大街上閑走遇關羽、張飛。關張兩人見劉備耳垂過肩、手長過膝，具富貴奇相，便邀其共飲。酒後劉備醉臥，又現蛇鑽七竅相，關張二人覺此人久後必然大貴，遂拜爲兄。郡西有桃園一處，三人殺牛宰馬，來此祭天設誓，結爲生死之交。值張角起義，此地太守皇甫嵩奉命招軍，三人俱封爲將。

　　情節單元：耳垂過肩、手長過膝（6）

　　　　　　　貴人睡時顯蛇鑽七竅相（6）

　　故事類型：不成型

◎錢大尹智寵謝天香　關漢卿　初編　十一

劇情大要──

　　柳永流寓開封，戀名妓謝天香。選場將開，柳欲辭謝赴考。柳往府衙數次，要求府尹錢可照顧謝氏。錢認爲柳留心花酒，無意功名，故意將其怒責，柳無言而退。謝爲柳在酒店送行，柳塡《定風波》一詞送謝，詞中有「可可」二字，犯了錢的名諱，錢便召謝氏唱《定風波》本欲尋釁罪罰謝氏，使柳永不便再與其往來。不料謝氏機智，即時將「可可」改爲「己己」，錢大尹愛其才，遂收謝氏爲妾，除名樂籍。謝氏嫁入錢府三年，錢與她做有名無實的夫妻，並未親近她，令謝氏百思不得其解。柳永高中狀元後，得知錢娶謝甚爲怨憤。錢設宴強邀柳永，並讓謝出來勸酒，才當面將原委說破：柳未得功名，故將其激走；怕謝被他人占有，故娶回家中；知日後柳永必定高中，按禮大臣不得娶娼女爲妻，故事先爲其樂籍除名。柳永聽言，轉憂爲喜，朋友和好如初，而柳謝亦成連理。

　　情節單元：假意屈辱以激人奮發（10）

　　　　　　　機智不言避諱（10）

　　　　　　　暗中的扶持（9）

　　故事類型：假意屈辱以激人奮發上進　丙6

　　　　　　　＋避諱　丙6

　　　　　　　＋暗中的扶持　丙3

◎魯大夫秋胡戲妻　石君寶　初編　七四

劇情大要——

　　秋胡婚後三日就被勾去當兵。其妻羅梅英在家替人縫聯補綻，養蠶擇蟲以供奉婆婆。十年後，當地土豪李大戶造謠秋胡已死，並以向羅父討債相要挾，要娶梅英為妻。羅父屈服而許婚。當李大戶前來迎親時，被梅英拒絕了這門親事。秋胡因功升官，回家省親，於桑園遇梅英，但因分別日久而不識。秋胡見採桑女貌美，便以言語挑逗，繼又以金餅引誘，都被斥責與遭拒。秋胡憤怒竟要打死梅英。梅英因呼叫得脫。秋胡至家，梅英發現適才調戲自己的竟是一別十年的丈夫，堅決要求離異。時值李大戶帶惡僕前來搶親，被秋胡的隨從拿下送官。最後梅英在婆婆以死相勸下，才認了丈夫。

　　情節單元：秋胡戲妻（9）

　　故事類型：丈夫考驗妻子的貞操　丙3

◎魯智深喜賞黃花峪　三編　四三

劇情大要——

　　秀才劉慶甫攜妻李幼奴於重陽日至廟燒香，回程在酒店小息。蔡衙內見幼奴貌美，令其勸酒，幼奴不從。蔡衙內惱羞成怒，遂吊打劉慶甫。梁山好漢楊雄過此，打跑蔡衙內，救下劉慶甫。並言，如有冤屈，可去梁山泊告狀。待楊雄走後，蔡衙內復回，搶李幼奴至水南寨。臨行，幼奴將棗木梳付與丈夫，作為日後報仇尋妻之證。劉慶甫至梁山哭訴。首領宋江遣李逵下山搭救李幼奴，再遣魯智深隨後接應。李逵扮貨郎至水南寨，出劉慶甫所與棗木梳為信物，救出李幼奴，打跑蔡衙內。蔡衙內到黃花峪雲岩寺躲避，遇魯智深在寺，遂被擒拿斬首。劉慶甫夫妻喜團圓。

　　情節單元：信物為證得以獲救報仇（10）

　　故事類型：不成型

◎錦雲堂美女連環記　三編　十六

劇情大要——

　　漢末董卓專權，王允欲除董卓而無計。蔡邕因理解太白金星之暗示：言董卓將死於呂布之手。遂向王允提出美女連環計，離間董卓父子。即先答應呂布，歸還其戰亂走失之妻貂蟬，但卻將貂蟬獻給其養父董卓，呂布誤以為養父強奪己妻，與董卓反目成仇，遂殺董卓。

　　情節單元：美女離間計（10）

　　故事類型：以美色誘人以達目的　丙6（926v）

◎諸葛亮博望燒屯　三編　一

劇情大要——

　　劉備三顧茅廬，請得諸葛亮出山為軍師。值曹操命夏侯惇領兵攻新野，諸葛亮指揮兵馬，向眾將受佯敗誘敵再以火燒博望坡的攻敵之計，並遣眾將各自就位。唯張飛不服諸葛亮坐鎮指揮，所以不為所用。劉備親為張飛懇求，諸葛亮才令張飛率兵埋伏在去許昌的路上，並斷言夏侯惇必兵敗後經此，而張卻捉不住他。張飛不信，兩人立下軍令狀。結果，夏侯惇大敗後帶殘兵經過此處，張飛原可輕易得勝，然夏侯敦以兩軍強弱差距甚大，曹軍必須休養生息，埋鍋造飯為由，要求延緩對陣。張飛輕敵，見炊煙升起，卻久不聞聲，才知曹軍已盡去。張飛歸營服輸請罪，適夏侯惇又率大軍前來叫陣，張飛自願出馬，將功折罪，終大勝曹軍。

　　情節單元：佯敗誘敵以火攻（10）

　　　　　　　炊煙欺敵得脫困（10）

　　故事類型：不成型

◎鄭月蓮秋夜雲窗夢　三編　十一

劇情大要——

　　汴梁妓女鄭月蓮與秀才張均卿相戀，後均卿金盡，被鴇母趕出。鴇母又逼月蓮另嫁，月蓮不從，且暗中資助張生上京應考，從此拒不接客。鴇母無法，將月蓮轉賣至洛陽，月蓮仍不改其志，思念張生，夢中與張生相會。後張生一舉及第，奉派赴洛陽任官，府尹欲招張生為婿，置酒喚唱助興，月蓮赴宴，與張生重逢相認，兩人終成眷屬。

　　情節單元：妓念舊情助士中舉（9）

　　故事類型：忠貞的妓女　丙3

◎鄭孔目風雪酷寒亭　楊顯之　初編　三八

劇情大要——

　　宋彬路見不平，仗義殺人。孔目鄭嵩見其人有義氣，為他說情免死，處以配刑，並和他結為兄弟。鄭溺於妓女，久不歸家，以致其婦氣死，而他納

妓爲妻。鄭奉命上京時，新妻百般虐待兒女，且與祇候高成通情。鄭歸家後，正遇奸夫在室，憤殺淫婦，然奸夫逃走。鄭州府尹因其捉奸無雙，刺配沙門島，並由奸夫高成押解。風雪中行至酷寒亭，奸夫欲殺鄭泄憤。而昔日宋彬在刺配路上，打死解子，落草爲寇。得鄭嵩消息，率人相救，殺死奸夫高成。

　　情節單元：救人出難還救己（14）

　　故事類型：救人之後得到所救的人相救　丙5

◎鄧夫人苦痛哭存孝　關漢卿　初編　十七

劇情大要——

　　唐朝末年李克用攻破黃巢後，將天下各州由諸義子分鎮。原說李存孝鎮潞州，李存信、康君立鎮邢州。李存信、康君立，趁李克用酒醉，換得潞州。事後，二人又到邢州，假傳李克用將令：命復用原姓名安敬思。接著回報李克用，說李存孝擅自改復原名，將帶飛虎軍來攻。克用之妻劉夫人不信，親往邢州，詢訪得實，帶存孝見克用申辨。正要語及此事，李、唐二人使人謊報劉夫人親子打獵墜馬，劉夫人匆匆離去。克用醉中令車裂存孝，李存信、康君立立即執行。克用酒醒，劉夫人告以眞相。克用大怒，車裂二人祭存孝。

　　情節單元：以其人之道還制其人（14）

　　故事類型：用凶手當初害人的方式報復凶手　丙8

十六劃

◎賢達婦龍門隱秀　外編　二五

劇情大要——

　　絳州人薛仁貴，因家貧在柳員外家當顧工。一日臥草鋪睡去，化作白額猛虎，被小姐柳迎春發現。迎春知其必大貴且憐其單寒，遂將紅棉襖蓋在仁貴身上。柳員外知道後，認爲有失閨範，將其許配仁貴，並令速離家門。夫妻無奈，便至仁貴家中。值高麗國大將蓋蘇文犯邊，大臣房玄齡令總管往絳州招兵以御敵。迎春銳意侍奉公婆，力勸仁貴從軍。後因家中缺糧，迎春向娘家借米數升。不料被兄嫂撞見，奪下借米，推出門外。戰場上仁貴以連環箭擊敗蓋蘇文之飛刀，得勝回朝，官封平遼公。李元帥又以女妻仁貴。仁貴衣錦還鄉。李小姐甘心入妾，呼迎春爲姐，同拜公婆。迎春父母兄嫂亦來賀喜，頓釋前怨。最後房玄齡奉命到莊前，旌表門庭。

　　情節單元：睡時成虎形顯富貴相（6）

　　故事類型：不成型

◎瘸李岳詩酒翫江亭　三編　四二

劇情大要——

　　金童玉女思凡，下界爲牛璘、趙江梅夫婦。牛璘爲趙江梅臨江建一亭，名爲「翫江亭」。趙江梅生辰時，兩人在亭上飲酒作樂。鐵拐李奉東華君之命前往點化，勸牛璘隨他出家。牛璘初不肯，後經鐵拐李顯出神通——枴杖一擺就是華堂酒食，方使牛璘相信己遇神仙，隨鐵拐李去修道。趙江梅前往牛璘修道的庵中尋找，以往日百般情意勸牛璘還家，但牛璘毫不爲所動。牛璘奉鐵拐李之命送趙江梅回家，在夢中點化趙江梅，於是兩人皆功成行滿，回歸仙界。

　　情節單元：施法術讓人入夢以度脫（5）

　　故事類型：瞬息京華　乙4

◎錢大尹智寵謝天香　見頁79

◎隨何賺風魔蒯通　三編　二五

劇情大要——

　　蕭何因韓信兵權在握，恐其謀反，準備除掉韓信。張良力勸不聽，辭官而去。蕭何定假稱天子巡雲夢之計，宣信入朝。蒯通諫阻韓信入朝，韓信不聽，蒯通斷言韓信此去必死。韓信被殺後，蒯通恐禍及自己，便佯裝瘋顛，被蕭何識破。蕭何準備油烹蒯通，蒯通以功爲過，言韓信有十罪三夕，使朝臣感傷誤斬韓信；此時劉邦傳旨，復韓信之爵位，並封賞蒯通。

　　情節單元：佯裝瘋顛求免禍（10）

　　故事類型：言功爲過而脫罪　丙6

　十七劃

◎薩真人夜斷碧桃花　三編　十五

劇情大要——

　　徐知縣之女碧桃，與張縣丞之子斗南，二人訂有婚約。某日，徐氏夫婦至張家賞牡丹，碧桃與婢女在後花園遊玩，恰張斗南因尋鸚鵡而至園中，兩人巧遇。交談之際，碧桃雙親返家撞見，怒責碧桃越禮，碧桃忿極而死，葬

於園中。後斗南一舉及第，任知縣職，居所即是當年徐家之住屋。碧桃鬼魂來與其相會，斗南遂一病不起，醫藥無效。張父乃請求薩眞人設壇捉妖。薩眞人夜請諸仙，得知碧桃與斗南情緣未了，並有二十年陽壽未盡，而碧桃之妹則於今夕暴亡。遂使碧桃借屍還魂，與斗南結爲連理。

　　情節單元：借屍還魂（3）

　　故事類型：借屍還魂　甲7

◎**鍾離春智勇定齊　鄭光祖　二編　七**

劇情大要——

　　齊公子夢一輪明月爲烏雲所蔽，晏嬰解之爲得夫人之兆，而此女隱於林野。後齊公子等人獵於無鹽，遇採桑醜女鍾離春。晏嬰勸公子納之爲后。鍾佐公子，齊大治。時秦國遣人持玉連環使齊，言如無法解環，便興兵伐齊；燕國亦遣使進蒲琴一張，謂如操不響此琴，就領軍來攻。鍾離春打破玉連環，操響蒲琴，並刺字於二國使者身上，譏諷秦、燕。秦、燕受辱，聯合魏國，共同擊齊。鍾離春領兵拒敵，設九宮八卦陣大敗聯軍。秦無奈，遂偕十一國尊齊爲上國，備禮朝貢。

　　情節單元：夢兆得人（8）

　　　　　　　操響蒲琴（10）

　　　　　　　碎解玉連環（10）

　　　　　　　刺字於身以譏辱（12）

　　故事類型：不成型

◎**謝金吾詐拆清風府　三編　二九**

劇情大要——

　　北番蕭太后心腹王欽若，混入宋，殘害忠良。王欽若奏請宋眞宗，擴建御街，聖旨明言「拆到清風無佞樓止」。王欽若改「到」作「倒」，令女婿謝金吾帶人拆除。意欲激怒楊六郎，使其回京，再以私離駐地爲名，拿下治罪。六郎母佘太君看穿陰謀，修書囑六郎勿回。六郎念母心切，遂私下三關。部將焦贊亦悄然隨來，至京，夜入謝府，殺死謝金吾，被逮。六郎夜歸三關，亦被逮。王欽若奏請宋眞宗，親自監斬。六郎岳母長國姑不依，親至刑場，放出六郎、焦贊。王欽若不服，與之面君評理。適三關守將捉得與王欽若送書之番兵，截獲信件，解至京師。聖旨：將王欽若凌遲處死，六郎、焦贊加

官。

　　情節單元：增添筆劃以害人（10）

　　故事類型：不成型

◎謝金蓮詩酒紅梨花　張壽卿　初編　六九

劇情大要——

　　趙汝州慕名妓謝金蓮，先寄書與同窗洛陽太守，意欲與金蓮一晤。後至洛陽，太守以金蓮嫁人相告，並強留汝州宿於後花園。太守又安排謝金蓮佯裝王同知之女，至花園逗引趙並與其幽會。後來此女以紅梨花贈趙，被此女之嬤嬤撞見，未盡歡而散，從此未再見。趙充滿相思，徘徊後花園，恰遇一賣花婆至園中採花，趙以紅梨花炫示，賣花婆見後大驚，道：此物乃王同知之女墓上獨有，王女已死，作鬼迷戀少年，其子亦因此而死。所言女子容貌，與趙所見無異。趙知遇鬼後，接受太守遣家丁所送來之財物上京赴考。趙一舉而中榜魁，授洛陽縣令，太守設宴相待，出謝金蓮侑酒，趙大呼有鬼。太守以實告：恐趙迷花戀酒，不肯赴試，故使金蓮等人設局說鬼，激其上進。並當堂使趙謝結為百年之好。

　　情節單元：設計激士求取功名（10）

　　故事類型：謊稱其女友為鬼，騙士離開求上進　丙6

　　　　　　　＋暗中的扶持　丙3

◎講陰陽八卦桃花女　王曄　二編　二五

劇情大要——

　　洛陽周恭善卜算。某日有石婆婆來算命，周斷其子當夜必死。桃花女得知，教其禳解之法，其子因而得救。周替僕人算命，斷定他三日內必死。桃花女教其祭北斗，遂獲救。周恭發現桃花女功力甚厚，強娶為媳，欲令桃花女於嫁娶途中死於兇煞，不料皆被避過，反幾乎害死周恭之女。周恭又謀害桃花女，桃花女則以法術令周全家死而復生，周恭這才折服。

　　情節單元：施法術令人壽盡不死（5）

　　　　　　　施法術避凶煞（5）

　　　　　　　施法術令人死而復生（5）

　　故事類型：兩術士鬥法　甲1（325A）

◎龍濟山野猿聽經　三編　三五

劇情大要——

　　龍濟山玄猿因慕修公禪師道行高深，生活恬淡，便化成淪為樵夫之儒生，試探聽經。後又趁寺中無人之際，顯出原形，進寺讀經。被修公派遣山神驅趕後，復又變為曾作端州巡官，而妻子俱死在「瘴鄉惡土」之秀士前來問經。「一言大悟，坐化身亡」，被西天阿羅漢接引，得升天界，遂成正果。

　　情節單元：猿變人（4）

　　故事類型：不成型

十八劃

◎臨江驛瀟湘夜雨

劇情大要——

　　諫議大夫張商英，為權奸所譖，貶為江州司馬，攜女翠鸞赴任。渡淮河時，不幸船翻而父女失散。翠鸞幸為一名漁夫所救，做他義女。他有姪兒崔通，漁夫見兩人相配，許為夫妻。崔上京應舉，貢官喜之，欲招他為婿，崔見利忘情，以其醜女為妻，且除秦川縣令。翠鸞等候三年，音信杳然，聞知崔已得官，乃隻身往秦川覓崔。然崔既負心，又誣她為逃奴，流配沙門鳥。張商英得救後，復升官廉訪使，至臨江驛，而翠鸞亦流配經此，父女終於相逢。張得知詳情後，縛崔將殺之，恩公漁夫適至，為他求饒，張乃饒恕其罪，認他為婿並貶貢官之女為奴婢。

　　情節單元：誣妻為奴（9）

　　故事類型：貪榮害妻　丙4

◎韓元帥暗度陳倉　外編　六

劇情大要——

　　秦亡後，楚漢相爭。項羽派兵把守連雲棧道，以防劉邦。劉邦採納蕭何之言，拜韓信為帥，統兵伐楚。韓信號令嚴明，英蓋三次點將不到，便被斬首。樊噲有過，懼韓信罪己，去向劉邦求情。劉邦命蕭何前往，讓韓信寬免樊噲。韓信遂罰樊噲領兵去修連雲棧道，卻又領大軍暗度陳倉古道，出其不意，大敗楚軍。蕭何等設宴為韓信慶功。

　　情節單元：明修棧道暗度陳倉（10）

故事類型：不成型

◎鯁直張千替殺妻　三編　二

劇情大要——

　　王員外是屠戶張千至為感恩的結拜兄弟。員外出外索錢已近半載，清明日張千陪同兄嫂前去掃墓，不想兄嫂竟百般勾引，張千嚴聲拒絕，嫂仍糾纏不斷，最後張千詐許，勸其歸家。兄嫂乃以酒食相約，邀他夜晚赴會。是夜，正值員外返家，邀張千飲酒，員外妻趁員外醉酒，欲殺之，以期與張千共宿雙飛，張千義憤填膺，恐他日兄嫂有辱門風，反殺死員外妻而逃走。員外因殺妻罪被解往開封府，包拯疑其有屈，親審此案。時張千已為開封府衙役，見員外受苦，便挺身自首，救出員外。張千因而被判死刑，命歸黃泉。

　　情節單元：因奸害（殺）夫（12）

　　故事類型：奸夫與淫婦　丙4

◎魏徵改詔風雲會　外編　二八

劇情大要——

　　李世民隨父起兵後攻下長安，再欲征討金墉城李密。軍師李靖相世民之面，道是有百日之災，勸其勿行。世民不聽。李密遣五虎將秦叔寶、程咬金等迎戰。五將把世民趕入老君廟，程咬金欲以斧劈之。秦叔寶陰袒世民，將其活捉押回。李密命將世民打入南軍。世民大將劉文靜與李密有舊，入金墉城請求釋放世民，亦被監禁。淪州孟海公來攻李密，李密領兵一鼓平之。為慶祝勝利，李密致書守城魏徵，「牢中不問輕重罪囚，書到盡皆赦免。」又於背面補寫句：「南牢二子，不放還邦。」魏徵奉詔釋囚，但覺世民有英雄氣象遂改「不」字為「本」字，將世民、文靜一并放出。第四折房玄齡上場，口宣皇命，將李靖加官賜賞，結束全劇。

　　情節單元：改文字助人脫罪（10）

　　故事類型：法官更改法令文書或變象解釋以懲惡人或救好人　丙6

十九劃

◎蘇子瞻醉寫赤壁賦　三編　三三

劇情大要——

　　蘇軾在某次宴飲時，作〈滿庭芳〉詞戲言王安石之妻，王安石不滿，遂

讒奏蘇軾，貶其謫居黃州。在眾同僚為蘇軾餞行時，邵雍把自己之家世告知蘇軾，並預言後事。蘇軾至黃州後，某夜，與黃庭堅、佛印禪師等友同游赤壁，乘興吟就《赤壁賦》。時邵雍逝世。皇帝敕召唯一知其家世之蘇軾回京，為之立碑。蘇軾遂官復原職。

　　情節單元：能知身後事（6）

　　故事類型：不成型

◎關大王獨赴單刀會　關漢卿　初編　一
劇情大要──

　　魯肅為索還荊州，設計宴請關羽，暗下伏兵，欲扣其為人質以達目的。關羽胸有成竹，單刀赴會，不但沒有中計被擒，反挾持魯肅，從容脫困而去。

　　情節單元：劫持人質得脫身（10）

　　故事類型：不成型

◎關張雙赴西蜀夢　關漢卿　初編　二
劇情大要──

　　關羽、張飛受人陷害，分別被殺。兩人鬼魂在去西蜀途中相遇，並托夢給劉備，分訴遇害情形，請求劉備擒凶報仇。

　　情節單元：鬼魂托夢求報仇（3）

　　故事類型：鬼魂求報仇　甲7

◎關雲長千里獨行　三編　六
劇情大要──

　　曹操率大軍征討徐州劉備。劉思反擊，與張飛夜劫曹營，敗走。曹操趁機命人假用劉氏旌旗，賺開徐州城門，關羽防備不及，為保三人家眷，只得歸順曹軍，但聲明，若有朝一日，劉、張二人生還，即去。其間，關羽在曹營立下許多功勳，一次慶功宴中，關羽裝醉，暗中聽得劉、張二人已佔領曹軍糧草城的消息，返家後，即帶大小家眷離去。曹操得知，率兵追趕，設計餞行。首先假意於途中送關羽歸去，卻伏兵周圍，若關羽下馬回禮，則伏兵擁上；二則奉與毒酒，若關羽飲之，即死；三則送袍與關，逼其下馬。不料關羽看破曹操計謀，即不執禮，亦不飲酒，復以劍挑袍，揚長而去。關羽千里單騎、過五關斬六將，到達古城。先至古城的劉、張疑關羽有詐，拒不相

認。關羽刀斬曹營追兵大將，表明心跡。劉關張三人遂歡聚重逢。

　　情節單元：假裝送客暗設伏兵（10）

　　　　　　　下毒謀害（10）

　　故事類型：不成型

二十劃

◎龐涓夜走馬陵道　三編　十九

劇情大要——

　　孫臏、龐涓同爲鬼谷子門徒。某日，鬼谷子爲測二人智謀高低，便坐於洞內，要二人思計，逼他出洞。孫向師父言：只有入洞之計，無出洞之計，請師父先出洞外教導，將師父騙出洞而贏龐。十年學成後，龐涓先行下山。臨行，二人相約富貴不相忘。龐涓下山，先仕於魏，遂向魏王推薦孫臏。魏王爲比試二人高低，使孫、龐在演武場比試排兵布陣，龐涓比輸。爲此，龐涓心生嫉恨，謊叫孫臏帶兵魔鎮，向魏王宮內射箭，然後誣其謀反，陷他於死罪。臨刑，孫臏假言有三卷天書未曾傳人，龐涓爲得天書，乃奏請魏王免孫臏死罪，刖其雙足。留養在龐家，使其抄出天書。孫臏裝成瘋癲，被齊國使臣救離魏國。齊王乃拜孫臏爲軍師，孫會合六國軍隊伐魏，用減灶添兵之計迷惑龐涓，在馬陵道設兵，將龐涓殺死報仇。

　　情節單元：以比計謀高低爲計（10）

　　　　　　　減灶添兵誘敵（10）

　　故事類型：害人後來得到被害者的報復　丙5

二十四劃

◎觀音菩薩魚籃記　外編　五二

劇情大要——

　　觀音菩薩化爲賣魚婦，奉魚籃當街賣魚，欲點化有菩提之根的張無盡。張見其美貌，買下她和魚，欲與其成婚。文殊、普賢二人化爲賣魚婦之兄，也來張家勸張無盡出家。賣魚婦不肯隨順張無盡，張便百般折磨她，最後想用白練帶頭勒死她，但都未能成功。後彌勒世尊化爲布袋和尚下凡警醒張無盡，讓他皈依佛法，共見如來。

　　情節單元：神仙化人以度脫（2）

故事類型：神仙下凡以度人　乙4（681c）

第三節　「情節單元」在劇本中的運用意義

在現存的元雜劇中，以具有「情節單元」的劇本佔大多數，而一個劇本中又常常包含著好幾個「情節單元」，雖然「情節單元」一詞是現代民間故事研究者在研究上新創的一個術語，但是在具有故事性的民間故事、通俗小說、通俗戲曲中，「情節單元」的應用——在有意與無意中，則早已是存在的事實，因其存在便有瞭解的必要，而本節的重點即在探討「情節單元」在劇本中的運用意義。

一、「情節單元」是主題焦點的視窗

主題是作品的中心思想。而前述定義所言，「情節單元」為構成故事的必要條件，又「情節單元」大多是以行為、動作為核心，而行為、動作又是反映思想的一個好憑藉，因此，透過這個憑藉便極易尋得主題思想的焦點，所以「情節單元」便常是故事中心思想藉以展現的重點所在——尤其對單一「情節單元」的故事而言，更是如此。因此，具故事性之元雜劇，其「情節單元」便極可能是這一劇作之主題焦點的視窗，尤其是成「故事類型」〔註6〕又具單一「情節單元」的劇作，其「情節單元」成為劇作之主題視窗的可能性則又更高。

在中國封建社會中，「父母之命，媒妁之言」的規範，「男女授受不親」的說教，使當時的青年男女受到嚴密的禁錮和摧殘，元雜劇中便有許多劇作是把矛頭指向這種不合理的現實壓迫，所以劇作中便時時表現出對封建禮教的背叛，以及對愛情自由的苦苦追求，「一見鍾情」的情節，便是這種典型思想之表露的視窗。如《董秀英花月東牆記》與《崔鶯鶯待月西廂記》這兩個劇作不僅具有相同的「情節單元」，而且都同屬於「丙2仕子娶親」之「父母對向其女求婚者的考驗」的故事類型，故事的中心思想便在表達青年男女對自己心目中「一見鍾情」之佳偶所做的努力，以及因「一見鍾情」後所遭受的痛苦與對禮教的勇於背叛，所以，「一見鍾情」這個「情節單元」便透露了這兩個劇作的主題焦點。

〔註6〕「故事類型」之定義及運用請參閱本書之第三章的說明。

在愛情的追求中，元代劇作除了張揚「一見鍾情」的異端外，也歌頌士妓之間的戀情，而其中還特別強調妓女們勇於追求愛情及忠於愛情的可貴情操，例如《李亞仙花酒曲江池》、《鄭月蓮秋夜雲窗夢》的「妓念舊情助士中舉」及《逞風流王煥百花亭》的「妓念舊情助郎投軍」都是單一「情節單元」，而這個單一「情節單元」即是這些劇作的主題焦點，都流露出歌頌妓女們忠於愛情的可貴情操，而這也是這些劇作的中心思想。

相對於歌頌妓女們的可貴情操，以男性為主的一些無賴漢行徑則常是劇作鞭韃及嘲諷的對象，因為他們常是社會黑暗及災難的製造或傳播者，例如《魯大夫秋胡戲妻》的「秋胡戲妻」及《臨江驛瀟湘夜雨》中的「誣妻為奴」即是這種思想的表露，從這些「情節單元」中，我們可以發覺到這些無賴常有著雄厚的政治背景，有不少還作了官；而許多地方官在這種氣氛中也漸漸染上了無賴氣。這樣，無賴就與政治權力緊相融合、互為表裡，使得這一重大社會災難更加令人心悸。

面對黑暗封建勢力，有人採取積極的抗爭行為，有人則是以消極隱遁的方式面對世界，因此元雜劇中傳播「隱居樂道」思想的劇作便為數不少，這種劇作也可輕易地運用「情節單元」搜索得知。例如「施法術令人入夢以度脫」（《瘸李岳詩酒翫江亭》、《開壇闡教黃粱夢》、《呂翁三化邯鄲店》）便是這種以神仙顯靈度脫凡人為劇作中心思想的雜劇，這樣的主題焦點便藉一「情節單元」的運用，就有了清晰的表現。

除此之外，「教忠教孝」也是戲曲中常宣揚的主題中心思想，因此，在「情節單元」中也不難找出反映這類思想的情節，例如「爭死以求親人免禍」（《孝義士趙禮讓肥》）、「護婆婆媳婦甘蒙冤」（《感天動地竇娥冤》）、「發願以身代死」（《輔成王周公攝政》）、「以己子代他人之子受苦難」（《救孝子賢母不認屍》、《包待制三勘蝴蝶夢》）等「情節單元」便都明顯地展露出這種「教忠教孝」寧願自我犧牲的中心思想。

元雜劇所表現的主題是豐富多采的，除了上述的那些主題之外，還有對家庭倫理的歌頌，如「殺狗勸夫」（《王翛然斷殺狗勸夫》）、對善惡有報的肯定，如「為惡遭神罰」（《徐伯株貧富興衰記》）、對命運的驚嘆，如「陰錯陽差成良緣」（《玉清庵錯送鴛鴦被》）等等，而本單元的重心並不在於一一展現這些劇作主題的焦點，更重要的是藉由上述的例證說明，道出一重要的原則──「情節單元」雖不是劇作主題焦點的唯一指標，但無可否認的它卻是一

個重要指標。對於研究劇作與劇作間的主題借用或傳承,「情節單元」實是一個透視性良好的視窗。

二、「情節單元」是人物形象的強化

　　如前節之定義所述,靜態的異象是形成「情節單元」的形式之一,而所謂靜態的異象,則常是對主角人物之特殊性的描述,如三腿驢、九尾豹等便都是屬於這一類的民間故事。而在元雜劇有「情節單元」的劇作中,有部分的「情節單元」便是屬於這種靜態的異象,這類的情節單元便常對主角人物的出身有強化的作用。

　　如:《劉關張桃園三結義》中「耳垂過肩、手長過膝」及「貴人睡時顯蛇鑽七竅相」的這兩個「情節單元」,便都是在強調主角人物之一的劉備其天生的帝王之尊,在劇作中,劉備的才能比起關張兩人顯得要遜色些,但他還是成為領導的帝王,除了劉家的血統之外,這兩個「情節單元」便為他的帝王天生作了最好的註腳。其它類似這種出身強化作用的「情節單元」,還有《賢達婦龍門隱秀》中言薛仁貴「睡時成虎形顯富貴相」、《立成湯伊尹耕莘》中說伊尹的出生乃是其母「夢吞紅光未婚生子」的天上星宿所投胎、《雲臺門聚二十八將》中亦說到劉秀「貴人睡時顯蛇鑽七竅相」……,這些「情節單元」亦都具有這種強化人物出身本質的作用。

　　除了這些帝王將相的投胎出生有不平凡的徵兆或跡像外,一些神仙人物或有名人士,其出身或際遇亦常是劇作描述的重心,因此有許的「情節單元」便對此作了強調,例如《月明和尚度柳翠》中言柳翠是「神物被罰投胎為人」的(她原是觀音菩薩淨瓶中的楊柳枝葉);《老莊周一枕蝴蝶夢》中的周莊及《布袋和尚忍字記》中的富戶劉均佐,則都是「神仙被罰投胎為人」的(莊周是大羅神仙,劉均佐則是第十三羅漢);而《太乙仙夜斷桃符記》中的「桃符變女子」,則是言迷惑閤英的二女子,乃是閤家成精的二塊桃符所變。這些「情節單元」不僅對劇中人物的出世有所強化,同時也對這些劇中人物的最後人生歸向及際遇有著指點作用。

　　有意義的行為、動作,常是一個人內在思想及性情的外顯表徵。而「情節單元」又以行為、行動為核心,因而透過具行為或動作性的「情節單元」來表現一個人物的思想或性格特色,便是民間故事中常見的敘述手法,而這種表現手法在元雜劇中亦時有所見。例如包公是劇作中極聰明而清廉的官員

典型，他在人民的心目中幾乎是正義與睿智的化身，為人民排憂解困，在第十類聰明、欺騙類的「情節單元」中，便有許多「情節單元」是在表現包公為人聰明、機智的人格特質，如「利用文字筆畫增添，使一人成兩人」（《包待制智斬魯齋郎》）、「核對為名騙取文書」（《包待制智賺合同文字記》）、「謊稱乙物騙取甲物真象」（《包待制智賺生金閣》）等幾個「情節單元」，便在包公辦案的方法中展現出包公反應機敏的特性。又「灰欄辨母」（《包待智勘灰欄記》）的這個「情節單元」，乃是以灰欄為計以發現具有母愛的真母親；而「以假案破真案」（《包待制智賺合同文字記》）的這個「情節單元」，則又是以假案為餌，利用涉案人作惡心虛的心理，以發掘真案的實情，這兩個「情節單元」便又讓包拯在審案的方式中展現出他熟知人情世故的沈穩性格。因此，包公豐富而生動的形象，更多要歸功於這些具體而外顯的行為性「情節單元」，而不是文人們細緻的千萬個形容詞。

在元雜劇的其它劇作中，以具行為性的「情節單元」來傳達人物的特性幾乎是比比皆是，例如以「炊煙欺敵得脫困」來顯示諸葛亮的足智多謀（《諸葛亮博望燒屯》）、以「割股療飢」來展現介子推的捨己救主、用「自殺以守密」來表示忠臣們為人主效忠死而無憾的精神（《金水橋陳琳抱粧盒》、《趙氏孤兒大報仇》）、用「下毒嫁禍」來表現出流氓誣賴們的卑劣惡性……，這些「情節單元」都對人物的內在特性有凸顯及強化的作用。

「情節單元」除了對劇中人物的本身特性有強化的作用外，也常對人物的人性際遇有關鍵性的強調，例如《感天動地竇娥冤》中便以「冤死者屍血上噴不著地」及「六月飛雪」來表現竇娥所遭受到的強大冤屈；《蕭何月夜追韓信》中則以「一飯之恩」來顯示韓信於窮途末路邁向飛黃騰達的過程中所接受到的重要濟助；而《晉文公火燒介子推》中，「為明志寧燒死」則顯現介子推對晉文公輕忘當初之承諾的強烈抗議；《漢鍾離度脫藍彩和》中則以「眾人皆老唯己年少如昔」來表現藍彩和曾入仙境的事實……這許許多多的「情節單元」，都使劇中人物的人生際遇有更豐富及飽滿的呈現。

除此之外，「情節單元」對人物與人物間的關係，也常發揮著連結強固的作用，例如《死生交范張雞黍》中便以「靈柩不動待故人」來表現范張二人生死不渝的堅固友誼；《迷青瑣倩女離魂》中則以「魂離軀體成二身」來表現倩女對張生一往情深的堅定愛意。

劇作的人物形象不能只是生硬的平面圖，他必須是豐滿而立體的，才能

使人物生命鮮活起來，才能使人物的形象鮮明而傳神，而「情節單元」則為這些人物的出身、思想、情感、品德、個性等提供了外顯而具體的表現內容，對人物形象的豐富及立體性，實具有功不可沒的強化作用。

三、「情節單元」是內容發展的高潮

如前述定義所言，構成「情節」的要件，必須是一不尋常的、有趣的、令人意想不到、或值得一提的事件，因其必須具備這樣的性質，使得「情節單元」本身便極具吸引力。

戲曲內容的進展，不似一般民間故事完全以「情節單元」的吸引力，引起觀眾的興趣或抓住觀眾的注意力——有的劇作以人物鮮明取勝、有的以曲詞優美動人、有的以事件出奇制勝，各有各的巧妙。就一般而言，劇作內容中常有一般性、通常性之人情世故的描述，劇作內容的意義常是在顯現這些一般性之人情世故的深刻面或是平凡中的不平凡，所以劇作內容的進展情況，常是一般性事件與不尋常性事件相互夾雜前行，而在這樣的內容發展過程中，「情節單元」則常具有「畫龍點睛」或關鍵性轉變的重要任務。

正常的秩序、公正的法庭，是善良百姓對法治的美麗夢想，然而現實的世界卻常是是非顛倒、冤屈處處，因而元雜劇內容便時有暴露貪官污吏對良善百姓所造成的冤屈事件，或是描述社會黑暗勢力對善良人民所造成的苦難與壓迫。例如《玎玎璫璫盆兒鬼》敘一商人外出經商，卻遭人謀財害命，而其屍體還慘遭分屍燒毀製成泥盆，這真是黑暗社會中的一大慘案，而在這個劇作中，「瓦盆訴冤」便是內容發展的高潮，是整個案情發展的關鍵轉折——冤情的重大，足使無知無感的瓦盆為鬼魂所附並提出強烈的控訴，就把劇情中社會一般性的黑暗面帶向更深刻的層次——社會的黑暗，已走至人力無法完全得知的地步，尚須借助鬼魂的力量才能有所突破，這也同時助長了人民希望神靈有知的心理。其它像「鬼魂擋人去路求報仇」（《神奴兒大鬧開封府》）、「鬼魂作詞示意破案」（《包龍圖智勘後庭花》）的「情節單元」，也都具有這種案情發展之關鍵轉折的作用。

讚嘆忠良，也一直是劇作的主要內容，而不忍忠臣枉死則是內容的主要發展路線之一。在這樣的內容發展中，「鬼魂托夢」的「情節單元」則常為忠良的枉死作轉折，例如《昊天塔孟良盜骨》的「鬼魂托夢求救」，《關張雙赴西蜀夢》及《八大王開詔救忠臣》的「鬼魂托夢求報仇」，都是這一類重要轉

折的「情節單元」，文中如果少了這個「情節單元」，即會產生內容無法繼續發展的情況，因此這個「情節單元」在劇作內容中已不僅是關鍵性描述，甚而已成為這個劇作內容的支柱了。

《半夜雷轟薦福碑》是講敘神明有靈的劇目，而「龍神擊碑懲罰罵者」則把神明有靈的劇作內容發展帶向高潮，劇中的主角人物張鎬命運乖舛，在接二連三的投門求助中都不得其門而入，在傷心困頓之餘於寺中題詩譏罵龍神，而龍神並沒有因其困頓而同情他，反而因他的無禮，還將寺中的碑文擊碎，因而讓他連進京的旅費資助都沒有了著落。在這個劇目的內容中，接二連三不得其門而入的求助是一般性的事件敘述，而「龍神擊碑懲罰罵者」則是不尋常性的事件敘述，這個不尋常性的「情節單元」，則使得他的命運更顯乖舛到了極點，也同時鮮明地表現了神明有靈的觀念。類似這種神明有靈的劇目還有《破苻堅蔣神靈應》，然而這個劇目與上個劇目也所不同——它是神明幫助祂的信仰者，而非神明懲罰祂的毀謗者。在劇目內容中，「神靈助戰草木成軍」則為淝水戰役的發展帶向高潮，同時也肯定了神明的助益。

愛情一直是戲曲所要表現的主要內容，父母阻撓、相思成疾等事情，則是劇目中經常出現的一般性事件敘述，而劇作內容則須在這一般性的事件中凸顯不凡的愛情精神或力量，這時「情節單元」便常成為這個凸顯的憑藉。例如《迷青瑣倩女離魂》寫張倩女對王生一往情深，在與王別離之後便思念成疾，最後竟「魂離軀體成二身」，跟隨王生進京。在這個劇作的內容中，「魂離軀體成二身」的這個「情節單元」便成為內容的高潮，它不僅凸顯了倩女的痴情，也肯定了愛情力量的巨大。而《沙門島張生煮海》一劇中，「寶鍋煮海」這一「情節單元」，也為金童玉女的人間戀情掀起了高潮。

有些「情節單元」在內容的發展過程中，雖不是內容的高潮點或是關鍵性轉折，然而它卻是令人精神為之一振的「興奮劑」，這樣的「情節單元」可說是另一種高潮。例如「人遊龍宮」(《洞庭湖柳毅傳書》、《李太白貶夜郎》)、「龍王救人」(《楚昭公疏者下船》)、「借屍還魂」(《呂洞賓度鐵拐李岳》、《薩真人夜斷碧桃花》)、「猛虎變驢」(《雲臺門聚二十八將》)、「以頭骨為飲器」(《忠義士豫讓吞炭》) 等「情節單元」，在劇作內容的發展中都不是很重要的轉折或高潮，但因「情節單元」本身具相當的奇特性，所以常能活絡劇情的發展並抓住觀眾的目光。

無論是內容的高潮或重要性轉折，亦或是另一個吸引力的散發，由上列

論述可知——在劇作內容的發展中，「情節單元」時時擔付起重要的任務，也時時發揮著它重要的功能。

四、「情節單元」是劇本結構的骨架

一部劇作，往往不止寫一人一事，而是寫許多人，許多事。這眾多的人和事，最初呈現在作家頭腦裡的時候，紛然雜陳，一團亂麻。如何把這些雜亂無章的人和事加以組織安排，使之成為一個秩序井然、有條不紊的有機的整體，這是作者在確定主題思想和人物、故事以後所必須精心考慮的一個重要問題，必須認真進行的一項重要工作。這項工作就叫做結構。因此，結構是對人物、事件的組織安排，是謀篇布局、構成藝術形象的重要的藝術手段。

結構就好比是蓋房子，必須先有藍圖，一切考慮成熟，了然於胸，然後才可動工。動工之後，首先是打地基、設支柱棟樑，然後再砌磚蓋頂、裝璜屋室。而結構也好比是一個完整的人——它是骨架與血肉的完整組織。就「情節單元」與戲曲的組織結構而言，「情節單元」就好比是房舍的地基棟樑，也好比是人的骨架。

在具故事性的劇本結構中，「情節單元」通常是這個組織結構中的重要骨架，尤其是成「故事類型」又具單一「情節單元」的劇作，這個「情節單元」通常便是這個劇作的骨架，換言之，也就是這個劇作之故事發展的主線。因此，具「情節單元」的劇作，其結構基本上就是情節的結構。

例如《李亞仙花酒曲江池》、《鄭月蓮秋夜雲窗夢》、《逞風流王煥百花亭》皆屬於同一個「故事類型」——「忠心的妓女」，而它們的「情節單元」分別是「士子應舉因妓淪落，妓念舊情助士中舉」、「妓念舊情助士中舉」、「妓念舊情助郎投軍」，這幾個劇作雖然因劇作者不同，因而有不同的風貌，然而卻因劇作屬相同的「故事類型」，又具有相類的「情節單元」，因此，有相同的故事發展模式。而故事的發展模式，便從「情節單元」中可清晰得知。

又例如同屬於人的悟道中之「瞬息京華」的「故事類型」的幾個劇目——《開壇闡教黃粱夢》、《瘸李岳詩酒翫江亭》、《呂翁三化邯鄲店》其主要「情節單元」都是「施法術令人入夢以悟道」，而這個「情節單元」也就是這幾個劇作的結構骨架、故事發展主線——縱使他們有不同的風貌，但仍究有相同的故事模式，就好比是三合院的架構蓋不成西洋樓房；東方人細小的骨架長不成西方人魁梧的身材。在元雜劇的許多劇目中，成「故事類型」又有「情節單元」的

劇作，其「情節單元」便常可作爲故事之結構骨架的重要參考指南。

又就劇作之故事本身而言，「情節單元」雖比故事綱要簡略，然而它們顯現劇作結構的骨架、故事發展的主線並不遜色於故事大綱。例如：《包待智勘灰欄記》其「情節單元」包含了「因奸害夫」、「衣飾嫁禍」、「下毒嫁禍」、「灰欄辨母」等幾個「情節單元」，而這幾個「情節單元」也就顯現出此一劇目的故事發展主線。由此可知，「情節單元」在劇作故事的結構中，是有其重要地位的。

小 結

「情節單元」是構成故事的最基本元素，在具故事性的元雜劇中，其「情節單元」亦成爲劇作內容的最基本要素，在劇作內容的發展中有著重要的地位。由上述幾點的論述中可以得知——「情節單元」的運用，在主題顯現、人物形象、內容發展及劇本結構中都能產生重要的影響與意義，因此，「情節單元」便可成爲劇本內容中極佳的一個觀測站，經過這個觀測站可從不同的分析角度獲得不同的重要訊息，以作爲研究分析的憑藉。

第四節 「情節單元」與元雜劇觀衆之反饋訊息

在封建社會中，戲曲作爲精神生產的商品，必然受著顧主的左右，它的銷售額（上座率）決定於顧主（觀衆）的好惡程度；商品只有適合顧主的需要，才能打開銷路。顧主的主體，影響著甚至決定著商品的主要面貌，這種影響，就是觀衆對戲曲的反作用，也就是反饋。

戲曲在中國，它的觀衆一直是以廣大的民間觀衆爲主體，尤其發展至元，戲曲欣賞群衆化、商品化的情形更臻成熟，相對的，這種反饋作用也就更爲顯著。劇本受到這種反饋作用的影響，在內容上便會依循著這種反饋作用有所制約，所以，我們若仔細對劇本重新考察，便也能反求出滲透在劇本的反作用力（觀衆的身份、生活、思想、情感、信仰、文化……）是什麼情況。而作爲劇本之反饋訊息的再考察，「情節單元」則又提供了一個頗爲理想的觀測點。

一、觀衆身分的基層性

「戲劇"主要的權利和榮譽"，就是面向它所產生的那個時代的廣大觀衆。正如英國戲劇家威廉·阿契爾所言："就我所知，歷史上還沒有這樣的

先例：一位劇作家不曾贏得他同時代人的青睞，卻能為他的後代所承認和理解。」〔註7〕在戲曲以外的其他文學樣式中，的確不乏這樣的情況：一部文學作品，在作者生前，或者在它所產生的那個時代，未能受到讀者的重視，未能得到應有的評價。而在作者身後，在以後的某個時代或某些時代裡，它的價值卻重新被人們所肯定，所認識，並且得到很高的評價。例如陶淵明的詩文在南北朝並不受重視，到了唐代，陶淵明才開始受到廣泛的重視，北宋以後，他在文學史上的地位便高。類似這樣的情況，在中外文學史上並不是個別的例子。但戲劇史上的情況就有所不同。幾乎在後世享有盛譽的戲劇作家作品，在產生的當時便已受到廣大群眾的熱烈歡迎——中國的關漢卿、馬致遠，西洋的歐里庇得斯、莎士比亞，皆是如此。

所以會出現這樣的情況，正是戲劇作品與詩文的不同之處——它直接面向舞台，面向廣大的觀眾群，通過舞台演出，劇作家可以直接從觀眾那裡接受到各種信息反饋。與其它姊妹藝術家（如詩人、畫家、雕刻家和小說家）不同，劇作家可以親身享受或體味觀眾對他的作品的直接反應。他可以坐在正上演他的劇本的舞台下，比他的姊妹藝術家們更多地品嘗到如蜂蜜般地讚揚或膽汁似地批評。正因為一齣戲必須得到觀眾的讚賞才能長期生存；一齣戲是成功還是不成功，最後由觀眾說了算。所以劇作家對於來自觀眾的信息反饋都是十分重視的，尤其對那些有代表性的信息反饋更是如此。而作為代表性的信息反饋，首先便表現在觀眾的身分上，因為從不同的觀眾那裡會得到不同的反饋。所以，「看戲的人最主要是那些人？」便是劇作家首先要考慮到的。

中國戲曲觀眾的主體是民間觀眾。在傳統社會，民間觀眾主要是基層的小市民，也包括中小地主階層和下層知識分子。觀眾的民間性，是中國戲曲觀眾結構形式的一大特點。

> 這種全民觀劇的風俗習慣，與歐洲一些國家是不盡相同的。斯坦尼斯拉夫斯基曾經指出，在沙俄時代的戲劇觀眾，主要是上層有閒階層。他說「有過這樣的時代，那時，我們的藝術僅僅為少數有閒的人所能享受，他們在其中尋找娛樂，而我們的藝術也竭力想法滿足自己觀眾的要求。」戲劇成了上流社會尋歡作樂的交際工作。這種情況，不僅是十八、十九世紀的俄羅斯如此，在西歐某些國家也是這樣。例如英國，"在以往的某個時代，戲劇只把中產階層的人表

〔註7〕趙山林著，《中國戲曲觀眾學》，頁211，華東師範大學出版社，1990年版。

　　　　演給中產階層的人看，這就說明當時的下層階級實際上被排斥在社
　　　　會之外，因而也是被排斥在劇院之外的。"我國的戲曲雖在明清時
　　　　代也常在紫禁皇宮，藩王府邸，以及達官貴人的家宅演出，但主要
　　　　觀眾一直在民間。〔註8〕

觀戲的全民性參與，甚至連那些被封建戒律嚴格束縛的婦女也不例外，雖然
政府曾因治安上的考慮而下令「禁止婦女入廟觀劇」，可是「每演劇，婦女輒
空巷往觀。」〔註9〕這種觀眾身分的全民性，影響著中國戲劇的主要面貌，同
時也是形成了中國與西方戲劇不同風格的原因之一。〔註10〕在元雜劇中，這
種觀眾身分的反饋是極其牢固的，這藉由元雜劇的「情節單元」分析，我們
便能顯而易見地瞭解到這項反饋在元雜劇中所產生的意義。

　　對小人物、小女子有較多的讚揚與同情，是從「情節單元」中得知觀眾
身分之反饋的首要訊息。例如《李亞仙花酒曲江池》、《鄭月蓮秋夜雲窗夢》、
《逞風流王煥百花亭》等劇目，都用到「妓念舊情助士中舉（或投軍）」這個
「情節單元」，而這個「情節單元」便充分顯現出對社會地位卑微之妓女的高
度敬重，在這個「情節單元」中我們看到了娼妓們重情重義的美好情操；又
《感天動地竇娥冤》中的「護婆婆媳婦甘蒙冤」、《臨江驛瀟湘夜雨》的「誣
妻為奴」、《魯大夫秋胡戲妻》的「秋胡戲妻」，便又讓我們看到一般婦女在社

〔註8〕　蘇國榮著，《中國劇詩美學風格》，頁 67～68，台北：丹青圖書有限公司，
　　　　1987.06。
〔註9〕　徐珂《清稗類鈔》第三十七冊之〈戲劇・河南婦女觀劇〉。
〔註10〕希臘戲劇的最終成熟是在宏大的露天劇場；莎士比亞戲劇的光輝是在倫敦一
　　　　系列新興的昂貴的劇院之中。這些戲劇表演場所的消費者是以中產階級為中
　　　　心，雖然後來也不乏有些基層的民間觀眾，然而他們的劇作家或劇作評論者
　　　　卻是非常瞧不起民間觀眾的，「繼亞里斯多德之後的權威理論家賀拉斯，也是
　　　　瞧不起民間觀眾的審美趣味的，他在《詩藝》中說：『觀眾中夾雜著一些沒有
　　　　教養的人，一些剛剛勞動完畢的骯髒的莊稼漢，和城裡人和貴族們夾雜在一
　　　　起——他們又懂得什麼呢？』亞、賀二氏漠視民間觀眾的審美趣味，是出於
　　　　他們的偏見（盡管他們都偉大的戲劇理論奠基人）。而西歐的劇作家又多是文
　　　　人作家，他們在創作時，一般都以亞、賀二氏的理論為則，而民間觀眾的審
　　　　美趣味是不屑一顧的。」（引自《中國劇詩美學風格》頁93～94）然而中國戲
　　　　劇的成熟是在簡陋的露天野台，中國戲劇的光輝是在大都等城市的勾欄瓦
　　　　舍，免費性或低消費的娛樂，使中國戲劇擁有廣大的基層民間觀眾。而中國
　　　　偉大的劇作家，如關漢卿、馬致遠等人，都是來自基層、熟悉民間的作者，
　　　　也無不以民間觀眾的審美趣味為寫劇時的重要考量。所以，中國戲劇觀眾所
　　　　呈現的民間性是比西洋戲劇強烈的多。

會、家庭中所受到的壓迫、欺凌與羞辱，悲劇就在這些小女子的身上不斷的上演；而《趙盼兒風月救風塵》及《望江亭中秋鱔旦》的「美人計」、《王翛然斷殺狗勸夫》的「殺狗勸夫」，則又讓我們看到婦女們在困厄的環境中所展現的閃閃智慧光芒。

這些「情節單元」都流露出對小人物（小女子）傾注極大的熱情及深度的關懷，符合民眾的心理態勢，這與戲曲觀眾的身分以市井小民爲主不可說是不無關係。從這些「情節單元」所透露的反饋訊息中我們也可以發現：中國戲劇中值得同情或敬重的悲劇人物多數是小人物，這與西方悲劇人物是「出身高貴、聲名顯赫」之貴族或英雄的情況迥然不同——而造成這種風格不同的重要原因之一，便是觀眾群在其社會地位中的差異。

除此之外，戲劇對與廣大民眾生活息息相關的事理或情感也投注極大的心力，以使戲劇能與群眾更接近，這從元雜劇的「情節單元」中也可得知。例如「靈柩不動待故人」之對朋友情誼的信賴；「一見鍾情」、「轉世投胎再結姻緣」之對自身情感、婚姻的執著與重視；「爭死以求親人免禍」之讚美人倫親情的大無畏犧牲精神；「灰欄辨母」之對母愛的稱頌及對明智官員的讚揚；「因奸害夫」所顯現之輿論力量對奸淫情事的躂閥……，這許許多多的「情節單元」，都明顯地與廣大的民間觀眾相結合，表露出民間觀眾的情感、希望及是非判斷，而從這些訊息中我們也便瞭解到——戲曲觀眾身分之深札於廣大的基層民眾。

二、行事思慮的講智慧

在民間文學的研究中，因爲民間文學所反映的是整個民族的全部，包括生活、習慣、文化、思想、風俗、傳統……，因此民間文學很能夠反映出這個民族的智慧，因此有人站在民族成長的觀點，又把「民間文學」稱爲「民智學」。就這個觀點而言，元雜劇雖是市民文學而不是民間文學，但它的存在是以廣大基層民眾爲基礎，因此，元雜劇的內容與廣大群眾之行事思慮的走向及智慧水平便有其互動性，所以，借助於元雜劇的「情節單元」分析而瞭解民眾對行事思慮之走向是講究智慧的。

就以《全元雜劇》而言，在所歸納出來的「情節單元」中，以第十「機智、斯騙類」爲數最多，約占所有「情節單元」的三分之一，而出現這類「情

節單元」的劇目，則包含了傳統方式以人物或題材爲分類〔註 11〕的歷史劇、仕隱劇、社會劇、水滸劇……等各種劇類，從這一考察中發現——不管劇目要表現的主題是什麼，「機謀」的運用成爲故事進展中的衝突或高潮，則是元雜劇故事佈局的一種基調。這種現象，提供了我們一些觀眾審美心理或看戲意願的線索，這線索告訴我們——在「機謀」的猜測或思辨中，得到刺激、學習、想望或贊歎，是最容易滿足觀眾審美心理或看戲意願的劇情處理。

　　元雜劇觀眾以基層的小市民爲主，而從上述觀劇的心理態勢中我們可以瞭解到——在中國，爲數眾多的基層民眾是一個智慧水平相當高的群體。如果將第十「機智、欺騙類」的計策、謀略與劇中人物相結合，我們會發現智謀使用者的普遍性，上至將相判官，下至俗夫俗婦，他們都能以他們自己的方式與手段，在自己危險或困難的時刻爲自己解圍。所以，我們可以說：中國的基層民眾是一個行事思慮講究智慧的群體。

　　若作更仔細地分析，我們又可發現：在元雜劇第十類「機智、欺騙類」的「情節單元」中，有相當大的部分是對機敏而公正的判官的贊揚。例如「以假案破眞案」、「核對爲名騙取文書」、「利用文字筆畫增添使一人成兩人」……，這些「情節單元」都在贊揚那些爲人民洗冤解困之判官的機敏，與那些陷害人民的貪官污吏形成了強烈對比。這就道出了人民的希望——強烈希望有行事廉明、公正又有智慧的人當他們的父母官。然而，在更多時候，這些市井小民必須憑自己的智慧爲自己的生活排憂解難，「假新娘」、「殺狗勸夫」、「假意屈辱以激人奮發」等「情節單元」便是最好的例證；但是，那些惡人也運用著他們的智慧不斷在製造禍端，「下毒嫁禍」、「用計離間騙婚」等便是最好的說明。除此之外，那些帝王將相、文人雅士、草莽英雄……，也都各自展現智慧以行其事。由此可知：行事思慮講究智慧，是一個普遍趨向而不是個別的例子，所以我們可以說構成中華民族之主要支柱的基層民眾，是一個行事思慮講究智慧的群體。

〔註11〕明初的《太和正音譜》依題材將雜劇分爲十二科：一、神仙道化；二、隱居樂道；三、披袍秉笏；四、忠臣烈士；五、孝義廉節；六、叱奸罵讒；七、逐臣孤子；八、鏺刀趕棒；九、風花雪月；十、悲歡離合；十一、煙花粉黛；十二、神頭鬼面。
　　近人羅錦堂的《現存元雜劇本事考》亦依題材將雜劇分爲八類：一、歷史劇；二、社會劇；三、家庭劇；四、戀愛劇；五、風情劇；六、仕隱劇；七、道釋劇；八、神怪劇。

在這項考察中，我們又可爲前項——因觀眾身分不同而導致戲劇風格之不同，作一個補強。在西方戲劇中，悲劇具有崇高的地位，悲劇裡人物是高山仰止的神或英雄，在悲劇中，題材需要崇高的、不平凡和嚴肅的行動；然而，喜劇常是諷刺性的喜劇，是否定型的喜劇，其激發觀眾的笑主要是嘲笑、譏笑和嗤笑，而這些被譏笑或嘲諷的人物常是社會下層的人們，「英國戲劇家歌爾德斯密說：『喜劇是下層人的弱點的臨繪』，『喜劇應該滑稽地表現較下層人物的愚蠢來引我們發笑。』」〔註12〕愚蠢、滑稽是西方戲劇主要的嘲笑對象，而那些被嘲笑的人物就是市井小民，這與中國戲劇中對市井小民的敬重是絕然不同的。而我們在這項「情節單元」的考察中也發現：雖然優秀的將相判官，是被肯定與稱贊的，但小人物的智慧一樣被得到歌頌。中國的市井小民絕不愚蠢可笑，倒是那些達官富豪，才是被挪揄嘲諷的對象。而造成這種風格迥異的主因之一，倒不是西洋的市井小民眞得比較愚笨，而中國的市井小民就比較聰明，最主要的原因之一乃是觀眾群的不同。所以，若要作爲「民智學」的依據，以基層性觀眾爲基礎的「元雜劇」，是要比希臘古典悲劇，或是歐洲文藝復時代以中產階級爲主要觀眾群的悲、喜劇要來得可靠多了。

三、鬼魂迷思的深滲透

所謂鬼魂迷思，是指中國戲曲觀眾對鬼魂的迷信思想及近乎迷狂的感情態度。這不僅形成了對戲曲的獨特審美心理，而這種鬼魂迷思的深入滲透，也對戲曲內容起了很大的作用。就元雜劇而言，有關鬼魂的劇作爲數不少，這也可以透過「情節單元」的分析得知，在元雜劇的「情節單元」中，有關鬼魂的「情節單元」佔有相當的分量，第三類便是整個有關「鬼魂」的「情節單元」，而在第六的「奇事類」及第十四的「報應類」中，也有少數有關「鬼魂」的「情節單元」。所以，在元雜劇中，有關鬼魂的劇作便佔有其重要地位。

觀眾對鬼魂的普遍信仰，是劇作家運用鬼魂迷惑觀眾，進而去感動觀眾的前提。假如觀眾根本不相信世界上有鬼魂的存在，鬼魂對觀眾的迷惑作用也就會削弱，甚至完全喪失。鬼魂在許多劇目中之所以占有那麼重要的地位，正說明鬼魂迷信曾經如濃雲密霧長期籠罩古老中華，並在廣大人民的心中產

〔註12〕藍凡著，《中西戲劇比較論稿》，頁 632，上海：學林出版社，1992 年版。

生了深根蒂固的影響力量。

　　鬼神是世界文化現象，早在人為宗教出現以前，它就在世界各地廣泛流傳。世界上恐怕沒有人不知道鬼的。敬天明鬼是我國的一個古老傳統。《禮記‧表記》：「殷人尊神，率民以事神，先鬼而後禮。」在中國，這個古老的傳統，在歷史進入封建時代之後，由原始宗教演化而成的世俗迷信，對我國社會下層仍有巨大影響。算命、卜卦、驅邪、捉鬼等等形形色色的迷信，廣泛流傳，深入人心。它對世俗生活和心理的影響超過了任何一本「聖書」和諸多學派。尤其在道教、佛教等人為宗教興起之後，這種世俗迷信對社會生活的影響更是十分明顯。道教徒不僅信鬼信神，而且裝神弄鬼，禁咒、符籙、祈禳、齋醮等道教方術與召神劾鬼的古代巫術是一脈相承的；而佛教傳入我國之後，因果不昧、報應昭彰的說法，使得傳統鬼報恩怨的迷信更加突出。鬼魂的世俗迷信，借佛教和道教之力，在社會上廣泛傳播，因而成為一種深入人心，根深蒂固的觀念。

　　雖然，宗教與迷信有關，但也有重要區別。宗教重信仰，把人引向一個虛幻而高遠的目標──來世天國。宗教一般不解決現實生活中的任何具體問題；迷信則重實利，企圖通過某種手段，對鬼神施加影響，以解決生活中的某些具體問題，是以實用的態度來對待鬼神。「平時不燒香，臨時抱佛腳。」說的就是這種態度。正是由於這個原因，使我國封建社會的民眾，特別是基層人民──宗教生活的主要內容，不是寄身林泉，修仙學道，而是求神問卜，趨利避害。所以，就我國封建社會而言，燒香拜佛、信鬼信神，迷信思想嚴重的人遠勝於真正出家修仙學道的宗教信徒。而元雜劇的基本主要觀眾群，便是以這種具迷信思想的基層人民為主，所以對鬼魂的迷思，勢必也深入滲透於雜劇的作品內容中，並對雜劇風格產生相當的影響性。

　　冥冥之中的屈死鬼可以伸冤、復仇，是我國民間篤信的迷信，甚至可以說，是無助的人民他們深深迷戀、自己「情願」相信的一種情感表白。而這種迷信思想及情感的滲透，在元雜劇中也有所反映。在元雜劇第三「鬼魂類」的「情節單元」中，以「鬼魂托夢」的「情節單元」為數最多。而這些托夢的鬼魂多半為屈死者的冤魂，他們托夢的目的大多在伸冤、復仇，例如《神奴兒大鬧開封府》的「鬼魂托夢」、《感天動地竇娥冤》的「鬼魂托夢助破案」、《關張雙赴西蜀夢》及《八大王開詔救忠臣》的「鬼魂托夢求報仇」、《昊天塔孟良盜骨》的「鬼魂托夢求救」等等皆是這類的「情節單元」。他們或者托

夢給主持公道的官吏、或者托夢給自己信賴的親朋，訴說自己所蒙受的冤屈，請求在世的人們爲自己洗刷冤屈。而另外少數幾個托夢的「情節單元」，則反方向地反映出鬼魂對生者的護佑，例如《承明殿霍光鬼諫》的「鬼魂托夢告密」及《死生交范張雞黍》的「亡魂托夢報喪訊」，告密的目的在保護其君主宣帝免於被暗殺，而報喪的目的則在托友人照顧其母。

屈死鬼以托夢的方式伸冤、復仇是較爲溫和的手段，屈死鬼的「靈魂不滅」，以自身的魂魄親自參與復仇情事，則顯現出冤魂更頑強的抵抗精神。而「靈魂不滅」的「情節單元」則反映出民間對鬼魂信仰的核心，因爲如果鬼魂和肉體一樣也會死掉，便不能獨立於形體之外，那麼世界上也就不會有鬼魂了，所以「靈魂不滅」實是鬼魂迷思的核心。例如《神奴兒大鬧開封府》的「鬼魂擋人去路求報仇」、《包待制智賺生金閣》的「屍提己頭而走」、《玎玎璫璫盆兒鬼》的「瓦盆訴冤」、《包龍圖智勘後庭花》的「鬼魂作詞示意破案」便都是這種「靈魂不滅」的「情節單元」，這些冤魂或者親自到公堂之上揭發凶手；或者親自反擊、驚嚇殘害自己的壞人；或者親自提供線索以緝拿凶手。

人的靈魂既然是獨立於肉體之外的，那麼，它就可以離開肉體單獨行動。元雜劇中《迷青瑣倩女離魂》的「離魂軀體成二身」便是最好的一個例證。而這個離體的魂魄爲得是要去追隨心愛的人，因而產生了人魂相戀，充滿柔情與美麗的戀曲，這在滿是陰森與恐怖的鬼魂類「情節單元」中，實是一個棲美動人的點綴。

古人以爲，形魄和靈魂相離，或病臥、或死亡；形魂相依則生。所以只要形魂再度相依，「人死可以復生」，即使形魄被焚化或壞朽，亦可借他人之尸而復活，這便是「借尸還魂」。元雜劇亦有反映這類思想的劇作。如《王月英元夜留鞋記》的「死而復活」；《薩眞人夜斷碧桃花》及《呂洞賓度鐵拐李岳》的「借屍還魂」便是這種例子。

靈魂既然不滅，那麼它不僅可以「死而復活」、「借屍還魂」，還可以「投胎轉世」，這在元雜劇中亦有所表現，例如《崔府君斷冤家債主》的「投胎討（還）債」、《玉簫女兩世姻緣》的「轉世投胎再結姻緣」都是這種「投胎轉世」思想表現。

上述形形色色有關鬼魂的「情節單元」，在戲劇的內容中大多佔有重要的地位——它們或是故事發展的主線、或是內容佈局的重要轉折、或是劇中人

物的主要角色。由此可知鬼魂迷思在戲劇內容的滲透，是非常深入的。若我
們將這類的「情節單元」，與下個章節的「故事類型」相結合，作一個更深入
的探討，那我們對中西方戲劇的不同風格，將有更清晰地瞭解（如中西方對
悲劇、喜劇的不同處理方式），而這個探討，筆者在後面的章節，也會有更仔
細的論述，於此就先不多作贅敘。

四、宗教信仰的奇幻性

　　古典戲曲劇目中，宗教故事劇占有一定比例，戲曲從宗教中攝取瑰偉神奇
的意象，是戲曲發展史上一個顯而易見的事實。明朱權的《太和正音譜》將元
雜劇分為「十二科」，「神仙道化」便置於「十二科」之首，這與朱權耽溺道教
的偏好有關。但元雜劇中宗教故事劇確有一定數量，而在宗教故事劇中又以道
教故事劇為多，大批瑰偉神奇的宗教意象搬上了元雜劇的舞台，則是有目共睹
的。我國觀眾，特別是農民觀眾，主要是從戲台上認識玉皇大帝、東海龍王、
王母娘娘、八仙、閻王等神靈真仙。而這些神靈真仙，又讓戲曲舞台上的宗教
世界充滿了神奇詭幻的色彩，而這種特色的形成，與我國民間觀眾多親近道教
是有關連的；而這種特色也是中西戲劇風格不同的主要原因之一。

　　中西戲劇風格迥異，首先表現在人物命運安排的這一差異，而這與中西
方宗教文化上的差異是有關係的。

> 西方人愛看以偉大人物死亡和美的毀滅作結的悲劇，我國民眾則愛
> 看英雄永生的喜劇。這並不是因為西方人心腸狠，而我國人心腸軟，
> 愛憎分明。而是由於中西方對於生和死的看法存在較大分歧，這一
> 分歧又有著複雜的宗教文化背景。基督教視人生為罪惡，……罪惡
> 與人生俱來，人生便是罪惡淵藪。世俗生活無幸福可言，只有來世
> 天國才是享受永福之所。基督教徒追求的目標不是肉體的長生不
> 死，而是靈魂得救，升入天堂與上帝結合，這便是"永生"。死亡
> 被基督教視為救贖世人的重要途徑。……釘在十字架上的基督，是
> 充滿犧牲精神的偉大的殉道者的形象。基督殉難三天之後"復
> 活"，不是為了證明人能死而復生，也不是由於留戀世俗生活，而
> 是為了告訴信徒，死亡並不可怕。因此，象徵死亡的殘酷刑具十字
> 架成為基督教的信仰標誌。來自印度的佛教認為，人生就是苦海，
> 痛苦的根源在於有欲，欲壑難填，永無滿足，只有死亡，才是最徹

底的解脫辦法。因此，佛教的涅槃實際上是死亡的代名詞。可是，在如何對待生與死的問題上，我國土生土長的道教則恰恰相反，它以肉體的長生不死作為解脫方法。……佛教倡言"無生"，以涅槃為解脫；道教標舉"不死"，以長生為解脫。道主生，而佛主死。就生死觀而言，道教的長生比佛教的涅槃對國人的影響要大得多。這不僅表現在國人對於延年益壽、長生不老的各種方術、丹藥的迷信上，也表現在這一觀念對國佛教的滲透上。道教認為，長生屬於善德，惡行則與夭折相隨。如果不行善德，只是一味服食不死之藥，根本不可能長生。……這一思想也為我國佛教所接受。佛教亦把惡行與死亡、地獄聯係在一起，把善行與長生、天堂聯係在一起，鼓吹行善者可增福添壽，"即身成佛"，超越生死輪迴，永住佛國淨土；為惡者損壽折福，墮入阿鼻地獄，受盡苦難折磨。〔註13〕

所以，在中國民間的宗教信仰文化中，對人生的眷戀，對死生的干涉及善惡的因果報應，便成為相當重要的信仰內容，而這樣的信仰文化性質，奇幻性要更大於嚴肅性。上點所述之「鬼魂迷思的深滲透」，便與這種宗教信仰的奇幻性有關，而在元雜劇其它有關宗教信仰的「情節單元」中，也很能看出這種信仰文化的奇幻性對戲劇所產生的影響。

例如在第二「神仙類」中，《半夜雷轟薦福碑》的「龍神擊碑懲罰罵者」、《破苻堅蔣神靈應》的「神靈助戰草木成軍」便都極盡誇揚神明的威靈，還有為數頗多的「神祇化身以助人（或度脫、或試凡人）」，都顯示出神仙對人們之人間俗務的干涉，而干涉的方式與結果則常是人能瞭解而無法做到的神奇效果。

《楚昭公疏者下船》的「龍王救人」、《洞庭湖柳毅傳書》的「龍女嫁人」，《洞庭湖柳毅傳書》、《李太白貶夜郎》的「人遊龍宮」，則表示出民間觀眾對龍宮及龍王的認知——人是可以跟這些神有親密交往的，甚至還可以人神結親，這便顯現了宗教的奇幻性。而在第五「法術類」的「情節單元」中，大批「施法術使活人夢游地府」、「施法術令人入夢以度脫」、「施法術令人壽盡不死」、「施法術令人死而復生」等充滿神奇幻化的宗教情事，則更顯現與土生土長的道教有著密切的關係。除此之外，有些「情節單元」除了表現出宗

〔註13〕鄭傳寅著，《傳統文化與古典戲曲》，頁245～247，湖北：湖北教育出版社，1990.08。

教的奇幻性，也顯現宗教對世俗道德的認同──宗教常常把世俗道德準則作為自己的準則，宣揚違背了這些原則就會遭「報應」，則表達了下層人民對惡勢力的痛恨和善必勝惡的善良願望。例如「浮漚爲證魂擒兇手」、「轉世投胎討（還）債」、「善惡有報」、「救人出難還救己」等「情節單元」，則便是這類善惡因果輪迴觀念的表現。

由上述「情節單元」的分析我們可以得知，宗教信仰的奇幻性，不僅表現出民間觀眾的信仰文化，而這個訊息反饋同時也對元雜劇的風格產生了至深的影響。

五、人倫道德的世俗化

中華民族在儒家文化的影響下，人倫道德力量在封建社會中佔有相當重要的主導地位，「道德政治化，政治道德化」，便是儒家文化凸顯人倫道德思想的最明顯標誌。封建社會的子民是在這樣的文化思想環境下生活，受儒家這種人倫思想的侵染是不可避免的。然而戲曲裡所反映的人倫道德標準，與封建上層統治者及其正統文人的標準是不一樣的──戲曲裡的人倫道德標準是親近於廣大民間觀眾情感的世俗化標準，而不是宣揚統治階級尊卑綱常的御用標準。因標準之不同，使戲曲在內容與風格上，都與傳統的詩詞、散文等正統文學有所不同。

戲曲裡所展現的人倫標準之所以接近於民間，除了是民間觀眾的訊息反饋外，還應得力於戲曲作家的自身的經歷與認同。「詩歌、散文都曾被用作躋身官場的敲門磚，唯獨戲曲一直被目爲有傷風化、君子不爲的"末技"。在戲曲發展史上，名儒涉足戲曲者寥寥，絕大多數戲曲作家是仕進無門或在醜惡的官場傾軋中敗下陣來的失意文人。他們一般都受過儒家思想的長期熏陶，儒家的思想學說早已變成他們的血液，深深地扎根於其靈魂深處。但痛苦的經歷和艱難的處境又使他們在感情上接近下層勞動群眾，因而許多戲曲藝術家對儒家正統思想有一定程度的反感和抵抗。他們"偶倡優而不辭"，就是對儒家正統觀念的反叛。戲曲作家的教養和現實境遇，一方面使他們無法擺脫儒家思想體系的羈絆，以至有意無意地利用戲曲爲儒家張目；另一方面，又促使他們運用儒家思想中那些富有人民性的成分，去否定其不合理的成分，甚至利用戲曲張揚"異端"，向封建倫理道德挑戰。這種狀況使戲曲在總體格局上不越出封建主義藝術的範圍，但又使它與那些歌功頌德、粉飾

太平、率筆應酬的貴族文人作品迥然異趣。」〔註14〕正因爲戲曲作家這種與
正統文人大不相同的親身經歷，使得戲曲能接受到更深刻的民間訊息反饋—
—尤其是在人倫道德的感受上，更能顯現出這種世俗化的民間標準和尺度。

　　例如在人倫道德中，下臣對君上的規勸之義，在傳統詩詞、散文中雖也
不乏抨擊權貴、針砭時弊的力作，但就總體而論，溫柔敦厚，怨而不怒，勸
百諷一是其主導的傾向。而接近人民的戲曲，劇目中雖然亦不乏「爲聖天子
粉飾太平」的「媚上」之作，但就總體而論，戲曲與溫柔敦厚的詩文不太一
樣，它富有批判精神和「怨憤」特色，明顯地顯示出接近民間世俗化標準的
尺度。在元雜劇中，這種世俗化的訊息反饋，透過「情節單元」的分析亦能
有所得。例如《晉文公火燒介子推》中的「爲明志寧燒死」，主要是介子推諷
諫晉文公登基後對封贈群臣的疏失，然而這種「寧燒死」的方式，則充滿了
怨悱之氣；另《承明殿霍光鬼諫》的「鬼魂托夢告密」，則表現了霍光死後魂
仍護主的忠心，然而也蘊含了對宣王於霍光生時未能聽其諫的諷刺之意；而
《八大王開詔救忠臣》的「良將先殺奸臣再開讀赦書以救好人」及「智賺帥
印囚權臣」，則表現了臣子以其良知與智慧遊走於皇命的剃刀邊緣，其道德尺
度更接近於「路見不平，拔刀相助」的江湖義氣，而較遠離於「順從爲義」、
「忤逆君上爲大逆不道」的御用標準；而《梁山五虎大劫牢》、《梁山七虎鬧
銅臺》的「設計陷害再相救」則更是草莽英雄的道德尺度與方式。當然，元
雜劇中也有不乏正面稱揚捨己忠君的「情節單元」，如《金水橋陳琳抱粧盒》、
《趙氏孤兒大報仇》的「自殺以守密」及《趙氏孤兒大報仇》的「以己子代
他人之子受苦」等，而這些忠臣的盡忠方式亦是符合民間標準的。

　　「富貴易妻」是封建社會中一個司空見慣的現象，它經常發生在貧民出
身的新貴身上，這種忘恩負義的行爲最爲平民百姓所不齒，所以亦成爲戲曲
作品中所鞭韃的對象。「朝爲田舍郎，暮登天子堂」的新貴們來自民間，他們
的父母，特別是他們的糟糠之妻，是他們發跡之後與民間保持聯繫的一根「臍
帶」。但這些人一旦發跡，幾乎無一例外地都要立即斬斷這根「臍帶」。於是
忘恩負義，背親棄婦，另娶權門的悲劇便一個接著一個地發生了。這種因政
治行爲所導致的道德問題，在詩詞、散文中是鮮少被人論及的，而戲曲則以
接近民間的世俗化標準，對那些背親棄婦的衣冠禽獸作了無情的鞭韃。這在
元雜劇中亦有所表現，例如《臨江驛瀟湘夜雨》的「誣妻爲奴」則是最典型

_____

〔註14〕同前註。頁100。

的例子，而《魯大夫秋胡戲妻》的「秋胡戲妻」，雖不致如前者般地忘恩，但其無賴行徑亦爲人們所不恥，所以也成爲戲曲攻擊的對象。與此相對的，是戲曲對婦德的極力稱頌，如「殺狗勸夫」及爲數頗多的「妓念舊情助士中舉（投軍）」等「情節單元」，或顯示出妻子對丈夫的極力匡正、或顯示出卑微女子的重情重義，比起那些忘恩負的新貴，這些卑微女子則更顯得有情有義了。然而，戲曲裡所稱頌的這些婦德，並不著眼於封建上層社會束縛婦女的「三從四德」，而是更注重於良知與情義的贊美，所以，雖然是封建上層所鄙視的娼妓，但在戲曲中他們得到了應有的尊重。

人倫道德的最高修養，乃是發自內心的善性與良知，而不在於外在三綱五常的教條遵守。就上述「情節單元」的分析內容可知：元雜劇的人倫道德標準，更多是在讚揚這種善性與良知的發揮，而不是去替那些道貌岸然的「假道學者」宣揚束縛人的教條與規矩，所以，它不僅較接近民間的世俗化尺度，其實亦是較符合人性的眞道德。

六、情節單元的社會價值及甚它

上述幾項之觀眾反饋訊息，是對元雜劇之文學內容、風格有較直接影響的，除了文學面的瞭解之外，從「情節單元」的分析中，亦能瞭解到觀眾在其它方面的特性，如生活、文化、風俗、習慣、娛樂等社會多層面的瞭解。

例如《立成湯伊尹耕莘》的「夢吞紅光未婚生子」，就可以藉此去瞭解到「紅光」與偉人之間的象徵關係，去研究這個民族對光的神聖態度；又《雁門關存孝打虎》的「夢虎咬得猛將」、《賢達婦龍隱秀》的「睡時成虎形顯富貴相」等，則又可藉此研究中國社會對「虎」的崇拜情形及意義，而其它類似的情形還有「貴人睡時顯蛇鑽七竅相」等。而第四變化類的「情節單元」中，有「猛虎變驢」、「龍變蛇」、「猿變人」等「情節單元」，則可藉此瞭解人民對這些動物之間的認知情形及心態。

而「假新娘」、「亂點鴛鴦」、「繡球招親」等，則又可以藉此去瞭解人民對婚姻的處理方式及心態；而「設計激士求取功名」，則可瞭解人們對功名的認同與眷念；而爲數眾多的各式各樣的「情節單元」，則又表現出民間觀眾之娛樂審美的多品味。

因此，「情節單元」作爲研究民間觀眾之各種反饋訊息的社會意義，以及這些反饋訊息對元雜劇內容所產生的影響，都是一個很好的憑藉。

第三章 可以成「故事類型」之元雜劇

第一節 戲曲之分類情形

分類是批評的基本任務之一，也是專題研究之選擇的入門標識，從戲曲正式降生起，就有批評家與研究者開始試圖對戲曲劇目進行分類批評與研究。而戲曲的分類情形，則又因批評家的著眼點不同，分類結果也各異。本章的重點是依「故事類型」的分類原則，試圖對元雜劇的內容作一重新的分類與詮釋，但在這項工作進行之前，對前人在這一方面所做過的努力也應有瞭解的必要，以便在傳承與改進之間，有更準確的把握與更突破性的成長。

一、前人對戲曲分類與批評的幾種主要方式及優缺點

（一）以劇作的主要角色為分類依據

如元代夏庭芝的《青樓集》，〔註1〕便以劇作的主要角色為分類依據，將元雜劇區分為「駕頭」、「花旦」、「軟末泥」等類別。這種分類方式，最大的優點是：不但保留了元代當時的角色名稱，同時亦清晰地論述了各種不同角色在演出時的妝扮及演技等情形，所以此書對於後學者在研究戲曲角色的流變、以及元代戲曲演員的演出情形，不但提供了相當寶貴的資料，並且給予後世研究者在研究園地的選擇方向上有著提示與觸發的功能。類似《元雜劇和南戲之丑腳研究》、〔註2〕〈戲曲藝術中的角色功能〉、〔註3〕〈元劇「沖末」

〔註1〕 元夏庭芝著，《青樓集》，《中國古典戲曲論著集成》編入第二集，中國戲劇出版社，1959。
〔註2〕 鄭黛瓊著，《元雜劇和南戲之丑腳研究》，77年文化大學藝研所碩論。

「外末」辨釋〉〔註4〕等專論，便都是從演員角色入手。但這樣的分類方式與研究，大都只能讓我們瞭解到劇目與演員角色之間的關係，或是角色演出在整個舞台藝術中所發揮的功能；換言之，只能知道某一劇目是以什麼角色為主要演出者，或是某一種角色在演出時所展現的主要特色，但對劇目的內容卻無從深入瞭解則是最大的缺憾。

（二）以劇作的題材為主要分類依據

以題材為分類依據的分類方式，若再仔細分則又包含主要兩種情況：一是以內容的事件為重心；另一是以內容的人物為重心。但在分類批評的書中，並不是都能清晰地分開使用，相混的情形反而相當普遍。

在戲曲的分類上，首先著眼於以劇作的題材為主要依據的，要算是明人朱權的《太和正音譜》，〔註5〕他將雜劇分為十二科——一、神仙道化；二、隱居樂道；三、披袍秉笏；四、忠臣烈士；五、孝義廉節；六、叱奸罵讒；七、逐臣孤子；八、鏺刀趕棒；九、風花雪月；十、悲歡離合；十一、煙花粉黛；十二、神頭鬼面。這樣的分類方式，比起上述以角色為分類依據的方法，則較容易讓我們明瞭劇作的主要內容。但從這些分類名目中我們可以發現——他的分類有時是以劇作中的主要人物為依據：如「逐臣孤子」、「忠臣烈士」；有時又以劇作中的主要事件為依據：如「孝義廉節」、「悲歡離合」。因其分類標準不一，便可能發生某一個劇目可分入兩類的混淆情形，但是卻又不能在兩個名目下都能同時找到這一個劇目，這是此種分類方式最主要的缺失。除此之外，日人青木正兒在其《元人雜劇序說》中也提到：十二科的分類涉及雖廣，然而卻有許多以斷獄為主的作品，在上面的分類中，卻沒有適當的部門，則應須做一增補。〔註6〕《太和正音譜》的分類方式雖有相當多的缺失，但在雜劇內容的分類研究上，卻有開風氣之先的貢獻與影響，其後的許多分類方式，亦多是據其基礎而有所改進。

日人青木正兒在其《元人雜劇序說》一書中，除了依《太和正音譜》的名目列舉雜劇十二科外，又據現存元曲之若干「分類俗稱」名目，分雜劇為

〔註3〕 潘麗珠著，〈戲曲藝術中的角色功能〉，《師大國文學報》20期，頁195～205。

〔註4〕 黃天驥著，〈元劇「沖末」「外末」辨釋〉，《中山大學（大陸）學報》，1964.2。

〔註5〕 明朱權著，《太和正音譜》，《中國古典戲曲論著集成》依《涵芬樓秘笈》本收入，北京：中國戲劇出版社，1959。

〔註6〕 青木正兒著，隋樹森譯，《元人雜劇序說》，台北：長安出版社，70年台二版，頁40。

七種：〔註7〕一、君臣雜劇；二、軟末泥雜劇；三、脫膊雜劇；四、綠林雜劇；五、閨怨雜劇；六、花旦雜雜劇；七、神佛雜劇。這樣的分類方式，雖是名目較爲簡明，比較容易清楚地讓人知道這個劇目到底是以什麼爲重心，但這種分類依據則是讓「演員角色」與「劇中人物」處於混淆的狀態。

上述的分類方式，對於宏觀性的批評會有混淆或模糊的缺失，但卻提供了微觀的專題研究者，在研究取材上直接或間接的應用提示。例如：〈元雜劇中的「神仙道化」戲〉、〔註8〕〈元雜劇中的水滸戲〉、〔註9〕〈元雜劇中的三國戲與《三國演義》〉〔註10〕等專論，不管是否直接取其名目，但都是從題材上入手的。

近人羅錦堂在其《現存元人雜劇本事考》〔註11〕一書中，則將元雜劇的內容分爲八類──一、歷史劇；二、社會劇；三、家庭劇；四、戀愛劇；五、風情劇；六、仕隱劇；七、道釋劇；八、神怪劇。這樣的分類名目，在以依題材爲分類根據的分法中，算是標準較爲一致，沒有人物與事件或是演員角色與劇中人物相混淆的情形，並且名目所函蓋的內容較廣泛而具有彈性，以其這些優點，因此對後學在選擇以依題材爲研究的專題上有相當的影響或觸發，例如《元戀愛劇研究》、〔註12〕《元代風情劇研究》、〔註13〕《元代仕隱劇研究》〔註14〕等這樣的專題研究，不僅直接採取其分類名目、同時亦直接使用其所分類歸納之劇目作爲研究的對象，可見羅氏此書在被接受與運用上都有相當程度的影響力。但這樣的分類方式，對於內容發展較豐富的複合性劇目，則顯現出它單一歸類的困窘，例如關漢卿之《竇娥冤》一劇，在此書中被歸爲家庭劇，但就劇中內容所述之被誣陷及入冤獄之情形而言，此劇歸爲社會劇中之公案劇並無不妥，但是在此書的社會劇中卻不能找到《竇娥冤》這個劇目。

雖然以題材爲分類根據的方式有諸多缺憾，但在戲曲研究上仍具有相當的影響力，並擁有爲數頗多的研究群。

〔註 7〕同前註，頁 37～38

〔註 8〕慶書儀著，〈元雜劇中的「神仙道化」戲〉，《文學遺產》，1980.3。

〔註 9〕梁積榮著，〈元雜劇中的水滸戲〉，《山西師院學報》，1983.3。

〔註10〕葉胥等著，〈元雜劇中的三國戲與《三國演義》〉，《文學遺產》，1983.4。

〔註11〕羅錦堂著，《現存元人雜劇本事考》，順先出版社。

〔註12〕周靜琬著，《元戀愛劇研究》，高師國文所，75 年碩論。

〔註13〕李相詰著，《元代風情劇研究》，師大國文所，76 年碩論。

〔註14〕譚美玲著，《元代仕隱劇研究》，輔大中文所，78 碩論。

（三）以劇作的風格為主要的分類依據

這樣的分類批評方式，深受傳統雅文學（士大夫文學）之批評方式的影響。如明代呂天成的《曲品》〔註 15〕和祁彪佳的《遠山堂曲品》、《遠山堂劇品》，〔註 16〕便著眼於作品的風格類型和品第，將戲曲劇目區分為「神品」、「妙品」、「雅品」、「逸品」、「能品」、「具品」等不同類別。這種分類批評方式，主要便是攝取於對傳統詩、文的批評方法，在名目上便十分的典雅，但對名目之意義的把握卻有因人而異的極大分歧性，轉用在戲曲的分類批評上並不十分得當：一來廣大的市民觀眾並不能見其名目便知分類之內容梗概，二來這樣的分類依據在客觀性上還很值得商榷，因此這種批評分類方式並不被廣為運用與接受。

（四）以劇作的水平高下等差為分類依據

這樣的分類方式，主要是仿照歷史上「九品中正制」品藻人物的方式，著眼於區分劇作家及其作品水平的高下等差，將作家及其主要作品分別品評為「上上」、「上中」、「上下」；「中上」、「中中」、「中下」；「下上」、「下中」、「下下」等九品。如呂天成《曲品》中的《新傳奇品》即用這一方法品第明代隆歷、萬歷年間的作家作品。這樣的分類方式，雖然在名目的瞭解上比起上述第三種較為容易，但在批評的客觀性上仍舊有很大的分歧，因此亦極少被運用。

（五）以劇作的審美形態為分類依據

所謂以劇作審美形態為分類，主要便是把劇作劃分為悲劇與喜劇兩大類。這種分類批評方式的產生，比上述四種都還要晚，是在歷史進入近代，我國對外封閉的腐朽國門被帝國主義列強的炮火轟毀之後才被引進的，於當時「西學」以其強者的姿態東漸，在中國「別求新聲於異邦」已成為時代的主潮，隨著西方的文學藝術作品及理論傳入我國，悲劇和喜劇作為全新的理論術語被引入我國文藝批評領域。這種以審美形態為依據的批評方式，開始以震撼之姿被廣泛地運用在我國古典戲曲的分類批評上。其誕生雖晚，但卻引起了相當大的注目與超越性的影響。

〔註 15〕 呂天成著，《曲品》，《中國古典戲曲論著集成》編入第六集，1959。
〔註 16〕 明祁彪佳著，《遠山堂曲品》、《遠山堂劇品》，《中國古典戲曲論著集成》編入
　　　　第六集，1959。

西方戲劇從正式降生那天起，就是分成悲劇和喜劇兩種互相對立的樣式，悲劇和喜劇的界限一目了然。如俄國的別林斯基在《詩的分類》〔註17〕中說:「喜劇是戲劇詩的最後一類，與悲劇截然相反。……悲劇所產生的作用是震撼靈魂的神聖的恐懼；喜劇所產生的作用是笑，是時而歡樂，時而冷嘲的笑。……悲劇在其狹窄動作範圍內只集中主人公的事件的崇高的富有詩意的方面，而喜劇主要地是描繪日常生活的平凡方面，它的瑣碎事故和偶然事情。」英國戲劇理論家馬丁・艾思林在其《戲劇剖析》〔註18〕則說:「在悲劇裡，人物是高山仰止的神或英雄；……在笑劇裡，人物肯定地為觀眾（不僅為觀眾，也為演員）所不齒。」總之，在西方悲劇與喜劇是判然有別，甚至是互相對立的。而在我國，戲曲從孕育期起就是將悲與喜兩種成分揉合在一起，不是像西方戲劇那樣將悲與喜絕然分離，喜的一味地喜，悲的一味地悲，而是悲喜交集，苦樂相錯的混合情形。因此，就如上述前四種批評方式，通檢我國古代戲曲批評史，未見有人像西方戲劇批評家那樣，著眼於劇作的審美形態，並將戲劇作家和作品劃分為悲與喜兩大陣營，其最主要的原由，恐怕便是在於我國古典戲曲的創作實踐與西方古典戲劇的創作實踐大不相同所使然，但在西方批評理論被引用之初，這種東西方創作實踐不同走向的事實並未被深刻地體認，因此雖然給戲曲批評界注入了生機，卻也產生了不少的偏差與爭論。

西方一向尊崇悲劇藝術，認為它是「藝術之冠冕」。戲劇中的悲更是藝術殿堂中的瑰寶。「戲劇類的詩是詩底發展的最高階段，是藝術的冠冕，而悲劇又是戲劇類的詩底最高階段和冠冕。」〔註19〕喜劇在西方被相當一部分人目為等而下之、面對庸眾的低等藝術。別林斯基言:「當詩走到悲劇的時候，就達到了自己行程的頂點，進入喜劇時已經是下行了。在希臘人，喜劇成了詩的死亡！亞里斯托芬是希臘最後的一個詩人，而他的喜劇則是一去不返的豐滿生活的葬歌，從而也是由那種生活所培育的美麗的希臘藝術的葬歌。」〔註20〕受這種觀念的嚴重影響，在這種批評理論被引用之初，當時我國學者認為中國古典戲曲普遍有著「大團圓」的結局，並非一悲到底，因此有的學者便認為中國戲曲「沒有悲劇」，進而視「沒有悲劇」是中國落後的重要表現和原因，有的人甚至為此

〔註17〕《詩的分類》，俄國別林斯基著，北京：文化藝術出版社，1984。
〔註18〕《戲劇剖析》，英國馬丁・艾思林著，北京：中國戲劇出版社，1981年版。
〔註19〕見註16。
〔註20〕見註16。

而深感「可恥」。

　　國學大師王國維先生，是我國近代較早用悲、喜劇這種審美範疇來審視我國古典小說及戲曲的先進，他便曾斷言中國只有一部《紅樓夢》是「徹頭徹尾之悲劇」，古典戲曲中沒有一部真正的悲劇作品，一直要到幾年之後，才在其《宋元戲曲考》中作了一些修正。〔註21〕魯迅亦曾一再抨擊古典小說、戲曲中的「大團圓」，認為這種精神是「互相騙騙」的國民性問題。〔註22〕而胡適甚而指責這是一種「說謊的文學」。〔註23〕但是隨著學者們對中國古典戲

〔註21〕早期王國維先生認為，我國古代，除了一部《紅樓夢》之外，是很難再找出悲劇作品的。他在《紅樓夢評論》（《王國維遺書》第五冊，上海古籍書店，西元 1983 年影印版）中言：「吾國人之精神，世間的也，樂天的也。故代表其精神之戲曲小說無往而不著此樂天之色彩：始於悲者終於歡，始於離者終於合，始於困者終於亨。非是而欲饜閱者之心，難矣！若《牡丹亭》之返魂，《長生殿》之重圓，其最著之一例也。《西廂記》之以驚夢終也，未成之作也。此書若成，吾烏知其不為《續西廂》之淺陋也。……故吾國之文學中其具厭世解脫之精神者，僅有《桃花扇》與《紅樓夢》耳。而《桃花扇》之解脫，非真解脫也。滄桑之變，目擊之而身歷之，不能自悟而悟於張道士之一言，且以歷數千里，冒不測之險，投緣線之中，所索之女子才得一面，而以道士之言一朝而舍之，自非三尺之童子，其誰信之哉！故《桃花扇》之解脫，他律的也；而《紅樓夢》之解脫，自律的也。且《桃花扇》之作者但借侯李之事以寫故國之戚，而非以描寫人生為事。故《桃花扇》政治的也，國民的也，歷史的也。此《紅樓夢》之所以大背於吾國人之精神，而其價值亦即乎此。」在幾年後，王國維在其《宋元戲曲考》中寫道：「明以後，傳奇無非喜劇，而元則有悲劇在其中。就存者言之：如《漢宮秋》、《梧桐雨》、《西蜀夢》、《火燒介子推》、《張千替殺妻》等，初無所謂先離後合，始困終亨之事也。其最有悲劇之性質者，則如關漢卿之《竇娥冤》、紀君祥之《趙氏孤兒》。劇雖有惡人交媾其間，而其赴湯蹈火者，仍出於其主人翁之意志，即列於世界大悲劇中，亦無愧色也。」

〔註22〕魯迅在〈中國小說的歷史變遷〉（《魯迅全集》第九卷，316 頁，北京：人民文學出版社，西元1991 年版）中言：「中國人底心理，是很喜歡團圓的，所以必至於如此，大概人生現實底缺陷，中國人也很知道，但不願意說出來；因為一說出來，就要發生"怎樣補救這缺點"的問題，或者免不了要煩悶，要改良，事情就麻煩了。而中國人不大喜歡麻煩和煩悶，現在倘在小說裡敘了人生底缺陷，便要使讀者感著不快。所以凡是歷史上不團圓的，在小說往往給他團圓；沒有報應的，給他報應，互相騙騙。──這實在是關於國民性底問題。」

〔註23〕胡適在〈文學進化觀念與戲劇改良〉一文中說：「這種"團圓的迷信"乃是中國人思想薄弱的鐵證。做書的人明知世上的真事都是不如意的居大部分，他明知世上的事不是顛倒是非，便是生離死別，他卻偏要使"天下有情人都成了眷屬"，偏要說善惡分明，報應昭彰。他閉著眼睛不肯看天下的悲劇慘劇，不肯老老實實寫天公的顛倒慘酷，他只圖說一個紙上的大快人心。這便是說

曲更深入地研究，以及對西方古典戲劇文學的更深瞭解後，便開始以更公允而正確的心態引用西方批評理論，而這些偏差也慢慢地被導正。一部分批評家把戲曲文化納入宏闊的世界文化體系之中去加以考察，不但借助與異質文化的比較更加準確地把握了古典戲曲文化的特徵，而且尋找到了戲曲文化在世界文化體係中的位置。戲曲研究的領域得到拓展，甚而以批評引導創作——讓劇作家們開始有意識地摒棄「團圓主義」，強化悲劇激情，創造悲劇作品。這些則都是這種新批評方式的貢獻。

綜合上述，每種分類方式都有著它的特長與不足之處，而新理論的創獲便在彌補不足——傳承之間總是要注入新的生機，生命才得以永保朝氣，因研究方法之得以更新，使戲曲研究領域得到拓展，則是研究者不斷要追求與持續的工作。

二、「故事類型」之定義及運用

「故事類型」的觀念，同「情節單元」一樣是來自民間故事的研究方法。所謂「故事類型」是指故事內容以主角人物為中心之一連串遭遇問題解決問題，並進而推展故事內容的過程發展型態。所以「故事類型」是以主角性質及主角之動作性質為中心。而同一個故事過程發展型態，須有三個以上（含三個）的不同說法才能成型，所以同一個「故事類型」中，主角人物只要性質相同（例如：被後母欺凌的女孩），他可以是法國人，也可以是中國人；他可叫做「辛德瑞拉」，也可以叫做「春美」；而以動作為中心的「情節單元」，只要性質相似（例如：遇到「神奇的幫助者」）它可以是「魚蝦補洞」，也可以是「鳥雀分穀」，所以同一個「故事類型」的故事，並不須要有完全相同的「情節單元」，或同一姓名身分的主角。例如「灰姑娘」的故事，就是「故事類型」中相當被人所熟悉的基型，故事的內容過程是：後母出難題給女孩（如破桶挑水、分開穀豆、織布等）→難題解決（因得到魚蝦、鳥、或織女的幫助而解決）→參加宴會→掉鞋→成婚。在這個「故事類型」中，同位的「情節單元」〔註24〕是可以改換的（如「破桶提水」的難題式「情節單元」，便可

謊的文學。……故這種"團圓"的小說戲劇，根本說來，只是腦筋單簡，思力薄弱的文學，不耐人尋思，不能引人反省。」（《胡適作品集3：文學改良芻議》，頁 164～165，台北：遠流出版公司，1986.03）原《胡適文存》第一集第一卷。

〔註24〕所謂同位「情節單元」的意思，是說處於相同地位的「情節單元」。例如本文

換成在短時間內「分開豆穀」的「情節單元」），所以同一個「故事類型」便可在不同的國度、不同的風俗民情下，因運用不同的「情節單元」而產生各種不同說法的「灰姑娘」了。

　　歸納「故事類型」一項相當困難的工作，便是給故事內容過程一個相當適切的名稱，這種命名的工作，有點類似於我國章回小說的「回目」，雖然只是短短的幾個字，但要拿捏適宜、切中核心，確實是得下一番工夫。目前世界通用的「故事類型」分法，仍採用阿爾奈（Arrne）與湯普遜（Thompson）兩位學者所完成的 AT 分類法〔註25〕為原則，先將故事分為動物故事（包括植物、器官、無生物……等）一般民間故事（包括神奇故事、宗教故事、傳奇故事）笑話、程式故事和難以分類的故事等五大類，每大類下再依故事類型之多寡又分為次類及細類，凡基本的內容過程稱為「型」，給一個號碼，再給一個命名，如果後來又發現另一個稍有變化的同「類型」的故事，便在號碼後面再加 A、B、C，如某一個基本的型是 500 號，那麼另一個近似的同「類型」故事便可用 500A 號、500B 號等。由阿爾奈與湯普遜所完成的《民間故事類型分類目錄》（THE TYPES OF THE FOLKTALE—A CLASSIFICATION AND LIOGRAPHY）一書，因是西方學者所著，對於中國民間故事的搜集便顯得非常貧乏，中國學者丁乃通教授〔註26〕在這方面則作了非常重要的補強，他以十年光陰的搜集與努力，在西元 1978 年於芬蘭首都刊行了以英文寫成的《中國民間故事類型索引》〔註27〕一書，而丁教授所採用的分類編目方

中所舉例的「破桶挑水」與「分開豆穀」同樣都是處於出難題的「情節單元」；而「魚蝦補洞」則是解決難題的「情節單元」，與「破桶挑水」則是不同位的「情節單元」，他們之間便不能相互替換了。

〔註25〕AT 分法的得名是取自 ANTTI ARRNE 和 STITH THOMPSON 兩位學者之名的第一個英文字母而來。其分類方法之所以廣為運用，除了因其開風氣之先，在系統整理上具有領導的作用之外，還因其分類編目方式具有彈性，後來的學者若有新的發現，隨時都能依其方式編號，將新的發現插入適當的地方，很利於新舊的結合，所以這個分類方法一直被從事於這方面研究的學者所共同採用。

〔註26〕丁乃通教授原籍杭州，二十六歲獲哈佛大學博士學位，任教於美國印地安那大學（Indiana University）是英國文學研究專家，亦是一位孜孜不倦的民間故事學者，對中國民間故事的類型整理投注心力尤多，以十多年的心力出版了以英文著述的《中國民間故事類型索引》一書。

〔註27〕《中國民間故事類型索引》一書，北京的中國民間文藝出版社於 1986 年譯成中文版（由鄭建成、李倞、商孟可、白丁合譯），對於研究這方面的中國學者而言，實在提供了相當大的方便，但由於譯者可能未參照阿爾尼及湯普遜所著之《民間故事類型分類目錄》一書，所以在翻譯上有些地方未能把握要義，

式仍以 AT 分類數碼爲依據，以使這些資料的使用能通行於世界各地。

以便利於資料的流通與比較爲考量，筆者所歸納的「元雜劇故事類型」亦以 AT 分法爲原則，並同時參考《民間故事類型分類目錄》與《中國民間故事類型索引》二書的內容，若所歸納出來的類型在這兩書裡本來就有的，就仍舊沿用本來的名稱，若是新發現的，便在適當處給予合適的命名。因元雜劇本身之內容特性及限制，元雜劇之故事類型集中在「一般民間故事」之內，所以本故事類型的整理便只分爲神奇故事、宗教故事與傳奇故事三大類，在這三大類之下再分爲幾個細類，給予合適的名稱，並且爲了讓讀者更容易明瞭整個劇目的內容發展梗概——尤其是內容較爲複雜的複合型故事，所以還爲成型的劇目取一個總名，並將這些整理製成表格，而這些實際的分類情形及表格的製作，都在本章的第二節有清楚的敘述。

另外要說明的是：就如同「情節單元」一樣，並不是所有的元雜劇都可成「故事類型」，因爲成型的故事最少都必須具備一個「情節單元」，而且須有完整的內容過程發展，而這卻不是每個元雜劇都具備的。不具備的原因，乃因元雜劇絕大多數是以文人之筆寫給廣大市民看的市民文學（俗文學），所以作者在有音無意之間都期望自己的作品能雅俗共賞，所以內容敘述雖有親近廣大民眾的「民間文學」氣息，但有的劇目卻因作家的因素，沾染了較濃厚的「雅文學」敘述筆調（如強調曲文的優美、環境背景的氣氛渲染、人物心境的描寫……等等），因此也就不適用這個分析方式；又另一方面，有的劇目雖然「民間文學」氣息濃厚，但卻以「傳說」爲重心，而不以「故事」爲重心，因此也不適用於這個範圍，這些都將留待另一章節，再作更進一步的研究敘述。

類型的歸納只是初步的工作，更重要的是在歸納之後的運用與分析。「故事類型」與「情節單元」一樣有著廣大的群眾魅力，相同地，作爲瞭解廣大群眾的管道，亦是一個很好的觀測憑藉。正如丁乃通先生所言：「不管這些中國故事與國際的標準形式有多少差別，對於想探討民間故事如何影響民風民俗、如何傳布和發展的學者，這些故事提供了有價值的材料。」〔註28〕元雜劇以通俗文學之姿，向廣大市民群眾靠攏，所以伸展觸角向民間文學吸取營養（如故事題材的借用、敘述方式的攝取、民間俗諺語的運用……等等）是

則是缺撼之處。

〔註28〕《中國民間故事類型索引》中譯本導言，丁乃通著，北京：中國民間文藝出版社，1986 年。

常有的情況。因此，反過來在元雜劇中歸納出研究民間故事之重要憑藉的「類型」，便可以更容易地瞭解廣大的群眾與社會。

「故事類型」是故事內容的過程發展，時常具有相當的區域性與穩定性，對於瞭解群眾的思維，是一個很好的憑藉，這也是為什麼本論文要以「故事類型」為分類依據的原因。比起前述五種方式，這種分類方式更易於找出故事的來源與演變的脈絡，同時對元雜劇在故事發展結構與內容分佈意義上，也能有更清晰地掌握，這些優點除了有助於對元雜劇內容的瞭解外，同時亦有助於對群眾思維的瞭解，這也是這個分類方式的最大優點。——比起前述五種分類方式，此種方式對劇目的內蘊深層思想能有更深地發掘。

但這個分類方式的運用，最大的缺憾是並不能適用於每一個元雜劇劇目，因為如前述所言，並不是每個雜劇都有「故事類型」，但在缺憾之中仍有值得欣慰的地方，因為這些「成型」的元雜劇可作為不成型之元雜劇的對照，在兩相對照比較之下，不同之處便更顯而易見，而之所以不同的原因及意義便也能有更深入的探討了。這些都將在往後的章節中再作更清晰地敘述，本節就僅於概念性的說明。

第二節　可以成「故事類型」之元雜劇的實際分類

可以成「故事類型」之元雜劇，其「故事類型」主要分為三大類：甲、神奇故事。乙、宗教故事。丙、傳奇故事。

甲、神奇故事，又分為七小類：

甲1、神奇的對手　　甲2、神奇的親屬　　甲3、神奇的難題
甲4、神奇的幫助者　甲5、神奇的寶物　　甲6、神奇的法術
甲7、鬼魂的故事

乙、宗教故事，又分為四小類：

乙1、神的賞罰　　　乙2、因果報應與輪迴　乙3、人進天堂
乙4、人的悟道

丙、宗教故事，又分為九小類：

丙1、姑娘出嫁　　　丙2、仕子娶親　　　丙3、忠貞與清白
丙4、奸夫與淫婦　　丙5、落難者與救助者　丙6、聰明的言行
丙7、命運的故事　　丙8、強盜和凶手　　丙9、其它傳奇故事

一、以「故事類型」為中心的分類整理表

1、本表格易於得知某一「故事類型」到底有那些劇目使用。

2、「劇本內容概要總名」之設置，在於幫助對全劇內容之掌握。

3、「類型之類別及名稱」一欄中，細目名稱之前若有◎符號，表示此類型是在元雜劇中新發現的，若沒有這個符號，則表示這個類型在湯普遜的《民間故事類型分類目錄》或丁乃通的《中國民間故事類型索引》中就已出現過。

類型之類別及名稱	劇本內容概要總名	雜劇原篇目名稱及其劇情大要之頁碼
甲1　神奇的對手 兩術士鬥法	桃花女鬥周公	講陰陽八卦桃花女 2-25；P85
甲2　神奇的親屬 感恩的龍公主	龍女嫁人以報恩	洞庭湖柳毅傳書 1-78；P53
甲2　神奇的親屬 ◎神仙兒子其母不夫而孕	夢吞紅光未婚生子其子遭棄後成偉人	立成湯伊尹耕莘 2-6；P36
甲5　神奇的寶物 煮海寶	寶鍋煮海	沙門島張生煮海 1-76；P45
甲7　鬼魂的故事 ◎死而復活的戀人	因情人從其口中取出羅帕，死而復活	王月英月夜留鞋記 3-10；P29
甲7　鬼魂的故事 ◎借屍還魂	借屍還魂再結連理	薩真人夜斷碧桃花 3-15；P83
甲7　鬼魂的故事 ◎轉世投胎	轉世投胎再結姻緣	玉簫女兩世姻緣 2-16；P32
甲7　鬼魂的故事 ◎魂離軀體成二身	倩女離魂	迷青瑣倩女離魂 2-4；P58
甲7　鬼魂的故事 ◎會唱歌的骨頭	瓦盆訴冤	玎玎璫璫盆兒鬼 3-22；P39
甲7　鬼魂的故事 ◎鬼魂訴冤	鬼魂托夢求報仇	關張雙赴西蜀夢 1-2；P88
	鬼魂示意助破案	包龍圖智勘後庭花 1-46；P36
	鬼魂擋路求報仇	神奴兒大鬧開封府 3-28；P54
甲7　鬼魂的故事 ◎鬼魂訴冤 　＋丙3　忠貞與清白 ◎忠貞的媳婦	護婆婆媳婦甘蒙冤鬼魂訴冤終昭雪	感天動地竇娥冤 1-5；P71
甲7　鬼魂的故事 ◎至交生死有感	范張雞黍	死生交范張雞黍 2-9；P38
乙1　神的賞罰 ◎神使行善者改變壞命運	行善而達成心願	施仁義劉弘義嫁婢 3-21；P54
	奉還失物得到善報	山神廟裴度還帶 1-16；P28

乙1　神的賞罰 ◎神保護無辜	賣假藥者其兒遭焚；許願焚兒以救母，其子爲神所救	小張屠焚兒救母 3-3；P29
乙1　神的賞罰 ◎神幫助祂的信仰者	神靈助戰草木成軍	破苻堅蔣神靈應 1-25；P56
乙1　神的賞罰 ◎神懲罰對其不敬者	辱罵神靈而得惡報	半夜雷轟薦福碑 1-33；P37
乙1　神的賞罰 ◎神使有孝心的人願望實現	孝子感天天象變異終得桑椹治癒母病	降桑椹蔡順孝母 1-59；P54
乙1　神的賞罰 ◎神懲罰惡者	神懲罰吝嗇者爲守財奴	看錢奴買冤家債主 1-54；P51
	神燒毀爲富不仁者的家財	徐伯株貧富興衰記 4-47；P58
乙1　神的賞罰 ◎神懲罰惡者 　＋丙8　強盜和凶手陽光下真相大白	浮漚爲證，神懲惡者爲餓鬼	硃砂擔滴水浮漚記 3-20；P60
乙2　因果輪迴與報應 ◎因果輪迴終有報	因果輪迴終有報	崔府君斷冤家債主 1-49；P61
	忠臣升天奸臣下地獄	地藏王證東窗事犯 1-42；P38
乙4　人的悟道 瞬息京華	驚夢悟道（施法術使人入夢以悟道）	開壇闡教黃梁夢 1-36；P68
		月明和尚度柳翠 1-51；P31
		陳季卿悟道竹葉舟 2-18；P67
		瘸李岳詩酒翫江亭 3-42；P83
		呂翁三化邯鄲店 4-53；P44
乙4　人的悟道 夢或眞	驚幻悟道（施法術讓人見幻相以悟道）	呂洞賓三醉岳陽樓 1-34；P43
		馬丹陽三度任風子 1-53；P56
乙4　人的悟道 ◎神仙下凡以度人	神仙化人以度脫	布袋和尚忍字記 1-47；P32
		老莊周一枕蝴蝶夢 1-21；P38
丙1　姑娘出嫁 和一個誤認的人締結婚約的姑娘	錯送鴛鴦被巧成良姻緣	玉清庵錯送鴛鴦被 3-4；P32
丙1　姑娘出嫁 負責主宰自己命運的姑娘 ＋甲4　神奇的幫助者 ◎動物的幫助而破案	男家衰落女家悔婚女兒不悔約期贈銀誤遇賊人劫財傷命公子蒙冤巧計洗清	王閏香夜月四春園 1-10；P30
丙1　姑娘出嫁 負責主宰自己命運的姑娘 ＋丙6　聰明的言行 ◎假意屈辱以激人奮發上進 　＋丙3　忠貞與清白丈夫考驗妻子貞操	娘娘擇其所愛的窮書生而嫁，其友激士取功名，生得官戲妻探其忠貞	呂蒙正風雪破窯記 1-29；P44

丙2　仕子娶親 ◎父母對向其女求婚者的考驗（通常這個考驗是要這個人中舉）	仕女鍾情女母作阻丫鬟撮合中舉成婚	㑳梅香騙翰林風月 2-3；P57
	仕女相互鍾情中舉方成眷屬	崔鶯鶯待月西廂記 1-27；P61
		秦月娥誤失金環記 4-50；P55
		王文秀渭塘奇遇記 4-49；P29
	私定終身後花園落難公子中狀元	董秀英花月東牆記 1-20；P68
丙3　忠貞與清白 丈夫考驗妻子貞操	秋胡戲妻	魯大夫秋胡戲妻 1-74；P80
丙3　忠貞與清白 忠貞的臣子	臣報主仇	忠義士豫讓吞炭 2-13；P47
	臣入敵境智勇救主	劉玄德醉走黃鶴樓 2-23；P78
丙3　忠貞與清白 忠貞的臣子 ＋甲7　鬼魂的故事 ◎鬼魂告密	忠臣死後魂仍護主	承明殿霍光鬼諫 2-12；P49
丙3　忠貞與清白 忠貞的臣子 ＋丙9　其它傳奇故事兒子長大後才報仇	忠臣護王嗣，太子長大後終報仇	金水橋陳琳抱粧盒 3-5；P48
	全家遇害漏一人孤兒長大終報仇	趙氏孤兒大報仇 1-52；P73
丙3　忠貞與清白 忠心的將領因偽裝的賊兵而恢復原貌	忠心難忘護國，以偽賊激士任命	下高麗敬德不伏老 2-14；P27
丙3　忠貞與清白 ◎因人忠心不追究此人對己的傷害	因人盡忠不究前嫌	程咬金斧劈老君堂 2-8；P69
丙3　忠貞與清白 忠貞的朋友	自殺以守密	說鱄諸伍員吹簫 1-50；P75
丙3　忠貞與清白 忠心的妓女	士子應舉因妓淪落妓念舊情助士中舉	李亞仙花酒曲江池 1-73；P41
丙3　忠貞與清白 忠心的妓女	妓念舊情助士中舉偶再重逢終成眷屬	鄭月蓮秋夜雲窗夢 3-11；P81
	妓念舊情助郎投軍郎立軍功再成婚配	逞風流王煥百花亭 3-31；P64
丙3　忠貞與清白 忠心的妓女 ＋丙7　命運的故事 ◎害人反助人	妓立志為郎守節，鴇母告官，官員反促其成雙	李素蘭風月玉壺春 1-63；P42
丙3　忠貞與清白 忠貞的後母	以己子代他人之子受難	救孝子賢母不認屍 1-23；P62
		包待制三勘蝴蝶夢 1-12；P34

丙3 忠貞與清白 以動物的屍體謊稱人屍,以試驗不可靠的朋友	殺狗勸夫	王翛然斷殺狗勸夫 3-12;P31
丙3 忠貞與清白 暗中的扶持	浪子敗家終覺悟義士扶持復家業	東堂老勸破家子弟 2-21;P46
丙4 奸夫與淫婦 ◎為富貴害妻	貪榮害妻	臨江驛瀟湘夜雨 1-37;P86
丙4 奸夫與淫婦 ◎因奸害夫	因奸殺夫	河南府張鼎勘頭巾 1-61;P48
	因奸殺夫終遭報應	風雨像生貨郎旦 3-32;P52
	婦為得所歡欲殺夫,反為其歡所殺	鯁直張千替殺妻 3-2;P87
丙5 落難者和救助者 ◎幫助人之後得到所助者的幫助	助人得人助	張公藝九世同居 3-18;P65
丙5 落難者和救助者 ◎救人之後得到所救的人相救	救人出難反救己	鄭孔目風雪酷寒亭 1-38;P81
		宋上皇御斷金鳳釵 1-48;P45
		好酒趙元遇上皇 1-53;P39
丙5 落難者和救助者 ◎害人後來得到被害者的報復	復仇記	龐涓夜走馬陵道 3-19;P89
丙6 聰明的言行 所羅門式的判決	灰欄記	包待智勘灰欄記 1-75;P33
丙6 聰明的言行 ◎法官更改法令文書或變象解釋以懲惡人或救好人	文字記	包待制智斬魯齋郎 1-13;P34
	先讓無辜者在獄中殺了壞人,再以原是要救壞人的赦書赦無辜	包待制陳州糶米 3-24;P35
		魏徵改詔風雲會 4-28;P87
丙6 聰明的言行 ◎以假案破真案	以假案破真案	張鼎智勘魔合羅 1-76;P66
	合同文字記	包待制智賺合同文字記 3-14;P35
丙6 聰明的言行 ◎謊稱乙物騙取甲物真象 ＋丙9 其它傳奇故事 妻美夫遭殃	妻美夫遭殃;鬼魂訴冤,包公智破案	包待制智賺生金閣 1-64;P33
丙6 聰明的言行 ◎以假護真事終成	以假憑證保護真憑證以達目的	趙盼兒風月救風塵 1-9;P74
	假新娘	趙匡義智娶符金錠 3-17;P73
丙6 聰明的言行 ◎假意屈辱以激人奮發上進 ＋丙3 忠貞與清白 ◎暗中的扶持	設計激士求取功名	王鼎臣風雪漁樵記 3-9;P30
		孟光女舉案齊眉 3-7;P49
		凍蘇秦衣錦還鄉 3-8;P59

丙6　聰明的言行 ◎假意屈辱以激人奮發上進 　＋避諱 　＋丙3　忠貞與清白 ◎暗中的扶持	姑娘機智不言避諱設計激士求取功名	錢大尹智寵謝天香 1-11；P79
丙6　聰明的言行 ◎假意屈辱以挫人傲氣 　＋丙3　忠貞與清白 ◎暗中的扶持	愛才而挫其傲氣	醉思鄉王粲登樓 2-2；P76
丙6　聰明的言行 ◎謊稱其女友為鬼，激士離開 　求上進 　＋丙3　忠貞與清白 ◎暗中的扶持	設計激士求取功名	謝金蓮詩酒紅梨花 1-69；P85
		秦脩然竹塢聽琴 1-22；P56
丙6　聰明的言行 ◎以美色誘人以達目的	美人施計主客易勢	望江亭中秋切鱠（旦）1-7；P63
	美女離間計	錦雲堂美女連環記 3-16；P80
丙6　聰明的言行 ◎言功為過而脫罪	言功為過而脫罪	隨何賺風魔蒯通 3-25；P83
丙7　命運的故事 ◎亂點鴛鴦		閨怨佳人拜月亭 1-3；P75
丙7　命運的故事 ◎被離間騙婚無意巧遇重圓	被離間騙婚無意巧遇重圓	江洲司馬青衫淚 1-32；P40
丙7　命運的故事 ◎遭陷害不死，久經淪落終團圓	遭陷害不死，久經淪落終團圓	風雨像生貨郎旦 3-32；P52
丙8　強盜和凶手 ◎誠信不畏死使盜賊感動因而未受害	趙禮讓肥	孝義士趙禮讓肥 2-20；P42
丙8　強盜和凶手 ◎用凶手當初害人的方式報復凶手	以其人之道還制其人	須賈誶范睢 1-56；P69
		鄧夫人苦痛哭存孝 1-17；P82

二、以「篇目名稱」為中心的分類整理表

　　1、本表格以「篇目名稱」之第一個字的筆劃多寡為順序。

　　2、本表格易得知某一個篇目到底包含有那些「故事類型」。

　　3、「劇情大要之頁碼」標示，是指在本論文中的第幾頁可尋得。

篇目名稱	故事類型	情節單元	劇情大要之頁碼
三　　劃			
◎下高麗敬德不伏老 2-14	忠心的將領因僞裝的賊兵而恢復原貌　丙 3	僞裝賊兵刺探將領（10）	P27
◎山神廟裴度還帶 1-16	神使行善者改變壞命運　乙 1	繡球招親（11.B）	P28
		善有善報（14）	
◎小張屠焚兒救母 3-3	神保護無辜　乙 1	爲救母焚兒許願（9）	P29
		善惡有報（14）	
四　　劃			
◎王月英元夜留鞋記 3-10	死而復活的戀人　甲 7	叫賣失物以尋原主（10）	P29
		死而復活（6）	
◎王文秀渭塘奇遇記 4-49	父母對向其女求婚者的考驗　丙 2	仕女相互鍾情中舉方成眷屬（11）	P29
		二人同夢（6）	
◎王閨香夜月四春園 1-10	負責主宰自己命運的姑娘　丙 1	字謎（13）	P30
	動物的幫助而破案　甲 4	蒼蠅示冤（7）	
◎王鼎臣風雪漁樵記 3-9	假意屈辱以激人奮發上進　丙 6	假意屈辱以激人奮發（10）	P30
	暗中的扶持　丙 3		
◎王翛然斷殺狗勸夫 3-12	以動物的屍體謊稱人屍，以試驗不可靠的朋友　丙 3	殺狗勸夫（10）	P31
◎月明和尚度柳翠 1-51	瞬息京華　乙 4	施法術使人夢游地府（5）	P31
		神仙被罰投胎爲人（2）	
五　　劃			
◎布袋和尚忍字記 1-47	神仙下凡以度人　乙 4	神仙被罰投胎爲人（2）	P32
◎玉清庵錯送鴛鴦被 3-4	和一個誤認的男人締結婚約的姑娘　丙 1	陰錯陽差成良緣（11.B）	P32
◎玉簫女兩世姻緣 2-16	轉世投胎　甲 7	轉世投胎再結姻緣（6）	P32
◎包待制智賺生金閣 1-64	妻美夫遭殃　丙 9	貌美惹禍（12）	P33
		屍提己頭而走（6）	
	謊稱乙物騙取甲物眞相　丙 6	謊稱乙物騙取甲物眞相（10）	
		人捉鬼魂訴案情（6）	
◎包待智勘灰欄記 1-75	所羅門式的判決　丙 6	因奸害夫（12）	P33
		衣飾嫁禍（10）	
		下毒嫁禍（10）	
		灰欄辨母（9）	

◎包待制三勘蝴蝶夢 1-12	忠心的後母　丙3	夢蝶示意（8）	P34
		以己子代他人之子受苦（9）	
◎包待制智斬魯齋郎 1-13	法官更改法令文書或變象解釋以懲惡人　丙6	利用文字筆畫增添使一人成為兩人（10）	P34
◎包待制智賺合同文字記 3-14	以假案破真案　丙6	核對姓名騙取文書（10）	P35
		以假案破真案（10）	
◎包待制陳州糶米 3-24	法官更改法令文書或變象解釋以懲惡人或救好人　丙6	文字計（10）	P35
◎包龍圖智勘後庭花 1-46	鬼魂訴冤　甲7	鬼魂作詞，示意破案（3）	P36
◎立成湯伊尹耕莘 2-6	神仙兒子其母不夫而孕　甲2	夢吞紅光未婚生子（8）	P36
◎半夜雷轟薦福碑 1-33	神懲罰對其不敬者　乙1	冒名替代上任為官（10）	P37
		龍神擊碑懲罰罵者（2）	
六　　劃			
◎老莊周一枕蝴蝶夢 1-21	神仙下凡以度人　乙4	神仙被罰投胎為人（2）	P38
◎地藏王證東窗事犯 1-42	因果輪迴終有報　乙1	為惡者地獄中受苦（14）	P38
◎死生交范張雞黍 2-9	至交生死有感　甲7	亡魂托夢報喪訊（3）	P38
		靈柩不動待故人（3）	
◎玎玎璫璫盆兒鬼 3-22	會唱歌的骨頭　甲7	瓦盆訴冤（3）	P39
◎好酒趙元遇上皇 1-53	救人之後得到所救的人相救　丙5	救人出難還救己（14）	P39
◎江州司馬青衫淚 1-32	被離間騙婚無意巧遇重圓　丙7	用計離間騙婚（10）	P40
七　　劃			
◎李亞仙花酒曲江池 1-73	忠心的妓女　丙3	士子應舉因妓淪落妓念舊情助士中舉（9）	P41
◎李素蘭風月玉壺春 1-63	害人反助人　丙7	害人反助人（11.A）	P42
	忠貞的妓女　丙3		
◎孝義士趙禮讓肥 2-20	誠信不畏死使盜賊感動因而未受害　丙8	爭死以求親人免禍（9）	P42
◎呂洞賓三醉岳陽樓 1-34	夢或真　乙4	樹木托胎為人（7）	P43
◎呂翁三化邯鄲店 4-53	瞬息京華　乙4	施法術使人入夢（5）	P44
◎呂蒙正風雪破窯記 1-29	負責主宰自己命運的姑娘　丙1	繡球招親（11.B）	P44
	丈夫考驗妻子的貞操　丙3	齋後鐘激士志（10）	
	假意屈辱以激其上進　丙6	得官戲妻（9）	
◎宋上皇御斷金鳳釵 1-48	救人之後得到所救的人相助　丙5	掉包嫁禍（10）	P45
◎沙門島張生煮海 1-67	煮海寶　甲5	寶鍋煮海（6）	P45
八　　劃			
◎東堂老勸破家子弟 2-21	暗中的扶持　丙3	謹守遺託暗中扶持浪蕩子（9）	P46

		以頭骨爲飲器（12）	
◎忠義士豫讓吞炭 2-13	忠貞的臣子　丙3	漆身裝癩（10）	P47
		吞炭改聲（10）	
		以剁衣抵殺人（12）	
◎金水橋陳琳抱粧盒 3-5	忠貞的臣子　丙3	自殺以守密（9）	P48
	兒子長大後才報仇　丙9		
◎河南府張鼎勘頭巾 1-61	奸夫與淫婦　丙5	因奸殺夫（12）	P48
		編騙局以探實情（10）	
◎承明殿霍光鬼諫 2-12	鬼魂告密　甲7	暗號爲訊相呼應（10）	P49
	忠貞的臣子　丙3	鬼魂托夢告密（3）	
◎孟光女舉案齊眉 3-7	假意屈辱以激人奮發上進 丙6	假意屈辱以激人奮發（10）	P49
	暗中的扶持　丙3		
九　　劃			
◎相國寺公孫汗衫記 1-40	兒子長大後才報仇　丙9	祖拜其孫，似有人推孫起身（9）	P50
		久孕而產（6）	
◎看錢奴買冤家債主 1-45	神懲罰惡者　乙1	神懲罰吝嗇者爲守財奴（2）	P51
◎風雨像生貨郎旦 3-32	遭陷害不死久經淪落終團圓 丙7	因奸害夫（12）	P52
◎洞庭湖柳毅傳書 1-78	感恩的龍公主　甲2	龍女嫁人（6）	P53
		龍變蛇（4）	
		人遊龍宮（6）	
◎施仁義劉弘嫁婢 3-21	神使行善者改變壞命運　乙1	善惡有報（14）	P53
◎神奴兒大鬧開封府 3-28	鬼魂訴冤　甲7	鬼魂托夢（3）	P54
		鬼魂訴冤（3）	
◎降桑椹蔡順孝母 1-59	神使有孝心的人願望實現 乙1	冬變春使桑樹結果（1）	P54
十　　劃			
◎秦月娥誤失金環記 4-50	父母對向其女求婚者的考驗 丙2	仕女相互鍾情中舉方成眷屬（11）	P55
◎秦脩然竹塢聽琴 1-22	謊稱其女友爲女鬼激士離開求上進　丙6	設計激士求取功名（10）	P55
	暗中的扶持　丙3		
◎破苻堅蔣神靈應 1-25	神幫助他的信仰者　乙1	神靈助戰草木成軍（2）	P56
◎馬丹陽三度任風子 1-35	夢或眞　乙4	摔死己子以示決心（12）	P56
◎㑇梅香騙翰林風月 2-3	父母對向其女求婚者的考驗 丙2	設計激士求取功名（10）	P57
◎徐伯株貧富興衰記 4-47	神懲罰惡者　乙1	爲惡遭神罰（2）	P58
◎迷青瑣倩女離魂 2-4	魂離軀體成二身　甲7	魂離軀體成二身（3）	P58

◎凍蘇秦衣錦還鄉 3-8	假意屈辱以激人奮發上進　丙6	假意屈辱以激人奮發（10）	P59
	暗中的扶持　丙3		
十 一 劃			
◎硃砂擔滴水浮漚記 3-20	陽光下眞象大白　丙8	浮漚爲證魂擒兇手（17）	P60
	神懲罰惡者　乙1		
◎崔府君斷冤家債主 1-49	因果輪迴終有報　乙2	施法使活人夢游地府（5）	P61
		投胎討（還）債（14）	
		爲惡者地獄中受苦（14）	
◎崔鶯鶯待月西廂記 1-27	父母對向其女求婚者的考驗　丙2	一見鍾情（6）	P61
◎救孝子賢母不認屍 1-23	忠貞的後母　丙6	以己子代他人之子受苦難（9）	P62
◎望江亭中秋切鱠 1-7	以美色誘人以達目的　丙6	美人計（10）	P63
◎逞風流王煥百花亭 3-31	忠貞的妓女　丙3	妓念舊情助郎投軍（9）	P64
◎張公藝九世同居 3-18	幫助人之後得到所助者的幫助　丙5	憐人反助己（14）	P65
◎張鼎智勘魔合羅 1-76	以假案破眞案　丙6	下毒嫁禍（10）	P66
		同語異事使其誤此爲彼（10）	
◎陳季卿悟道竹葉舟 2-18	瞬息京華　乙4	施法術竹葉變船（5）	P67
		仙人知人夢境（2）	
十 二 劃			
◎董秀英花月東牆記 1-20	父母對向其女求婚者的考驗　丙2	一見鍾情（6）	P68
◎開壇闡教黃梁夢 1-36	瞬息京華　乙4	施法術讓人入夢（5）	P68
◎程咬金斧劈老君堂 2-8	因人盡忠不究前嫌　丙3	因人盡忠不究前嫌（9）	P69
◎須賈誶范睢 1-56	用凶手當初害人的方式報復凶手　丙9	以其人之道還制其人（17）	P69
		人反救已（17）	
十 三 劃			
◎感天動地竇娥冤 1-5	鬼魂訴冤　甲7	陰錯陽差（11.A）	P71
		冤死者屍血上噴不著地（12）	
	忠貞的媳婦　丙9	六月飛雪（1）	
		護婆婆媳婦甘蒙冤（9）	
		鬼魂托夢助破案（3）	
十 四 劃			
◎趙氏孤兒大報仇 1-52	忠貞的臣子　丙3	自殺以守密（9）	P73
	兒子長大後才報仇　丙9	以己子代他人之子受死（9）	
◎趙匡義智娶符金錠 3-17	以假護眞事終成　丙6	繡球招親（11.B）	P73
		假新娘（10）	
◎趙盼兒風月救風塵 1-9	以假護眞事終成　丙6	美人計（10）	P74

◎閨怨佳人拜月亭 1-3	亂點鴛鴦　丙 7	亂點鴛鴦（11.B）	P75
◎說鱄諸伍員吹簫 1-50	忠心的朋友　丙 3	自殺以守密（9）	P75
十 五 劃			
◎醉思鄉王粲登樓 2-2	暗中的扶持　丙 3		P76
	假意屈辱以激人奮發上進　丙 6	假意屈辱以挫人傲氣（10）	
◎劉玄德醉走黃鶴樓 2-23	忠貞的臣子　丙 3	馬能躍溪（7）	P78
		僞裝身分以救人（10）	
		假誓毀令箭絕人退路（10）	
◎魯大夫秋胡戲妻 1-74	丈夫考驗妻子的貞操　丙 3	秋胡戲妻（9）	P80
◎錦雲堂美女連環記 3-16	以美色誘人以達目的　丙 6	姜女離間計（10）	P80
◎鄭月蓮秋夜雲窗夢 3-11	忠貞的妓女　丙 3	妓念舊情助士中舉（9）	P81
◎鄭孔目風雪酷寒亭 1-38	救了人後來得到所救的人相救　丙 5	救人出難還救己（14）	P81
◎鄧夫人苦痛哭存孝 1-17	用凶手當初害人的方式報復凶手　丙 8	以其人之道還制其人（14）	P82
十 六 劃			
◎瘸李岳詩酒翫江亭 3-42	瞬息京華　乙 4	施法術讓人入夢以度脫（5）	P83
◎錢大尹智寵謝天香 1-11	假意屈辱以激人奮發上進　丙 6	假意屈辱以激人奮發（10）	P79
	避諱　丙 6	機智不言避諱（10）	
	暗中的扶持　丙 3	暗中的扶持（9）	
◎隨何賺風魔蒯通 3-25	言功爲過而脫罪　丙 6	佯裝瘋顛求免禍（10）	P83
十 七 劃			
◎薩眞人夜斷碧桃花 3-15	借屍還魂　甲 7	借屍還魂（3）	P83
◎謝金蓮詩酒紅梨花 1-69	暗中的扶持　丙 3	設計激士求取功名（10）	P85
	謊稱其女友爲鬼　騙士離開求上進　丙 6		
◎講陰陽八卦桃花女 2-25	兩術士鬥法　甲 1	施法術令人壽盡不死（5）	P85
		施法術避凶煞（5）	
		施法術令人死而復生（5）	
十 八 劃			
◎臨江驛瀟湘夜雨 1-37	貪榮害妻　丙 4	誣妻爲奴（9）	P86
◎鯁直張千替殺妻 3-2	奸夫與淫婦　丙 4	因奸害（殺）夫（12）	P87
◎魏徵改詔風雲會 4-28	法官更改法令文書或變象解釋以懲惡人或救好人　丙 6	改文字助人脫罪（10）	P87
十 九 劃			
◎關張雙赴西蜀夢 1-2	鬼魂求報仇　甲 7	鬼魂托夢求報仇（3）	P88

二　十　劃			
◎龐涓夜走馬陵道 3-19	害人後來得到被害者的報復丙 5	以比計謀高低爲計（10）	P89
		減灶添兵誘敵（10）	
二　十　四　劃			
◎觀音菩薩魚藍記 4-52	神仙下凡以度人　乙 4	神仙化人以度脫（2）	P89

第三節　各類「故事類型」與「情節單元」的結合情形

　　如前所述，「情節單元」是指故事分析中不可再分析的最小單位，同時，它也是形成「故事類型」的最基本要素，成「故事類型」的作品中，它至少都必需有一個「情節單元」，因此，「情節單元」與「故事類型」之間的結合情形便值得深究。而本節的重心便在探述各類「情節單元」與各類「故事類型」的結合情形。現依「故事類型」之分類，論述其與「情節單元」結合的情形。

一、神奇故事

　　在元雜劇中單一屬於「甲類　神奇的故事」的「故事類型」爲數並不多，而且在這一大類的「故事類型」中又多集中於「甲 7 鬼魂的故事」。而「鬼魂的故事」又有多數是與冤案、冤情相連結的，因此，這類的「故事類型」最常與其性質相近的「鬼魂類」「情節單元」相結合，例如《玎玎璫璫盆兒鬼》、《關張雙赴西蜀夢》、《包龍圖智勘後庭花》、《神奴兒大鬧開封府》、《感天動地竇娥冤》等劇便都是與冤案冤情有關的劇作，這些劇作便都運用了「鬼魂類」的「情節單元」——讓主角人物化爲死不瞑目的鬼魂以顯示主角人物的極度含冤不白。所以，「甲 7 鬼魂的故事」便最常與「鬼魂類」的「情節單元」相結合，除了以「鬼魂類」的「情節單元」來表示主角人物的含冤外，其次便是以「乖戾、殘忍類」的「情節單元」來描述製造冤情者的卑劣手段，再者以「機智類」的「情節單元」來表現法官能還冤者清白的智慧，而以「奇事類」的「情節單元」來表示事件的離奇、以「人倫類」的「情節單元」來表示受冤者的堅貞、以「報應類」的「情節單元」來表現爲惡者所必遭受的懲罰。這些便是與「甲 7 鬼魂的故事」相結合的「情節單元」，我們可以很明顯地看出：這些「情節單元」的被使用，大多是爲了冤情發展的豐富性，以使它更適合舞台演出。

　　在「甲類　神奇的故事」的「故事類型」中，除了「鬼魂的故事」爲數

最多外，尚有「神奇的親屬」兩劇，「神奇的對手」及「神奇的寶物」各一劇。《講陰陽八卦桃花女》是「神奇的對手」的代表劇作，它是以好幾個「法術類」的「情節單元」來舖述劇情的，以法術的施用來表現對手的神奇之處；而《沙門島張生煮海》則是「神奇的寶物」的代表劇作，此劇則是與其性質相近的「奇物類」「情節單元」相結合；《洞庭湖柳毅傳書》、《立成湯伊尹耕莘》則屬於「神奇的親屬」，它們或與「奇人（事）類」、或與「夢兆類」的「情節單元」相結合，以表現親屬來源的不平凡，並藉此強調這不平凡的親屬所帶來的不平凡際遇。

二、宗教故事

　　元雜劇的「故事類型」中，屬「乙類　宗教故事」的主要包含「乙1神的賞罰」、「乙2因果輪迴與報應」及「乙4人的悟道」這三個類別。在乙1及乙2這兩類「故事類型」中，與其相結合的「情節單元」，以性質相近的「報應類」「情節單元」為數最多。在「乙1神的賞罰」中，劇情的重心最主要都是在表現神的"有意識"，而神的意識的顯現，有兩種主要情況——是以人的善惡道德標準為判斷依據，另一則是以對神明的恭敬與否為判斷標準。只要是為善的、對神明恭敬的，神明便有意識地給予幫助，相反地，如果是為惡、對神明不敬的，那麼神明便給予懲罰。因此在這乙1類的「故事類型」中，除了多數與「報應類」的「情節單元」結合外，其次便是與「神仙類」的「情節單元」相結合，以加強神之"有意識"的存在情形，如《破苻堅蔣神靈應》、《半夜雷轟薦福碑》兩劇都是在表現對神之態度的好壞所引起的結果，因而都與「神仙類」的「情節單元」結合。除此之外，也有以「天象類」的「情節單元」來強化神明的存在，如《降桑椹蔡順孝母》便是這類的代表作；亦有以「人倫類」的「情節單元」來強調人的為善必受到神的庇佑，如《小張屠焚兒救母》便是這類的代表作。而「乙2因果輪迴與報應」主要則是指冥冥中的輪迴與報應不爽，如前世你虧欠謀人，謀人便會在下一世討回；或是這一世你作惡，那麼在下一世的輪迴裡，便會因你的作惡而下地獄受苦。所以，乙2類的「故事類型」除了與「報應類」的「情節單元」相結合外，又時亦與「法術類」的「情節單元」結合在一起，以讓人明瞭前後世的因果關係。

　　「乙4人的悟道」是宗教故事之類型的主要群，這一類的「故事類型」主要是與「法術類」及「神仙類」的「情節單元」結合，從這樣的結合關係

我們可以發現：在元雜劇的內容描述中，「人的悟道」通常都不是出於自發性的，他們大多經由"法術"的催眠入夢，在夢中嘗盡人世的生老病死、貧富興衰的經歷後才瞭悟人生的虛空，被度脫而去，一系列「驚夢悟道」的劇作便都是與「法術類」的「情節單元」結合，例如《月明和尚度柳翠》、《陳季卿悟道竹葉舟》、《瘸李岳詩酒翫江亭》、《呂翁三化邯鄲店》、《開壇闡教黃粱夢》便都是這類組合的代表劇作；或是主角人物本身便是仙人投胎，再次回到仙境，如《老莊周一枕蝴蝶夢》、《布袋和尚忍字記》便是這類的組合；亦或是神仙發覺主角人物有菩提之根，特地下凡以度脫此人，如《觀音菩薩魚籃記》便是代表。這些便是乙4類之「故事類型」與「情節單元」的主要結合情形，都可以很清楚地看出悟道的經過大多是被動性的。乙4剩餘的兩劇，一是《呂洞賓三醉岳陽樓》，此劇是與「動（植）物類」的「情節單元」相結合，主要在強調——不只是人可以被度脫成仙，連植物托胎者亦可以有這樣的機會。而《馬丹陽三度任風子》一劇，則是與「殘忍、乖戾類」的「情節單元」結合，主要則在強調悟道後執意出家的決心。

三、傳奇故事

在成「故事類型」的元雜劇中，以「丙類　傳奇故事」為最大類群，顯示出元雜劇的內容乃是以人事為主，有關神奇或神跡性的劇情在元雜劇中並不是佔主要的地位，而傳奇故事中又以「丙6聰明的言行」及「丙3忠貞與清白」為數最多。在丙6這一「故事類型」的劇作中，絕大多數都是與其性質相近的「機智、欺騙類」的「情節單元」連結在一起，如一系列的斷案劇作——《包待智勘灰欄記》、《包待制智斬魯齋郎》、《包待制陳州糶米》、《張鼎智勘魔合羅》、《包待制智賺合同文字記》便都是典型的代表作，都藉由「機智類」的「情節單元」以表現公正判官在斷案時的優秀表現；而一些時事劇，如《趙盼兒風月救風塵》、《趙匡義智娶符金錠》、《王鼎臣風雪漁樵記》、《謝金蓮詩酒紅梨花》、《秦脩然竹塢聽琴》、《望江亭中秋切鱠》亦是藉由「機智類」的「情節單元」來表現劇情的曲折與高潮，甚而一些以歷史人物為主角的劇作，亦是與「機智類」的「情節單元」相結合。我們可以這麼說：「機智類」的「情節單元」是構成丙6之「故事類型」的主幹，它幾乎可以不需它類的「情節單元」輔助便可獨立形成「故事類型」。而與「丙3忠貞與清白」這一「故事類型」相結合的「情節單元」則以「人倫類」的為數最多，然而與丙6相比，構成丙3之「故事類

型」的「情節單元」則較爲複雜些，雖然它與「人倫類」的「情節單元」相結合爲數最多，但「忠貞與清白」常須經過考驗才能顯現，因此便常需要其它的「情節單元」加以輔助，才能構成此類之「故事類型」，而輔助性的「情節單元」則以「機智類」、「乖戾類」、「報應類」的爲數較多，再其次則是與「鬼魂類」、「動物類」、「夢兆類」的「情節單元」相結合。

「丙4奸夫與淫婦」這一「故事類型」，則與「乖戾類」的「情節單元」相結合爲數最多，其次則是「人倫類」與「機智類」；而「丙5落難者和救助者」這一類型則多與「報應類」及「機智類」的「故事類型」相結合。剩餘爲數最少的是「丙1姑娘出嫁」及「丙2仕子娶親」這兩類「故事類型」，「仕子娶親」的「故事類型」最常與「奇事類」的「情節單元」相結合——尤其是與「一見鍾情」這個「情節單元」相結合，而「姑娘出嫁」之「故事類型」的形成則較爲複雜——不是單一「情節單元」所組成的，而是由兩個以上的「情節單元」所組成，而組成的「情節單元」則包含了「動物類」、「人倫類」、「命運類」、「機智類」、「字謎類」各一。

以上便是以「故事類型」爲綱領所整理出的各類「故事類型」和「情節單元」的結合情形。這裡我們再換另一個角度作補充，如果以單一「情節單元」能否形成「故事類型」的能力而言，一般來說與「故事類型」性質相近的「情節單元」通常它形成類型的獨立性較強，例如與「丙6聰明的言行」性質相近的「機智類」情節單元，與「丙3忠貞與清白」性質相近的「人倫類」情節單元，與「丙4奸夫與淫婦」性質相近的「乖戾、殘忍類」情節單元，與「乙1神的賞罰」、「乙2因果輪迴與報應」性質相近的「報應類」情節單元，與「乙4人的悟道」性質相近的「法術類」、「神仙類」情節單元，與「甲7鬼魂的故事」性質相近的「鬼魂類」情節單元，這些類的「情節單元」都比較能夠以單一「情節單元」便能形成「故事類型」，而其它像「天象類」、「變化類」、「動物類」、「夢兆類」等情節單元，在元雜劇的「故事類型」中大多必須與其它類「情節單元」相結合，只擔任著輔助與強化性的作用以使「故事類型」的內容更爲充實與豐富，甚少有能力以單一「情節單元」形成「故事類型」。

第四節　元雜劇各「故事類型」的發展與特色

「世俗化的低層位文化，是理論形態的高層位文化賴以存在的基礎，其主

要成分是世代傳承，廣泛流播的風俗習慣和行為模式。它不是少數思想家天才思維的沈淀物，而是廣大民眾直接參與其事、囿於其中的行為文化。」〔註29〕因此，世俗化的低層文化更能反映出一個民族的民族特性、文化傳統、宗教信仰、風俗習慣……等廣大群眾的思維與情感。

　　比起詩、文，戲曲藝術所賴以生存的土壤面向更廣大的群眾，此一特性賦予戲曲藝術更濃厚的民間色彩及世俗化面貌，因此，比起詩文，戲曲文化具有更深厚的低層位文化素，在反映廣大民間群眾的情感及思維上也能有較多的表達。而「故事類型」為故事內容之過程發展，乃是以主角為中心的行動進程，在相當程度上反映出故事內容的思想性以及故事的結構形態，很可作為劇本文學之研究的一重要指南（尤其是對成「故事類型」的劇本而言），而從「故事類型」的表現特色中，去發掘戲曲與民間諸文化間的相互關係則是一個相當好的入門──不僅掌握了文學，也瞭解了文化。因此，本節的研究論述，便從元雜劇的「故事類型」著手，從論述其特色中，進而探討其民間諸文化、時代環境及思維方式……等的相互關係。

一、儒家文化深植與故事類型的道德化

　　儒家文化在我國傳統文化中占有極其重要的地位，它雖然不能涵蓋傳統文化的全部，但毋庸置疑，儒家文化是傳統文化的主導成分，或者說是核心內容。而作為傳統文化之主體的儒家文化又以倫理道德為本位，所以，「道德化成為傳統文化的鮮明特色。這一特色不僅反映在倫理道德內容在傳統文化中所占的比重上，而且也反映在諸多意識形態部門與道德意識的關係上。」〔註30〕而實際上，就對我國封建社會的影響而論，也沒有哪一個思想流派能與儒家相提並論，因此「戲曲」──這個產生在封建社會中的綜合性藝術，也無可避免地會受到儒家思想的浸染，其思想內容和藝術表現形式便與儒家思想有著多方面的聯係。

　　倫理道德以調整自己與他人、個人與社會的關係為目的。因此，它不是基於人的生理需求，而是以節制個人欲望的方式去求得自己與別人、個人與社會的和諧。因此，在封建社會中，「君君臣臣父父子子」〔註31〕的倫理道德便成為鞏固封建組織體系的最基本力量，然而，真正要做到以道德為人生之

〔註29〕鄭傳寅著，《傳統文化與古典戲曲》，頁119，湖北教育出版社，1990年。
〔註30〕同前註。
〔註31〕《論語・顏淵》。

第一要義，並非易事，所以在封建社會中占主導地位的儒家文化，其教育重點便在把倫理道德塑造並內化為人的珍貴品性。——「人與禽獸最大的分別就在於道德」，這種把人類社會特有的道德現象強加給自然界，將道德原則看作自然界的普遍規律，便是這種儒家文化深植的典型影響。

在元雜劇的「故事類型」中，屬於「丙3忠貞與清白」的故事類型為數頗多，幾佔成型之劇目的十分之三，明顯地表現出倫理道德力量在故事內容上的強勢滲透。「忠貞與清白」所顯示的乃是主角人物的行為動作性質，這種行為動作，並非指一般的外形動作，而是指發自人物的內心生活，再轉化為外部行為的表現狀態，也就是所謂的「動作就是實現了的意志。」〔註32〕因而，人物的行為動作都有自己的支撐點，具有深刻的內在意蘊，黑格爾認為：「每一個動作後面都有一種情致在推動它，這種力量可以是精神的，倫理的和宗教的。」〔註33〕而在元雜劇中，可歌頌與讚美的人物行動，有很多是屬於倫理力量的推動，這與儒家文化強調倫理道德的可貴是相吻合的。

在「忠貞與清白」這個大類的「故事類型」中，便充分地表現出儒家講仁義、尚氣節、重操守、辨邪惡的倫理道德意識。例如此類型中，屬「忠貞的臣子」的劇目為數頗多，有《忠義士豫讓吞炭》、《承明殿霍光鬼諫》、《趙氏孤兒大報仇》、《下高麗敬德不伏老》等，這些成類型的劇目，其故事內容過程發展型態，都是以臣子的身分顯現其忠貞行動的進程，雖然外顯行動不完全相同，但行動的出發點及支撐力量的性質則卻是一致的。孔子講：「臣事君以忠」，〔註34〕孟子言：「舍生而取義」。〔註35〕這些劇目中的臣子，不管他是那個朝代的，也不管他職位的大小，他們卻都是深受儒家教化的「志士仁人」——不管外在的環境有多險惡，不管黑暗的惡勢力有多強大，他們仍然出於自願地「臣報主仇」，仍肝腦塗地地「忠臣護王嗣」，仍無法偽裝地「忠心難忘護國」……，這些故事內容的發展型態都一致地表現出「富貴不能淫、貧賤不能移，威武不能屈」〔註36〕的「大丈夫」氣節，這種可貴的氣節，便已是一種人的倫理道德力量的內化品性了。這些「故事類型」所展現的道德化走向，便顯示出儒家文化深植對戲曲創作的影響了。

〔註32〕《美學》第三卷下冊，黑格爾著，朱光潛譯，北京商務印書館，1979。
〔註33〕同前註。
〔註34〕《論語‧八佾》。
〔註35〕《孟子‧告子上》。
〔註36〕《孟子‧滕文公下》。

　　然而，儒家道德化傳統在封建社會中的應用並不是完美無缺的。「儒家以下對上的敬畏、順從爲義，犯上作亂，忤逆君上，爲大逆不道。忠君成爲每個社會成員的最高義務和最高道德。《孟子·滕文公下說》：『無父無君，是禽獸也。』《孟子·盡心上說》說：『人莫大焉亡親戚君臣上下』。從這個意義上說，儒家的仁義道德確實是一把殺人不見血的軟刀子，它的本質是『吃人』。它培養奴性順民，把人變成非人——封建統治階級的馴服工具。」〔註37〕如果從這個意義上而言，那麼元雜劇故事類型的道德化，豈不是成了罪惡的宣傳，然而上述並不是儒家處理君臣、貴賤、上下關係準則的全部。儒家並不贊成一味盲目順從的「愚忠」，更反對爲了討得人主之歡心的曲意奉迎。「臣事君以忠」，必須以「君使臣以禮」爲前提，如果君主不仁不義，臣下不但不應該順從他，而且應「惡之」、「諫之」、「法之」。元雜劇之故事類型的道德化發展態，更多反映的其實是這種正面德性的表彰。

　　例如《趙氏孤兒大報仇》是「忠貞的臣子」中最典型的故事代表——程嬰「僞裝護嗣」、韓厥的「自殺守密」、公孫杵臼的「捨子易孤」，由這些「情節單元」所組成的「故事類型」，除了表達臣子的忠貞之外，更重要地是在喚起抵抗異族的民族氣節，激起存亡繼絕的復仇之志。儒家那種「嚴華夷之辨」，抵禦外侮，只能「用夏變夷」決不可「以夷變夏」〔註38〕之捍衛民族文化傳統的民族正氣，在這些「忠貞的臣子」身上，得到了正面的彰揚，而這樣的故事類型，也表達了在元蒙異族統治下之廣大漢族人民的願望與期盼，有著鮮明的時代色彩及民族意識。雖然，戲曲作品中也仍有「愚忠」之劇，或「粉飾太平」之作，但就總體而言，元雜劇表現了戲曲富批判性的特質，「忠貞的臣子」更重地是在相對性地揭露禍國殃民的奸臣賊子的醜惡嘴臉，「忠貞的臣子」更積極地是在諷諫君上的愚昧或過惡，這在元雜劇「忠貞的臣子」的故事類型中，都有很多表現——《趙氏孤兒大報仇》、《金水橋陳琳抱粧盒》、《承明殿霍光鬼諫》……等劇目都有這樣的特質。在種族歧視及政治黑暗的元朝，漢族人民受到壓迫，而文人的地位更是一落千丈，元雜劇作家便是最典型的代表，但是儒家文化的教化仍在大多數的作家身上發生作用，他們仍以儒家「君子固窮」〔註39〕的修養

〔註37〕《傳統文化與古典戲曲》，頁126～127。
〔註38〕《孟子·滕文公上》：「吾聞用夏變夷者，未聞變於夷者也。」（宋·朱熹集註，蔣伯潛廣解，《四書讀本·孟子》，頁128，台北：啓明書局）。
〔註39〕見《論語·衛靈公》（宋·朱熹集註，蔣伯潛廣解，《四書讀本·論語》，頁232，台北：啓明書局）。

自持，在邪惡勢力面前，不肯同流合污，喪失氣節，因此上述那一篇又一篇禮讚忠魂的「正氣歌」便在他們手中的「三寸枯管」中不斷譜出。

　　元代文人的地位，比任何前一代都不如，但也就因為元代作家的淪落（尤其是雜劇作家），讓他們有機會更接近廣大的群眾，與他們有更密切的交往與瞭解，所以，元雜劇作家多用人民的眼光去觀察生活，用勞動大眾的情感去敷衍故事，這也是元雜劇帶有濃厚民間色彩的原因之一。例如在封建社會中，社會地位最低的是女性。除了受族權、神權、父權的約束之外，女性還受夫權的控制。嫁而從夫，夫死從子。女性在封建社會實際上淪為了男子的奴隸，被壓抑在社會的最底層，而在女性當中，又以妓女和婢女的社會地位最為低下，前者供人玩弄，後者供人驅使，完全沒有人身自由。在封建社會中婦女處於最悲慘的地位，而這也是封建社會的一大弊病。然而，在最惡劣的環境中，儒家「溫柔敦厚」的美德，卻在為數眾多的婦女身上強韌地生根發芽——雖然他們社會地位低落，甚而身分卑微，但是他們卻常是心地善良、為人正直、聰明慧捷而且堅貞專一的淑女。元雜劇作家因其社會低落，及其投身書會勾欄之創作的關係，與同樣亦投身於勾欄瓦肆從事戲曲演出的藝妓便有機會有較密切的交往，因交往而瞭解，因瞭解而關注。所以，與歧視婦女的惡習相反，元雜劇作家基於瞭解與關注，對備受欺凌的女性傾注了極大的熱情，並對這些婦女的崇高美德給予相當的敬重與讚美，而對那些封建惡習及不平的社會弊病則給予嚴厲的批評。例如在「忠貞與清白」的故事類型中，除了「忠貞的臣子」外，還有「忠貞的妓女」，《李亞仙花酒曲江池》、《鄭月蓮秋夜雲窗夢》、《逞風流王煥百花亭》、《李素蘭風月玉壺春》等，都是屬於「忠貞的妓女」這一個類型，而這個類型則是卑賤身分與高尚情操的特別組合——表現出不畏苦難、堅貞不移的不是那些飽讀詩書的士子，而是身分低微的妓女；「喻於義」者，不是堂堂的鬚眉大漢，而是纖纖的紅粧女子；傳統封建社會中所謂「女子難養」的歧視在這裡得到了嚴厲的批判。如果戲曲舞台是一個法庭，那麼這個法庭是個道德法庭，而道德的標準不是為少數權貴服務的，而是為廣大的人民、被壓迫的群眾伸冤的。

　　除了「忠心的妓女」之外，元雜劇在表現有關婦女的故事類型上，還有「丈夫考驗妻子的貞操」及「忠心的媳婦」這兩個故事類型。與「忠心的妓女」兩相比較，元雜劇為妓女注入較多的讚美與敬意；而對妻子與媳婦則有著更多的同情與打抱不平。屬於「丈夫考驗妻子的貞操」這個故事類型的元

雜劇，以《魯大夫秋胡戲妻》、《呂蒙正風雪破窰記》為代表，細究組成這兩劇的「情節單元」，便會瞭解這個故事類型的重點——不在強調或是宣揚傳統婦女柔弱順從的品性，而在表現婦女堅韌頑強的毅力，並相對性地傳達出壓迫勢力的黑暗與卑劣。例如：《秋胡戲妻》中，梅英貧困中的忠貞苦守，與丈夫發跡變泰後的無賴行徑，形成了強烈的對比，劇作在表現梅英貞潔如玉，抗拒各種誘惑和威脅的高尚品格時，更重要的，是在相對性地對秋胡得官後調戲良家婦女的卑劣行徑提出嚴厲的批評。而在「忠貞的媳婦」中，《感天動地竇娥冤》是典型的代表，竇娥在「護婆婆媳婦甘蒙冤，鬼魂訴冤終昭雪」中成了黑暗社會的犧牲品，劇作在讚揚竇娥凜然不可犯的意志時，更重要的，是在嚴厲鞭韃以男性為中心所形成的一批批無賴漢的腐朽黑暗社會——無數善良可愛的婦女，就成為這罪惡魔掌下的冤魂。元雜劇作家撇開性別之尊，而基於更可貴的社會良心，為廣大善良的婦女打抱不平，不僅贏得了當世廣大民眾的喝彩，也為後世的戲劇創作，留下了優良的典範。在元雜劇「故事類型」道德化的劇目中，筆者認為這些劇目有著很大的貢獻，因為它才是合乎人性的真道德，而不是束縛人身的假道學。儒家倫理秩序在封建社會中越走越差的弊病，就在封建體制分崩離析的元代，卻有了新的省視及較公正的批判。

「朋友有信」〔註40〕亦是儒家倫理教化中很重要的一環，朋友之間的相互扶持，是人與人間相處的珍貴情操。這種精神，在元雜劇中也有相當的表現。「忠貞的朋友」及「暗中的扶持」，這兩個故事類型便常是這種情操及精神的表彰。《東堂老勸破家子弟》及《說鱄諸伍員吹簫》則是這類故事類型的最典型代表。《東堂老》一劇的故事內容發展，主要是敘述蕩子揚州奴之父臨終託孤於東堂老，而在揚州奴敗光家業之後，東堂老信於所託，暗中扶持揚州奴興復家業的過程，全劇充分表現出儒家「朋友有信」的崇高德性；而在《伍員吹簫》一劇中，伍員於逃離之時，曾路遇浣紗女及漁父，兩人都給伍員以幫助，事後還均自殺守密以示不泄露伍員行蹤，則傳達了「捨己救人」的可貴精神。而在「暗中的扶持」這個故事類型中，其扶持的方向則一致性地向「設計激士求取功名」而行，則顯現出傳統封建社會中對功名的重視，「求取功名」成為三立中之「立功」的最好機會，不管是幫助者還是被幫者，都

〔註40〕《孟子‧滕文公上》：「父子有親，君臣有義，夫婦有別，長幼有敘，朋友有信。」（《四書讀本‧孟子》，頁126）

期望能在這一方面成功。如《王鼎臣風雪漁樵記》、《孟光女舉案齊眉》、《凍蘇秦衣錦還鄉》、《錢大尹智寵謝天香》、《謝金蓮詩酒紅梨花》、《秦脩然竹塢聽琴》等劇目則都是這樣的故事走向，這則是在「忠貞與清白」的所有故事類型中最有迂腐氣的類型。

總而言之，儒家文化以人倫爲重的教化對元雜劇的內容表現仍有至深的影響，「故事類型」的道德化便是最好的說明，然而，就總體而言，與民間基層群眾生息相通的雜劇藝術，並沒有因此成爲宣揚儒家倫理綱常的簡單工具——成爲封建統治集團御用的傳聲筒；它反而是人民心聲的表達、群眾希望的再現，「道德化」之中雖有封建思想的糟粕，但更多的是人性可貴情操的彰揚，而不是人身束縛的加重。

二、時代價值變易與故事類型的張揚異端

元雜劇的產生年代，是在中國封建朝廷及封建理想被游牧異族踏得支離破碎的十三世紀，原有的理想、追求、觀念和秩序都遭受到空前的挑戰，社會環境與人生價值都與前代有顯著的不同。如上所述，雖然儒家思想並沒有在這個時候完全瓦解，並且還給予戲曲相當深刻的影響，然而新的價值觀念與人生思想卻不斷地探頭與茁壯——它們與儒家傳統的封建教化常是矛盾的，甚而是衝突的。這種觀念與思想不僅在平民百姓的日常生活中表現出來，在元雜劇的故事內容中，這種時代價值觀念易變的情形也有很明顯地反映。「戲劇以衝突爲能事，沒有什麼藝術比戲劇更適於表現衝突。但儒家的禮樂觀念所追求的恰恰是一種消弭衝突的情感陶冶。」〔註41〕象徵中國戲曲藝術成熟的元雜劇就湧現於「道統淪微」的元代，依此我們也可以瞭解到，中國戲劇的繁榮、成熟、與發展，是正好與中國封建正統思想的興衰成反比例的。那麼被儒家視爲異端、與儒家思想相衝突的時代新精神，必在其文學代表藝術的元雜劇中有相當明顯的表現。

最顯而易見的時代精神變易是：人生價值觀由重視外在的「立德、立功、立言」變爲重視涉及一己之生活的個人的人生價值問題——如戀愛婚姻、家庭生活等在人生中的地位顯得比任何時候都重要。對個人人生價值的珍視及自我意識的覺醒，也比任何前一個朝代都明確與強烈。這種精神轉變對戲劇的繁榮

〔註41〕余秋雨著，《中國戲劇文化史述》，頁 25，駱駝出版社，1987 年。

有重要的貢獻，因爲古典文學藝術中，沒有那一種藝術樣式與人生的關係那麼密切；但也因爲這種個人「人欲」的覺醒，也使得戲劇遭到傳統封建統治者或文人的側目與反對。因爲，在他們看來，戲曲乃封建統治之敵，戲曲不止是「誨淫」，而且還「誨盜」。所以，封建統治者對它雖有利用，但主要的卻是岐視，他們甚至動用國家機器對戲曲藝術進行摧殘，公告「嚴行申禁」〔註42〕這種情況一直延續到封建朝廷末世的清代，最明顯的例證是——在執行最大的文化工程，編輯「四庫全書」時，再怎麼偉大的戲劇作品，是連一篇都沒有收入的。

　　在元雜劇的故事內容中，最能反映這種時代精神的作品，便是背叛禮教的自擇佳偶——因爲這在封建統治者有色的眼鏡中便是所謂「誨淫」的作品。這類作品在元雜劇的「故事類型」中以「丙2仕子娶親」和「丙1姑娘出嫁」有最明顯的表達，《㑳梅香騙翰林風月》、《崔鶯鶯待月西廂記》、《秦月娥誤失金環記》、《董秀英花月東牆記》都是屬於「仕子娶親」中「父母對向其女求婚者的考驗」這個類型，其中《西廂記》是「仕女相互鍾情，中舉方成眷屬」的最典型代表，而《花月東牆記》則是「私定終身後花園，落難公子中狀元」的典型，它們不僅是對「閨門之禮」的血淚控訴；而且是對「父母之命，媒妁之言」的徹底摒棄。

　　在我國封建統治階級及其正統文人看來，男女二性結合的目的是爲了傳宗接代，以保證宗廟有人祭祀及香火不斷；婚姻的基礎是兩個家族的利益，其具體體現就是兩個家族的家長的意志。而屬於男女雙方個人情感的「愛情」，卻往往與家族利益、家長意志相違背。所以，讚揚自主選擇、自行結合的「愛情」被視爲是封建宗法制度的大敵，甚而被冠上「萬惡淫爲首」的罪名，所以必須將「愛情」消滅於萌芽狀態，而最有效的辦法便是切斷男女接觸的一切通道，幽閉女性於深閨之中。因而「男女授受不親」的封建禮教，嚴格地在歷代的封建王朝中被執行著，甚而有一代比一代嚴苛的趨向，但在原有的封建體系被踏得支離破碎的時刻、在「人欲」高度覺醒的元代，元雜劇代表著那一代廣大受壓迫的人民的心聲，對這種「吃人」的封建禮教作了最猛烈的抨擊和憤怒的控訴。而上述的篇章，則是最好的代表。

　　《崔鶯鶯待月西廂記》以「仕女相互鍾情，中舉方成眷屬」的形式進行「仕子娶親」的故事類型。細究其過程發展，男女雙方一見鍾情及其因一見鍾情後的繼續接觸，才是故事內容的敘述中心，而「中舉方成眷屬」，則是給

〔註42〕《元明清三代禁毀小說戲曲史料》，王利器輯，上海古籍出版社，1981年版。

予圓滿結局的最簡單方式罷了。敘述筆墨的重點，明顯地表示出對背叛閨門之禮追求幸福愛情的「越軌」行為進行了大膽的肯定；而《董秀英花月東牆記》則是以「私定終身後花園，落難公子中狀元」的形式進行「仕子娶親」的故事類型，同時與《西廂記》相類的是：「私定終身後花園」才是故事發展的敘述重點——「鑽穴隙而窺，逾牆而摟」進而私定終身，這種與封建禮教大相衝突的行為，在這裡都得到了肯定。劇作明顯地傳達背叛封建禮的精神，因為封建禮教所設置的障礙是一道沒有人性的「牆」，青年男女只有大膽地逾過這道「牆」，才能得到幸福——張生如此，裴少俊亦是如此。而在「丙1姑娘出嫁」的類型中，則以「負責主宰自己命運的姑娘」為最為典型的代表，《王閨香夜月四春園》、《呂蒙正風雪破窯記》則是代表劇目，不管是「女家悔婚，女兒不悔」或是「姑娘擇其所愛的窮書生而嫁」，都充分顯示出對自己自身命運掌控的重視，如上所述，這種行徑充分傳達出對自己人生價值的珍視及自我意識的覺醒。兩者都明顯地反映出時代價值易變的鮮明色彩。

除了上述這些被認為是「晦淫」的作品外，使得戲曲被封建統治者認為是張揚異端的東西，則是因為戲曲普遍帶著較濃厚的激憤批判之味——與傳統詩詞歌賦一味「溫柔敦厚」的氣質有著顯著的不同。而這種氣質的生成，與時代環境的改變是有很大關係的。「金元之際劇烈的社會動盪使社會上的絕大多數人陷入痛苦之中，他們不僅失去了平靜的生活，而且精神上極度痛苦：從未有過的種族歸屬問題突然成為一種巨大的無法排遣的精神壓力。這種痛苦不止是個人的，而是全社會、全民族的。溫柔敦厚的詩詞歌賦顯然已經無法滿足受到強烈刺激的社會心理的需要，社會有機體需要尋找面對大眾的、能更加有效、更大範圍地掌握社會環境的方式，面向市井，能夠宣泄心中的痛苦，造成強大社會輿論的戲曲便驟然興起。」〔註43〕元雜劇就蘊育在這種特殊的時代，並因時代的變遷而擁有與前代幾乎是完全不同的讀者群——它是面向社會大眾的，而不是取悅上流社會的，這首先使得雜劇文學與前代任何一種文學式樣有著相當不同的特質，如上所述：不再一味「溫柔敦厚」，而是帶著更濃厚的激憤批判之味。而批判的矛頭則多數指向王公貴族、權豪勢要、貪官污吏。因此，許多劇目中便表現出王公貴族的愚蠢可笑、權豪勢要的卑鄙無恥以及貪官污吏的面目可憎。

這種激憤批判之味，縱然是在如上述「道德化」深厚的劇目中也隱然可

〔註43〕鄭傳寅著，《中國戲曲文化概論》，頁164～165，武漢大學出版社，1993年。

見，而在「丙6聰明的言行」這一大類的故事類型中則表現得更爲強烈。「聰明的言行」這個類型所包含的劇目，以傳統依戲曲內容爲分類依據而歸納的「公案劇」及「風塵劇」爲數最多。表現聰明言行之主角，則是以包公爲主的清官及身分卑微的風塵女子爲中心。而聰明言行的主要作用則在「救人」及「護己」，例如：「所羅門式的判決」、「法官更改法令文書或變象解釋以懲惡人」、「以假案破眞案」、「謊稱乙物騙取甲物眞象」及「以假護眞事終成」都是屬於這一大類的故事類型；而《包待智勘灰欄記》、《包待制智斬魯齋郎》、《包待制陳州糶米》、《張鼎智勘魔合羅》、《包待制智賺生金閣》、《趙盼兒風月救風塵》及《趙匡義智娶符金錠》則是這一大類故事類型的代表劇目。

　　在元雜劇內容的表現中，相對性的批判是常用的手法，而且常有傑出的表現，這在「聰明的言行」這個故事類型中運用的更是得當，而激憤之情也就更顯而易見。「法官更改法令文書或變象解釋以懲惡人」在這樣的故事發展過程中，被稱爲公正的法官並不是完全眞正奉法守法的，而是以「其人之道，還治其人之身」——惡人如何欺負善良百姓，法官則以相同的方式爲百姓伸冤；換言之：人民百姓之公道的獲得乃在法官善意的玩法、弄法中獲取的，這種現象如果越普遍，那麼就表示法律對人民的保障越低，政治社會越黑暗，所以在表現法官之公正的同時，相對性地是在揭露王公貴族、權豪勢要對善良百姓的欺壓與迫害；《陳州糶米》中的劉衙內一家人及《魯齋郎》中的魯齋郎，便是這種惡勢力的典型代表，這些人是在腐朽黑暗的封建社會中所產生的一批又一批的潑皮無賴，這些無惡不作的歹徒隨時可能給每一個貧苦的家庭帶來不幸，但他們卻常是有權有勢，他們的罪惡得到封建統治集團乃至封建皇帝的支持和包庇，故可以播向社會的每一個角落，下層的平民百姓便在這樣的惡勢力下，生活在無邊的黑暗中，所以，當人們在讚揚清官的同時，更重要的，是在相對性地發洩他們的不滿、無奈以及表達他們的心願及期望。而同樣地，在《救風塵》中的趙盼兒雖是一介女子，但卻憑著她的智勇雙全進行「以假護眞事終成」的過程，而在這樣的過程中，伴隨著的則是周舍這個無賴漢的卑劣行徑，在讚揚趙盼兒的智勇雙全時，也同時在鞭韃著混世作惡的花腿閑漢對女性的欺壓。細究這些故事類型，濃厚的批判之氣勝於溫柔敦厚之質，唯其如此，心中不平的吶喊才得以外傾而不是內吞，也唯有更激烈的批判，才能懲惡揚善以慰衷腸——發憤以抒情成了元雜劇的藝術精神特質，同時也爲往後的戲曲表現開闢了明晰之路。

　　綜上所述，我們可以知道：時代環境的變遷，使得人民普遍更珍視自我人生並且有更深的自我覺醒；同時，這樣的環境變遷，也使得戲曲這個文學藝術更趨於成熟，並且更向民間靠攏，這樣的結果，也就使得戲曲的精神表現乃是以人民的善惡標準為標準，而不是以統治者的標準為標準，這正是戲曲被認為是「張揚異端」的主要原因，也是封建統治階級賤視戲曲，而失意的戲曲藝術家、批評家卻熱情地肯定戲曲的根本原因。

三、民族思維方式與故事類型的尚圓走向

　　「所謂思維方式是指模式化了的思維趨向、習慣及方法，是指對以後的思維活動有規範作用的一種穩定的心理結構，是介於外界刺激和思維活動之間的一種中介。」〔註44〕它屬於深層心理結構，變化緩慢。而一個民族的思維方式，便是在一個民族漫長的社會實踐活動中形成、鞏固並強化了的社會群體的心理定勢，在相當程度表達了該民族對待事物的審視趨向和公認的觀點。

　　藝術是思維的產物，作為藝術表達的結構模式，則常是思維的投影。「大團圓」作為戲曲藝術的一種結構模式，與民族傳統思維方式的關係必是十分密切的，而作為故事發展之表達的「故事類型」，在相當程度上也傳達出了這種尚圓走向的思維方式，而本小節所要敘述的則便是這兩者間的相互關係。

　　我國古代的思維可以說是辨證性或者相對性思維，這最易從「陰陽相濟」的觀念中得知，「《繫辭傳》說：『一陰一陽之為道。』就是說，陽和陰，剛和柔，不但是對立的，而且是統一的，都是『道』所不可缺少的。」〔註45〕而老子亦言：「有無相生，難易相成，長短相形，高下相傾，音聲相和，前後相隨。」〔註46〕所以，在我國古人看來，反與正並不互相排斥，而是相反相成，相依相隨，相濟相吸的。一個事物只有包含了對立因素，或採取了相反的態度，才可能是美的，富有生命力的。這種相對性思維，使得我國古人在對待萬事萬物上，強調對於對立雙方的滲透與協調，和諧與統一。這種思維方式，對我國古典戲曲的審美品格也產生了重要的制約作用——認為戲曲不是別悲喜如水火，不是把悲劇和喜劇分成兩大壁壘森嚴的陣營，而是悲喜交集、離合環生，把兩種相反的成分完美地統一在個劇目之中，造成一種圓滿之境才

〔註44〕見註42。
〔註45〕葉朗著，《中國美學史大綱》，頁80，滄浪出版社，1986年。
〔註46〕老子《道德經第二章》。

是美的。我國古人認為,那種單一而過分的悲、喜或者恐懼,都對人有害。《淮南子‧精神訓》言:「人大怒破陰,大喜墜陽。大憂內崩,大怖生狂。」而只有亦悲亦喜,悲喜中節的美對人才是適宜的。換言之,這一民族思維方式必然要促使審美主體崇尚「中和之美」,必然會使審美主體對以毀滅性衝突為基礎的悲劇美學產生一定程定的隔膜,這也是中西戲劇內容精神特質大不相同的最大因素。

在元雜劇的「故事類型」中,我們也可以發現這種思維方式的投影效用,最易見到的是複合式的故事類型——類型與類型之間的結合,便常是這種相反相成的路線。例如:《金水橋陳琳抱粧盒》與《趙氏孤兒大報仇》的故事類型都是「忠貞的臣子」加「兒子長大後才報仇」的複合式類型;而「忠貞的臣子」主要的內容過程是在敘述臣子冒險盡忠,甚而犧牲自我,所以,伴隨的則是王室淪亡、奸佞陷害以及忠臣冤死的悲慘情境,「兒子長大後才報仇」則是前述悲慘情境的解除或緩和;另《感天動地竇娥冤》則以「護婆婆媳婦甘蒙冤,鬼魂訴冤終昭雪」的方式進行「忠貞的媳婦」和「鬼魂訴冤」這兩個類型的結合。這幾個複合式故事類型的劇目都具有濃厚的悲情色彩,然而卻都不是一悲到底,而是悲喜交集、始於衝突而終於協調的中和,這所顯現的便是「陰陽相濟」相反相成的傳統思維路線。

在「陰陽相濟」之思維方式的影響下,使得中國古典審美風格並不追求某一種絕對的美,或將某一種美置於至高無尚的地位,這與西方為悲劇加冠、把崇高美視為極至是非常不同的——在陽剛美與陰柔美之間,某一種可以「偏勝」,但卻不能把某一種「偏廢」,已成為中國古典美學的一個重要觀點,元雜劇亦是這種思維方式下的產物,這已為雜劇內容始於衝突於終於調和的發展過程,立下了相當深厚的根基。除此之外,中國的農業社會及古老的循環發展觀念,則又養成了中國人尚圓的思想習慣。

直接獲取物質生活資料的生產實踐活動是人類最基本、最主要的生產實踐活動,作為社會實踐活動之內化的思維方式與這一實踐活動的關係最為密切,我國古代以農業經濟為主體,農耕種植活動則是最主要的生產實踐活動。由於靠天吃飯的農業自然經濟,面對的主要是冬去春來,周而復始的自然,所以易於養成周而復始、物極必反的循環發生觀念,這種觀念在經過社會實踐方式的深度內化後,已成為中華民族的一種思維定勢,使我國古人慣於將萬事萬物發展變化的規律描述成一個周而復始、循環往復的圓,而不是只有

終始兩端的一直線。《周易・泰卦・爻辭》言：「無平不陂，無往不復。……無往不復，天地際也。」《莊子・則陽》亦言：「窮則反，終則始，此物之所。」《呂氏春秋・太樂》則用一個形象來喻示這一普遍規律：「天地車輪，終則復始。」這些觀念都顯現出：中國人習慣將萬事萬物的發展變化過程納入周而復始的「環形結構」之中，認為事物發展的軌跡是一個圓。

這樣的思維方式，對廣大基層群眾的最大影響便是尚圓習俗的養成，而風俗習慣在養成之後，則又更加鞏固了世俗心理的需要。就世俗心理的形成而言，為少數人所掌握的抽象的哲學原則，不如為千萬人所習的風俗習慣的影響來得直接、廣泛。習俗為基層民眾所創造，像風一樣流播四方，其傳襲之力無可遏止，能在廣大地區被一代又一代人所重複。風俗習慣經過多次重複，就會形成世俗心裡，重復的次數愈多，時間愈長，這種心理也就愈穩固。崇尚圓滿的世俗心理與世代相承的尚圓習俗，正是互為表裡的。

尚圓習俗在中國人的日常生活中隨處可見，例如：在飲食習俗上，中國人喜歡吃各式各樣的「圓子」以圖吉祥；這在禮俗上，圓形物可象徵吉祥，所以常用來表示祝福，如婚禮中吃湯圓、生子時請吃紅蛋；除此之外，尚圓習俗還反映在企盼團圓的習慣上，如除夕要闔家團圓圍爐吃團圓飯……等等，使得圓滿已成為普遍的社會心理需要。

藝術是人類思維活動的結晶品，戲曲作為藝術品類之一，其民族思維方式必然也會對一個民族戲劇藝術的結構模式產生重要的影響；又社會主體的需要意識對人們的創造活動的制約是異常有力的，因為人總是按照自己的需要去創造理想世界。元雜劇作為中國戲曲成熟的標識，在相當程度必然投影出中華民族循環往復的思維特質；又元雜劇作為社會精神產品，必然要受到社會主體需要意識的規範，所以為滿足崇尚圓滿之社會心理需要的「大團圓」理想境界，也必然會在元雜劇中呈現。而這些投影效應都可從元雜劇之「故事類型」的表現特色中探知。於「忠貞的妓女」這個類型裡，在表現妓女之忠貞行為的過程中，不管是《李亞仙花酒曲江池》的「士子應舉因妓淪落，妓念舊情助士中舉」，還是《鄭月蓮秋夜雲窗夢》的「妓念舊情助士中舉，偶再重逢終成眷屬」，或是《逞風流王煥百花亭》的「妓含舊情助郎投軍，郎立軍功再成婚配」所顯現的都是否極泰來、始困終亨的「環形結構」。這種「環形結構」的「故事類型」不只在「丙 3 忠貞與清白」這一大類的故事類型中才呈現，而是在丙類以人為主的傳奇故事中都能處處可見，例如：「丙 1 姑娘

出嫁」這一大類的故事類型中，《王清庵錯送鴛鴦被》是以「錯送鴛鴦被，巧成良姻緣」的形式構成「和一個誤認的人締結婚約的姑娘」的類型；「丙2仕子娶親」中，《董秀英花月東牆記》則是以「私定終身後花園，落難公子中狀元」的形式構成「父母對向其女求婚者的考驗」的類型；「丙5落難者和救助者」中，《鄭孔目風雪酷寒亭》、《宋上皇御斷金鳳釵》、《好酒趙元遇上皇》則都是以「救人出難反救己」的形式構成「救人之後得到所救的人相救」的類型；「丙6聰明的言行」中，《包待智勘灰欄記》、《包待制陳州糶米》則都是「法官更改法令文書或變象解釋以懲惡人」的類型……，由此可見：「環形結構」作為故事發展的結構模式以及故事內容追求圓滿結局的情形，在元雜劇中確實幾乎已到了比比皆是的地步。

如前所述魯迅先生曾就中國古典戲曲小說中充滿了這種「大團圓」的情形，批評這是一種「國民劣根性」，他的批判雖有其積極意義，但卻不盡準確，「大團圓」所以成為古典戲曲的一種結構模式，其實有著複雜的歷史文化原因，它折射出包含眾多複雜成分的民族精神。其審美效果和社會效果既不是絕對的好，也不是絕對的壞。它和其它傳統文化現象一樣，優劣參半、瑕瑜互見。當我們急切地要求文學藝術為喚醒民眾、改良社會服務，而民眾卻又沈溺於顛倒事實的幻夢中而自得其樂之時，可能會較多地看見它的缺陷，責怪它缺少驚醒人民的作用。然而文學的政治功利觀念一旦稀釋，則又可能較多地看見它的優點，覺得它亦悲亦喜，富有使人的感情趨向和諧的「健情」作用。而元雜劇之「故事類型」的尚圓走向，所展現的便是這種民族思維方式瑕瑜互見、優劣參半的普遍性。

四、重神輕形論與故事類型的魂魄獨立

在形神關係之中，我國古代講的「神」，有各種不同的含義。在文學藝術中「神」是指描寫對象的精神風采、性格特徵和創作主體的精神意緒；在宗教神學中，「神」主要是指人的靈魂。而不管是文學藝術理論或是宗教哲學，在思想上都有重神輕形的趨向。

形神關係問題，一直是我國古代藝術形象塑造中的核心問題。形神兼備，但以傳神為主，則是我國古代文學理論批評中的基本標準，也是一個十分重要的美學原則。而這個文學藝術中的形神論，則來源於哲學和美學上的形神論。從思想文化淵源的角度看，文學藝術之傳神特色的形成實得力於老莊哲學的貴

無輕有及形神二元論，並從宗教神學中的「靈魂不滅」說獲得了強化的效果。

老莊哲學均以「無」為貴，以為「有」生於無，「有」為形而下的「物」，「無」為形而上的「道」。老莊哲學的中心是把「道」看作是宇宙萬物的本源，同時又是宇宙萬物變化發展的規律，它是無形的，神祕的，變動不居而又永不消失的，因此，老莊哲學把形而上的「道」看得高於一切，貶低和否定具體的形而下的「物」，「道」是無形的，「物」是有形的，這種「道」和「物」的關係，實際上是神和形的關係，而從這個基本的哲學思想出發，便提出了重神輕形的主張。

《老子》二十五章說：「有物混成，先天地生。寂兮寥兮，獨立不改，周行而不殆，可以為天下母。吾不知其名，強字曰道。」二十一章又說：「道之為物，惟恍惟惚。惚兮恍兮，其中有象；恍兮忽兮，其中有物。窈兮冥兮，其中有精；其精甚真，其中有信。」便都是在說明「道」為世界萬物的總根源，以及「道」的無形、神秘和可貴。而《莊子‧知北游》言：「夫昭昭生於冥冥，有倫生於有形，精神生於道。」又言：「昏然若亡而存，油然不形而神，萬物畜而不知，此之謂本根。」《大宗師》則言：「夫道，有情有信，無為無形，可傳而不可受，可得而不可見；自本自根，未有天地，自古以固存；神鬼神帝，生天生地；在太極之上而不為高，在六極之下而不為深，先天地生而不為久，長於上古而不為老。」所以老莊所說的「道」並不等於人們所說的「精神」，「道」可以派生精神和鬼神，是比精神和鬼神更為本源的東西。但「道」是宇宙的根本，又具有精神實體的性質，因此，只要涉及到精神和形體的關係，老莊都是重神輕形的，莊子尤其如此。莊子認為對於一個人來說，形體是生是死，是存是滅，是美是醜，都是無關緊要的，重要的是他的精神能否與「道」合一，達到與自然俱化的境界。所以莊子「以生為附贅懸疣，以死為決丸潰癰。」（《大宗師》），主張人應該做到「外其形骸」，不拘泥於物。莊子認為形神二元是可分離的，提出了「形殘而神全」、美在神不在形的美學觀，尤其是在《莊子‧德充府篇》中，比較集中地論述了這個問題，它通過衛國一個奇醜無比的人卻備受敬愛的故事，說明形賤神貴，形殘而神全的思想。篇中言：「……所愛其母者，非愛其形也，愛使其形者也。」這裡所說的「使其形者」，指的便是精神。顯而易見，莊子認為精神不僅派生形體，而且主宰形體，精神相對於形體是根本的。

形神關係既是哲學問題，也是宗教的核心問題。在宗教神學中，「形」是

指肉眼可見的肉身形體,「神」則是肉眼所不能見的精神靈魂,在原始信仰中,人們在生老病死的經驗中對靈魂已有莫名的敬畏,而往後的宗教神學更以「靈魂不滅」為基石,所以比起老莊哲學,更重神輕形。道教早期經典《太平經》說:「人不臥之時,行坐言語,分明黑白,正行住立,文辭以為法度,此人神在也。……及其定臥,精神去游,身不能動,口不能言,耳不能聞,與眾邪合,獨氣在,即明證也。故精神不可不常守之,守之即長壽,失之即命窮。」《太平經》還說:「人有一身,與精神常合並也。形者乃主死,精神乃主生。常合則吉,去則凶。無精神則死,有精神則生。常合即為一,可以長存也。」這裡所說的「精神」既指人的精神活動,也指可以脫離肉體而「去游」的靈魂,而精神主生,形體主死;神形相合則生,相離則死的觀念,便是重神輕形之宗教觀的說明,也是「靈魂不滅」之宗教思想的宣揚。宗教要擴大影響,爭取信徒,便必須大力宣揚這種重神輕形之靈魂不滅的思想。因此,隨著佛、道二教的深入傳播,關於靈魂存滅的大論戰在六朝時期驟然掀起高潮。隨著這場大論戰的深入展開,形神關係問題成為社會廣泛關注的問題,並且很快被作為一對理論範疇,廣泛地用於品評人物和文藝批評。劉劭論人物強調「精神」,曹丕論文標舉「文氣」,劉勰論詩崇尚「風骨」,謝赫論畫拈出「氣韻」,王僧虔論書倡導「神采」。超乎形外的精神氣韻已成為各個藝術門類共同追尋的目標,這種追求「傳神」風氣的形成,除了得力於以老莊哲學為深厚基礎的玄學思辨外,佛、道二教的形神關係論也發生了巨大的影響。

戲曲是綜合性藝術,詩文、樂歌、舞蹈、美術是其重要的構成要素,這些構成要素的藝術樣式既都以傳神為貴,那麼綜合這些藝術而成的戲曲,當然不可能不追求傳神之美。舉例而言,在戲曲表演的舞台上,佈景、道具都極為簡單,景物的形成、情意的傳達,就在演員的舉手投足之間,在觀眾的想像之中,其表演離生活的真實形態已較遠,相當富有「不即不離,是相非相」的傳神特性。

不只是在表演的藝術性上戲曲具有傳神的特性,就是在內容思想上,神主形從的原則亦顯而易見。元雜劇作為戲曲成熟的代表,不管是在表演特性或是內容思想上,都深深札根於傳統的「重神輕形」論中,因此,作為表達故事內容發展之主要結構模式的「故事類型」,在相當程度上必然也會反映出這種觀念所產生的影響。

在元雜劇的「故事類型」中,最能反映這種重神輕形之觀念的類型在甲

類神奇的故事中爲數最多，尤其是「甲7鬼魂的故事」最易顯現。其中以《迷青瑣倩女離魂》之「魂離軀體成二身」的類型最爲典型。其故事內容的主要過程發展是在敘述女主角張倩女對書生王文舉一見傾心，在王生離去後，倩女思念成疾，竟至魂離軀體，前往追趕的故事。在這個故事的發展過程中「魂離軀體」是最重要的關鍵，魂魄可以離軀體而獨立，顯然是「神形二元論」之思想的流露，而離開軀體的魂魄，因其強烈的情感意志，竟然還能派生無形之身影，去追隨心愛的人，則又與「重神輕形」的觀念相結合。這樣的類型內容，充分展現出對心靈的重視與把握，表現出「情到眞時事亦眞」的傳神色彩，並且使得這個在現實生活中與客觀事理矛盾不合的內容過程，卻因非常符合人們的主觀情理與願望，因而成爲後世相當受歡迎的劇情發展模式。由此可見，戲曲理論所講究的傳神逼眞，所要求的眞實不是外在形跡模擬的忠實，而是內在情感的自然流泄；不是局部的細節眞實，而是整體的情感的眞實。感情的眞實可以使世上見所未見的生活事件獲得眞實感，形成所謂「情到眞時事亦眞」的傳神境界。而這也是中國戲曲與西洋話劇有別的重要特點之一，西洋話劇表現生活力圖接近生活的本來面貌，矛盾衝突的展開多遵循必然律或可然律，主觀情思的表達以不違背客觀事理爲前提。中國戲曲的表現則有意與生活的本來面貌拉開距離，矛盾衝突的展開一般遵循主觀的情感邏輯，與客觀事理往往不合，這種特色的形成，與中華民族重神輕形的民族審美崇尚，是有絕對密切關係的。

除了「魂離軀體成二身」這個類型表現出「魂魄獨立」的特色外，元雜劇的故事類型，還有許多也是這種觀念的衍伸。《薩眞人夜斷碧桃花》的「借屍還魂再結連理」與《玉簫女兩世姻緣》的「轉世投胎再結姻緣」都是這樣的類型。如上所述，人的精神魂魄是貴於人的身體軀殼，人的「精神去游」便能使人「身不能動、口不能言、耳不能聞」，倩女的離魂之體便是因神魂的出走而得疾，所以人「無精神則死，有精神則生」。因此，反過來說，精神若能凝一而不渙散，縱使原來的軀體已亡也可再變換一個，使原來之精神意志得以繼續，而這兩個劇目中，故事類型之內容過程的發展關鍵：「借屍還魂」與「轉世投胎」，便都是這種觀念的表現。又特別値得注目的是：這幾個以女魂爲主角的劇目，使其魂魄凝一不散的則都是一個「情」字，「生而不可與死，死而不可復生者，皆非情之至也。」（《牡丹亭記題詞》）至情可以魂離體、至情可以還魂、至情可以轉世，一個「情」字不僅爲這些魂魄塗上淒迷的色彩，

更敷演出許多動人的故事。

活人的魂魄可以離體而出游，死人的魂魄可以軀死而不渙散，魂魄既然是獨立的、不滅的，那麼活人和死人的魂魄便可以互相打交道了。這種情形，在元雜劇的故事類型中也有相當多的表現。而打交道的方式，以死者托夢給活者最爲常見。如《死生交范張雞黍》的「至交生死有感」、《承明殿霍光鬼諫》的「忠臣死後魂仍護主」、《感天動地竇娥冤》中的「鬼魂訴冤終昭雪」、《關張雙赴西蜀夢》的「鬼魂托夢求報仇」都是死者托夢給生者的故事類型。而這些死者所托之人，不是至親便是最爲掛記之人；而之所以要托夢的原由，也都不是一般的事情，若不是一腔悲怨，便是充滿血淚。《范張雞黍》中，范式與張劭是生死之交，張劭染病先亡，死時悲未能與范式相見，托夢乃是告知其死訊並交代後事；《霍光鬼諫》中，霍光以忠臣之身憂心而死，托夢乃是掛心其主安危，要其小心防範以免遇害；《西蜀夢》中，關羽、張飛受奸人陷害分別被殺，怨氣沖天，托夢與劉備，乃是請求劉備擒殺凶手，爲其報仇；《竇娥冤》中，竇娥被嫁禍冤死，血淚斑斑，托夢與自己的生父，是爲了洗刷冤屈，還其清白。由此可見，魂魄之所以要獨立、要不滅，常是帶著人間的不幸與悲愴。

以鬼魂爲中心的「故事類型」除了以上所述，還有一部分的劇目則屬於傳統分類中的公案戲。如《玎玎璫璫盆兒鬼》的「鬼魂求報仇」、《包待制智賺生金閣》的「鬼魂訴冤」、《神奴兒大鬧開封府》的「鬼魂擋人去路求報仇」、《包龍圖智勘後庭花》的「鬼魂示意助破案」等，這些故事類型中的魂魄，因於陽間爲人時倍嘗社會的黑暗與欺凌，所以死後魂魄不散並帶有強烈的復仇意識，而復仇之情事則不再溫文地以托夢的方式完全假他人之手，而是親自參與復仇情事或親自向陽間提出控訴，這些魂魄的獨立不滅，乃是向人間的黑暗提出鞭韃，訴求人間正義的存在，所以《盆兒鬼》中，楊國用肉體雖然被剁成肉醬，燒成泥盆，但精神仍然不死，不僅使泥盆會說話，還會喊冤叫屈，並在公堂上向包公控訴──冤情深重不僅可以上達天聽，就連無生命的東西也會獲得靈性。人間的黑暗永遠無法消滅強烈求正義求生存的魂魄。

五、佛道教義與故事類型的業報及悟道

「戲曲借宗教存活，宗教也借戲曲招來善男信女。」〔註47〕長久以來戲

〔註47〕張庚著，〈中國戲曲在農村的發展以及它與宗教的關係──在戲曲研究所的講話〉，《中國戲曲》第四十六輯），北京：文化藝術出版社，1993年。

曲與宗教的關係是雙向流通的。宗教以近乎迷狂的感情態度和幻想的形象去把握世界，創造了無數的神祇和神奇詭譎的靈異故事，戲曲便從中攝取了大量神奇瑰麗的意象；戲曲演出托庇於神廟，借助宗教的廣泛影響，集結觀眾；宗教則利用戲曲這一大眾娛樂弘揚教義，爭取信徒。宗教與戲曲雖是兩個獨立的意識形態部門，但兩者之間確實又有不解之緣，雙方的關係存在著一種互用互利的態勢。而在中國戲曲成熟發展之歷程的同時，中國的宗教是以佛教、道教為主，因而佛、道精神滲入戲曲藝術的資質中便屬自然之事。這種滲透不管是在表演形態、結構模式、或是內容題材上都留下了痕跡，所以僅管戲曲內容並不完全是為了娛神或是宣揚教義，但兩教的神明與教義對戲曲內容發生影響則是存在的事實，也是本單元即將探討的重點。

　　宗教教義是一個內容龐雜的系統，有宗教信仰、宗教人生觀、宗教道德、宗教哲學等等、戲曲面對的觀眾主要是目不識丁的「愚夫愚婦」，高深玄妙的宗教哲學非其所宜。所以，戲曲對宗教教義的張揚，多半側重於宗教信仰、宗教人生觀和宗教道德等幾個方面。

　　宗教信仰的核心內容是堅信鬼神的存在。任何宗教都是建立在有神論的基礎之上的。雖然鬼神是世界文化現象，早在人為宗教出現以前，它就在世界各地廣泛流傳。世界上恐怕沒有人不知道鬼的。但宗教為鞏固信仰及整頓人間秩序，對鬼神則作了有系統的利用——按照人世間統治與被統治的現實，精心設計了地獄與天堂兩個對立而又相通的世界。違背神的意志的靈魂拘於地獄，是為鬼魂；創造人、主宰人的神以及追隨神而得道的靈魂升入天堂，是為神靈。所以佛教既有「十殿閻羅」，亦有「西方極樂世界」；道教既有聚結和管理鬼魂的「酆都山」，亦有羽化登仙的「逄萊仙境」。因此，佛、道二教不僅對我國的「重神輕形論」有所影響，加深了魂魄獨立不滅的思想外，更重要的是在廣大民眾的心中創造了無數神仙與鬼靈，這些鬼神、靈怪，不僅是其宗教信仰的中心，亦是其宗教道德及宗教人生觀的根據來源。古典戲曲在佛、道二教的影響下，對仙境、對極樂世界的存在和俗人成仙、成佛的可能性則作了肯定性的回答。

　　宗教創設仙境的目的是為了否定世俗生活，引誘人們逃避現實，寄希望於虛無縹緲的仙境。因此當戲劇作品抱著否定世俗生活的宗旨來描繪仙境和仙人時，這種描寫便是在張揚教義。這類作品，在元雜劇中是不乏其例的。在元雜劇「乙 4 人的悟道」這一大類型中，便有很多是這樣的例子。仙境是

美好的，真實存在的，但假如仙俗殊遠，濁身凡胎無從登臨，那麼，這種信仰也就成了可望而不可即的空中樓閣，失去了普遍的感召力。然而「神仙下凡以度人」的情況是會發生的；人的悟道，是可以在神仙「施法術讓人見幻相（或入夢）而悟道」的。這些故事類型，通過具體的人物行動歷程說明了仙人無種，可學而得之的理念，即使是名落孫山的書生（如《陳季卿悟道竹葉舟》的陳季卿）、爲富不仁的大戶（如《布袋和尚忍字記》中的劉均佐），或是惡如屠夫（如《馬丹陽三度任風子》中的任風子）、淫如妓女（如《月明和尚度柳翠》中的柳翠），均有「半仙之分」，只要聽從仙師點化，迷途知返，皆可步入逢萊仙境。即使是土木形骸、精妖鬼魅（如《呂洞賓三醉岳陽樓》中的柳精和梅精）也能證果朝元。這就給了眾生進入天堂的廉價門票。在戲曲生動的表演中，佛、道信仰便獲得了更鞏固的力量。

　　宗教道德亦是宗教教義中相當重要的一環。宗教道德的職能主要有兩個方面：「一是維護對神的絕對忠誠和信仰，調整人與神的關係；二是整頓世俗社會的人倫秩序，調整人與人的關係。爲了達到這兩個目標，不同的宗教制定了不盡相同的行爲準則。除了用宗教戒律強制信徒執行這些準則外，更爲重要的是，在鬼神迷信的基礎上，建立起一套因果報應的理論，借助神的權威，強化宗教道德的約束力。」〔註48〕因此因果報應也是佛、道二教神學理論的核心內容。這種因果報應的宗教道德觀念，在元雜劇的故事類型中也有相當多的表現，集中於「乙1神的賞罰」及「乙2因果輪迴與報應」這兩大類中。

　　「乙1神的賞罰」中，其賞罰又分爲兩大類，其一是對神靈的誠敬與否，其二是對世俗道德的遵守與否。如前所言，宗教道德的首要職能是維護對神的絕對忠誠和信仰，調整人與神的關係。元雜劇在這類的故事類型中，便也顯現出宗教神靈的有知覺、有意識及其能行動的超自然力量，以使人們對宗教產生無可置疑的信仰忠誠，以維護宗教神靈絕對的崇高地位，例如「神幫助祂的信仰者」（《破苻堅蔣神靈應》）、「神懲罰對其不敬者」（《半夜雷轟薦福碑》），便是展現這種觀念的故事類型。《破苻堅蔣神靈應》一劇所敘述的是歷史上有名的淝水戰役，在這個劇目中謝玄雖是主角，但戰役之所以能夠成功，蔣神卻是最具關鍵性地位的，因爲是蔣神在謝玄虔誠的乞求後給予謝玄暗中的助力——是蔣神的「神靈助戰草木成軍」，苻堅之大兵才會不戰自亂，而讓謝玄揮師得勝。在這一行動過程中謝玄表現了對山神廟之蔣神的忠誠，而蔣

〔註48〕《傳統文化與古典戲曲》，頁 221。

神也對其信仰者投以善意的回應。對神信賴、忠誠會得到好報，相對於此的，便是侮辱神靈將會得到惡報，這種觀念在《半夜雷轟薦福碑》一劇表露無遺，主角張鎬命運乖舛，在十謁朱門九不開的窘境中夜宿龍神廟，擲珓杯，卜前程，得知前途不吉，一氣之下便在廟牆上題詩侮罵龍神。不久，張鎬流落荐福寺，寺中長老見他窮困，欲以寺中顏真卿所書之荐福碑碑文拓為法帖，讓張帶在路上變賣，以充前往京師應舉的盤纏。可是當天夜裡突然電閃雷鳴，荐福碑被暴雷轟毀，原來這是龍神對張鎬的懲罰——只因張鎬在落魄傷心之餘對龍神的辱罵。在整個故事發展的過程中，所強調的便是對神要絕對的誠敬，縱使你並沒有做什麼違背人間道德的壞事，但只要你對神明不敬，都將得到惡報。劇中龍神對張鎬所說的那一段話便最清楚地表達了這樣的意念：「叵耐張鎬無禮，你自命蹇福薄，時運未至，卻怨恨俺這神祇，將吾毀罵，題破我這廟宇，更待甘罷！你行一程，我趕一程，行兩程，我趕兩程。張鎬你聽者：「你虧心折盡平生福，行短天教一世貧，古廟題詩將俺這神靈罵，你本是儒人，我著你今後不如人。」又說：「鬼力轟碎了碑文！這張鎬你聽者：莫瞞天地昧神祇，禍福如同燭影隨，善惡到頭終有報，只爭來早與來遲。」所以不管是「神幫助祂的信仰者」的類型，或是「神懲罰對其不敬者」的類型，都是在達成宗教道德的首要職能——維護對神的絕對忠誠和信仰。

宗教道德除了為鞏固對神的絕對忠誠和信仰之外，另一個重要作用就是整頓社會上的人倫秩序，調整人與人之間的關係。因此，宗教常常把世俗道德準則作為自己的道德準則，宣揚違背了這些原則就會遭「報應」。元雜劇中這類的劇目，集中於「乙1 神的賞罰」及「乙2 因果輪迴與報應」這兩大類型中，比起前述對神要絕對忠誠的劇目為數較多，情況也較為複雜。有少數的劇目以鬼神之力為封建道德張目，而大量的劇目則表達了廣大人民對惡勢力的痛恨和善必勝惡的善良願望。在「乙1 神的賞罰」中「神使行善者改變壞命運」（《施仁義劉弘義嫁婢》、《山神廟裴度還帶》）、「神保護無辜」（《小張屠焚兒救母》）、「神使有孝心的人願望實現」（《降桑椹蔡順孝母》）、「神懲罰惡者」（《看錢奴買冤家債主》、《徐伯株貧富興衰記》、《硃砂擔滴水浮漚記》），及「乙2 因果輪迴與報應」（《崔府君斷冤家債主》、《地藏王證東窗事犯》）便都是這種善有善報、惡有惡報的願望寄託。不管是「孝子感天天象變異，終得桑椹治癒母病」、或是「神燒毀為富不仁者的家財」、或是「忠臣升天奸臣下地獄」的故事發展過程，都是這種既有著有宗教的迷信色彩，同時又透露

出善必勝惡之善良願望的故事類型——因為劇目中報應昭彰的世界，與現實生活「為善的受貧窮更命短，造惡的享富貴又壽延」的事實是相互抵觸的。但善良的人們該有安心活下的動力，而惡人也該有不安的惶恐——這是廣大人民的善良願望，也是劇作家寫作此類劇目的最大動機。而故意要消磨人們抵抗邪惡的意志，則並非此類故事類型的出發點。

　　除了宗教信仰、宗教道德外，宗教人生觀也是宗教故事中相當具有份量的一環。而「人生如夢」則是最主要的宗教人生觀。雖然「人生如夢」的人生觀並不是佛教傳入中土之後才有的，老莊思想中的人生觀便已雜有厭世主義的成分——老子認為，人生「有大患」，根源在於「有身」；莊子則有人生如夢的人生觀念。然而，我國傳統思想中的厭世主義與佛教的厭世主義是有差別的。老莊的厭世主義包含著關心現實的巨大熱情和不與黑暗現實同流合污的傲岸人格。另一方面，老莊的厭世以「貴身」為歸旨，這與佛教的「忘身」恰成對照。所以，與老莊相比，佛教的厭世主義更徹底，它以人生為苦海，以現世為虛幻，因此佛教的人生目的便在使信徒掙脫世俗生活的施累，鼓吹世上一切皆「空」，修道之要，全在「悟空」。佛教這種悲觀厭世的人生觀，在社會動亂的魏晉時代很對時代胃口。所以在佛教傳入中土之後，「人生如夢」的人生觀便從高雅精致的老莊哲學之塔中走出，變成一種通俗易曉的宗教信仰，進入千家萬戶。釋老又相互發明、補充，「人生如夢」的人生觀便驟然大為「行時」，一直到元代，這樣的人生觀念依舊影響深遠。在元雜劇的故事類型中「乙4 人的悟道」便表現出這種觀念的影響力，不管是「瞬息京華」（「驚夢悟道」）中的《開壇闡教黃梁夢》、《月明和尚度柳翠》、《陳季卿悟道竹葉舟》、《呂翁三化邯鄲店》或是「夢或真」（「驚幻悟道」）中的《呂洞賓三醉岳陽樓》、《馬丹陽三度任風子》所表現出來的故事過程發展，最重要的關鍵便都是讓人入夢（或見幻相）以悟道，而幻夢中所見大多為被度之人所極力追求的功名利祿等情事，及其清醒便悟知自己所追求的一切便都如夢幻泡影，極為短暫又毫無意義，從此便與人間俗世的紅塵斬斷關係，隨著神仙前往修行了。

小　結

　　元雜劇之內容豐富多樣，是人民與作者之生活、思想、情感、信仰的交融與縮影，並與傳統文化、時代異動、風俗民情等有著密切的關係，因而要

探討元雜劇的內容，是可以從很多不同的角度著手。然而「故事類型」是故事內容之過程發展中，以主角爲中心的行動進程，它掌握了基本的內容發展主線，因而透過對「故事類型」的特色瞭解，便可較爲容易地探究出雜劇內容的特色及其與其它文化、思想等的互動關係，這也是筆者爲什麼要以「故事類型」爲探究憑藉之切入點的原由——因爲掌握了這一重要的線索，便可較容易地掌握其它。而上述便是筆者的嘗試分析，希望它能對元雜劇的瞭解有一些助益。

第四章　無「情節單元」及不成「故事類型」之元雜劇

　　如前述定義而言：形成「情節單元」的要件，必須是一不尋常的、有趣的、令人意想不到、或值得一提的事件：通常它以行爲、行動爲核心——包含行爲的本身不尋常、行爲的發生者不尋常、行爲的結果或影響不尋常等；亦或是不以行爲、行動爲核心的靜態異相。所以無「情節單元」的元雜劇，便是指劇目內容中不具這種不尋常、有趣的、令人意想不到或值得一提的事件，換言之，這樣的劇目內容是不具吸引人的「情節」，構成其劇目的內容，只不過是一般性的、通常性的事件敘述——以這樣的內容條件，在民間故事中是無法構成「故事」的。而所謂「故事類型」，則是指故事內容中以主角人物爲中心之一連串遭遇問題解決問題，並進而推展故事內容的過程發展型態。所以，不成「故事類型」的元雜劇包含了兩大情況：一種是劇目內容無「情節單元」——因爲無「情節單元」便不構成「故事」，不成「故事」便不成「故事類型」，所以我們可以簡單地說：無「情節單元」的元雜劇，它一定不成「故事類型」；另一種則是有「情節單元」的元雜劇，它的情況則比較複雜些，有的是因所含的「情節單元」並無法推展故事內容的發展，例如這個「情節單元」只不過是次要人物的計謀而與主角人物毫無關係，或是這個故事發展過程並不完整，例如只講主角人物的性情，但內容並沒有述及他遭遇到什麼問題或是必須解決什麼問題。

　　就上述的說明我們可以得知——無「情節單元」及不成「故事類型」的元雜劇，大體而言，在內容的飽滿性上是有缺陷的，它不是內容缺乏具故事性吸引力的「情節單元」，便是內容發展過程不完整而無法成「故事類型」的

劇情內容。然而，這種內容看似毫無吸引力的無「情節單元」的劇目，或是內容發展過程不完整之不成「故事類型」的劇目，在現存的元雜劇中卻爲數不少，這便使我們要問：一個劇目的內容，除了「情節單元」之外，還有什麼是吸引人的？它還有什麼可以抓住觀眾的注意力？雜劇，除了它的內容之外，還有什麼要素支撐著它的存在與發展？更直接地說：此類劇目的生成因素是什麼？此類劇目的內容又是什麼？它們有沒有什麼共同的特點？這些都是無「情節單元」及不成「故事類型」的元雜劇所給我們的觸發，也是我們有必要去探討的問題。而爲了探究的方便起見，筆者已把不成「故事類型」的劇目分類整理於後，置於本章之第二節。

第一節　此類劇目之生成及存在的因素

一、就表演體制而言

　　元代戲曲融合文學、音樂、舞蹈、美術、雜技、武術等多種藝術於一身，是多種藝術的綜合統一。就戲曲舞台表演的場面呈現而言，戲曲集唱、作、念、打、舞於一身，繽紛燦爛的優美外在形式先於文學內容吸引住觀眾的目光。所以「戲曲作爲藝術其美感的表現過程，總是由形式的美，引發內容的美。而人們對戲曲的審美欣賞過程，也是由形式美再進入到內容美的欣賞。元代的戲曲觀眾到瓦舍勾欄中進行娛樂，觀看演出，首先是從演員的演唱中得到視覺和聽覺上的審美愉悅，再深入到對劇本內容的欣賞。」〔註1〕因此，對戲曲而言，這些外在的表演形式是構成戲曲的要素，戲曲若喪失了這些表演形式也就喪失了戲曲的本質，因而戲曲的存在與發展就不似詩詞歌賦般──以其文學內容爲唯一的表現憑藉。戲曲的這個特點，對元雜劇中之無「情節單元」及不成「故事類型」之劇目的形成，實是一個很重要的支持點。換言之，元雜劇中之無「情節單元」及不成「故事類型」之劇目的形成，與元雜劇本身的表演體制有著最直接的關係。本單元的重點，便在論述其表演體制對這類劇目之生成的支持因素。

（一）程式性的表演易於突破自然形態的生活局限

　　所謂戲曲程式，「不是整個戲曲的一個部分，它貫串在極爲複雜的戲曲的綜

─────────────────

〔註1〕　吳毓華著，《古代戲曲美學史》，頁65，北京：文化藝術出版社，1986年版。

合藝術中所有的方面。戲曲程式是創造戲曲形象表現力很強的一種特殊形式。它管束表演的隨意性並放縱它有規律的自由；戲曲的強大表現力，戲曲美的感染力，戲曲形象的思想上（包括劇本），就寓於這種既有規律又十分自由的程式之中。」〔註2〕戲曲藝術以表演爲中心，它所綜合的不僅僅是幾種藝術美，而是融合了包括語言、詩詞、音樂、舞蹈、雕塑、武術、雜技、繪畫、工藝、建築等幾乎一切的藝術美於一身。任何一種表演藝術，都沒有像戲曲這樣把自己的形象全部溶化在如此豐富多彩的藝術美之中。詩歌、音樂、舞蹈、雕塑、繪畫等每一種單獨的藝術，都有它的獨立和嚴謹性。戲曲表演體系則把它們全部精心地播種在自己的表演土壤，並用自己美學理想的泉水灌漑它，使它們帶著戲曲美的個性而獨立，又在戲曲美的個性之中相和諧、相統一。要把這些各有一手的英雄好漢集合起來，共同爲同一個目標行動，就不能不講紀律。在約束中而各顯身手，便是戲曲藝術的要求。戲曲的這種獨特個性、戲曲的舞台藝術便全部落實在嚴謹規範的諸美程式之上。這種程式性的表演形態，不僅使燦爛多姿的戲曲表演形式，實現了多樣性的高度統一，並且使戲曲對其內在表演內容的表現與包裝起著很好的轉化作用──這種轉化，便是突破了自然形態的生活局限。

　　「中國人是世界上最不滿足於自然主義而最重於藝術地把握現實，把生活的自然形態努力訴諸美的民族之一了。在藝術創造中，生活形態及其內在外在自然規律的局限，正是寫實表現和寫意表現兩者之間的分界線：寫實表現以再現這個極限爲美；而寫意表現卻以超越這個極限把它化爲意象爲美。正是在這一藝術哲學思想的前導之下，中國戲曲表演藝術從它的萌芽時代就以泛美地、程式地塑造形象爲自己的美學理想，從而在藝術形式上首先就導致了對生活現實自然形態這一局限的突破。」〔註3〕這種寫意性的戲劇觀，就是在每一戲曲嚴謹規範的諸美程式之中得到了實踐。例如服飾化妝程式，嚴謹規範著全劇所有人物的服裝、道具、臉譜、化妝，音樂程式便嚴謹規範著全劇文武場的曲套安排、音樂節奏的貫串、伴奏與唱腔、和與表演的緊密配合等，而表演程式則嚴謹規範著全劇所有人物的上下場、舞台調度、念白、唱腔、身段、武打、細節動作、特技功夫等。然而戲曲就在程式性的樂歌與

〔註2〕 阿甲著，〈談平劇藝術的基本特點及其相互關係〉，（《戲曲美學論文集》頁112 ～113），台北：丹青圖書有限公司。

〔註3〕 韓幼德，《戲曲表演美學探索》，頁255，丹青圖書有限公司，1987年版。

念白的表演中，突破了生活語言的自然形態；就在程式性的舞蹈化動作及雕塑化的身段中，突破了生活動作與表情的自然形態；就在程式性的繪畫化臉譜及服飾中，生活裡人體的自然形態竟也被突破了。

說故事以語言爲單一主要憑藉，最多再輔以說故事者的肢體語言，單調的語言傳達對於突破自然形態的生活局限的能力是有限的，所以對所傳述的內容便相當注重其不尋常性或有趣性，因爲如果只是日常性的生活內容敘述，是容易令聽眾瞌睡的。然而戲曲程式性之繽紛表演形式的寫意性，是易於突破自然形態的生活局限的，所以這使得戲曲的表演內容可以是日常的、生活的、平凡的——因爲「藝寓於戲，戲寓於人」的戲曲表演，是可以把這些日常的、生活的、平凡的內容轉化爲精彩的、特殊的、令人贊賞的演出場面。這便是戲曲可以容許無「情節單元」及不成「故事類型」的劇本的存在的首要原因。

在傳統的中國社會中，戲曲繽紛的表演形式，連愚夫愚婦、鄉里小兒也都要爲之著迷，戲曲藝術、戲曲生命，在這些愚夫愚婦、鄉里小兒的心中是存在的，但存在的憑藉絕對不是因爲劇本，而是透過表演。在戲曲表演中，人們可以經由藝人如泣如訴的唱曲，感受到劇中人物的悲傷心情；可以經由藝人的「抖鬚」、「甩髮」、「叫頭」等做工，感受到劇中人物的生氣、著急、激動等情緒的變化；可以藉由馬鞭及騎馬的虛擬動作，體會出萬馬奔騰的壯闊場面。所以戲曲藝術的流傳，劇本並不是唯一的憑藉——表演形式及演員對演出的掌握亦是重要的因素。好的劇本，好的演員，自然可使整個戲曲演出相得益彰。而且，好的劇本還可發揮「戲保人」的功能，所以其流傳性也就相對提高，然而，好的演員卻也可以發揮「人保戲」的能力，因而也使得二、三流的劇本也可以幸存。所以，只要是藝人有可發揮之處的劇本，它都有存在與保留的可能性，因而，閱讀起來似乎毫無樂趣可言的無「情節單元」劇本，或是述說起來似乎平淡無奇的不成「故事類型」的劇本，但它卻並不一定是不適合演出的劇本，也許它不是最好的劇本，但只要適合演出，便有存在的可能性，何況它也有可能是一個適合演出的好劇本。

所以，由上列敘述可知：戲曲的表演形式的寫意性及藝人對表演內容的掌握性，實是支持無「情節單元」及不成「故事類型」之劇目的生成的首要因素。

（二）自由的舞台時空對情節要求具較大的彈性

戲劇藝術對其表現內容的組織和安排，必須通過舞台才能體現出來，所

以，戲劇結構便受到舞台空間和舞台時間的嚴格限制。戲劇藝術一定要在舞台空間和舞台時間所許可的範圍內，來組織和安排自己的劇情。所以，戲劇結構的根本任務，就是要通過對劇情的合理安排和有機組織，來解決有限的舞台時、空間與無限的生活之間的矛盾。就戲曲與話劇對舞台的時空處理而言，兩者便存在著很大的不同。而這個不同，也影響其對表現之內容的劇本的要求。

在話劇舞台上，由佈景、道具等組成的舞台立體空間是可見的；舞台時間雖不可見，卻仍是一種客觀存在，具體的舞台時間通過具體的舞台空間存在於觀眾的感受之中。所以，話劇在開演以後，不管演員在場上或者不在場上，它的每一幕（或場）的時間和空間都是獨立存在的。它的劇情必須在這一幕（或場）所規定的具體的時間和地點來開展，它的戲劇行動也必須在這個具體的時間和地點中來進行。因此，話劇的結構要求在固定的舞台時空中，最有效地利用這些有限的舞台時、空間，來組織和安排劇情。它的結構藝術十分講究集中、緊湊、嚴密，力圖不浪費一分鐘、一秒鐘舞台時間，也不浪費一平方尺、一平方寸舞台空間。要求在一定的舞台時間中，戲劇的結構能夠最大限度地發揮出戲劇衝突和戲劇行動的效能；並且在安排劇情時，盡量發揮出舞台時空的限制，力圖在這個限制內，充分運用自己的藝術力量，最完滿地反映出生活的廣度和深度。因此，話劇對劇本的要求便相當注重其衝突性與行動效能，以求在具體的事件行動中，表現出主角人物的內在心靈世界，所以對「情節單元」的須要與要求也就相對頻繁與提高。

但是，戲曲的舞台空間和舞台時間不是獨立存在的，它們與演員的唱、做、唸、打、舞共存亡，戲曲舞台一旦脫離具體的唱、做、唸、打、舞，剩下來的只是一塊一無所有的舞台面積了。所以，與話劇相比較，戲曲的舞台空間是不固定的，戲曲的舞台時間也是自由的。從這個意義上說，戲曲的舞台時空是虛的。正是在種情況下，戲曲藝術才能運用虛實結合、虛實相生的美學原則，通過演員的唱、做、唸、打、舞，創造出真實可信的特定情境；戲曲藝術也才能運用虛擬動作和相應的砌末、道具，表現出舞台空間和舞台時間的轉換。所以，古代戲曲藝術家的視野與話劇藝術家的視野是不同的——他們不是從如何最有效利用有限的舞台時空出發來考慮問題的，而是從如何突破舞台時空的嚴格限制來考慮問題的，這就把戲曲舞台可以表現的時間和空間擴大了許多倍，所以，戲曲的結構雖然不可能完全擺脫實際舞台的時

空制約，但戲曲對舞台時空這種創造性的處理方法，則充分挖掘了舞台時空的潛力，超越了戲劇結構的一般規律，最出色地解決了有限的舞台時空與無限的生活之間的矛盾。因此，戲曲對劇本的要求就不僅僅在於把人物的一言一行突出表現給觀眾，更重的，是把人物許多重要的細膩心態和情感，化爲一種鮮明的可感知的直觀形象，甚至是十分誇張的，直接傳達給觀眾。所以，只要是爲了表現衝突和刻畫人物需要，戲曲舞台上的時間既可以壓縮，也可以延伸，並且舞台上的空間亦可隨時轉移。因此，觀眾便可在戲曲自由的舞台時空中，看到更爲廣闊的人生畫面和更爲壯麗的生活激流。戲曲藝術對舞台時空的這種特殊處理方法，使得戲曲藝術在開展衝突、刻畫人物上贏得了最大的自由，因具有這種高度的自由性，所以在表現衝突和刻畫人物時，就不需完全仰賴具體事件的行動推移，因此，戲曲劇本對「情節單元」的要求也就較具彈性。

更明白地說，戲曲這種較自由性的舞台時空，容許了話劇裡所不能容許的人物心態的自我表白——人物的思想感情活動是可以由人物親自說明的，而不需藉由實際的行動來展現。戲曲舞台上長達幾分鐘、甚至十幾分鐘的延續不斷演唱，往往只用來表現劇中人物瞬息間的思想感情活動，並不具有多少實質性的衝突意義。所以，戲曲舞台上可以讓劇中人物自言自語的唱個好長一段，以表現劇中人物的強烈"愛慕之情"，相對而言，話劇的舞台時空就沒辦法有這種自由性的處理，"愛慕之情"只能由劇中人物幾秒中的深情呆望中得知，再來就需藉由更多的實際行動與作爲來表達。所以，話劇劇本對具行動性、行爲性的「情節單元」就有著較高的需求，相較之下，戲曲劇本對「情節單元」的需求就較具彈性，這也就是戲曲可以容許不具「情節單元」之劇本在的主要原因之一了。

（三）演出目的及方式以追求情感邏輯的真實爲重心

「戲曲在表現心理過程的認識、情感、意志等因素時，不僅著重於感情的抒發，而且通過認識，意志的作用，來強化情感，使抒情性成爲自己的重要特徵。因此，戲曲在心理邏輯眞實的範圍內，特別著重於對情感邏輯眞實的追求。情感邏輯的眞實就是情理的眞實。」〔註4〕因此，戲曲表演藝術便格外重視情感這一中介，是一重視情感外顯的藝術形式。對於戲曲表演來說，

〔註 4〕沈堯著，〈再現、表現和戲曲的第三種〉，(《中華戲曲》第五輯，頁 62)，山西人民出版社，1988 年。

人物的情感和思想，不僅是表現的對象，更是形式構成的變動因素。所以，戲曲表演的重點，不在於表演發生了一件什麼事情，而在表演人物對於發生的事情的一系列的、細致的思想情感活動和內在態度。歌舞化的藝術手段應用及舞台時空的自由化，便都是在這一變動因素下蘊育而生，其目的也就是為了對劇中人物的情感和思想進行再解釋、再升華，以達到釋放情感的目的。

戲曲追求情感邏輯的真實的這一特色，使戲曲表演藝術呈現出一明顯的特徵，那就是不拘泥於人物活動的表層現象的邏輯真實；而在追求人物活動的深層心理的邏輯真實，又著重捕捉人物活動的情感世界的邏輯真實。換言之，戲曲的表現特徵就是不拘泥於人物活動的事理的真實，而追求人物活動情理的真實。這一特徵，使得戲曲藝術運用虛擬的舞台動作充分調動戲曲載體中詩歌、音樂、舞蹈等因素的表現性能，突破逼真地摹仿生活的羈絆，使戲曲藝術得以對心靈有更深入的開掘，對情感有更充分的抒發，乃至於創造出不等於生活真實、又高於生活真實的舞台藝術真實。

戲曲追求情感邏輯的真實的這一特色，使得戲曲在處理能引起人們之「情感體驗」的相關性的客觀事物，也有了自己的特殊處理方式。「情感體驗是對客觀事物與人的需要之間關係的反映。因而，並非人們周圍的所有事物都能引起人們的情感體驗，只有那些與人們的主觀需要有關係的客觀事物，才能引起人們的情感體驗。這就使得戲曲在表現情理的真實性時，對劇中人與周圍事物的關係有了不同於摹象戲劇的特殊處理。摹象戲劇處理這一關係，要把劇中人的周圍事物、甚至烘托環境的氣氛人物，都再現於舞台；然後在這種體現了生活真實的戲劇場景中開展衝突，刻畫人物。戲曲不排斥對劇中人周圍事物的描繪，然而，它決不單純為了表現客觀生活環境而描繪客觀生活環境，它描繪的只是與劇中人的情感體驗有關的周圍事物，與此無關的其它事物就一概揚棄了。戲曲因此得以從人物活動的表層現象轉入人物活動的深層心理，不拘泥於描繪人物活動的事理真實，而突出表現了人物活動的情理真實。」〔註5〕因此，戲曲根據情感體驗的需要，對劇中人的周圍事物進行選擇，便採取了兩種不同的方式，一是採用了藝術抽象的概括方法，完成了對事件過程的簡括交待；另一是採用藝術具象的方法，完成了情感活動的突出描繪。

由此可知，在戲曲表演中，「具體事件」乃是服務於人物的情感，它的存

〔註 5〕同前註。

在不似在民間故事中居於主導的地位——是引發人們繼續聽下去的主要吸引點。在戲曲表演中，只要能把劇中人物的情感充分顯露，具體事件並不一定是要不尋常的、令人意想不到的，也就是說戲曲中的具體事件並不一定要符合「情節單元」的要求，因為，雖然符合「情節單元」的具體事件可能會使人物的情感有更好的表露，但它卻不是唯一的方式——優美的身段、誇張的做工、動聽的演唱等，就好比是電腦中「慢鏡頭」或「放大鏡頭」的使用，集中體現了對情感邏輯之真實的強調，都對人物活動的深層心理及情感有更好的傳達。所以，只要劇本中的人物情感是可以飽滿的、豐富的，戲曲是可以容許不成「故事類型」或不具「情節單元」吸引力的劇本的存在。這也是無「情節單元」及不成「故事類型」之劇本能夠生存的重要原因之一了。

就上述幾點的論述我們可以得知：在戲曲表演體制中，不論其表演方式、舞台時空、演出目的，都高度強調為劇中人物服務——為劇中人物的情感需要服務。而劇本中之「情節單元」的應用或「故事類型」的形成，其實也是以這個目標為出發點，因此若表演體制能圓滿地解決這個問題，「情節單元」與「故事類型」也就不一定要參與其中了。所以，元雜劇中之無「情節單元」及不成「故事類型」之劇目的生成與存在，與元雜劇的特殊表演體制有著最密切的關係。

二、就劇本內容而言

戲曲劇本——戲曲文學，是文學創作中的一種文體，也是戲曲舞台的一個基礎。因而，元雜劇的表演體制，雖然對於其戲劇內容的演出效能有很大的貢獻，但劇本內容在整個演出中仍居於領導與統籌地位——表演體制的調度與配合也是依劇本內容的需要而來。因而在探討「情節單元」與「故事類型」——這些與劇本內容有關的問題，當然就必須對雜劇內容再做一番審視，以求有周密與嚴謹的論述結果。而本單元的重點，便在論述雜劇劇本內容還有什麼精彩或吸引人的地方——可以讓不具「情節單元」吸引力、或不成「故事類型」的劇本存在。

（一）賦有精神風貌的語言意境

話劇和戲曲，都是通過語言來表現思想感情、塑造人物的，因此，語言在戲劇的表演中便有著重要的地位。然而話劇的語言美與戲曲的語言美卻存在著

無法互相代替與無法互相解釋的不同。話劇的語言是在生活的自然形態中高度提煉了的生活語言，是在自然的生活形態的制約中所展現出的語言美。然而，戲曲語言卻跳脫了這種自然生活形態的制約——在戲曲表演體系中，戲曲語言在提煉生活語言美的同時，更於詩美中找到了自己塑造形象與再現生活的理想形式，而這個理想形式便是溶語言於詩美之中，換句話說，戲曲語言的最大特色也就是戲曲語言的詩賦化。在戲曲藝術裡，生活語言不再是純自然形態的了，它的絕大部分已經被詩賦化而溶於詩的美之中。精煉、聲韻、駢體節奏便是戲曲語言詩賦化的最大象徵，也是劇本語言走向戲曲化的最基本要求。而所有這些，充分發揮了語言藝術各種形態的美和美的力量，也正是戲曲表演體系在語言美的創造和運用上的獨到功夫和微妙之處，以至於到現在，那些戲曲戲迷，不說自己是去劇場裡「看戲」而是說自己去「聽戲」，甚且他們只聽廣播，就可以從唱詞與賓白上大體判斷出人物性格的美醜和風趣，並且獲得耐人尋味的美感享受。可見戲曲語言在戲曲表演中的重要地位。

元雜劇劇本，在戲曲語言詩賦化的規律中進行創造，劇中人物的語言，主要便是根據劇本之兩個主要文學語言而來，一是供歌唱的曲詞，另一則是用於述說與對話的賓白。因而本單元便也從這兩個部分來探究元雜劇劇本的人物語言特色。

1、曲 詞

元雜劇主要乃是套曲組成的文學——以音樂結構為主體的元雜劇，所形成的曲本位的戲曲體制中，文辭和音韻格律的關係問題，就日益突出，成為元代戲曲美所重視的一個重要問題。因而，在傳統的研究中，有關曲詞的研究佔有很重要的地位。曲詞研究包括從對聲音、唱字乃至於形式規律、節奏等都有著嚴格的要求。而有關這部分研究的元代著作，主要集中在芝庵《唱論》和周德清的《中原音韻》這兩部著作中。

在元雜劇中，曲牌是唱腔旋律所依據的音樂基礎。在具體的劇目裡，必須根據劇情發展，人物性格以及思想感情變化的需要，加以選用，按曲填詞，依調尋聲，全部唱腔都要在這個既定的音樂基礎上產生和創造，而不能離開這個基礎。因而在對曲詞的音樂曲調的要求及研究便是一個相當重要的部分。元代芝奄《唱論》一書，是一部關於演唱藝術的著作，文字簡約但內容豐富，是對前人歌唱經驗和當時雜劇演唱實踐的總結和概括，它不僅從聲樂技術上提出要求，也對戲曲聲樂從形式角度提出審美標準。這些內容對於後

世戲曲聲樂的發展有著重要的影響。而《唱論》中有一條相當突出的內容，便是對於戲曲音樂曲調情感性格的劃分：「大凡聲音，各應於律呂，分於六宮十一調，計十七宮調：仙呂調唱，清新綿邈。南呂宮唱，感嘆傷悲。中呂宮唱，高下閃賺。……呂調唱，典雅沈重。越調唱，陶寫冷笑。」這些劃分，是經過唐宋以來長時間的提煉、熔鑄成的，作為樂府的正聲而得到確認和肯定。不同的曲調表現出不同的情感性格，而劇中人物的情感是必須與其音樂情感相結合的，如此對人物情感才有很好的塑造，因而，為了使曲調的運用達到直接錘煉劇中人物的情感需要，就必須慎選曲調的使用，就必須講究樂曲的形式。雖然年代久遠，這些元代曲調音樂的真實體驗已與我們遠離，但在當時的表演中必然起著相當重要的主導作用。

音樂本來對形式結構的規律、節奏、運動結構有著嚴格的要求，加以中國文字的分陰陽四聲，可以直接影響曲調的美，因而必然從樂曲的角度要求文字必須講究陰陽、清濁、平仄、詞句的節奏、字數長短和對偶等，產生對格律、平仄、韻律的嚴格要求。《中原音韻》一書，便著重於從曲的韻度格律方面作了深入的研究。書的前半部，作者在音韻上進行創造性的重大變革，提出以中州語系為標準，來規範北曲的寫作和演唱，並把入聲字編入平、上、去三聲，以適應當時口語的變化和創作的需要。對統一漢語音韻，促進戲曲的發展有重要意義。後半部研究了知韻、造語、用事、用字，以及有關陰陽、務頭、對偶、末句、定格等具體創作曲辭的方法，提出了「韻共守自然之音，字能通天下語」、「未造其語，先立其意；語意俱高為上」的審美理想，則對文意與詞語之關係提出了正確要求。

曲詞的表現，極重情感的表露，然而，它的抒情是為刻畫人物性格服務的——它的抒情與性格化是揉合在一起的。它要抒發的不是戲劇作者自己的思想感受，而是具有獨特性格的劇中人，在不同戲劇情境中的不同思想感情。上述那些對曲詞的種種要求與講究，最重要與最終的目的，就在期望曲詞能透過各種形式因素的美及辭意的貼切，從中傳達出種種精神境界、以使人們從音韻的鏗鏘、節奏的抑揚、平仄的和諧這些動態的韻律中，以及辭意貼切的內在思想中，從中領略到劇中人物的情感、生命的律動和種種不同的思緒，並進而得到濃厚的趣味上的滿足和情感上的陶冶。因而劇本的曲詞，如果能達到上述的種種要求，對於劇中人物的情感表現，便起著很好的影響，相對地，觀眾便也能在欣賞的情趣上得到較多的滿足，因此，這劇本的成功性及流傳性也會相對提

高。所以，如果元雜劇的劇本，它的曲詞是優美生動的——是對劇中人物的情感抒發有著高度的效能。那麼，雖然它是沒有「情節單元」或是不成「故事類型」，則仍然有成功演出的可能性，因而也就有留存的可能。

　　舉例而言，馬致遠的《破幽夢孤雁漢宮》就是一個不成「故事類型」的劇目，而劇中也只有昭君「自殺以守貞潔」的一個「情節單元」，然而它卻是一個抒情性非常強的劇本，是一個能夠表現劇中人物情感的劇本，其成功的原因之一便是它有相當不錯的曲詞。如第四折描寫漢元帝聞雁的幾支曲子，便有不錯的表現：

　　　（雁叫了）

　　　〔白鶴子〕多管是春秋高，勁力短；莫不是食水少，骨毛輕。待去後，愁江南網羅寬；待向前，怕塞北雕弓硬。

　　　〔麼〕感傷似替昭君思漢主，哀怨似作薤露哭田橫，淒愴似和半夜楚歌聲，悲切似唱三疊陽關令。（雁叫了）

　　　〔上小樓〕早是我神思不寧，又添個冤家纏定。他叫得慢一會兒，緊一聲兒，和盡寒更。不爭你打盤旋，這窩里同聲相應，可不差訛了四時節令。

　　　〔麼〕你卻待尋子卿，覓李陵；對著銀臺，真教吾家，對影生情；遠鄉的漢明妃，雖然得命，不見這潑毛團，也耳根清靜。（雁叫了）

寫了秋夜短暫夢會以後，又借孤雁的叫聲，盡情抒發了漢元帝的孤獨心境和離愁別緒。雁聲人情溶成一體，正是「一聲兒遶漢宮，一聲兒寄渭城」，十分淒楚動人。在這幾支曲子中，不管是其字聲的格律要求，或是辭意的貼切性，都有很高的水平，因而能很適切地傳達出濃郁的情感，表現出人物的悲劇性，也因此更突出感傷的情調。當然，並不是所有不成「故事類型」或無「情節單元」的劇本，它的曲詞都能有《漢宮秋》這樣的高水平，但是，好的曲詞——賦有人物精神風貌的曲詞，卻有著支持不成「故事類型」或無「情節單元」之劇本存在的能力。

2、賓　白

　　在元雜劇中，能傳達人物精神風的語言，除了曲詞之外，賓白亦是相當重要的一部分，尤其元雜劇是以一人獨唱為主的戲曲表演，除了主角人物外，戲裡其它人物的語言，是不能夠在曲詞裡有所表達，因而賓白便成了語言裡相當重要的一個組成部分。除此之外，賓白與曲詞的語言形態也有著很大的

不同——曲詞的語言形態是較簡煉的、歌舞化的、與自然的生活形態有較大距離的，而賓白的語言形態則是較口語化、生活化、較近於自然的生活形態。因而兩者在語言的表現力上各有千秋，而兩者在劇本中的相間使用，又能使戲劇語言在情感的端莊與詼諧之間，以及劇情推進的疏密之間，產生良好的調節作用。因而，在戲曲語言的探究中，賓白便有著不可忽視的地位。

雖然，賓白的語言形態較接近自然的生活形態，但這並不是說它就不須經過提煉、不須謹慎講究。因為賓白在舞台的表演上仍存在著吟誦美、節奏美，而且也必須在有限的語句中傳達出劇中人物的精神風貌，所以劇本對賓白的語言美及性格化，仍有著很高的要求。

與曲詞相較，賓白不管是在聲音或是內容上都表現著較活潑的寫實效果。因此，大體而言，曲詞格律化的語言，比較能夠表現屬於端莊、嚴謹的人物性格，而較富機趣、詼諧、幽默等角色的人物精神與風貌，則在賓白富生活氣息的語言中有更出色的傳達。所以，在古典戲曲中，一些著名的悲劇性劇目，大都以悲憤或感傷的曲詞打動人。「長歌可當哭」，「憤怒出詩人」，悲劇性人物的深哀積憤，需要詩一樣的語言來傾瀉。而喜劇性人物要快人快口，爽朗輕鬆，便不適宜用慢條斯理的曲詞來表現，而往往以快板曲或快口白取勝——這時好的賓白，就有相當重要的地位了。

賓白最大的特色就在它的「白」，也就是含有高度的口語成分——不管是在語言的聲調或情感上，都時時流露出這種特色。這從賓白中助詞與複合語的頻加使用最易顯現出來。所謂助詞，只是一種意義輕微的的語詞，簡言之，是一種語言性較低的的語言。如表示感歎的「呀」字、代表事態完成意義的「了」字、表示疑問的「麼」字……等等，這類的助詞，在意義的表達上是不一定需要的，然而在語言情感的傳達上，卻產生著相當重要的作用。「這樣的助詞，毋寧說是從聲調上面，滿足口語所要求的補助作用；在意義的充實上，並無多大幫助。助詞所代表的意義既然如此有限，而內涵的意義方向又不嚴格，這一點正可使其意義方向自由轉動，因時制宜，以適應千變萬化的感情，而獲得活潑的效果。」〔註6〕除了這些助詞可以產生豐富的情感波動外，還有一類語言，也能夠使元曲的賓白發生活潑的作用，那便是兩字組成的複合語。「文言裡一音一義的語言，到了口語裡面，為了聲調的安定，也為了避

〔註6〕《元雜劇研究》，頁274，吉川幸次郎著，鄭清茂譯，藝文印書館，1987年四版。

免意義混淆不清，所以類多延長爲兩音的複合語。這也是中國語言的普遍現象，而這種現象在雜劇的曲白裡，表現得異常活潑。」〔註7〕例如把「弟」說成「兄弟」、把「二」說成「兩個」、把「父」稱爲「爹爹」……等等，這類複合語的使用，在雜劇賓白中，可說是俯拾即是，不勝枚舉。賓白中助詞及複合語的使用，可說是在聲調上滿足了情感寫實之活潑性的需要，而賓白中大量的使用日常化的「俗諺語」、「成語」或「格言」，則是從內容意義的角度上，滿足了賓白活潑的寫實效果。

　　所以，如上所述，如果劇本中的賓白，能夠在聲音及內容上有良好的表現，那麼，它對人物精神風貌的傳達必然也會有很大的助益。連帶地，這個劇本在舞台上也會有較成功的表現。舉例而言，吳昌齡的《花間四友東坡夢》也是一個不成「故事類型」的劇目，而劇本內容中也只有一個「美人計」的單一「情節單元」，但劇情的主要內容，則在富生活氣息的賓白中，對蘇東坡與佛印之間的鬥智，以及兩個機趣人物的精神風貌，有著活潑而生動的表達：

　　　　（行者云）師父打坐哩。　　（東坡云）借你口中言傳俺心間事，你
　　道有箇客官不言姓名，有兩句禪語，又叫做言偈語：你道眉山一塊
　　鐵，特地來相謁。　　（行者云）老官，小和尚心笨，一本心經念了
　　三年零六箇月還記不得，再說一遍。　　（東坡云）這個笨和尚。　　（行
　　者云）敢是姓鐵。　　（東坡云）不姓鐵。　　（行者云）不姓鐵就姓
　　錫。　　（東坡云）不姓錫。　　（行者又云）不姓鐵，不姓錫，就姓
　　銅罷。　　（入報科云）師父，外面來到一箇主兒，不言姓名，道兩
　　句禪語，又叫做偈語：眉山一塊鐵，特地來相謁。　　（正末云）急
　　急上堂來，爐中火正熱。　　（行者云）著手他便是鐵，我師父是火
　　架，起爐來燒他娘。老官，我師父著我燒你哩。　　（東坡云）怎麼
　　說？　　（行者云）叫你急急上堂來，爐中火正熱。　　（東坡云）這
　　也是禪語，再進去說我鐵重千斤，恐汝不能挈。　　（行者云）你不
　　怯我師父，我師也不怯你。師父他又道兩句：我鐵重千斤，恐汝不
　　能挈。　　（正末云）我有八金剛，將汝碎爲屑。　　（行者云）著手
　　我師父道：我有八金剛，將汝碎爲屑。　　（東坡云）再進去說：我
　　鐵類頑銅，恐汝不能蒸。　　（行者云）罷了，軟了。　　（東坡云）
　　怎麼軟了？　　（行者云）蒸的軟了。師父，他又道了兩句：我鐵類

〔註7〕同前註。

> 頑銅，恐汝不能熱。　（正末云）將你鑄成鐘，眾僧打不歇。　（行
> 者云）著手我師父要打你哩。　（東坡云）怎麼要打我。　（行者
> 云）將汝鑄成鐘，眾僧打不歇。　（東坡云）再進去說：鑄得鐘成
> 時，禪師當已滅。　（行者哭入科）　（正末云）行者爲何哭起來？
> （行者云）他道：鑄得鐘成時，禪師當已滅。　（正末云）大道本
> 無成，大道本無滅，心地自然明，何必叨叨說，夜來伽藍道。今日
> 午時，有東坡學士至此，果應其言快，與我請進來。　（行者云）
> 有眼不識灰堆，學士老爺，俺師父有請。

這是在《東坡夢》之第一折的一段賓白對話，在小和尚的傳話之中，爲往後
東坡與佛印之間的鬥智，展開了精彩的序幕，並且在這段對話中，觀眾也必
感受到語言的機趣與幽默之處，進而從中深刻地領略到劇中人物的精神與風
貌，這就爲戲曲的舞台演出打下了成功的基礎。

在無「情節單元」及不成「故事類型」的劇目中，除了上述的文人佚事
多有演出外，歷史人物也是一個熱門的選擇，尤其是三國人物，出現的頻率
頗高，舉例而言，關羽便是一個相當受歡迎的人物。《壽亭侯怒斬關平》便是
描述有關關羽之事跡的一個劇目，它既無任何「情節單元」也不成「故事類
型」，然而在曲詞與賓白之中，對關羽的耿直性格，也還有些不錯的表現：

> （正末云）他則是乾替他煩惱。　（唱）淚不淹丹鳳眼，惱的我緊
> 皺定目蠶眉。　（張包云）伯父今日天色怎生陰暗也？　（正末云）
> 您小將軍每試看。　（張包云）伯父可看是麼那？　（唱）你試看
> 那霧慘雲迷。　（正末云）他不是雲霧。　（張包云）可是甚麼那？
> （唱）都是那心頭怨、肚中氣。　（張包云）怎生饒過關平者。　（正
> 末云）他的罪犯饒不過。　（趙雲上云）某乃趙雲是也。俺二哥果
> 然要斬關平，我搭救小將去咱。可早來到也，不必報復，我自過去。
> （做見正末科云）哥哥，小將軍多有功勞汗馬，看您兄弟面饒過小
> 將軍咱。　（正末云）逆了面皮也罷，我不饒他。……

這是眾將爲關平求情的對話，在賓白與唱詞之間，將關羽的耿直性情，及眾
將們極盡全力要爲關平求情的努力，都很明白而有力地做了表達。

綜合上述所言我們可以得知——如果劇本的曲詞與賓白，能夠發揮他們
各自的特色與優點，爲劇中人物的語言服務，並進而賦予劇中人物的語言精
神及風貌，那麼，這個劇本在人物的掌握上便有較高的成功性，所以，賦有

人物精神風貌的語言，是可以支持劇本的內容不具「情節單元」或不成「故事類型」的。

（二）反映悲歡離合的生命滋味

如前幾個章節所言，戲曲藝術帶有相當濃厚的民間性、通俗性及娛樂性，所以，傳統戲曲作爲一種民間藝術歷來有著一種十分明確的觀念：「戲文做與讀書與不讀書人同看，又與不讀書之婦人小兒同看。」所以在演出效果上非常重視直觀性的感知效應，非常重傳達的效果。力求使人一看、一聽即懂。因爲，劇場對於傳統的戲曲的自我意識通常就只是爲了娛樂——高興的時候，來看戲，展舒一下自己的興致；煩悶的時候，來看看戲，解解心寬；朋友們湊在一起了，也來看看戲，聯絡聯絡感情。他們不僅要看舞台上的戲，還要享受一下劇場中群體情緒的感染。所以戲曲表演，除了在演出效果上非常重視直觀性的感知效應外，在內容也是不適宜須要秉神凝思的，但這並不是說戲曲表演不重視思想的傳達，而只是不大希望觀眾看戲時須要經常處於一種「深思而後得其意」的緊張心理狀態。如此，才能更符合觀眾看戲的娛樂目的。元代詩文及散曲家胡祇遹，便相當肯定戲曲的這種民間性、通俗性及娛樂性。在其〈贈宋氏序〉一文中，他便看到了元代戲曲與平民百姓相通相依的關係，指出了戲曲藝術使這些平民百姓「一去其苦」、「解塵網、消世慮」，「心暢然怡然，少導歡適」的效果。〔註8〕

而什麼樣的內容是可以使每個人一看、一聽即懂，而且又可以從中獲得心理情感的表現和交流的滿足呢？——其實莫過於日常生活中種種的悲歡離合，因爲，這是群眾自己所熟悉的，群眾很容易在戲曲所表現的豐富的生活中，去體驗生命的滋味。所以，在民間故事中，像"昨天隔壁的老太太死了，可是很驚奇地今晚他又復活了。"的內容，一定比"昨天隔壁的老太太死了，

〔註8〕〈贈宋氏序〉一文收於胡祇遹之《紫山大全集》（《四庫全書》本）裡面有這樣的一段論述：「百物之中，莫靈莫貴於人，然莫愁苦於人。雞鳴而興，夜分而寐，十二時中紛紛擾擾，役筋骸，勞志慮，口體之外，仰事俯畜，吉凶慶吊乎，鄉黨閭里，輸稅應役乎。官府邊戍，十室而九不足，眉顰心結，鬱抑而不得舒。七情之發不中節而乖戾者，又常八九得一二。時安身於枕席，而夢寐驚惶，亦不少安，朝夕盡夜，起居窘寐，一心百骸，常不得其和平。所以無疾而呻吟，未半百而衰。於斯時也，不有解塵網、消世慮、皞皞熙熙、心暢然怡然，少導歡適者，一去其苦，則亦難乎其爲人矣。此聖人所以作樂以宣其抑鬱，樂工伶人之亦可愛也。」

與他相依唯命的女兒哭得傷心至極。"的內容要受歡迎。然而,這兩者在戲曲的內容中,被觀眾所接受的程度,後者並不定比前者遜色。因為後者溶有群群眾自己對於悲歡離合之生命滋味的體驗。所以,這樣的內容要求,使得戲曲劇情不見得需要具備「情節單元」,因為就如同上述的那個例子而言,無「情節單元」的劇目,不一定比有「情節單元」的劇目缺少吸引力。

戲曲內容既要符合民眾的這種看戲心理,因此,戲曲內容所反映的是產生在人民之間的真實故事,日常生活的悲歡離合,即使是歷史題材,也都注意其與凡人相通的生活與心理。以使民眾在看戲之時,不僅可以得到耳目聲色之娛,也可以代其宣泄抑鬱,也可以為其立言抒憤,進而反映自己的愁苦生活,甚或揭發社會的不平。因而,就如前幾個章節所述,元雜劇在內容上,不管是有關時事的、歷史的、公案的或愛情的,都極為真實地努力反映元代民間群眾對生活、對生命的奮鬥。所以,元雜劇對社會黑暗的暴露,對奸臣污吏、土豪劣紳的貪焚和殘酷,都有切實的描寫和尖銳的抨擊,以反映出人民群眾在黑暗生活中的奮起抗爭及呼聲和願望。除此之外,元雜劇也以民間的道德標準,表現了對青春和愛情的合理要求。這些種種的反映,都是在平凡的故事裡,在悲歡離合的生活中進行的,而群眾也在這些悲歡離合的生活中再次體驗著生命的滋味,並進而從中獲得生活經驗和歷史經驗的提高和升華,甚或增加了知識及生活的力量和信心,那麼群眾看戲的意願及情感也就得到了滿足。

姑且先不論戲曲藝術價值的高低,就從內容能否滿足"悲歡離合的生命滋味"的體驗而言,就如上面老太太死去的那個簡單例子來說,我們便可以知道──有「情節單元」或無「情節單元」的內容是都可以有所表現的。(雖然,有「情節單元」的劇目它所可能表現的深度與廣度還是比較高些。)所以,無「情節單元」的劇目,也能產生像《散家財天賜老生兒》、《唐明皇秋夜梧桐雨》、《詐妮子調風月》等等為人所熟悉及喜愛的劇目。

(三)表現形象性格的人物行動

一個戲曲劇本是否成功地刻畫出劇中人的不同性格,是這個戲曲劇本文學性高低的主要標誌。因此,要解決戲曲的文學性問題,首先要弄清楚戲曲劇本是怎樣刻畫人物性格的,它是通過什麼辦法來刻畫人物性格的?這就涉及戲劇行動與人物性格之間的相互關係。

人物性格的描繪,在不同的文藝形式裡,要通過不同的手法和技法來

完成。文學中的小說和敘事詩是運用語言藝術，通過敘述和描寫，來刻畫人物性格的。我國傳統的人物畫是通過筆墨技法，來描繪人物形象，刻畫人物性格的。作為舞台藝術的戲曲，又是通過什麼辦法來刻畫人物性格呢？它必須通過戲劇行動來刻畫人物性格。……戲劇行動就是劇中人的行為。它是劇中人的思想、感情、態度的外部表現。也可以說，戲劇行動是劇中人的內心活動與形體動作的綜合。〔註9〕

　　人物行動是戲曲表演中一個相當重要的基本單位，劇情的推展與劇中人物的性格，也必須通過一系列人物行動才能表現出來。換句話說，在戲曲表演藝術中，人物的形象性格是必須通過不同人物對事件的不同看法、不同態度、不同處理方法來表現的。而在戲曲作品裡，什麼樣的人物行動，是可以塑造鮮明的人物性格呢？——豐富而強烈的人物行動，便常佔有優勢。就這一點而言，具行動性的「情節單元」，在戲曲的表現中，對人物的性格塑造則有較好的表現，如「自殺以守密」、「以己子代他人之子受苦」、「護婆婆媳婦甘蒙冤」等等，都是相當有利於人物性格形象塑造的「情節單元」。然而無「情節單元」的劇本，也並不是完全不能表達人物的形象性格，一些較誇張性的行動，觀眾從中還是可以對人物的性格有所瞭解，例如：《關雲長單刀劈四寇》的「單刀劈四寇」雖然還不構成「情節單元」，但觀眾卻已可以在人物的這種行動中瞭解到關羽的勇猛、又《劉千病打獨角牛》的「病打獨角牛」也具有相類的作用，但整體而言，這類的情況是較少的，而此劇本的藝術成就大體而言也是較為遜色的。

　　然而，劇本中具表現人物形象強的人物行動，卻常可以支持不成「故事類型」之劇本的存在。因為在戲曲表演中，這些行動常可以成為吸引住觀眾目光的焦點，尤其對於一些觀眾所喜聞樂見的人物，觀眾們便常樂於知道這些人物在面對問題的時候是怎麼採取行動的，甚至於觀眾其實早已知道他們會怎麼做了，可是觀眾還是很樂意再一次去體驗、去感受他們採取行動時的那種義氣、正直、機趣、幽默等等的人物特質、而對故事的發展型態是否完整反而不是那麼在意了。一些有關歷史人物的不成「故事類型」的劇本，便是這種典型的代表。如《馬援擂打聚獸牌》、《晉文公火燒介子推》、《劉關張桃園三結義》等等不成「故事類型」的劇目，便是劇本中具有表現人物形象強的行動。

〔註9〕沈堯著，《戲曲與戲曲文學論稿》，頁131，北京：中國戲劇出版社，1986年版。

　　就觀眾而言，去看戲可以只是去聽聽餘音繚繞的動人歌曲，或令人會心的機智、幽默的對白；亦可以只是去看看演員的身段表演，看他是如何把人物詮釋得淋漓盡致。就劇本內容而言，有時它可以只是特別注重語言、或注重人物的情感、或只特別注重人物的行動……，它並不須要時時完全都要顧及，唯有中國戲曲這種特殊的形式結構，才會有這類劇本的產生。無「情節單元」及不成「故事類型」的劇本的存在，使我們對中國戲曲觀眾欣賞的多角度及中國戲曲高度綜合的表演藝術特性，有了更深入的瞭解。

第二節　無「情節單元」及不成「故事類型」之元雜劇的實際分類

一、不成「故事類型」之元雜劇的整理表

　　1、篇目後加有◎者為有「情節單元」之篇目，無則為無「情節單元」。

　　2、篇目後之頁碼，表示在本論文的第幾頁可找到此篇目的劇情大要。

篇目人物	不成故事類型之篇目及其劇情大要之頁碼			不成故事類型之篇目及其劇情大要之頁碼		
先秦帝王將相	田穰苴伐晉興齊 4-2		P179	吳起敵秦掛帥印 4-4		P182
	十八國臨潼鬥寶 4-1	◎	P26	後七國樂毅圖齊 4-3	◎	P52
	輔成王周公攝政 2-1	◎	P74	鍾離春智勇定齊 2-7	◎	P84
	楚昭公疏者下船 1-44	◎	P70	晉文公火燒介子推 1-68	◎	P55
	保成公徑赴澠池會 1-57	◎	P51			
漢帝王將相	張子房圯橋進履 1-26	◎	P65	蕭何月夜追韓信 2-11	◎	P77
	破幽夢孤雁漢宮秋 1-30	◎	P50	運機謀隨何騙英布 4-5		P72
	漢高皇濯足氣英布 1-77		P192	韓元帥暗度陳倉 4-6	◎	P86
	嚴子陵垂釣七里灘 2-10		P197	雲臺門聚二十八將 4-9	◎	P67
	馬授擿打聚獸牌 4-8	◎	P57	鄧禹定計捉彭寵 4-10		P193
三國時帝王將相	虎牢關三戰呂布 2-5		P184	張翼德大破杏林莊 4-21		P189
	周公瑾得志娶小喬 4-14		P185	劉玄德獨赴襄陽會 1-55	◎	P77
	張翼德單戰呂布 4-15		P188	關雲長千里獨行 3-6		P88
	關雲長單刀劈四寇 4-17		P196	曹操夜走陳倉路 4-11		P60
	壽亭侯怒斬關平 4-18		P192	陽平關五馬破曹 4-12		P70
	張翼德三出小沛 4-20		P188	走鳳雛龐統掠四郡 4-13	◎	P42
	莽張飛大鬧石榴園 4-16	◎	P57	劉關張桃園三結義 4-19		P78
	兩軍師隔江鬥智 3-30	◎	P46	關大王獨赴單刀會 1-1	◎	P88
	諸葛亮博望燒屯 3-1	◎	P81			

類別	劇目		頁	劇目		頁
唐朝時期帝王將相	唐明皇秋夜梧桐雨 1-18	◎	P58	摩利支飛刀對箭 3-38		P195
	薛仁貴衣錦還鄉 1-39		P193	立功勳慶賞端陽 4-24		P180
	尉遲恭三奪槊 1-79		P189	徐懋功智降秦叔寶 4-29		P186
	尉遲恭單鞭奪槊 1-80		P189	尉遲恭鞭打單雄信 4-30		P190
	賢達婦龍門隱秀 4-25	◎	P82	唐李靖陰山破虜 4-32		P186
	十八學士登瀛州 4-31		P176	李嗣源復奪紫泥宣 4-33		P181
	壓關樓疊掛午時牌 4-34		P194	小尉遲將鬥將鞭認父 3-27		P178
	長安城四馬投唐 4-23	◎	P46	雁門關存孝打虎 2-19	◎	P67
	劉夫人慶賞五侯宴 1-15	◎	P77			
宋帝王將相	焦光贊活拿蕭天佑 4-38		P191	宋大將岳飛精忠傳 4-39		P183
	趙匡胤打董達 4-42		P192	穆陵關上打韓通 4-43		P194
	八大王開詔救忠臣 4-35	◎	P27	楊六郎調兵破天陣 4-36	◎	P71
	昊天塔孟良盜骨 2-24	◎	P48	謝金吾詐拆清風府 3-29	◎	P84
	狄青復奪衣襖車 3-34		P183			
歷代文人學士	招涼亭賈島破風詩 4-26	◎	P47	蘇子瞻醉寫赤壁賦 3-33	◎	P87
	李太白匹配金錢記 2-17	◎	P41	花間四友東坡夢 1-70	◎	P43
	李太白貶夜郎 1-60	◎	P40	晉陶母剪髮待賓 2-22		P186
	眾僚友喜賞浣花溪 4-27		P187	陶淵明東籬賞菊 4-22		P190
	杜牧之詩酒揚州夢 2-15		P181	蘇子瞻風雪貶黃州 1-83		P195
	司馬相如題橋記 4-7	◎	P37			
水滸人物	黑旋風雙獻功 1-54	◎	P62	大婦小婦還牢末 1-58	◎	P28
	梁山泊黑旋風負荊 1-66	◎	P64	魯智深喜賞黃花峪 3-43	◎	P80
	梁山五虎大劫牢 4-58	◎	P63	梁山七虎鬧銅臺 4-59	◎	P63
	同樂院燕青博魚 1-24		P180	爭報恩三虎下山 3-26		P185
	王矮虎大鬧東平府 4-60		P179	宋公明排九宮八卦陣 4-61		P183
其它	釋迦佛雙林坐化 4-51		P197	二郎神鎖齊天大聖 4-57		P176
	呂洞賓度鐵拐李岳 1-65	◎	P43	二郎神醉射鎖魔鏡 3-36		P176
	漢鍾離度脫藍彩和 3-37	◎	P76	西華山陳摶高臥 1-31		P180
	呂純陽點化度黃龍 4-54		P182	守貞節孟母三移 3-39	◎	P40
	龍濟山野猿聽經 3-35	◎	P86	時眞人四聖鎖白猿 4-56		P54
	太乙仙夜斷桃符記 4-55	◎	P31	海門張仲村樂堂 3-41	◎	P59
	裴少俊牆頭馬上 1-19	◎	P75	溫太眞玉鏡台 1-8	◎	P72
	陶學士醉寫風光好 1-82	◎	P66	時眞人四聖鎖白猿 4-56		P54
	張天師斷風花雪月 1-71		P188	若耶溪漁樵閑話 4-46		P184
	清廉官長勘金環 4-45		P187	女姑姑說法陞堂記 4-44		P178

其它	十探子大鬧延安府 3-40	P177	劉千病打獨角牛 3-13	P193
	諸宮調風月紫雲亭 1-72	P187	薛包認母 4-48	P194
	散家財天賜老生兒 1-62	P190	四丞相歌舞麗春堂 1-28	P179
	便宜行事虎頭牌 1-43	P185	羅李郎大鬧相國寺 1-41	P196
	詐妮子調風月 1-4	P191	杜蕊娘智賞金線池 1-6	P182
	狀元堂陳母教子 1-14	P184	女學士明講春秋 4-41	P178
	十樣錦諸葛論功 1-81	P177	關雲長大破蚩尤 4-37	P196
	閥閱舞射柳蕤丸記 3-23	P191		

二、無「情節單元」之元雜劇的劇情大要

二　劃

◎二郎神醉射鎖魔鏡　三編　三六

劇情大要——

　　玉帝以趙昱為嘉州太守，因斬蛟有功於民，敕封灌江口二郎神。義弟哪吒為降魔大元帥，鎮攝玉結連環寨。二郎過寨，哪吒留之痛飲。酒酣比射，二郎一箭誤中天獄鎖魔鏡。鏡破，被鎖之九道牛魔羅王和金睛百眼鬼逃往黑風山。天將追之不及。驅邪院主奉玉帝之命遣天神往二郎處，責令二郎與哪托擒拿妖魔，將功折罪。經過激戰，二魔終被擒伏。

　　情節單元：無

　　故事類型：不成型

◎二郎神鎖齊天大聖　外編　五七

劇情大要——

　　齊天大聖偷了太上老君的金丹，又盜仙酒，於水簾洞中大排筵宴，上帝乃令二郎真君帶領十萬天兵擒拿齊天大聖，並擒拿諸妖至驅邪院主處發落。經過一場激戰，二郎終將齊天大聖擒獲。齊天大聖被罰至陰司不得超生，眾神將各還本位齊赴天庭。

　　情節單元：無

　　故事類型：不成型

◎十八學士登瀛州　外編　三一

劇情大要——

唐太宗在寇亂稍平後尊儒，於城西十里爲文人吟詠而起園亭。命司天台監正袁天罡擇日期、看風水，並由老將軍尉遲恭監工，不數月而成，名曰「瀛州」。太宗繼命杜如晦、房玄齡等十八人入瀛州宴會賦詩。增福神由人間歸天，向鈞天大帝報告長安有此勝景。大帝遂邀西池王母、東華帝君同至瀛州慶賀，並爲唐王增福加壽。

　　情節單元：無

　　故事類型：不成型

◎十探子大鬧延安府　三編　四十

劇情大要——

　　監軍之子葛彪，調戲延安府劉老漢之兒媳，因她不從，復將其婆媳二人打死。劉老漢之子在京爲司吏，去開封府告狀、反被葛彪之姐夫龐績關入牢內。劉老漢無力挽救，沿街啼哭，遇廉使李圭，便帶他去相府告狀。值范仲淹等八府宰相聚宴，眾官責罵龐績，使李圭出巡延安府，勘問此案。李圭至延安，派人捉拿葛彪。葛父聞訊，先後派十個探子勾傳李圭，都被李圭責打趕走。葛父只好擅離職守，親至延安府救子，至時，葛彪卻已招狀，李圭並責葛父以擅離訊地之罪。恰范仲淹也奉旨前來，於是勘定此案。升李圭爲尚書，封賞劉家父子，葛彪處斬，龐績免官，葛父充軍。

　　情節單元：無

　　故事類型：不成型

◎十樣錦諸葛論功　尚仲賢　初編　八一

劇情大要——

　　宋初李昉奉命建武成廟，選古來安邦定國之武臣十三人入廟奉祀。並傳令編修官將十三人名次排定。玉帝差黃巾使者下界告之姜太公，使其領銜。其餘十二人先後上場，自表功勞。編修官觀史書，排座次，只安排了姜太公一人便伏桌而睡。夢見太公代行其職。太公而下爲范蠡、張良、穰苴、孫武、樂毅。至第六人諸葛亮孔明時，韓信不服。言己有十大功勞，當在孔明之上；孔明亦道己有十大功勞，並指出韓信有十大罪。正僵持時，周瑜闖入，與孔明論功；幾經口辨，自知不如，便遷怒於編修官。編修官驚醒，結束全劇。

　　情節單元：無

故事類型：不成型

◎**女學士明講春秋　外編　四一**

劇情大要——

　　鄭子雍勾補軍役赴延安，臨行，言京師范仲淹乃己知交，留書其妻孟氏，使其投奔之。實則范與鄭從未相識。范仲淹夫妻見孟氏知書達理，款待甚周。范夫人建一學堂，使孟氏教授女童。一日閑暇，范夫人聽孟氏講魯史《春秋》，益重孟氏。後鄭子雍擊敗河西犯將，時孟氏亦上萬言策於朝。范仲淹表奏朝廷。聖旨封鄭子雍爲武狀元，其妻孟氏爲女學士。

　　情節單元：無

　　故事類型：不成型

三　劃

◎**小尉遲將鬥將將鞭認父　三編　二七**

劇情大要——

　　尉遲敬德歸唐時，其幼子保林被遺北番。劉季眞將其收養爲義子，取名劉無敵。既長，武藝絕倫。季眞稱雄北番，興兵犯邊，令劉無敵爲先鋒。敬德舊僕宇文慶，在番撫保林成人，戰前將前事相告，並出敬德二十年前所留水磨鞭與保林。保林上陣與敬德交鋒，佯敗而逃，敬德窮追不捨。至無人處，保林下馬告以原委，取出水磨鞭認父。唐陣前監軍回報唐王說，敬德與劉無敵陣前私語，又將敗將放回，必有反叛之心。唐王令軍師徐茂公拘拿敬德。適保林擒劉季眞以獻，誤會方釋。敬德父子受賞加爵。

　　情節單元：無

　　故事類型：不成型

◎**女姑姑說法陞堂記　外編　四四**

劇情大要——

　　開封府尹鄭廉，遇窮秀才張瑞甫賣詩爲生，鄭廉見其有才，招作門館先生。鄭廉之女瓊梅與張瑞甫相戀，兩人私奔。鄭廉得知大怒，派差吏去殺女兒，鄭妻卻暗囑差吏放走女兒。差吏追上小姐後，勸她易道服至寺中暫住。張瑞甫上京應試，十年不歸。瓊梅棄俗出家，後住持幽州報國寺。時鄭廉升官，到報國寺追荐女兒亡靈，遇見已爲道姑的瓊梅，瓊梅執意不肯相認。張

瑞甫官爲州尹，也至幽州。值瓊梅升堂說法，一家同至報國寺，勸瓊梅還俗，
與張瑞甫重結婚姻。

　　　　情節單元：無

　　　　故事類型：不成型

四　劃

◎王矮虎大鬧東平府　外編　六十
劇情大要——

　　宋江令王矮虎於元宵節去東平府購買花燈，恐其生事，便讓徐寧一同前
往。王、徐兩人至東平府，遇呂彥彪設擂，無人能敵。王矮虎上台打倒呂生，
並搶了觀眾的花燈而去。東平府派兵前來追捕。適宋江派兵來接應王、徐，
遂將追捕者皆捉上梁山。

　　　　情節單元：無

　　　　故事類型：不成型

五　劃

◎四丞相歌舞麗春堂　王德信　初編　二八
劇情大要——

　　金國四丞相完須樂善與眾官奉旨在御園中射彬，樂善三箭射中，得了御
賜的錦袍玉帶。左丞相奉旨在香山設宴。監軍李圭與樂善賭雙陸，第一次李
圭輸了八寶珠衣，李定再賭，並約定輸者將臉抹黑，結果樂善輸，樂善不肯
受用墨擦臉之辱，與李圭吵起來。樂善打了李圭，攪亂筵席，因而被貶到濟
南，每日飲酒，游山玩水以自誤。時值盜寇作亂，皇帝又起用樂善，各處盜
寇聞其復出，均自動投降。于是樂善復爲右丞相。聖命在樂善家麗春堂設喜
慶宴，令李圭負荊請罪。樂、李二人和好。

　　　　情節單元：無

　　　　故事類型：不成型

◎田穰苴伐晉興齊　外編　二
劇情大要——

　　晉平公與燕國相約攻齊，齊師大敗。齊相晏嬰荐田穰苴于景公，景公拜爲

大將軍，使其率軍伐晉。穰苴以己出身微賤，恐難以服眾，請景公派寵臣監軍。景公使左丞相莊賈前往。穰苴與莊賈約定次日中午會于軍門。次日穰苴整軍，莊賈申時方至並言親友留之飲酒，故而來遲。穰苴喝令按軍律斬之。莊賈大懼，使人向景公求救。景公使者急馳軍中，然莊賈已就刑。使者違「軍中不得馳驟」令，亦當斬，念其爲君使，放之歸。于是三軍振栗。晉平公使蘇子皮領兵對陣，穰苴將其一鼓擊退。燕軍懼，亦渡水而去。於是齊國盡收失地。

　　　　情節單元：無

　　　　故事類型：不成型

◎立功勳慶賞端陽　外編　二四
劇情大要——

　　唐太宗時，柴紹征伐北番吐有功，玄齡奉命於帥府擺宴爲柴紹慶功。席間李道宗等三人不服，遂約定於端陽節與柴紹比武試藝。皇上即言：贏者有封賞，輸者面塗粉末當場羞辱。結果三人武藝不精，比賽日輸予柴紹，受辱而去。

　　　　情節單元：無

　　　　故事類型：不成型

六　劃

◎西華山陳搏高臥　馬致遠　初編　三一
劇情大要——

　　五代末年，道人陳搏在汴梁城內竹橋邊設攤賣卦，預卜未發跡的趙匡胤將來必爲皇帝，鄭恩必封諸侯。趙匡胤相約：如日後應驗，必請陳搏共享太平之福。趙匡胤果即帝位，派使臣前往西華山請陳搏赴京，陳堅辭不肯。趙匡胤親往面見陳搏，賜號「希夷先生」，賜鶴氅、金冠、玉圭，陳不得已乃入京。趙力勸陳搏留朝作官，陳搏堅辭不就。汝南王鄭恩奉旨接待陳搏，並以美女挑逗試探，陳搏不爲所動，使鄭恩大爲欽佩。趙乃封其爲一品眞人。

　　　　情節單元：無

　　　　故事類型：不成型

◎同樂院燕青博魚　李文蔚　初編　二四
劇情大要——

　　梁山頭領燕青違犯宋江將令，被脊杖六十，因怒而氣壞眼睛。宋江後悔，

令眾頭領集金，使燕青下山醫眼，病癒後仍回梁山。燕青因欠債，被店家趕出，沿街乞討，被楊衙內欺辱，幸得燕順救護。燕順善針灸，爲燕青治好了眼，二人結爲兄弟。汴梁人燕和其妻王腊梅與楊衙內有淫行。燕和夫妻清明至同樂院游玩。燕青借本販魚爲生，是日也到此博魚。燕青博魚負于燕和，和憐其貧而還魚。恰楊衙內來會腊梅，強行奪魚，又砸碎燕青的筐擔。燕青認出楊衙內就是曾欺辱他的人，痛打楊衙內一頓。燕和與燕青結爲兄弟。中秋節楊衙內與王腊梅私會，被燕青發現，與燕和一起去捉奸，楊逃走。燕和正要殺其妻，楊帶人來捉走兩燕。後兩人從獄中逃出，正好遇已在梁山做了頭領的燕順，三人協力捉了楊衙內、王腊梅，共上梁山。

　　　　情節單元：無

　　　　故事類型：不成型

七　劃

◎李嗣源復奪紫泥宣　外編　三三

劇情大要──

　　唐僖宗時黃巢造反，僖宗命吏部尚書陳景思帶其詔命之紫泥宣前往沙陀，宣李克用將兵破巢。克用得此消息，便集合五百義兒家將準備迎接。適義兒李嗣源圍獵方回，請命前往迎接唐使。有沙陀賊人薛鐵山、賀回虎正欲投奔克用，路遇陳景思，搶走紫泥宣並金銀等。景思正欲自刎，李嗣源趕到，生擒薛、賀二人，奪回被搶諸物。李克用受詔，並許薛、賀投降，爲李嗣源慶功。

　　　　情節單元：無

　　　　故事類型：不成型

◎杜牧之詩酒揚州夢　喬吉　二編　十五

劇情大要──

　　杜牧公差赴豫章，在好友家宴上，見其家妓張好好，有愛慕之意，贈以詩錦等物。三年後，好好被揚州太守牛僧孺收爲義女。杜牧又公差揚州，於牛僧孺席間再見好好，爲之傾倒。牛因杜牧宴中失態，不再接見杜牧。杜牧再來時，則遣家丁留其在翠雲樓上痴等。杜牧於樓中悶倦睡去，夢好好前來相會。後杜牧餞別揚州時，託白文禮爲其說親。三年後，牛僧孺任滿回京，白文禮特地隨往，設宴招杜牛二人，撮合了杜牧與好好之親事。

情節單元：無

故事類型：不成型

◎杜蕊娘智賞金線池　關漢卿　初編　六

劇情大要——

　　書生韓輔臣進京趕考，途訪故友濟南府尹石好問。石宴請輔臣，並喚上廳行首杜蕊娘陪席。韓杜二人一見鍾情，韓當晚即宿于蕊娘家中。時經半載，韓、杜恩愛歡洽，誓相娶嫁。但杜之鴇母知輔臣無錢，極力挑撥阻攔。趁石府尹進京之際，將韓趕出妓院。輔臣負氣，多日不尋蕊娘，蕊娘亦氣慍。鴇母並誣輔臣已另就新歡。移日，輔臣探望蕊娘，蕊娘負氣拒而不睬。待石從京城回濟南，輔臣求石為其作主。石乃于金線池設宴，請眾妓為輔臣、蕊娘二人調解和好。蕊娘醉酒，輔臣探問，仍遭拒絕。輔臣再求石幫忙。石府尹遂用職權，胡亂定了蕊娘罪名，假意威喝她，蕊娘央輔臣代為求告，許以婚嫁。韓乃為之告免，二人和好如初。石府尹取俸百金，為蕊娘贖身，韓、杜二人遂完婚配。

情節單元：無

故事類型：不成型

◎呂純陽點化度黃龍　外編　五四

劇情大要——

　　呂洞賓、漢鍾離奉東華帝君之命到人間度化有仙緣之人。呂洞賓途經黃龍山，見黃龍寺中有黃龍禪師說法，乃入寺與禪師談論大道，一連數日，黃龍禪師對呂洞賓甚為佩服，乃拜之為師，呂洞賓授以性命雙修之理，後騰雲而去。黃龍禪師依照呂洞賓所授之法修行，終修煉成仙升天。

情節單元：無

故事類型：不成型

◎吳起敵秦掛帥印　外編　四

劇情大要——

　　吳起聞魯懿公招賢納士，便辭別母親前去投奔，未被錄用。又投秦國，也不被用，流落魏國。時值秦兵攻魏，魏丞相李克推薦吳起，魏文侯拜吳起為將掛帥印。吳起用兵有方，大破秦軍。魏文侯把吳起的母親接來居住，設

宴爲吳起慶功，加官賜爵。

　　情節單元：無

　　故事類型：不成型

◎宋大將岳飛精忠傳　外編　三九

劇情大要——

　　金兀朮使秦檜回朝作內應後，親自率兵攻宋。丞相李綱命岳飛爲帥，統兵抗金。岳飛等先敗金兵先鋒，又破金兀朮的百萬金兵，擒得金將，得勝回朝。李綱奉旨設宴賜賞。

　　情節單元：無

　　故事類型：不成型

◎宋公明排九宮八卦陣　外編　六一

劇情大要——

　　遼侵宋、梁山泊一百零八條好漢被朝廷招安後奉命御敵。朝廷封宋江爲征北總兵，楊志爲先鋒。李逵不服，楊志遂將先鋒印讓給李逵。宋軍駐薊州，軍師公孫勝領宋江、李逵等拜見羅眞人，羅眞人授以九宮八卦陣以破遼軍。宋江問未來之事，羅眞人以詩示之。宋江調兵遣將，偏不用李逵，李逵力爭，方得陣中重要方位。宋軍用此戰陣大勝遼，梁山諸人封官受賞。

　　情節單元：無

　　故事類型：不成型

◎狄青復奪衣襖車　三編　三四

劇情大要——

　　范仲淹令狄青押五百輛衣襖車前往西延邊賞軍。途中狄青貪杯，衣襖車被河西國兩名大將率軍奪去。范仲淹聞訊後，遣劉慶前往助戰；並言：如狄青不能復奪衣襖車，便取其首級回報。狄青殺死二敵將，奪回衣襖車，並將二敵將首級交劉慶先回，自己殺罷殘敵後至。劉慶途遇前來接應之黃軫。爲冒功，黃軫奪去敵將首級，將劉慶推下山澗，回去領功。范仲淹正欲犒賞黃軫時，狄青回營。在黃軫之狡辯下，范仲淹欲斬狄青。劉慶落澗未死，趕赴刑場說明。眞相大白，黃軫被殺，狄青則官封。

　　情節單元：無

故事類型：不成型

八　劃

◎若耶溪漁樵閑話　外編　四六

劇情大要——

　　會稽若耶溪邊有漁、樵、耕、牧四人爲友，遇天朗氣清之日，四個便在一起煮酒吟詩，談論世事。朝廷知四人大賢，遣使者征聘，四人聞訊逃到天台山桃源洞，依舊談論如昔。

　　情節單元：無

　　故事類型：不成型

◎狀元堂陳母教子　關漢卿　初編　十四

劇情大要——

　　宋時四川人陳氏生陳良資、陳良叟、陳良佐三子，生一女名梅英。陳母先後命三子赴考，良資、良叟皆中狀元。老三良佐平日驕傲自大，目中無人，但赴考僅中探花，狀元爲王拱辰。陳母責罵良佐後，將梅英許配王拱辰。陳母壽日，在狀元堂設宴，羞辱了陳良佐。良佐發憤再考，中了狀元，卻因回家時受人禮物，被陳母責打。寇準奉旨封贈陳母爲賢德夫人，獎她教子有方。

　　情節單元：無

　　故事類型：不成型

◎虎牢關三戰呂布　鄭光祖　二編　五

劇情大要——

　　董卓亂漢室，命呂布率軍拒守虎牢關。袁紹召集曹操等十八路諸侯與呂布相持，不能取勝。後曹操催糧路過平原，勸劉備、關羽和張飛三人前去助戰。三人來到軍前，因職微受到孫堅的輕視。後孫堅戰敗，衣甲頭盔被呂布奪去獻功，半路被張飛奪回。孫堅回營，謊稱戰勝呂布，張飛取盔甲拆穿其謊言。劉、關、張三人合力殺敗呂布，袁紹爲他們慶功，加封三人和曹操的官職。

　　情節單元：無

　　故事類型：不成型

◎爭報恩三虎下山　三編　二六

劇情大要——

　　趙通判離家赴任，其妾王臘梅與丁都管通奸。梁山頭領關勝下山探事時染病，病後爲籌盤纏而賣狗肉，與王、丁二人發生口角，打了丁都管。趙通判之正妻李千嬌知關勝是梁山好漢後，與其結拜爲姐弟，贈釵將他送走。徐寧奉命接應關勝，亦因病，夜宿趙通判家，被丁都管與王臘梅相會時撞見，欲扭送官府。李千嬌又因徐是梁山好漢而與他結拜，贈釵送走。花榮又奉命去接應關、徐二人，誤入趙家花園，見李千嬌祝「天下好男子休遭羅網之災」，遂與之相見，並結拜。事爲王臘梅所知，通知趙通判來捉，花榮砍傷趙通判逃走，趙以私通奸夫傷害本夫罪將李千嬌送官，李千嬌被判死罪。關勝、徐寧、花榮聞知李千嬌遭難，同下山劫法場救出李千嬌，捉了王臘梅、丁都管回梁山。關勝等勸趙、李夫妻二人和好，將王臘梅、丁都管斬首。

　　情節單元：無

　　故事類型：不成型

◎周公瑾得志娶小喬　外編　十四

劇情大要——

　　周瑜遊學至江東，其好友魯肅來訪，言談時提及喬公二女才貌雙全，大喬已嫁孫權，小喬尙未許親，肅乃建議瑜娶小喬爲妻，並自告奮勇到喬府提親。喬公素聞周瑜是賢才，然以瑜爲布衣，要他先得功名再來迎娶。瑜遂棄文從武，終於官封大元帥，而娶得小喬爲妻。爲報魯肅之恩，亦舉薦他爲上大夫。

　　情節單元：無

　　故事類型：不成型

　　九　劃

◎便宜行事虎頭牌　李直夫　初編　四三

劇情大要——

　　金國山壽馬幼孤，由叔父銀住馬養大。後山壽馬任金牌上千戶，鎭守夾山口，因屢立奇功，升天下兵馬大元帥、行樞密院事，敕賜雙虎符金牌便宜行事。銀住馬遂向他謀得原鎭守夾山口的金牌千戶。銀住馬上任前，其兄金住馬爲他餞行，囑其不要因酒誤事。中秋節，銀住馬因醉酒失了夾山口，後

又率兵奪回。山壽馬因夾山口失守，決定按律處斬銀住馬，並拒絕了嬸娘、妻子和鄰屬的求情。後得知銀住馬已奪回夾山口，才將功折罪。但因銀住馬曾不服勾傳，毆打差人，判杖責一百。次日，山壽馬與妻子擔酒牽羊去給叔父暖病，並說明法律無私，不能循情枉法。

　　情節單元：無

　　故事類型：不成型

十　劃

◎晉陶母剪髮待賓　秦簡夫　二編　二二

劇情大要——

　　陶侃家貧，母為人縫洗，供其就學。學士范逵至民間選才，眾書生爭相宴請之。陶侃書寫「錢」、「信」兩字，至韓夫人之當鋪典當。韓夫人認為陶侃後必顯達，欲以女妻之，不但押其五貫錢，並請其飲酒。陶母得知此事，痛責陶侃，剪下自己之頭髮去賣，作陶侃請客之資，並贖回典當之字。韓夫人遇陶母，向她請親。陶母告其需待陶侃金榜題名，獲取官職後才能成婚。陶侃在家宴請范逵後，隨范進京，狀元及第。范逵奉旨加封陶母，並作媒使陶侃與韓夫人之女完婚。

　　情節單元：無

　　故事類型：不成型

◎徐懋功智降秦叔寶　外編　二九

劇情大要——

　　李密敗後，徐懋功、魏徵等投唐，陸德明、秦叔寶等投王世充。時王世充大兵圍太原，李世民以徐懋功為軍師，率兵去解太原之圍。因秦叔寶英勇，不可力敵，徐懋功便讓李世民修書一封，持之赴對方軍中，與陸德明一同勸說秦叔寶。秦叔寶降唐後，王世充只好撤軍，太原之圍遂解。唐王在帥府為眾人慶功，加封秦叔寶等人官職。

　　情節單元：無

　　故事類型：不成型

◎唐李靖陰山破虜　外編　三二

劇情大要——

　　唐時遣唐儉往沙陀與頡利可汗講和，以定襄爲界，各不犯邊。頡利扣留唐使，發兵南下。澶州都督大將軍李世勣不能取勝，遣人請軍師李靖前往邊關破敵。李靖領兵夜襲定襄，擒頡利可汗及其子。探子報喜於中書令房玄齡。李靖等人回軍，俱受封賞。

　　　情節單元：無

　　　故事類型：不成型

十一劃

◎眾僚友喜賞浣花溪　外編　二七
劇情大要——

　　唐代詩人賀知章等奉命給假十日，郊外游春。諸人同宴於杜甫之浣花溪。同游者有賀知章、李璡、李商之、崔宗之、蘇晉、李白、張旭、焦遂八人。眾人感恩頌德，樂之不盡。（取材於杜甫《飲中八仙歌》。其中李璡封汝陽王，劇中因詩注「汝陽王璡」而誤爲王璡。）

　　　情節單元：無

　　　故事類型：不成型

◎諸宮調風月紫雲亭　石君寶　初編　七二
劇情大要——

　　勾欄女子自述其在勾欄生活中，娘劣爺狠只愛鈔的希險艱險生活。而其心上人又爲她墮落文章，所以他立意不辜負她，而決定與他私奔，並以「李亞仙苦勸鄭元和」自勉。（內容不全）

　　　情節單元：無

　　　故事類型：不成型

◎清廉官長勘金環　外編　四五
劇情大要——

　　孫榮寄居姐夫李仲仁家，爲仲仁弟夫妻所不容，便辭別姐姐上京進取功名。仲仁弟在妻子的挑唆下與哥哥分了家。某日，仲仁拾得王婆遺落之金環，怕王婆發現，將金環含在口中，誤咽而死。仲仁弟又聽妻之言，乘機向兄嫂逼要家產。兄嫂不允，便誣告兄嫂因奸毒害親夫，並以哥哥喉中之金環向仵作行賄，嫂因而屈打成招。仵作妻持金環去變賣，恰爲王婆所遇，扭送官府。

適孫榮中狀元後，至此審囚，問明此案，爲姐姐昭雪。

　　情節單元：無

　　故事類型：不成型

◎張天師斷風花雪月　吳昌齡　初編　七一
劇情大要——

　　書生陳世英中秋月下撫琴，其時月宮桂花仙爲羅侯、計都二星纏撓，因陳的琴曲感動樓宿，救了月宮之難。桂花仙子感恩，與封姨、桃花仙一同下凡，與陳世英酌酒歡會，臨別約定明年是夕再會。陳世英因相思得病，其叔請張天師設壇，先勾拘荷、菊、梅、桃等花仙，後拘月桂仙子來勘問，並將諸仙解往長眉仙處發落。長眉仙以月宮寂寞，思凡情有可原，便不再追究其罪。

　　情節單元：無

　　故事類型：不成型

◎張翼德單戰呂布　外編　十五
劇情大要——

　　劉備、關羽、張飛兄弟三人在虎牢關戰敗呂布後，袁紹爲他們設宴慶功。長沙太守孫堅因曾以監軍牌印與張飛賭輸贏，爲避免失去牌印，孫堅定要張飛單人獨騎戰勝呂布方才算數。張飛以兄弟三人的頭擔保，立下軍令狀，去戰呂布。張飛戰敗呂布，去索要牌印，當眾羞辱孫堅。

　　情節單元：無

　　故事類型：不成型

◎張翼德三出小沛　外編　二十
劇情大要——

　　呂布領兵攻佔張飛所守之徐州，使劉、關、張三人退守小沛。而後，呂布缺少戰馬，派王斌、吳慶二人攜金銀前往河北買馬；二人沿途騷擾百姓，張飛得知，打死王斌，搶走金銀。呂布聞說大怒，率軍包圍小沛。張飛見情勢危急，不待軍令便逕自殺出重圍前往曹操處借兵。因無劉備之書信，操不肯發兵。飛不得已，歸索書後，再度衝出重圍，然在途中，發現書信已在打鬥中遺失，只得再回，三度出重圍才借得兵歸，敗呂布軍，且乘勝追擊，索回徐州。

情節單元：無

故事類型：不成型

◎張翼德大破杏林莊　外編　二一

劇情大要——

　　漢末，張角以黃巾為號，聚眾擾民，自杏林莊起義，侵佔兗州之地。漢大將皇甫嵩奉命招集天下好漢，共破黃巾。劉備、關羽、張飛三人投軍，被封為前部先鋒。張飛前往杏林莊招降張角。張角不從。劉備諸人從莊外殺入，張角等出戰。張角果然中計，被張飛等人生擒，押往京城斬首。

情節單元：無

故事類型：不成型

◎尉遲恭三奪槊　尚仲賢　初編　七九

劇情大要——

　　唐太子李建成和齊王李元陰謀篡位，但懼秦王李世民手下大將尉遲恭，遂於唐高祖李淵面前誣尉遲恭謀反。高祖將其下獄。大臣劉文靜力言尉遲恭當年在榆窠園有救秦王之功，保他不會謀反。高祖決定由李元吉和尉遲恭比武，元吉使槊，尉遲恭三奪其槊，用鞭將元吉打死。最後尉遲恭得到赦免。

情節單元：無

故事類型：不成型

◎尉遲恭單鞭奪槊　尚仲賢　初編　八十

劇情大要——

　　尉遲恭為隋勇將，善用竹節水磨鞭，有萬夫之勇。被唐元帥李世民率徐世勣等圍困介休城。世民愛其勇，欲招降之。尉遲恭曾言主公在不背其主。世勣等便先殺死尉之主公，使其出降。世民為取尉之牌印回京。世民弟李元吉，往昔曾被尉打過一鞭，懷恨在心。尉今降，欲報一鞭之仇。趁元帥不在，誣尉欲反，下入牢中，世勣趕回，將尉放出。元吉畏罪，謊稱尉遲恭已走，自己奪鞭擒回。尉遲恭謂，我可騎馬空拳，讓三將軍持槊來趕，試能擒否。演武場中，元吉欲擒尉遲恭，三次均被其奪槊而墜馬。洛陽單雄信領兵欲犯，世民領世勣等往討。值世民等觀察洛陽城池際，單雄信出，追趕世民至榆科園。正危急時，敬德趕到，一鞭將單雄信打傷，奪其棗木槊，救出世民。

情節單元：無

故事類型：不成型

◎尉遲恭鞭打單雄信　外編　三十

劇情大要——

　　隋唐之際，李世民率軍與王世充交戰，爲探知對方虛實，攜徐懋功一同出營查看洛陽形勢，被單雄信發現前來追殺。徐懋功請單雄信念二人舊日之情，放過李世民。單雄信割袍斷義，繼續追趕李世民。徐懋功急回營搬取救兵。尉遲恭聞訊，不及被掛備鞍，單鞭獨騎前往營救。尉遲恭鞭打單雄信，救出李世民。

情節單元：無

故事類型：不成型

◎陶淵明東籬賞菊　外編　二二

劇情大要——

　　陶淵明隱逸，有聲名，君主使檀道濟前往爭聘，封爲彭澤縣令，任職間有廉潔之名。後陶因不恥向刺使差來之督郵行禮接待，而辭官返鄉。王弘素聞淵明之高節，欲訪之，但懼其不見，故先訪陶之好友龐通。龐知淵明重陽日必至廬山玩賞秋景，遂假裝巧遇，適顏延之過潯陽訪淵明，四人遂於栗里間玩賞菊花，酒醉盡歡而歸。淵明因嗜酒而家徒四壁，後檀道濟又薦舉其抱德懷才，不慕榮利之高節，君主加官賜賞奉養終身。

情節單元：無

故事類型：不成型

十二劃

◎散家財天賜老生兒　武漢臣　初編　六二

劇情大要——

　　劉從善年老無子，其妻偏愛女兒、女婿，虐待姪兒，並將他趕出家門。劉從善有妾懷孕三月，女婿怕其生子後分家財，便想將他殺害，劉女不忍，將其暗置於別室。女婿報告劉從善，說其妾逃走。劉以爲是自己過于慳吝招災，因而決定在開元寺布施舍財。劉從善散錢時，姪兒前來乞討，被其妻趕走。清明節劉從善夫妻上墳，劉告訴妻子，因無子，他二人死後只能葬在絕

地。又見女兒隨女婿上他家的墳，姪兒卻上自己劉家的墳，其妻因而感悟，把姪兒招回令其掌管家財。劉從善生日，女帶其妾和她三歲的兒子回家。劉從善便將家財均分給子、女、姪三人。

　　　　情節單元：無

　　　　故事類型：不成型

◎焦光贊活拿蕭天佑　外編　三八
劇情大要——

　　宋時番將韓延壽領部將蕭天佑、耶律灰、耶律馬等犯邊。寇準保舉鎮守瓦橋三關的名將楊延朗統兵御敵。延朗接旨後遣焦贊、張蓋等分兵迎擊。戰場上楊延朗刺死耶律灰，焦贊活捉蕭天佑，張蓋生擒耶律馬。宋軍大獲全勝，班師還朝。

　　　　情節單元：無

　　　　故事類型：不成型

◎詐妮子調風月　關漢卿　初編　四
劇情大要——

　　劇寫某千戶之子寄居父執家，該家夫人命婢女去服侍，小千戶獻殷勤與婢女發生關係許諾將娶其為妾。後婢女發現小千戶身上有女人所用的手帕，怒而與之決裂。小千戶再三賠禮婢女卻不理睬。該家夫人準備將女兒許配小千戶，令婢女徵求小姐意見。婢女趁機說了許多壞話，希望能破壞這門親事，不料小姐卻允了婚。成親之日，婢女發洩心中的怨恨，並披露他與小千戶的關係，幸賴老夫人作做主，允其為妾，同日舉行婚禮。

　　　　情節單元：無

　　　　故事類型：不成型

　　十三劃

◎閥閱舞射柳蕤丸記　三編　二三
劇情大要——

　　北番耶律萬戶侵宋，葛懷敏自請帶兵迎敵。眾大臣商議，公推延壽馬為先鋒，葛懷敏為監軍，率兵前往退敵。葛與耶律萬護交戰，大敗。延壽馬出戰，一箭射死耶律萬護。但葛卻冒功說是他殺死耶律萬護。范仲淹命二人在

御園參加太平蕪賓宴時比試射柳、擊球的技藝，結果葛懷敏都輸了。於是韓琦傳旨，封賞延壽馬，葛懷敏罷官免職。

　　情節單元：無

　　故事類型：不成型

十四劃

◎趙匡胤打董達　外編　四二

劇情大要——

　　趙匡胤與結拜兄弟鄭恩遊關西，途遇柴世榮，三人結爲金蘭同行。經某橋，遇董達等三惡霸攔橋索錢，雙方言語不合，武力相傷。最後，趙匡胤打死董達等三惡霸，董達之父領人前來報仇，亦被打死。趙等懼官府追究，同赴柴世榮姑丈郭彥威處投軍，皆得重用。

　　情節單元：無

　　故事類型：不成型

◎壽亭侯怒斬關平　外編　十八

劇情大要——

　　三國時江夏張虎、張彪率兵至荊州索戰，諸葛亮命五虎將之子前去征討。眾小將得勝返回時，關平不慎馳馬踏死百姓王榮之子。王榮告到張飛、關羽處，關羽大怒，要殺關平以償命。張飛等人前往勸說，關羽不允，於是張飛等四人都要殺自己的兒子，使五小將同死，以此逼勸關羽。同時，張飛又去逼王榮息訟。最後，由姜維來宣劉備之命：關平將功折罪，賜王家黃金百兩，了結此案。

　　情節單元：無

　　故事類型：不成型

◎漢高皇濯足氣英布　尚仲賢　初編　七七

劇情大要——

　　楚漢相爭時，灘水一戰，漢大敗。後來漢臣隨何，前往楚寨訪其結拜兄弟英布，而此時楚使亦至，英布叫隨何躲藏以避楚使，隨何卻殺了楚使，並勸英布歸漢，且說劉邦將親自迎接，英布恐項籍問罪，便聽從其言。至漢，劉邦爲挫英布傲氣，便濯足接賓，英布覺己受辱，便思落草爲王而不歸漢。

正當英布傲氣盡失，怨隨何枉保並自憐此刻己境時，劉邦卻下旨設宴款待英布，並由臣相張子房撫尉之，在張的論辯及安撫下，終使英布臣服，英布跪接了劉邦的分封。後英布以九江王的頭銜率軍大敗項羽所率之楚軍於壁，爲漢報了灉水之仇。

　　情節單元：無

　　故事類型：不成型

十五劃

◎劉千病打獨角牛　三編　十三

劇情大要——

　　劉千好使槍弄棒、學拳摔跤。劉千之叔父在泰安爭擂，輸與號稱獨角牛之馬用。劉叔父見劉千武藝高強，便勸他去泰安打擂。適逢劉千生病，妻子爲他做善事舍義漿，獨角牛前來調戲劉千之妻，並將劉千打傷。劉千聞訊大怒，帶病去尋獨角牛。至泰安州，與獨角牛打擂，勝了獨角牛，受封爲縣令。

　　情節單元：無

　　故事類型：不成型

◎鄧禹定計捉彭寵　外編　十

劇情大要——

　　劉秀率兵與劉林軍交戰失利，有彭寵部將吳漢來送糧，願歸附劉秀。鄧禹讓吳漢去彭寵處借兵，吳漢力勸彭寵降漢，但彭寵卻聽信軍師之言，欲擁兵自重，並發兵去攻打劉秀。鄧禹率軍眾將前往迎戰，擒獲彭寵。其部下吳漢、王良等獻平州前來歸附劉秀。

　　情節單元：無

　　故事類型：不成型

十六劃

◎薛仁貴衣錦還鄉　張國賓　初編　三九

劇情大要——

　　薛驢哥，學名仁貴，不肯做莊農生活，每日則是刺槍弄棒的習武。絳州出榜招收義軍，薛便告別父母妻兒投軍而去。值高麗王犯邊，薛仁貴出馬，

打敗遼東摩利支，立有五十四件大功，但都被總管張士貴賴去。多虧軍師徐世勣主持正義，監軍杜如晦當面作證，方得辨明眞僞。薛仁貴官拜天下兵馬大元帥，衣錦還鄉。且全家封官賜賞。

情節單元：無

故事類型：不成型

◎薛包認母　外編　四八

劇情大要——

薛包母親去逝後，父親另娶。繼母厚待自己所生二子，讓薛包夫妻分家另居。薛父死後，繼母將值錢家產皆分於二子，以荒地破屋分於薛包。後繼母及其二子遭火災，家產燒盡，居於破窯，乞食於市。薛包不記舊惡，替兩個兄弟還了債，並接其母子三人來同居。薛包夫妻因此被朝廷封賞。

情節單元：無

故事類型：不成型

◎穆陵關上打韓通　外編　四三

劇情大要——

韓通乃山東穆陵關一霸，領惡徒數十人，橫行鄉里。趙匡胤領兵到山東剪除草寇，順便拜望登州節度使李忠。匡胤因與李妻趙氏同姓，遂拜爲姐弟。趙氏身染重病，匡胤願到穆陵關洪吉寺普惠長老處討藥以醫其病。穆陵關下有酒店，韓通之三惡徒來此吃酒，非但不付酒錢，反而打傷店主之子。值趙匡胤到此，打走了三個惡棍。韓通見徒弟挨打，前來報仇。適匡胤取藥方回。二人交手，韓通被打敗，甘心認輸，將「天下第一個好漢」的名號讓於匡胤。匡胤將所求丸藥教李夫人服下，頓病癒。此時欽差柴榮奉命趕到，封趙匡胤爲殿前太尉，點檢三軍。

情節單元：無

故事類型：不成型

十七劃

◎壓關樓疊掛午時牌　外編　三四

劇情大要——

李克用奉命征討黃巢。其新收義兒李存孝，便擔任先鋒，義兒李存信不

服，要與存孝比武。比武時存孝故意敗陣。周總管看出破綻，言於克用，使存孝再戰而勝。河中節度使王重榮奉命擺宴黃河邊之壓關樓，請天下諸侯至此會合。黃巢遣先鋒孟截海領部將彭白虎前往壓關樓索戰。時李克用酒醉，口出大言，教節度使朱全忠揀他手下最怯懦的一個去擒孟截海。朱見存孝相貌不揚，使其出戰，並以欽賜玉帶爲賭賽。首次出戰，存孝誤擒彭白虎。克用怒欲斬之，眾人求情饒過。克用使人取過時辰牌，道此時爲巳時二刻，到午時不能生擒孟截海定斬不饒。將二牌疊掛於壓關樓，使眾監之。存孝再次出戰，馬到成功，生擒孟截海歸來。

　　情節單元：無

　　故事類型：不成型

十八劃

◎摩利支飛刀對箭　　三編　　三八

劇情大要——

　　高麗國大將蓋蘇文，官封摩利支，背負飛刀五把，英武無比，領兵犯唐。唐軍師徐懋功遣總管募軍絳州以迎敵。有農夫薛仁貴，不樂耕作，毅然從軍。總管令仁貴當場拉弓，以試其藝。仁貴力大，將鎮庫之寶的雕弓拽折；總管欲斬之，被軍師徐懋功救下。適蓋蘇文挑戰，仁貴出馬，以連珠箭破蓋蘇文之飛刀，大獲全勝。總管欲冒功，又被軍師識破，將其打爲庶民，永不敘用。而封薛仁貴爲天下兵馬大元帥，並遣人將仁貴親屬接至京師，使其全家團圓。

　　情節單元：無

　　故事類型：不成型

十九劃

◎蘇子瞻風雪貶黃州　　費唐臣　　初編　　八三

劇情大要——

　　蘇軾與王安石政見不和，被貶黃州。蘇軾在大風雪中來到黃州，只有馬正卿攜酒迎接。蘇在黃州生活窘困，領妻小去求助於楊太守，楊受王安石咐，閉門不見。後蘇軾奉詔回朝，馬正卿與楊太守爲其餞行。蘇軾回朝面君，皇帝詢問了他在黃州時的情況，遂封馬正卿爲京兆府尹，楊太守被削去官職。蘇軾仍爲翰林學士。

情節單元：無

故事類型：不成型

◎羅李郎大鬧相國寺　張國賓　初編　四一

劇情大要——

　　羅李郎的朋友蘇、孟兩人上京趕考，羅資以路費。蘇、孟以幼子幼女寄養羅李郎處。二十年後，由羅李郎作主，蘇子、孟女婚配成家，生子受春。蘇子整日酗酒狎妓生事，又從僕人口中得知生父在朝作官，遂離家進京尋父。羅李郎聞訊，命僕人追回蘇子。僕人趕上後，卻更加調唆，並以假銀「資助」蘇子。僕人回家謊告蘇子已死。又趁羅李郎病倒時，拐走孟女及受春。羅李郎病癒，親自出外尋訪蘇子下落。時蘇子使用假銀，被判在相國寺拘役。羅李郎與其相會，出錢爲他買下「甲頭」之職。羅之蘇姓友人做官後，罰打新買的小廝受春；蘇子遇受春，也被吊打。適羅李郎路過，與蘇姓友人相認，救下蘇子及受春，並與孟姓友人相會。遂捉回惡僕，尋回孟女。蘇、孟兩家遂得團圓。

情節單元：無

故事類型：不成型

◎關雲長單刀劈四寇　外編　十七

劇情大要——

　　奸臣董卓專權，丞相王允巧施美女連環計，激呂布於雲台門下刺死董卓。董卓之家將則求助於西涼府之四寇，欲爲董卓報仇，約戰呂布等人。呂布率八健將迎戰，因流鼻血而停戰，相約隔日再戰。呂布因與貂蟬議，貂蟬獻計，領十萬軍離營，使四寇找不著。四寇見呂布率兵遁走，乃圍困長安，王允爲退賊兵，墜城而亡。四寇接受朝廷之招安，後又起不義之心，追殺國舅董承及聖上，至曹操紮營處，操遣四將迎戰四寇，均不敵敗陣，值關雲長路過此處要回鄉祭祖，得知此事，奮勇力戰，以單刀連劈四寇，大獲全勝。

情節單元：無

故事類型：不成型

◎關雲長大破蚩尤　外編　三七

劇情大要——

　　寇準採訪賢士，路經山西解州，見妖孽作祟，使解州鹽池枯軟無水，百

姓遭殃，乃速回京奏報。敕命請張天師赴解州降伏妖孽，張天師輾轉向神將關羽求援，使其率神兵破妖孽蚩尤。蚩尤聯合各方精怪，仍不敵關羽。因關羽破蚩尤有功，范仲淹奉敕爲興廟。

　　情節單元：無

　　故事類型：不成型

二十劃

◎嚴子陵垂釣七里灘　宮天挺　二編　十

劇情大要——

　　王莽篡漢後，戮滅劉氏宗室，以絕後患。劉秀爲避莽禍，改名隱蹟於七里灘，與隱士嚴光爲友。後劉秀登基，派人宣召嚴光入朝。嚴光不願爲官，謝絕邀請。劉秀便以布衣之情誼，修書一封，邀嚴光入朝相會。嚴光入朝，劉秀爲表示對故友之敬重，大擺鑾駕相迎。嚴光則認爲此是顯耀帝王權柄之態，甚覺不以爲然。次日，劉秀大設宴席，爲嚴光接風。嚴光思念七里灘之景致和逍遙之生活，乃在席間向劉秀告辭，返回七里灘隱居。

　　情節單元：無

　　故事類型：不成型

◎釋迦佛雙林坐化　外編　五一

劇情大要——

　　釋迦佛應許魔王波旬三日內在雙林中坐化入涅槃，眾神得知，均準備前往雙林中接引釋迦佛，以防鬼魅妖邪擾害如來法座，焚化金身。毘婆達多前往釋迦佛處干擾，幸眾神前來制服，釋迦佛順利在雙林中坐化。

　　情節單元：無

　　故事類型：不成型

第三節　此類劇目的內容路線

　　無「情節單元」及不成「故事類型」之劇目，由本章附錄之整理表中可以得知：此類劇目內容以“人物傳說”爲主，主人公包含了爲數最多的歷代帝王將相傳說，以及文人傳說、水滸傳說等等。這類劇目內容所記述的人物

言行、事蹟，有相當一部分出自虛構，或者將他人的言行、事跡附會在此人的身上。內容依其與歷史眞實性的關係，大致有三種情況：一是與史實基本上是相符的，二是根本無史實依據的，三是有歷史依據卻不完全相符的。這三類中以第三類爲數最多。大體而言，此類劇本的內容因多無複雜的「情節單元」，所以較注重人物的精神面貌及性格特徵的刻畫。本節便將這些傳說人物分爲歷代帝王將相傳說、文人學士傳說、水滸傳說、其它等四大單元，一一論述其內容主要風貌。

一、歷代帝王將相傳說

這類傳說歷史跨度大，歷史古籍屢見記載，口頭流布的作品也相當豐富，頗有爲人民群眾所喜聞樂道者，因此也爲元雜劇多所擷取，成爲劇作家做爲再創造的基礎。此類劇本內容，大部分是贊頌那些政績顯赫的帝王的出身與事跡，或是爲官清正、與人民群眾命運相關，替人民做過好事的官吏的軼事或趣聞。現依其年代先後論述其內容情形於後：

（一）先秦時期

有關歷代帝王將相且不成「故事類型」的劇本，在先秦這個時期總共有九個劇目，爲數不多，而且並沒有出現箭垛式的熱門人物。

《楚昭公疏者下船》一劇，所述之人物如：吳王闔廬、楚昭公、伍員、孫武等人，在《左傳》、《國語》、《史記》等史籍中皆有記載，而歷史上亦確實有吳王闔廬用伍員之計以攻楚昭王之事。然而，此劇本重要關目所敘之事則大多出於虛擬，帶有相當濃厚的民間傳說色彩。如吳國攻打楚的原因是爲了索回不翼自飛的湛盧寶劍。又本劇的劇情重心──敘楚昭公一家人坐船逃難時，途遇風雨，稍公要「不著親的請篦下水去」，以救一船人的性命，這時昭公之弟及其妻兒，都爭相要下水，充分發揮所謂的「孝悌」精神，這事也是於史無憑的。更重要的是，這些下水的人都"好心有好報"，最後都被龍王所救起，合家團聚，則更顯現出民間傳說在劇本裡所產生的深厚影響力。

《保成公徑赴澠池會》一劇，內容所述多依《史記・廉頗藺相如例傳》所記，是屬於與史實基本上相符的劇本，只是語言更接近民間，且劇本以其戲曲特有的表演形式，更加突出了藺相如之寬宏大量的性格及廉頗知錯能改之勇氣。

　　《晉文公火燒介子推》一劇，是據《左傳》等史籍所載介子推本事敷演而成，然又與史實不盡相符。此劇是在不成「故事類型」之劇目中「情節單元」較豐富的一個劇本，事件本身就具有相當的吸引力，比較不似其它不成「故事類型」的劇目——幾乎完全仰賴人物的精神魅力。文中述子推曾於重耳逃亡途中，割股以療重耳之飢，用以表現子推對晉文的重要貢獻，則是於史無憑而民間傳說色彩最濃的一段敘述。

　　《輔成王周公攝政》一劇，事出自《史記‧魯周公世家》，劇本所述與史實基本相符，主要在強調周公的忠心耿耿及其對周朝的貢獻，然語言多套用經史成語，往往有生澀呆板之弊，有較重的吊書袋味，應是鄭光祖所著之較差的劇本。

　　《吳起敵秦掛帥印》一劇，內容主要亦是根據《史記‧孫子吳起列傳》中有關吳起的部分鋪敘而來。與史實較近，傳說意味則較淡薄。

　　《鍾離春智勇定齊》一劇，人物傳說的色彩則非常的濃厚。內容主要是根據《列女傳》卷六——齊宣王納無鹽邑醜女鍾離春為后的傳說為主，然後又把《戰國策》中齊襄王后太史氏智破秦始皇玉連環事附會到鍾離春的身上增飾而成，裡面的人物如晏嬰等存在的時間亦與史實相去百年之遠，若以歷史的眼光來看，此劇簡直是與正史相悖，強作牽連，然而就戲劇的演出效果而言，鄭光祖此劇比起《周公攝政》一劇則要好得多。

　　《十八國臨潼鬥寶》一劇，述秦穆公以鬥寶為名會十八國諸侯臨潼鬥寶，實則派大將全部捉拿，後皆為楚之伍員所救，內容與史無考，然而在其它的元明戲曲、小說中卻多有採用，應是在民間相當盛行之口頭流傳作品的內容。

　　《田穰苴代晉興齊》據《史記‧司馬穰苴列傳》鋪排而成，內容主要在誇讚穰苴整軍帶兵十分講究軍律的風範——綜使是權貴，若違反軍令亦須接受嚴刑。使得三軍振栗，一鼓擊退敵軍。內容與史實相近，但推崇穰苴的心態，則與史記有別。

　　《後七國樂毅圖齊》所演故事為正史所載，其中最引入勝的「情節單元」——「火牛陣」，亦是根據《史記‧田單列傳》而來。唯孫臏為齊行使反間計而向燕國游說，則是有關歷史性的雜劇處理一些歷史名人時經常出現的附會情形——把一些與史無憑的事、或是史實上別人的事蹟，都把它附會在劇中人的身上。使得人民群眾，不僅相信這個歷史人物，同時也相信劇中所演的事情就是歷史了。

（二）漢朝時期

在這個時期之不成「故事類型」的劇本，以楚漢相爭之劉邦陣營的將相為第一熱門人選，《張子房圯橋進履》、《漢高皇濯足氣英布》、《運機謀隨何騙英布》、《蕭何月夜追韓信》、《韓元帥暗度陳倉》都是屬於這一類的選擇。

《張子房圯橋進履》主要是根據《史記‧留侯世家》的「黃石授書」來鋪述，並且把張良與黃石的相遇更加神仙化，張良在得到奇書後投靠劉邦，屢建大功。唯劇本後兩折寫計擒申陽等內容，則於史無證，全完表現出雜劇內容不完全服膺歷史真實的民間特性。

《運機謀隨何騙英布》與《漢高皇濯足氣英布》兩劇都與英布有關，故事內容所述與《史記》、《漢書》等正史記載略同，唯前者的重心完全擺在英布是如何被騙進漢營的，內容非常的簡單；而後者則內容較為完全，內容述及從英布之如何入漢營、被挫傲氣、一直到大敗項羽建立功業。與它劇相較，此兩劇的民間再創造性則顯得較低。

《蕭何月夜追韓信》、《韓元帥暗度陳倉》兩劇則以韓信為主人公，所劇所述主要以「胯下之辱」、「一飯之恩」為歷史背景進行再創造，以描述韓信的忍辱及知恩圖報，並誇讚韓信日後為漢家打天下所立的汗馬功勞；後者則以「明修棧道暗度陳蒼」為歷史背景，極力讚揚韓信的善於帶兵、用兵，實是漢家天下的一大功臣。

除了劉邦陣營之外，以劉秀時期的君臣將相為主的元雜劇，為數亦不少，在不成「故事類型」的劇目中包含有《嚴子陵垂釣七里灘》、《馬援撾打聚獸牌》、《雲臺門聚二十八將》及《鄧禹定計捉彭寵》四個劇目。

《嚴子陵垂釣七里灘》一劇，主角人物依《後漢書‧逸民傳》之嚴光部分而來，在正史裡嚴光與劉秀少時曾是同學，是個人格高潔的隱士，雜劇內容的描述亦不偏離此路線，只是多參照了一些民間傳說作了相應的增飾。

《馬援撾打聚獸牌》一劇，內容主要寫漢劉秀興兵反王莽，馬援為帥占據昆陽的過程。關於昆陽之戰，《後漢書‧光武本紀》雖有記載，然主帥並非馬援，正史上馬援的戰功主要是建立於攻滅隗囂的。本劇內容所述之戰鬥過程則多是虛構，不僅多與史實不符，甚而戰鬥氣氛還帶有神怪氣，充滿著幻想，帶有濃厚的民間氣息。

《雲臺門聚二十八將》一劇中，也有「馬援撾打聚獸牌」的劇情，可見此一傳說應是民間頗為流傳，並且得到人民群眾的喜愛。此劇除敘此內容之

外，有關劉秀的部分，還述及劉秀於年幼逃難時，宿於陽長者處，陽見其相貌非凡，知其以後必大貴，便將其女妻之，並且往後的逃難過程還得到山神的保護。這些內容，顯然都帶有民間的傳說色彩。至於劇目所言的「雲臺門聚二十八將」之事，乃是指劉秀在建都洛陽之後，將鄧禹等二十八人圖其形像於雲台門懸掛，以彰其功之事，在全劇之中並不是重點所在，所以劇目冠以此名並不得當。而此二十八人姓名載《後漢書‧馬武傳論》，另加嚴光、馬援二人。

《鄧禹定計捉彭寵》本事據《後漢書‧吳漢傳》而來但與史稍異，雖然劇目是「鄧禹定計捉彭寵」，但內容之正末爲吳漢，內容所述平淡無奇，並無施任何「計」謀，劇目若改爲「鄧禹捉彭寵」則更符合劇情所述。

《破幽夢孤雁漢宮秋》演昭君和親故事，然與史實不符。關於昭君的記載，最早見於《漢書‧元帝紀》和同書的《匈奴傳》，昭君乃是元帝主動賜給匈奴呼韓邪單于的，亦無跳江事。《後漢書‧南匈奴傳》載，昭君因積悲怨而主動請行，帝因見其容貌美麗，而後悔莫及。《西京雜記》則有畫工黬破美人圖事，但未明指爲毛延壽所爲。以後歷代詩文、民間傳說多對昭君予以同情，並指畫工爲毛延壽。馬致遠創作此劇，多採民間傳說，而不近於史實，然而卻創造了此一聲情並茂、情景交融，爲歷代觀眾及曲家都非常贊賞及喜愛的劇目。就文學成就而言，《漢宮秋》一劇不僅在不成「故事類型」的劇目中有很高的成就，甚而在所有的元雜劇中亦是居於魁楚的地位。

（三）三國時期

描述有關歷史人物的雜劇，三國時期算是一個熱門時期，因而在不成「故事類型」的劇目中，三國時期便留下了爲數不少的劇作。在這個時期中，魏、蜀、吳三個陣營的人物以蜀漢最受到人民群眾的歡迎，因而有很多的劇作是以蜀漢人物爲主人公，而且，蜀漢人物中又以張飛、關羽最受歡迎。這些劇作內容，往往不同於正史所述，有些是在往後的《三國演義》中可以看到相同的劇情，然有些亦與《三國演義》不同，所以，元雜劇中有關三國人物的劇作，在三國傳說故事的演變中，實是一個很好的考查憑藉。

在不成「故事類型」的劇作中，劇目以張飛爲主角的有《張翼德單戰呂布》、《張翼德三出小沛》、《張翼德大破杏林莊》及《莽張飛大鬧石榴園》四個劇作。

《張翼德單戰呂布》的劇情與《虎牢關三戰呂布》相關聯，前者的劇情

是後者的延伸（參本書附錄之故事大要），兩劇皆以張飛的勇猛、豪爽和孫堅的怯儒、卑劣相對映。人物形象，張飛與正史相近，孫堅則與正史相去甚遠。劇情內容，近於元初至治年間之《三國志平話》，但不被羅貫中之《三國演義》所採用。另外，《張翼德三出小沛》亦是描述張飛與呂布相戰的劇作，然而此劇的重點，除了亦是刻畫張飛的勇猛外，還表現了張飛性情暴躁、粗心大意但卻能從善如流等帶有喜劇色彩的性格特點。劇情內容較同於《三國志平話》卷上，但不見於《三國演義》。再則，《張翼德大破杏林莊》則是鋪排張飛於杏林莊生擒黃巾賊張角等人的過程，主要亦是誇讚張飛等人的勇猛，無甚特殊之處，此劇內容與《三國志平話》及《三國演義》的關係，則與《三出小沛》同。而《莽張飛大鬧石榴園》劇演曹操因劉備不聽調度，便設宴於石榴園，欲在飲酒間將其殺害，關羽、張飛在聽說之後前往搭救的整個經過。內容以曹操的奸詐為背景，以更加突顯出張、關兩人的忠心及張飛的勇猛。內容應出於《三國志平話》之「論英雄」，《三國演義》第二十一回的「曹操煮酒論英雄」亦與此劇相類。唐人李商隱《驕兒詩》中便有「或謔張飛胡，或笑鄧艾吃。」之句，已見唐人對張飛的喜愛，時至元代，人民群眾對張飛的喜愛似乎有增無減，從上列那些劇作內容的描述我們可以發現：張飛已成為民間傳說中的箭垛型人物——只要是能讚美張飛的，不管是不是真的出自張飛所為，都可以不斷地加在他身上。

張飛之外，關羽亦是相當受歡迎的人物。在不成「故事類型」的劇目中以關羽為主角的有《關大王獨赴單刀會》、《關雲長單刀劈四寇》、《壽亭候怒斬關平》、《關雲長千里獨行》等四個有關歷史性的劇作，另外還有《關雲長大破蚩尤》則是具神仙性質的劇本。

《關大王獨赴單刀會》劇演魯肅為索還荊州，設計宴請關羽，暗下伏兵。關羽胸有成竹單刀赴會，不但沒有中計被擒，反挾持魯肅，從容脫困而去，劇情非常的簡單，但是把關羽那種滿腔豪情、一身是膽的精神風貌表現得淋漓盡致。《關雲長單刀劈四寇》劇演關羽在回鄉途中，單刀連劈西涼四寇之情事，主要亦是在讚揚關羽的威猛。「單刀劈四寇」雖還不夠成「情節單元」，然威猛之氣勢已躍然紙上。此劇內容與《三國演義》中「李催郭汜（四寇之二）大交兵」等章節、劇情多有不同。而《壽亭候怒斬關平》劇演關羽之子關平，於征討得勝返回之時，不慎馳馬踏死百姓，關羽大怒，欲秉公論斬之。全劇重心主要在表現關羽公正不護私的性格，及諸將努力為關平求情的感人

場面。劇本內容不見於《三國志平話》，亦不爲《三國演義》所採，藝人取自民間傳說的可能性相當高。再則，《關雲長千里獨行》一劇中，內容述及關羽曾在曹操門下一事，在《三國志・蜀書六（關張馬黃趙傳）》曾經述及，然事之原始本末則雜劇與歷史相去甚遠，尤其是關羽即將離去時，歷史上的曹操是表現出「彼各爲其主，勿追之」的開明態度，而戲劇裡的曹操則是「率兵追趕，設計餞行」的小人行爲，所以關雲長是在歷盡千里單騎、過五關斬六將的千辛萬苦後才與劉備、關羽等人重逢。這樣的內容敘述，充分表現出民間觀眾對善惡、忠奸絕然分明的態度。此劇內容與《三國志平話》「關公獨行」較爲接近，與《三國演義》之「美髯公千里走單騎」則有較大的不同。最後，與前面這些歷史性劇目有別的是《關雲長大破蚩尤》一劇，劇演關羽率部下神兵赴解州破除蚩尤，解除黎民乾旱之難，並因此范仲淹奉敕赴解州興工立廟，並敕封關羽爲「武安王神威義勇」、「破蚩尤崇寧眞君」。《孤本元明雜劇》提要中曾批評本劇「事極無稽，曲又平庸。」雖然此劇的文學成就並不高，而戲劇內容又是來自民間的「無稽之談」，然而，卻對關羽在民間傳說與信仰中已由人變成神，提供了一個具普遍性的實際線索。

　　以劉備陣營爲主角人物的不成「故事類型」的劇目，尚有《劉玄德獨赴襄陽會》、《劉關張桃園三結義》、《陽平關五馬破曹》、《走鳳雛龐統掠四郡》等四個劇本。

　　《劉玄德獨赴襄陽會》之劇本內容與正史及《三國演義》均不甚相同，而近於產生於宋、元間的《三國志平話》。而《劉關張桃園三結義》之劇本重心主要在描述劉關張三人結爲生死交的過程，並強調了劉備「耳垂過肩、手長過膝」之「富貴天成」的富貴相，充滿著濃厚的民間傳說色彩，內容亦近於《三國志平話》。再則，《走鳳雛龐統掠四郡》一劇，內容亦近於《三國志平話》而與《三國演義》較有不同，劇情重心，除了描述龐統投靠劉備陣營的曲折過程及後來龐使四郡兵馬皆歸劉外，仍穿插了張飛誤殺主簿的劇情，以表現張飛較莽躁的性格。而《陽平關五馬破曹》一劇，則在誇讚諸葛亮的善於用計、調兵遣將，以及五虎將英勇善戰，使得曹操狼狽棄甲更衣而逃的情形，另外，《曹操夜走陳倉路》與《五馬破曹》亦有相類的劇情，只是內容中還多了楊修因料知曹操心事而被操所殺之情事，以表現曹操心胸的狹窄，此兩劇內容本事皆應來自《三國志平話》，而有些劇情亦爲《三國演義》所採用。不成「故事類型」中，三國時期所剩下唯一的劇目是《周公瑾得志娶小

喬》，此劇劇情鋪敘甚爲單純，而內容言孫權娶大喬事，亦與史實不符，亦顯現出爲了劇情的精彩，“不必完全服膺歷史的眞實”是可以被創作者與觀眾所接受的。

從三國時期這些多採自民間傳說而不符史實的劇作中，我們已可以很清楚的看到人民群眾對張飛的熱情、對關羽的喜愛、對諸葛亮的讚美、對曹操的厭惡……，這裡已明白顯示「歷史性劇作」不等同於「歷史」的原則，在劇作中充分表現了人民群眾自己的是非觀念和愛憎感情，也寄托了人民自己的追求和願望。

（四）唐朝時期

有關歷史人物的劇作，唐朝亦是一個相當熱門的時期，因此不成「故事類型」的劇作在這個時期亦留下相當數量的作品。其傳說性質大致亦與前幾期的相同——就是歷史上眞有其人，但其人之事則未必眞實。所以，以下的敘述只論述其重要的特色或影響，至於劇情大要或「情節單元」，則請參照書後之附錄。

《徐懋功智降秦叔寶》與《長安城四馬投唐》都是描述隋唐之際的劇作，前劇主要在讚美秦叔寶的英勇及徐懋功使李世民勸降秦叔寶的經過；後劇則描述了李世民與李密的過結，以及李密敗後其重要部將俱降唐之經過。兩劇本事皆本於史，然而又與史實有異，其與歷史的最大的差異，便都是對唐之君臣將相有更正面性的讚揚，而對其敵方則時有醜化的現象。

描寫有關初唐其它將領的劇作，以尉遲恭爲主角的劇本留下不少，有《尉遲恭單鞭奪槊》、《尉遲恭鞭打單雄信》、《尉遲恭三奪槊》、《小尉遲將鬥將鞭認父》。前兩劇皆述尉遲恭單鞭獨騎，鞭打單雄信，營救李世民之情事，是據正史所載略加敷演而成，劇情重心皆在表達尉遲善戰善於使鞭的驍勇氣概。《三奪槊》則敘唐太子李建成及齊王李元吉陰謀簒位，但懼秦王李世民之手下大將尉遲恭，遂在高祖李淵面前誣尉遲恭謀反，高祖本想將尉遲下獄，在劉文靜之力保後，高祖決定由元吉和尉遲比武，元吉使槊，尉遲三奪其槊，並用鞭將元吉打死，最後尉遲得到赦免，此劇內容除了尉遲善用鞭外，其餘情事皆於史無憑，根據民間傳說而進行構劇的可能性相當高。《小尉遲將鬥將鞭認父》亦是虛擬之作，因尉遲之子被遺北番乃於史無憑。這四劇除了皆與尉遲有關，還一定與他的鞭或使鞭有關，我私下猜測——當時觀眾對台上之演員的使鞭表演，應有相當程度的喜愛、甚或是著迷的意味罷。

　　初唐另一爲人所喜愛的大將則是薛仁貴，《摩利支飛刀對箭》、《賢達婦龍門隱秀》、《薛仁貴衣錦還鄉》三劇皆是描寫薛仁貴棄農從軍，至其成爲大將而衣錦還鄉之情事。三劇皆以《新唐書・薛仁貴傳》爲歷史背景再加以虛擬敷演而成，劇情以強調薛仁貴棄農從軍而成爲大將的奇特性及其憨直勇猛的性格爲主。

　　而《立功勳慶賞端陽》則劇演柴紹因征伐北番有功，房玄齡奉命爲其慶功，席間李道宗等人卻不服，遂約定於端陽與柴紹比武藝，結果李比輸受辱而去，此劇是以正史所載之柴紹破吐谷渾條爲背景，劇情之重心——端陽比武之事則是出於劇作的虛擬創造。另外，《唐李靖陰山破虜》劇演李靖領兵夜襲定襄，擒頡利可汗及其子，探子報喜於中書令房玄齡，李靖等人回軍，俱受封賞之事，劇情重心乃在強調李靖的英勇。而劇情所載亦與正史相去不遠，是一較皆近史實的劇作。而《十八學士登瀛州》劇演唐太宗在寇亂稍平後尊儒，於城西十里爲文人吟詠而起園亭名曰「瀛州」，並於此宴會杜如晦、房玄齡等十八人。在《唐書・褚亮傳》謂唐太宗留意文學，乃於宮城西起文學館，以待四方文士，時杜如晦、房玄齡等，皆以本宮兼文學館學士，號「十八學士」，爲時所傾慕，謂之「登瀛洲」。可見長安並無瀛洲。此劇云興工建造，則是戲曲創造的典型附會手法。

　　有關中唐時期之歷史人物的劇作，應以《唐明皇秋夜梧桐雨》一劇最享盛名。關於唐明皇與楊貴妃的愛情故事，自唐代起就爲各種文學體裁所盛傳，更是民間各種傳說的好題材，白樸此劇即以正史及白居易的《長恨歌》爲歷史背景，再加上民間相應的傳說增飾敷演而成，劇本雖因襲舊說，但構思精巧，結構緊湊，曲詞優美、文采典雅，歷來爲人民群眾及曲家所喜愛。此劇與馬致遠之《漢宮秋》，是不成「故事類型」之劇作的雙璧，累世爲人所喜愛。

　　而有關晚唐時期之歷史人物的劇作，以有關李克用父子爲主角的劇作爲數最多，有《雁門關存孝打虎》、《壓關樓疊掛午時牌》、《李嗣源復奪紫泥宣》及《劉夫人慶賞五侯宴》四劇。這幾個劇作的共同特色是：人物姓名與歷史時代大多與史相符，然所發生之事則大多於史無據。《存孝打虎》一劇，主要在描述李克用因夢而收存孝爲義子的經過，並讚美存孝日後打敗黃巢部將的英勇貢獻；而《午時牌》的故事重心，亦是在讚美李存孝能於短時間內克敵致勝的英勇氣勢。《李嗣源復奪紫泥宣》劇演克用之義子李嗣源從賊人手中奪回唐朝使節所帶之紫泥宣，克用爲慶功之事，內容亦出於虛構。而《劉夫人

慶賞五侯宴》則是描述李嗣源之義子李從珂在五侯宴上，以死向劉夫人逼問
自己之真實身世的情事，內容亦是虛擬。就這些劇作的劇情重心我們可以發
現到幾個特點：一是喜於描述李克用家族的英勇及對唐室的忠心及助益，另
一則是喜歡敷演李家收義子的原始本末。在正史上，雖然李克用真有平黃巢
之亂的功勳，但其實其本身就是一個相當跋扈的割據者，對唐室並沒有絕對
的忠心，會有這麼多歌頌他們的劇作，來自民間傳說的善良願望，應是最主
要的原因。而史上克用多義子，則是人民群眾想像他們之關係的原始本末的
主要憑藉。

（五）宋朝時期

　　在這個時期的熱門人選，楊家將算是最受人民群眾喜愛的箭垛型人物，
此時期不成「故事類型」的劇作有九個，其中有五個便是描述有關楊家將事
蹟的劇本。包含《昊天塔孟良盜骨》、《謝金吾詐拆清風府》、《楊六郎調兵破
天陣》、《焦光贊活拿蕭天佑》及《八大王開詔救忠臣》。《宋史・楊業傳》的
記載，應是楊家將之所有傳說的歷史背景，楊家在歷史上為朝廷守邊屢有戰
功，尤其是楊業之六子楊延昭「智勇善戰」，「號令嚴明，與士卒同甘苦」，「在
邊防二十餘年，契丹憚之，目為"楊六郎"」因此，所有有關楊家將的傳說，
亦都走讚美楊家對朝廷貢獻良多的路線，但要特別一提的是：楊家將的傳說
中，與所有別的將相的傳說有些不同，那就是在讚美楊家將中常含有濃厚的
悲情意味——特別重於描述楊家是在奸人的陷害中還忠於朝廷。是所有被正
面讚美的將相中，隱含著唾罵君上不明及奸臣誣陷意味最濃厚的劇作，這應
與楊家將被廣為流傳時的民間意識與情感是很有關係的。

　　《破天陣》、《活拿蕭天佑》寫的都是與楊六郎有關的劇目。《破天陣》劇
演楊六郎被誣陷賜死得救後，與部將焦光贊、孟良等前往銅台，大破遼軍師
所擺下之八卦陣，解了銅台之圍。而《活拿蕭天佑》一劇的題目正名是「楊
六郎槍刺耶律灰，焦光贊活拿蕭天佑」，劇情重心是在讚美六郎及其部將焦光
贊，在與番兵作戰中的英勇情形。而《開詔救忠臣》的劇情重心則在描述楊
家將不斷被奸臣潘仁美所陷，楊令公及七郎相繼而死，楊六郎在突破重圍後
至京告狀，最後八大王設計使六郎在獄中殺了仇家，再開讀大赦詔書救了六
郎。另外，《詐拆清風府》與《孟良盜骨》亦都是描述有關楊家被陷害的劇作。
前者是描述奸人把聖旨中的「到」字改作「倒」字，要把楊家的清風樓拆除；
後者則描述楊業的骨殖被遼人吊在幽州昊天塔尖上當箭靶，因而向六郎托

夢，讓他搭救的情形。關於楊家將的傳說，歷來在民間廣爲流傳，而元、明、清戲曲亦多有搬演，搬演之內容亦近於民間傳說而不近於正史。

　　《趙匡胤打董達》及《穆陵關上打韓通》寫的都是趙匡胤在未登基之前「路見不平，拔刀相助」的事，亦是與史無據，出於虛擬附會之劇，重心都在爲這位是開國始祖的皇帝「歌功頌德」一番。

　　描寫有關宋將之劇目還有《狄青復奪衣襖車》及《宋大將岳飛精忠傳》。《復奪衣襖車》劇演狄青押五百輛衣襖車前往西延邊賞軍，卻因途中貪杯，衣襖車被敵人所劫，後狄青不僅將衣襖車奪回還斬了敵將首級，但卻被冒功，直到眞相大白，狄青被封官作結。狄青爲北宋名將，但劇情所述不見史載，亦多出於附會虛擬。而《岳飛精忠傳》內容主要在讚美岳飛主戰及其戰績的彪柄，內容所述則是根據正史及其相應的傳說而成。

二、歷代文人學士傳說

　　在元雜劇中，有關文人學士的劇作比起君臣將相要少得多，在不成「故事類型」的劇作中只有十劇，但因人物性質與君臣將相有較大的差距，劇情的傳說憑藉性質（文人學士的傳說，除了附會於他們的際遇外，有時還以他們的作品爲傳說的依據）亦不甚相同，因此還是把它獨立出來論述。

　　在有關文人學士的劇作中以唐、宋時期的人物較爲熱門，其中又以宋朝之蘇東坡獨領風騷，在不成「故事類型」的劇作中便有三個是以他爲主角的，含《蘇子瞻醉寫赤壁賦》、《蘇子瞻風雪貶黃州》、《花間四友東坡夢》三劇。《赤壁賦》與《貶黃州》兩劇，前者與蘇軾有名之作品有關，而後者則牽連到蘇軾眾所皆知的經歷，都有強烈的歷史背景，然而兩劇內容都述及到：蘇軾的不幸遭遇，皆因與王安石不合，遭王陷害所致。關於王安石這個部分的描寫則是於史不合的，但卻是宋元以來的流俗看法。因而屬於民間觀眾的元雜劇，也採用了民間而不是歷史的看法。另一劇《東坡夢》，除了仍秉持蘇、王之間一貫的流俗看法外，借東坡與佛印之間的傳說來弘揚佛法的意味則相當濃厚。

　　有關唐代文人學士的劇目，應以李白最享盛名，在不成「故事類型」中有《李太白貶夜郎》、《李太白匹配金錢記》兩劇。《貶夜郎》述李白因不滿楊貴妃和安祿山的私情，遭讒而貶夜郎之事。劇情所述李白貶夜郎之因與正史所載不符（正史敘李白是因參與永王李璘幕府而獲罪）。而內容中述及「貴妃捧硯，力士脫靴」、「撈月身亡」等都是有關李白的著名傳說，另「落水遭龍

王和眾水族的歡迎」亦是民間的想像，劇作主要是以貶夜郎爲歷史背景，而將著名的傳說加以串合，以集中表現李白作爲一個詩人的浪漫氣質和正義感。而《匹配金錢記》一劇，內容是述李白宣讀聖旨，令韓翃與柳眉兒成親的事。內容重心是在韓、柳兩人身上，李白的出現只是宣讀聖旨罷了，並沒有什麼重要的戲份，而劇目之所要冠上「李太白」，我私下以爲與「李白」賦盛名容易吸引觀眾有點關係罷。

另三個屬於唐時期的劇作是《杜牧之詩酒揚州夢》、《招涼亭賈島破風詩》及《眾僚友喜賞浣花溪》。《揚州夢》寫的是有關杜牧的風流韻事，內容所載於史無憑，內容在使貪花戀酒的詩人面目活躍呈現。《破風詩》一劇，內容依正史所敘增飾敷演而來，劇情言賈島驢背苦吟及曾爲浮屠之事皆與史有據，劇情之重心在於表現賈島的曲折際遇及其刻苦努力的詩人面目。而《眾僚友喜賞沅花溪》一劇，則取材於杜甫的《飲中八仙歌》，述此八人受皇上之賞，郊外游春之事。

而唐以前的劇作則有三劇，包括《司馬相如題橋記》、《晉陶母剪髮待賓》及《陶淵明東籬賞菊》。《題橋記》所述，主要則是取材於司馬相如和卓文君的愛情傳說，並加上司馬相如在文學上的一些成就敷演而成，劇情內容主要亦是依傳說的路線。而《剪髮待賓》一劇則述家貧之陶侃，因無錢宴請老師，其母親剪髮待賓並贖回陶侃所典當的字，並還因此訓戒陶侃一番的事情。劇情重心在敘述陶侃的貧窮出身及其母親的善於教導，與《晉書·陶侃傳》所言相去不遠，只是一些說教性的劇情重點則是出於附會。而《東籬賞菊》一劇，劇情所述除開端結局以檀道濟出場與史無憑外，其餘皆本自《晉書》及《陶淵明集》之敷演而來，賓白中之詩辭及寄子書等，亦摘自陶集中的有關作品。

三、水滸傳說

在不成「故事類型」的劇目中，以獨特的性質及色彩可自成一類的，便要算是有關水滸人物的傳說了。前面兩大單元的劇作，一般而言，不管與主角人物有關的事件是否於史有據，但起碼主角人物是史上確有其人，因而人民群眾在觀戲的時候，會因眞有其人進而相信眞有其事。然而有關水滸人物的劇作，除了宋江一人史上眞有記載外（宋江事在《宋史》侯蒙傳及張叔夜傳有載），餘皆不可考，可是在這些不可考的人物中，形像較鮮明的如李逵、

魯智深等人，一般人民群眾在觀看有關他們的戲劇時，不僅相信眞有其事，而且還相信眞有其人——李逵、林沖、武松、魯智深等人，在人民大眾的地位，就如同花木蘭、孟姜女一樣，令人相信不疑。所以有關水滸人物的傳說，便成功地創造了一系列屬於前述所言之第二類「根本無史實依據的」的人物。

有關水滸人物的傳說，並非成於一人之手，亦非成於一時，而是從北宋宣和年間宋江及其夥伴起事以後，經過民間的流傳和創造，被編爲話本，編爲戲劇，在瓦肆開講，在勾欄搬演，說話人和劇作家針對一般民眾的喜愛和興趣，加上自己的想像力，又豐富和渲染了有關水滸人物的種種事蹟，進而又回過頭來影響著水滸人物在民間的種種傳說，這也是後來《水滸傳》一書形成的長遠背景。所以，有關水滸傳說的劇作，是很有助於我們對水滸傳說之演變情形的瞭解。

在不成「故事類型」的劇作中，有關水滸人物的劇作共有十劇，其中有後來《水滸傳》一書所無的劇情，亦有成爲《水滸傳》之內容藍本的劇情，現就其重要特色論述於後。

《黑旋風雙獻功》與《梁山泊黑旋風負荊》兩劇是以李逵爲主角的劇作，也是這十個水滸戲中，文學藝術成就比較高的兩個劇目。《雙獻功》主要是在歌頌梁山英雄——李逵見義勇爲的可佩行爲，除此之外，內容對「權豪勢要」借官府之勢奪人妻子、殘害無辜的行爲亦有所揭露，具有一定的社會意義，此劇應是高文秀在元代民間傳說的基礎上所進行的再創造，但劇情並不被後來之《水滸傳》所採用。而康進之的《梁山泊黑旋風負荊》一劇，則是描述有毛賊冒稱梁山頭目宋江、魯智深，搶走了酒店之女，店主向下山飲酒之李逵哭訴，李逵信以爲眞而所展開的一連串誤解、認罪、捉賊梟首、使店主父女團圓等的事情。它相當成功地塑造了李逵粗魯莽撞又忠勇正直的人物形象，語言生動、質樸，劇情內容亦充滿著喜劇色彩，很能讓人感到李逵的淳樸可愛。此劇對後世之《水滸傳》（七十三回）及其它地方戲都頗有影響。而《宋公明排九宮八卦陣》一劇，雖然劇目以宋公明爲主角，而實際上劇之正末亦爲李逵，演李逵之魯莽、剛強、好勝，亦頗爲生動。此劇之內容重心爲：描述梁山好漢在受招安後奉命御敵，羅眞人授宋江等人九宮八卦陣以破遼兵之事。《水滸傳》第七七回以及征遼第八十三至八十九回，即可能以此劇爲藍本，加以鋪述而成。上述這些劇目不管《水滸傳》是否擷取，然李逵之粗魯而正直的鮮明形象，早已先《水滸傳》而廣爲人民大眾所熟知。

《魯智深喜賞黃花峪》一劇的主角魯智深，亦是水滸人物中頗爲人所喜愛的一位。此劇重心與《雙獻功》相類，都是在讚美梁山好漢的見義勇爲，並揭露「權豪勢要」的凶殘惡行，此劇雖頗有俊語，然魯智深的人物形象，卻不如《雙獻功》中的李逵那般明晰。以單一水滸人物爲劇名的，還有《同樂院燕青博魚》一劇。此劇亦是描寫梁山好漢，「路見不平，拔刀相助」的事，所敘內容不見於《水滸傳》，而此劇內容對「博魚」一事，有相當具體而富生活氣息的描述，實可作爲研究元代民俗的好材料。

《梁山七虎鬧銅臺》及《梁山五虎大劫牢》兩劇，其劇情重心都是在敘述宋江使計派人爭取盧俊義入夥梁山之事。兩劇內容所載雖皆不見於《水滸傳》，然而《水滸傳》中爭取盧俊義上山的情節卻與此相類，因而，此兩劇對《水滸傳》亦應有相當程度的影響。

另外，所剩之三劇——《王矮虎大鬧東平府》、《爭報恩三虎下山》、《大婦小婦還牢末》或演梁山好漢與官兵的對抗、或演梁山好漢的見義勇爲，亦應是以當時的民間傳說爲基礎而有的創造，內容皆不見《水滸傳》有載。

四、其 它

在所剩餘的不成「故事類型」的劇作中，也還有一些是依據歷史記載，或是依據民間傳說敷演而來的劇作。

首先，爲數較多的要算是有關道教人物的劇作，有關道教人物的劇作，在成「故事類型」之「乙 4 人的悟道」中爲數最多，不成「故事類型」的劇作則已是少量。有《呂洞賓度鐵拐李岳》、《漢鍾離度脫藍彩和》、《呂純陽點化度黃龍》等三劇，主人公都是爲民間大眾所熟悉的道教人物。另一與道教人物有關的劇目是《西華山陳摶高臥》，然陳摶確有其人，其生平在《宋史》卷五七有傳，而劇情內容所言則較多是於史無憑的。

除了宗教人物之外，還有與神祇傳說有關的劇作，如與道教神祇傳說有關的劇作有《二郎神醉射鎖魔鏡》與《二郎神鎖齊天大聖》二劇，與佛教神祇傳說有關的有《釋迦佛雙林坐化》。

其餘，還有一些是以正史所載爲背景再加以附會而成的劇作，如《薛包認母》一劇，描述薛包曾被後母所虐，但薛包卻不記舊仇，仍善待之，此劇之內容重心與《後漢書》所述相去不遠。又《狀元堂陳母教子》則應據《宋史》卷二八四之《陳堯佐傳》敷演而來。而《陶學士醉寫風光好》一劇之主

人公——陶谷，於《宋史》有傳，但劇情內容敘陶谷奉命出使南唐，而與秦弱蘭所發生男女情事，則於史無載，而與宋代一些筆記小說如《綠窗新話》之記載則較爲接近。另外，《十樣錦諸葛論功》劇演宋初李昉奉命建武成廟，選古來安邦定國之武臣十三人排定名次入廟奉祀之事，建武成王廟之事《宋史·禮志》有載，然劇中言由夢中之諸葛亮來論定，則是純屬虛構。除了依據正史，還有的是依據筆記小說而來的，如《溫太眞玉鏡台》寫溫嶠爲己求婚空設新娘之事，則是根據《世說新語·假譎》之「溫嶠娶婦」所進行的再創作。

　　其它所剩之不成「故事類型」的劇作，歷史背景及傳說性質都較爲薄弱，應是劇作者根據當時的時事、聽聞、甚或是自己的想像而有的創造，於此就不對其一一再做論述。

第四節　此類劇目的文化意義

一、反映出基層民衆對歷史功過的認同

　　由上節之內容情形的說明中，我已可以清楚地看到：在不成「故事類型」的劇作中，劇演有關歷史人物之種種的劇作爲數最多，而這些劇作裡的歷史事件，有的與史實相符、有的與史實有異、有的甚至還與史實相悖，然而這些與史實有異，甚而還相悖的劇作，卻廣受人民群衆的喜愛。這使我們得想想一些問題——元雜劇作家在擷取歷史題材時以什麼爲取捨標準？他要告訴觀衆些什麼？元代的人民群衆爲什麼會喜歡這些作品？他們對過往的歷史緬懷些什麼？悲嘆些什麼？指責些什麼？……這些在劇作內容與史實之間的關係中，是可以得到一些線索的，而我們也就可以從這些線索得知劇作家與群衆們對歷史功過的認同趨向了。

　　就先從不成「故事類型」之劇作的翹楚——馬致遠的《漢宮秋》說起罷。這劇寫的是帝王和妃子間的哀怨豔情，然而絕不囿於一般豔情戲的格局，此劇劇情便與史實有異，而其異處便隱含著深刻的政治或民族省思意味。

　　「在封建大一統的國家裡，無論是政治還是統治者們的愛情，都處於隱秘狀態，要寫政治化的愛情，或愛情化了的政治，遇到的是雙重的隱祕性。這就要靠時間的力量的沖刷。更重要的是，即便是排除了隱祕性，人們要清

醒地認識這兩者之間的確實關係，把握住這兩者之間因果往還的全部深刻性，仍然需要有時間和距離的幫助。」〔註10〕就這點而言，《漢宮秋》所選取的題材，便具備了歷史所賦予的時間及距離的幫助，如果是一位優秀的劇作家，那麼他便能夠掌握歷史所給予的洞察力和自由度，寫出對歷史作重新探討時的深刻性及省思性。

《漢宮秋》一劇在史料及傳說的基礎上，走偏向傳說並且強化傳說的路線，對人物形象及史事意義做了重大的改動。最重大的改動是毛延壽的身分由畫工改成爲中大夫，成了左右朝廷命運的重臣之一，所以毛延壽就不再只是一個索賄者，而是成了一個爲私利不惜變節，周旋於兩個民族之間妄圖得利的政治陰謀者，其次，劇作中的匈奴單于成爲一個比較通情達理的人，並沒有因昭君的跳江而使兩國的關係交惡。這些種種的的改變，都把對漢朝恥辱的造成原因的追索，由外部轉入內部，由偶然轉入必然——因爲，恥辱的發生，悲劇的造成，已不僅僅是匈奴單于的凶悍和強大所造成的，更重要的乃是一個偉大民族的自我毀損。劇中的漢元帝是這樣地嘆息著：「我養軍千日，用軍一時，空有滿朝文武，那一個與我退的番兵，都是些畏刀避箭的，怎不去出力，怎生教娘娘和番。」「……休休，少不的滿朝中都做了毛延壽，我掌劉氏三千里，中原四百州，自鴻溝，陡恁的千軍易得，一將難求。」元帝的悲嘆，也就隱藏著劇作家的悲嘆。所以這些與史實有異的更動與轉移，最重要乃是要揭示漢家敗亡的原因——各種昏庸的文臣武將是該被詛咒的，各種無恥的變節行爲是該被鞭笞的。這在馬致遠那個被異族所統治的年代裡，這種憤怒的聲音針對著什麼是可以不言自明的。而這樣的劇作，在當時便廣受人民群眾的喜愛，人民大眾在重嘗前代苦果的過程中，對領略現實生活中相似的苦果也必會有深切的感受——民眾就在劇作中認識歷史，並且就在認識中，對已發生在自己身上的歷史過往提出他們的批判，並且多少希冀著這些批判能對今日的情況有一些好的轉變罷。

《梧桐雨》亦是寫帝王和妃子間的政治化愛情，白仁甫在題材的選取上亦偏向民間傳說，他把故事的開端設在「契丹部擅殺公主」的民族紛爭的事件之中，而節度使派出去征討契丹的將領安祿山，又恰恰是「突厥覷者」之子，他以後就成了整個愛情悲劇的肇事之人，以後劇情之中，又一再讓劇中人稱安祿山是「逆胡」、「狂胡」，一再借劇中人之口悲嘆「可憐見唐朝天下」，

〔註10〕《中國戲劇文化史述》，頁231～232，余秋雨著，駱駝出版社，1987年版。

這種題材的選取走向，便很清楚地呈現了漢族在與少數民族的較量中失利的破敗景象。這在由少數民族所統治的元代，是頗關現實痛癢的。這是作者的悲嘆與詛咒，而熱愛《梧桐雨》的那些廣大民眾，尤其是那些被排在種族之末的「漢人」，勢必會非常贊同《梧桐雨》中所隱含的情緒——那種對我族恨鐵不成鋼的悲嘆及對異族凶殘的詛咒。

而在三國時期的劇作中，出現了以劉備陣營爲熱門人選的情形，劇作中劉備陣營的人物常得到超越史實的歌頌與讚美，這與劇作家的漢家正統思想不無關連。在劇作裡，人物的情懷、氣度與歷史的功過是非，並不是完全合一的。如果說《漢宮秋》一劇隱含了對庸官奸臣的負面詛咒，那麼在這一時期有關關、張等人的劇作，則是對勇將忠臣有著正面的鼓舞。例如劇情簡單的《關大王獨赴單刀會》，主要是兩種情懷、兩種氣度的比照和較量。在與關羽豪邁的情懷、雄壯的氣度相較之下，魯肅就只能顯得比較萎瑣、比較煩人了，只能讓他承受關羽的嘲弄，也承受戲劇家和觀眾的嘲弄了，即使荊州本該歸還吳國，魯肅的索討不無理由，但很顯然地，劇作還是要爲關羽的豪情壯氣叫好，人民群眾還是要爲關羽的浩蕩雄風喝彩。這樣的喝彩與叫好，不也就是對這種忠肝義膽的忠臣的緬懷與歌頌嗎？從這裡我們也就看到了劇作家與人民群眾的認同是什麼了。而一系列歌頌關羽、張飛等人的劇作，也就在這種認同中不斷產生，而且廣受人民大眾的喜愛。

如果庸官昏臣是該被鞭笞、異族的凶殘是該被詛咒、勇將忠臣是該被歌頌，那麼君上的昏昧無能就更該被痛斥。然而在皇權至高無尚的封建年代裡，又怎麼能夠明白地痛斥君上的昏昧呢？最好的方式就是讓忠臣在與奸佞的較量中敗陣下來，而由君上負起敗陣的罪過。一系列有關楊家將的劇作，便充滿了這種意味。《八大王開詔救忠臣》、《謝金吾詐拆清風府》、《昊天塔孟良盜骨》等劇，劇情於史無憑但卻成爲被廣爲流傳的劇作，都在敘述著楊家在爲大宋江山所立下的無數汗馬功勞，然而這些忠肝義膽卻還要與奸佞們的狠毒作周旋，而這些周旋卻常因爲君上的昏昧而遭到極爲悲慘的命運，例如《開詔救忠臣》奸臣潘仁美能一再陷害楊家，還不是潘有君上作靠山，而八大王之所以能夠救忠臣，就還得設法玩弄皇上之權的詔書於手掌心，才能救得了忠臣，這不就很清楚地意味著——在正常的運作中，皇上常是昏昧無知的，而忠臣的忠貞便常在君上的昏昧中、奸佞的陷害中化爲灰燼。國家之亡，像毛延壽這樣的奸佞是該被唾罵，然而昏昧的皇上是否更該承擔起他的過錯。

這就是為什麼那些有關楊家將的劇作都要在讚美之中還帶著濃濃的悲情意味了。這就是為什麼民眾會有這麼多的熱情，在戲台下擒著淚水去為楊將家的忠貞感到悲惋。這悲情，這淚水，隱藏著多少人民說不出的痛恨與無奈啊！

由上列的論述中我們可以得知：有關歷史人物的劇作與史實常是有距離的，這距離所代表的重要意義並不是民眾對歷史的無知，而是民眾對過往的歷史有自己的功過判斷，而這些判斷也隱含著民眾在歷史的省思中對今日的生活而有的一種期盼。

二、表現出基層民眾的是非善惡觀念

在不成「故事類型」的劇作中，最能表現出民眾的是非善惡觀念的，莫過於那一系列為人們所喜愛的水滸戲，這些被假道學者視為「誨盜」的作品，卻在民間廣受人們的喜愛。

能表現出民眾對是非善惡的判斷，在成「故事類型」的眾多公案戲中，亦能容易尋得，尤其是一系列有關包公的劇作，便很能代表民眾的心聲。而在不成「故事類型」的水滸戲中，群眾對是非善惡的判斷標準並沒有改變，然而卻有著不同的心聲與期望。在面對是非時，人們在官僚隊伍中尋找救星，希望出現更多的包公為民作主，然而，如果這樣的期望還要常常失落，那麼群眾是可以理直氣壯地在百姓之中尋找衛護百姓利益的英雄。能夠為生民利益著想的，那就是"是"、就是"善"——不管他是官兵，還是強盜。一列系標榜著「替天行道救生民」的水滸傳說、水滸戲，便是在這種觀念下廣為流傳、廣受人民大眾的喜愛。

在眾多的水滸戲中，李逵是最受歡迎的水滸人物，我們就從有關李逵的劇目看起。有關李逵的劇目有《黑旋風雙獻功》與《梁水泊黑旋風負荊》，《雙獻功》一劇在李逵見義勇為的行為中便明白地表現出李逵與官要權勢的對抗，在這對抗中，我們看到了該為人民百姓伸張正義的官府法庭之地，竟是黑暗與罪惡的淵藪，怪不得人民百姓要擊響「衙門從古向南開，就中無個不冤哉」的冤鼓。可是這冤鼓要敲向何處呢？法庭裡若沒有了包公，那就來自衛護百姓的英雄吧——縱使是草莽，但那裡有正義、有支持人民利益的魂魄。所以，他便也就受到群眾的喜愛。而《黑旋風負荊》一劇，鮮明的善惡觀念，浩蕩的英雄情懷，就表現得更為淋漓盡致了。這齣戲的外層結構，只是一個誤會——李逵為著一個小老百姓的痛心告狀，便真以為他的梁山弟兄幹了對

不起生民的搶人勾當，再由這個誤會展開一連串負荊、捉匪及得到諒解的劇情。然而，從這個外層結構伸發進去，卻可以通達一個深入而寬闊的正義天地——李逵誤會了宋江，結果在藝術效果上既褒揚了李逵，也褒揚了宋江，更褒揚了他們共同從事、共同衛護著的事業——那個「替天行道救生民」的事業。爲了一個普通百姓的家庭遭遇，梁山泊的首領們和名將竟可以頭相賭，這與人民是處於一種多麼平等的地位。包公再好，是人民的老爺，而李逵卻是人民的兒子；包公即使在爲民作主之時也時時考慮著王法的尊嚴、天子的隆恩，而李逵即在尊嚴的首領面前也將人民的利益放在第一位。在是非顛倒、黑暗不明的年代裡，兒子沒有包袱的行事效率是會比老爺來得好吧！人民群眾熱愛著李逵、熱愛著梁山泊的英雄好漢，也就反映著人民群眾在面對是非善惡時的看法及他們所願意用的方式——縱使這個方式是在現實世界裡所無法實現的，但是，最起碼可以在舞台上實現，可以在心中想。一系列的水滸戲，在人民的喜愛中、在群眾的掌聲中，便也表達了人民群眾鮮明的是非善惡觀念。

三、顯現出歷史人物在一般民眾心中的形象

　　不成「故事類型」的劇作中，因有多數的劇作題材來自民間傳說，而且這些傳說又有許多與歷史人物有關，因而，從這些劇作中是很可以得知這些人物在群眾心目中的形象到底是如何。歷史人物在歷史中的形象，與其在群眾心目中的形象常是有距離的，這個距離有時是對人物優點或功勞有超越歷史的讚美，反之，有的則是有醜化的情形。一般而言，人物的功過是不會顛倒的，但人物的功過程度則常與史實有很大的距離，甚而有一些人物還有被歪曲的情形。這些情形，卻給了我們瞭解人民大眾是怎麼來看待這些歷史人物的線索。

　　一般而言，對歷朝開國有功的將相群臣，人民大眾對這些人大都採取肯定的態度，肯定他們所立下的汗馬功勞，縱使這些人在往後的歷史中又犯下了過錯，群眾似乎也有諱惡的情況——對他們的過錯不願提起也不願批評。例如有關漢代的一些開國功臣的劇作便是這種態度——《蕭何月夜追韓信》、《韓元帥暗度陳倉》、《運機謀隨何騙英布》、《漢高皇濯足氣英布》中的韓信、英布的形象，都近於他們的歷史前期：爲漢家天下立下汗馬功勞的英雄形象時期。我們可以看出：在人民的心目中，他們是英雄的形象是遠強過於他們

又成為了叛徒。

如果是在有"夷夏之爭"的年代裡，對為了保有漢家天下流血流汗的英雄，他們便常常得到人民更多的褒揚，三國時期中以劉備陣營為主的人物是如此，宋時御敵有功的岳飛更是如此。他們在人民心目中的完美地位遠超越於歷史，有的在日積月累的歌頌傳說中，最後竟成了人民心目中的神了。

而有些人物在群眾心目中的扭曲，則應該是一種情感不親近的不幸罷！這個不幸，宋代的王安石該是最好的代表。跟王安石相對的人物——蘇東坡，雖然他在宋代並沒有非常大的治績，但是他以一位多才多藝歷盡坎坷卻又能曠達自然的大文豪之姿卓然挺立於歷史之中，他的機智幽默、他的趣事軼聞、他的翩翩風采，在傳說中如滾雪球般而來，人們的情感在這些傳說中對他是親近的，因而，與他對立的人物，群眾便以他們的情感，對他作了不客氣的更動——這個更動雖不致使王安石成為奸佞，然而群眾不親近於他的結果，卻使王安石在劇作中常常成為令人討厭的對象，這種討厭，可能連在地下的東坡也要為他叫屈罷！

由上述這些論述中我們可以瞭解到：史實與傳說之間是有距離的，而這些距離卻提供了我們重要的線索——讓我們在看歷史的同時，也去體會群眾的情感，也去瞭解歷史人物被後代民眾所接受的幸與不幸。

第五章　結論──一個新途徑的嘗試與開展

　　就元雜劇的作者而言，在傳統的社會中，他們的身分地位遠比任何一個時代的知識分子作家都還要低落。特殊的時代環境使得他們生活在社會的低層，若就現實的生活際遇而言，這確實是他們的不幸，然而卻因為這個不幸，使得元雜劇作家遠比任何一個時代的作家親近於平民百姓，這個親近不僅造就了元代市民文學的澎渤發展，也使得元雜劇在中國文學史上別樹一幟。

　　由於雜劇作者大多處於社會下層，和市民階層有很多的聯繫，也因此較瞭解平民大眾的生活、痛苦和願望，便較善於從下層平民，或較近於平民大眾的眼光去審視種種複雜的社會現象和生活事件，同時也以這樣的眼光去評判這些現象與事件的是非過錯，因此，雜劇內容的觀點與情感便往往較多地與平民大眾相一致，而與以往站在為統治者立場考量的知識分子文學相去較遠，因而它得到了當時甚至後代平民大眾的喜愛，但也因為如此，卻在往後受到統治階級與傳統御用文人與「碩儒」的鄙夷。

　　而在另一方面，又由於元雜劇的讀者群（觀眾群）是廣大的平民大眾，因此，作者在進行創作時就往往會自覺或不自覺地為他的讀者作考量。所以，元雜劇作家大多能重視那些廣為平民大眾所喜愛的、在平民大眾中廣泛流傳的民間文學作品，並從中吸取營養，加以融會貫通，再把它放在自己的作品中，展現出那種既熟悉又鮮活的新風貌，以吸引更多市民大眾的目光。這使得元雜劇作品，在作家自己的創作成分中又有著較多的民間文學性，這便形成了元雜劇在文學創作上的特殊現象，並使得元雜劇在中國文學史上別樹一

幟，閃耀出新的藝術光輝。

時至今日，元雜劇雖然已離我們時代久遠，然而不管是它的內容觀點或特性，都還深深留有來自民間的影響痕跡。就是這個來自「民間」的影響，促使我在對元雜劇作研究時，嘗試了這一新的途徑：借用一項在民間文學研究的領域上已相當有基礎和成究的分析研究方法──「情節單元」與「故事類型」的分析研究法，重新對元雜劇做詮譯。而由前述幾個章節的論述中，我們也可發現──「情節單元」與「故事類型」這一新的研究角度與方式，也確實對我們的瞭解目的很有助益。

就「情節單元」的定義而言，形成「情節」的要件，必須是一不尋常的、有趣的、令人意想不到、或值得一提的事件。這樣的事件，在「民間故事」中是構成「故事」的最基本要素，而這樣的事件，雖然在元雜劇的劇本內容中並非是絕對必要的條件，但卻是劇本內容的重要導引，同時也提供了我們去瞭解元雜劇觀眾群的重要訊息。舉例而言，在所歸納出來的十四類「情節單元」中，以第十「機智、欺騙類」爲數最多，約占所有「情節單元」的三分之一，而出現這類「情節單元」的劇目，則包含了傳統方式以人物或題材爲分類的歷史劇、仕隱劇、社會劇、水滸劇⋯⋯等各種劇類，從這一考察中我們可以發現──就劇本而言，不管劇目要表現的主題是什麼，「機謀」的運用成爲故事進展中的衝突或高潮，則是元雜劇故事佈局的一種基調。同時就觀眾群而言，這種現象，也提供了我們一些觀眾審美心理或看戲意願的線索，這線索告訴我們：在「機謀」的猜測或思辨中，得到刺激、學習、想望或贊歎，是最容易滿足觀眾看戲意願及符合觀眾審美心理的劇情處理。所以，以「情節單元」做爲分析依據，不管是對劇本的瞭解，或是對觀眾群的認知，其實都是一個相當好的憑藉。

在本論文之第二章中，也曾論述到「情節單元」在劇本中的運用意義。比如「情節單元」大多以行爲、行動爲核心，而行爲、行動又是反映思想的一個好憑藉，因此「情節單元」便可作爲反映劇本主題焦點的視窗；又屬於靜態異象的一些「情節單元」，如「耳垂過肩、手長過膝」、「貴人睡時顯蛇鑽七竅相」等則是對主角人物之特殊性的描述，因此這類的「情節單元」便常可作爲強化劇本人物之形象的憑藉；又如前所述，構成「情節」的要件，必須是不尋常的、有趣的、令人意想不到、或值得一提的事件，這使得「情節單元」本身便極具吸引力，因而常可作爲劇本內容發展的高潮、或是劇本結

構的重要骨架等，這些都是就劇本本身對「情節單元」的運用而言。除此之外，其實「情節單元」在作爲劇本內容與其它文學間的關係分析時，亦是一個相當好的依據，並且有它的顯著功能。

　　舉例而言，在文學創作的手法中，向前人「借用」故事是方式之一，這種情形在通俗文學的創作裡尤爲常見，這種故事的「借用」，就是故事重寫。而我們要瞭解同一個故事在不同的文學形式裡，借用者到底做了什麼重要改變？或是原始故事與重寫故事關鍵性的關連爲何？「情節單元」都可作爲認知這類縱向溯源探求的指南。例如，元雜劇向前代文學作品如傳奇、話本等借用「故事」時有所見，如《包待制智賺合同文字記》雜劇，就是宋話本《合同文字記》的改寫，「合同文字認家財」這一點是他們的相同處，也讓兩者有了淵源關係，但雜劇多了「核對爲名騙取文書」及「以假案破眞案」的「情節單元」，這兩個「情節單元」的增加，則是雜劇在故事重寫上的一個進步。元雜劇常有向前代文學借用「故事」進行改寫的情形發生，相對地，元雜劇的故事，也常被後世的文學作品所借用。例如明代有名的通俗文學創作——凌蒙初的《二拍》，更大量借用前人的故事以從事再創作的改寫工作。比如他的《初刻拍案驚奇》卷三十五〈訴窮漢暫掌別人錢，看錢奴刁買冤家主〉便是元雜劇《崔府君斷冤家債主》的借用改寫；而卷三十八〈占家財狠婿妒侄，延親脈孝女藏兒〉則來自元雜劇《散家財天賜老身兒》。他們的淵源關係除了在劇目上可以找出一些端倪，在「情節單元」的探究分析中，則更見出凌蒙初重寫的改進。除了這種縱向的溯源探求，可用「情節單元」爲指南外，在相同的文學形式但不同的作家手中，某些不同劇目的劇作其實是同一個故事的改寫，他們之間的異同爲何？這種橫向的差異探討，「情節單元」也可作爲研究的重要依據。另外，就中國戲曲與西方戲劇而言，本身除了在外在的形式、結構、表演差異甚大外，因中西戲劇觀眾之民族性不同、歷史背景不同，所以思想、情感、生活、文化⋯⋯便差異甚大，這種差異對戲劇內在的內容風貌便也產生很大的影響。要瞭解這種內容風貌的差異，「情節單元」也是從事比較文學之探討工作的良好憑藉。

　　除了在有關元雜劇之各種文學問題的析論中，「情節單元」確實可成爲一個很好的析論憑藉外，它在對元雜劇之觀眾群的探究中亦能助益良多。如前面第二章節中所述：「顧主的主體，影響著甚至決定著商品的主要面貌，這種影響，就是觀眾對戲曲的反作用，也就是反饋。戲曲在中國，它的觀眾一直

是以廣大的民間觀眾為主體，尤其發展至元，戲曲欣賞群眾化、商品化的情形更臻成熟，相對的，這種反饋作用也就更為顯著。」而作為劇本之反饋訊息的再考察，「情節單元」也提供了一個頗為理想的觀測點。

比如我們從許多對小人物、小女子有較多讚揚與同情的「情節單元」（如「妓念舊情助士中舉」、「殺狗勸夫」）中，得知了觀眾分身的基層性；並在為數最多的第十「機智、欺騙類」的「情節單元」中，瞭解到為數眾多的基層民眾他們的行事思慮是很講智慧的；也在佔有相當分量之有關鬼魂的「情節單元」中，發現了鬼魂迷信思想對廣大的民眾有強大的滲透性；並在一些有關神仙事蹟的「情節單元」中，看出了民間宗教信仰的奇幻性對戲曲所產生的影響；同時也在「人倫類」的各種「情節單元」中，找到了世俗化之人倫道德的標準。所以，在有關元雜劇的各項研究中——不管是文學本身的問題，或是關於觀眾的探討，「情節單元」的各項分析與研究都能發揮它寶貴的價值。

另外，就「故事類型」的歸納分析而言，它與「情節單元」一樣是來自民間故事的研究方法。所謂「故事類型」是指故事內容中以主角人物為中心之一連串遭遇問題解決問題，並進而推展故事內容的過程發展型態。這種民間故事的分類方式，運用在元雜劇的分類研究上，也很能有新的突破與啟發。

在本論文之第三章中，曾論及到前人幾種主要對戲曲的分類與批評方式，比如有的以劇作的主要角色為分類依據，這種分類方式的最大優點是：不但保留了元代當時戲曲的角色名稱，同時亦清晰地論述了各種不同角色的流變、以及元代戲曲演員的演出情形，但它最大的缺點則是對劇目的演出內容無從瞭解；另外，有的以劇作的題材為分類依據，這種分類方式，對劇目的內容則有比較大的幫助，但是題材的分類有的以內容的事件為中心，有的則以內容的人物為中心，所以在分類批評中，便常會有混淆或模糊的缺失；而有的則以劇作的風格為分類依據，這種分類批評方式，主要是攝取於對傳統詩、文的批評方法，在名目上雖十分典雅，但人們對批評名目之意義的把握卻有因人而異的極大分歧性，把這樣的批評方式運用在戲曲的分類批評上其實是不得當的，一來廣大的市民觀眾並不能見其分類批評名目便知分類之劇本的內容梗概，二來這樣的分類依據在客觀性上還很有待商榷；其它還有以劇作的水平高下為分類依據的，把作品分為上、中、下等幾個等級，這種方式在批評的客觀性便有著嚴重的缺失；晚近，在西學東漸之時，悲劇和喜劇的理論術語，也被引入我國的文藝批評領域，所以在戲曲分類批評中，便

產生了以劇作的審美形態爲分類依據的批評，這個新的批評方式給戲曲批評界注入了生機，卻也產生了不少的偏差與爭論（如有的學者依西方的標準爲依據，認爲中國戲曲沒有悲劇，進而視沒有悲劇是中國落後的表現和原因，有的人甚至爲此而深感可恥等等）。所以，大至而言，前人的這幾種主要分類批評方式大都各有不足之處有的甚而失之主觀，而新的理論的創獲便在彌補不足——期望在傳承之間注入新的生機，使研究生命得以永保朝氣，這便是「故事類型」這一分類方式應用在元雜劇之研究上的最大目的。

　　而以「故事類型」爲雜劇內容的分類依據，雖然也不能十全十美（如不成「故事類型」的元雜劇就不能用這種方式來分析），但在元雜劇的分類研究上則很能有新的突破。舉例而言，「故事類型」是故事內容的過程發展，時常具有相當的區域性與穩定性，對於瞭解群眾的思維，是一個很好的憑藉，所以，我們若對每一「故事類型」作深入的考察，我們便能夠很容易地掌握到這一民族的社會生活、文化傳承、民族思維等，因而把「故事類型」的這一分類方式運用在元雜劇的分析研究中，我們也可以很容易地知道元代群眾的思維、文化、生活等等的情形是如何了，比如我們從「丙 3 忠貞與清白」的道德化故事類型中，知道了儒家文化深植對廣大民眾的影響；在「丙 1 姑娘出嫁」與「丙 2 仕子娶親」等張揚異端的故事類型中，瞭解到時代價值變易對元代人民思想轉變確實產生了很大的影響；在「兒子長大後才報仇」及「鬼魂訴冤終昭雪」等許多「大團圓」式的「故事類型」中，更清晰地瞭解到中華民族思維方式的向圓走向；而在許多有關鬼魂的「故事類型」中，瞭解到重神輕形論與劇本內容的魂魄獨立有著密切的關係；另外，在許多宗教性的「故事類型」中，我們知道了佛道教義對人民大眾確實產生了深遠的影響。所以，「故事類型」也能與「情節單元」一樣——應用在對元雜劇的許多方面的分析與研究上，都能有很大的助益。這也是本論文爲什麼要將「情節單元」與「故事類型」應用在元雜劇之研究的主要原因了。除此之外，雖然有的元雜劇沒有「情節單元」或是不成「故事類型」，不能直接應用到「情節單元」或「故事類型」的分類分析，然而，「情節單元」與「故事類型」的析論，卻也能給予這一方面的劇作有深刻的觸發，反而能使我們對元雜劇本身的特色有更清晰的認知。

　　所以，綜合上述，我們可以確知：「情節單元」與「故事類型」的分析，運用在元雜劇的研究上，確實能發揮它極大的功能與助益，爲元雜劇的研究

領域注入新的生機與活力。而本論文的撰寫目的，也就在期望能改變元雜劇之研究僅止於某個或某幾個劇目之研究的孤立情形，並突破元雜劇之研究拘泥於劇曲探討的局限，爲元雜劇之「情節單元」及「故事類型」建立一較全盤而完整的系統，以期爲元雜劇的研究開展另一新的方向，並因而對元雜劇的故事及觀眾群有更深入的瞭解。

　　本論文的撰寫，歸納整理與分析論述並重，在論文主體的第二、三、四章之各章的第二節，便都是屬於對元雜劇之「情節單元」與「故事類型」的歸納整理，這些分類歸納，實際上便是本論文所有論述分析的依據與基礎，除此之外，我想這些依不同角度所完成的分類歸納，也能爲往後在這一方面也有興趣的研究者，提供一些研究閱讀與比較分析的線索，所以，我還是詳實地把它們放在我的論文中，而爲了更方便於這些分類歸納資料的檢索與運用，我還製作了《全元雜劇》之「情節單元」與「故事類型」的檢索總表，置於附錄中，希望它們能爲這一新途徑的嘗試與開展，邁出踏實的一步。論文的撰寫，爲了求得最詳細正確的分類歸納與最精謹周延的分析論述，曾不斷修改，以期達到最理想的成果。然而，一方面由於這是一項新方式的使用與新角度的析論，另一方面又限於個人的學力與時間，我雖然盡了最大的心力，必然還有許多可再發揮與加強的部分，尚待更多研究者的參與及充實，而本文也必然還會有所缺失，尚祈方家指正。

附錄：《全元雜劇》情節單元與故事類型檢索總表

檢索條例：

1、排列順序依劇目第一個字的實際筆劃數為標準，少的在前、多的在後。例：《「花」間四友東坡夢》一劇，排在第七劃中。

2、篇目後的數字，"－"號之前的 1、2、3、4 分別代表楊家駱先生所編之《全元雜劇》的初編、二編、三編、外編，在"－"號之後的數字則表示第謀篇。例如：4-57 表示在全元雜劇外編的第 57 篇，可以找到這個劇目的原始內容。

3、「劇情大要之頁碼」的頁碼數，則是指在本論文的第某頁。

篇目名稱	情節單元	故事類型	劇情大要之頁碼
二　劃			
◎二郎神醉射鎖魔鏡 3-36	無	不成型	P176
◎二郎神鎖齊天大聖 4-57	無	不成型	P176
◎十八國臨潼鬥寶 4-1	劫持人質以達目的（10）	不成型	P26
◎十八學士登瀛州 4-31	無	不成型	P176
◎十探子大鬧延安府 3-40	無	不成型	P177
◎十樣錦諸葛論功 1-81	無	不成型	P177
◎女學士明講春秋 4-41	無	不成型	P178
◎八大王開詔救忠臣 4-35	良將先殺奸臣再開讀大赦書（10）	不成型	P27
	鬼魂托夢求報仇（3）		
	智賺帥印囚權臣（10）		
	假開聊以取罪證（10）		

三 劃			
◎下高麗敬德不伏老 2-14	偽裝賊兵刺探將領（10）	忠心的將領因偽裝的賊兵而恢復原貌　丙 3	P27
◎大婦小婦還牢末 1-58	收人贈物惹災禍（12）	不成型	P28
◎山神廟裴度還帶 1-16	繡球招招（11.B）	神使行善者改變壞命運 乙 1	P28
	善有善報（14）		
◎小張屠焚兒救母 3-3	為救母許願焚兒（9）	神保護無辜　乙 1	P29
	善惡有報（14）		
◎小尉遲將鬥將將鞭認父 3-27	無	不成型	P178
◎女姑姑說法陞堂記 4-44	無	不成型	P178
四 劃			
◎王月英元夜留鞋記 3-10	叫賣失物以尋原主（10）	死而復活的戀人　甲 7	P29
	死而復活（6）		
◎王文秀渭塘奇遇記 4-49	仕女相互鍾情中舉方成眷屬（11）	父母對向其女求婚者的考驗　丙 2	P29
	二人同夢（6）		
◎王矮虎大鬧東平府 4-60	無	不成型	P179
◎王閨香夜月四春園 1-10	字謎（13）	負責主宰自己命運的姑娘　丙 1	P30
	蒼蠅示冤（7）	動物的幫助而破案　甲 4	
◎王鼎臣風雪漁樵記 3-9	假意屈辱以激人奮發（10）	假意屈辱以激人奮發上進　丙 6	P30
		暗中的扶持　丙 3	
◎王翛然斷殺狗勸夫 3-12	殺狗勸夫（10）	以動物的屍體謊稱人屍，以試驗不可靠的朋友 丙 3	P31
◎太乙仙夜斷桃符記 4-55	桃符變女子（4）	不成型	P31
◎月明和尚度柳翠 1-51	施法術使人夢游地府（5）	瞬息京華　乙 4	P31
	神仙被罰投胎為人（2）		
五 劃			
◎布袋和尚忍字記 1-47	神仙被罰投胎為人（2）	神仙下凡以度人　乙 4	P32
◎玉清庵錯送鴛鴦被 3-4	陰錯陽差成良緣（11.B）	和一個誤認的男人締結婚約的姑娘　丙 1	P32
◎玉簫女兩世姻緣 2-16	轉世投胎再結姻緣（6）	轉世投胎　甲 7	P32
◎四丞相歌舞麗春堂 1-28	無	不成型	P179
◎田穰苴伐晉興齊 4-2	無	不成型	P179

	貌美惹禍（12）	妻美夫遭殃　丙9	
◎包待制智賺生金閣 1-64	屍提己頭而走（6）	謊稱乙物騙取甲物真象　丙6	P33
	謊稱乙物騙取甲物真象（10）		
	人捉鬼魂訴案情（6）		
◎包待智勘灰欄記 1-75	因奸害夫（12）	所羅門式的判決　丙6	P33
	衣飾嫁禍（10）		
	下毒嫁禍（10）		
	灰欄辨母（9）		
◎包待制三勘蝴蝶夢 1-12	夢蝶示意（8）	忠心的後母　丙3	P34
	以己子代他人之子受苦（9）		
◎包待制智斬魯齋郎 1-13	利用文字筆畫增添使一人成為兩人（10）	法官更改法令文書或變象解釋以懲惡人　丙6	P34
◎包待制智賺合同文字記 3-14	核對為名騙取文書（10）	以假案破真案　丙6	P35
	以假案破真案（10）		
◎包待制陳州糶米 3-24	文字計（10）	法官更改法令文書或變象解釋以懲惡人或救好人　丙6	P35
◎包龍圖智勘後庭花 1-46	鬼魂作詞，示意破案（3）	鬼魂訴冤　甲7	P36
◎立成湯伊尹耕莘 2-6	夢吞紅光未婚生子（8）	神仙兒子其母不夫而孕　甲2	P36
◎立功勳慶賞端陽 4-24	無	不成型	P180
◎半夜雷轟薦福碑 1-33	冒名替代上任為官（10）	神懲罰對其不敬者　乙1	P37
	龍神擊碑懲罰罵者（2）		
◎司馬相如題橋記 4-7	因夢允婚（8）	不成型	P37
	假意屈辱以激人奮發（10）		
六　　劃			
◎老莊周一枕蝴蝶夢 1-21	神仙被罰投胎為人（2）	神仙下凡以度人　乙4	P38
◎地藏王證東窗事犯 1-42	為惡者地獄中受苦（14）	因果輪迴終有報　乙1	P38
◎西華山陳摶高臥 1-31	無	不成型	P180
◎死生交范張雞黍 2-9	亡魂託夢報喪訊（3）	至交生死有感　甲7	P38
	靈柩不動待故人（3）		
◎玎玎璫璫盆兒鬼 3-22	瓦盆訴冤（3）	會唱歌的骨頭　甲7	P39
◎同樂院燕青博魚 1-24	無	不成型	P180
◎好酒趙元遇上皇 1-53	救人出難還救己（14）	救了人後來得到所救的人相救　丙5	P39
◎江州司馬青衫淚 1-32	用計離間騙婚（10）	被離間騙婚無意巧遇重圓　丙7	P40

◎守貞節孟母三移 3-39	爲子賢孟母三遷（9）	不成型	P40
七　　劃			
◎李太白貶夜郎 1-60	撈月身亡（12）	不成型	P40
	人遊龍宮（12）		
◎李太白匹配金錢記 2-17	故意遺物表情意（10）	不成型	P41
	繡球招親（11）		
◎李亞仙花酒曲江池 1-73	士子應舉因妓淪落妓念舊情助士中舉（9）	忠心的妓女　丙3	P41
◎李素蘭風月玉壺春 1-63	害人反助人（11.A）	忠貞的妓女　丙3	P42
		害人反助人　丙7	
◎李嗣源復奪紫泥宣 4-33	無	不成型	P181
◎杜牧之詩酒揚州夢 2-15	無	不成型	P181
◎杜蕊娘智賞金線池 1-6	無	不成型	P182
◎孝義士趙禮讓肥 2-20	爭死以求親人免禍（9）	誠信不畏死使盜賊感動因而未受害　丙8	P42
◎走鳳雛龐統掠四郡 4-13	故讓職位，使人替死（10）	不成型	P42
◎花間四友東坡夢 1-70	美人計（10）	不成型	P43
	施法術讓人入夢（5）		
◎呂洞賓度鐵柺李岳 1-65	借屍還魂（3）	不成型	P43
◎呂洞賓三醉岳陽樓 1-34	樹木托胎爲人（7）	夢或眞　乙4	P43
◎呂純陽點化度黃龍 4-54	無	不成型	P182
◎呂翁三化邯鄲店 4-53	施法術使人入夢（5）	瞬息京華　乙4	P44
◎呂蒙正風雪破窯記 1-29	繡球招親（11.B）	負責主宰自己命運的姑娘　丙1	P44
	齋後鐘激士志（10）	丈夫考驗妻子的貞操　丙3	
	得官戲妻（9）	假意屈辱以激其上進　丙6	
◎吳起敵秦掛帥印 4-4	無	不成型	P182
◎宋上皇御斷金鳳釵 1-48	掉包嫁禍（10）	救人之後得到所救的人相助　丙5	P45
◎宋大將岳飛精忠傳 4-39	無	不成型	P183
◎宋公明排九宮八卦陣 4-61	無	不成型	P183
◎狄青復奪衣襖車 3-34	無	不成型	P183
◎沙門島張生煮海 1-67	寶鍋煮海（6）	煮海寶　甲5	P45
八　　劃			
◎東堂老勸破家子弟 2-21	謹守遺託暗中扶持浪蕩子（9）	暗中的扶持　丙3	P46

◎兩軍師隔江鬥智 3-30	賠了夫人又折兵（11.A）	不成型	P46
◎長安城四馬投唐 4-23	天色昏暗中，以面具亂人視覺而破敵軍（10）	不成型	P46
	神祇化身試凡人（2）		
◎招涼亭賈島破風詩 4-26	剃度爲僧以避禍（10）	不成型	P47
◎若耶溪漁樵閑話 4-46	無	不成型	P184
◎狀元堂陳母教子 1-14	無	不成型	P184
◎虎牢關三戰呂布 2-5	無	不成型	P184
◎忠義士豫讓吞炭 2-13	以頭骨爲飲器（12）	忠貞的臣子　丙3	P47
	漆身裝癩（10）		
	吞炭改聲（10）		
	以剚衣抵殺人（12）		
◎昊天塔孟良盜骨 2-24	鬼魂托夢求救（3）	不成型	P48
◎金水橋陳琳抱粧盒 3-5	自殺以守密（9）	忠貞的臣子　丙3	P48
		兒子長大後才報仇　丙9	
◎爭報恩三虎下山 3-26	無	不成型	P185
◎周公瑾得志娶小喬 4-14	無	不成型	P185
◎河南府張鼎勘頭巾 1-61	因奸殺夫（12）	奸夫與淫婦　丙5	P48
	編騙局以探實情（10）		
◎承明殿霍光鬼諫 2-12	暗號爲訊相呼應（10）	鬼魂告密　甲7	P49
	鬼魂托夢告密（3）	忠貞的臣子　丙3	
◎孟光女舉案齊眉 3-7	假意屈辱以激人奮發（10）	假意屈辱以激人奮發上進　丙6	P49
		暗中的扶持　丙3	
九　　劃			
◎相國寺公孫汗衫記 1-40	久孕而產（6）	兒子長大後才報仇　丙9	P50
	祖拜其孫，似有人推孫起身（9）		
◎便宜行事虎頭牌 1-43	無	不成型	P185
◎看錢奴買冤家債主 1-45	神懲罰吝嗇者爲守財奴（2）	神懲罰惡者　乙1	P51
◎保成公徑赴澠池會 1-57	劫持人質得脫身（10）	不成型	P51
◎風雨像生貨郎旦 3-32	因奸害夫（12）	遭陷害不死久經淪落終團圓　丙7	P52
◎後七國樂毅圖齊 4-3	反間計（10）	不成型	P52
	火牛陣（10）		

◎洞庭湖柳毅傳書 1-78	龍女嫁人（6）	感恩的龍公主　甲2	P53
	龍變蛇（4）		
	人遊龍宮（6）		
◎施仁義劉弘嫁婢 3-21	善惡有報（14）	神使行善者改變壞命運 乙1	P53
◎神奴兒大鬧開封府 3-28	鬼魂托夢（3）	鬼魂訴冤　甲7	P54
	鬼魂訴冤（3）		
◎降桑椹蔡順孝母 1-59	冬變春使桑樹結果（1）	神使有孝心的人願望實現　乙1	P54

十　劃

◎時眞人四聖鎖白猿 4-56	猿變人（4）	不成型	P54
◎晉文公火燒介子推 1-68	下毒嫁禍（10）	不成型	P55
	以身代死救人苦難（9）		
	割股療飢（9）		
	放火搜人（12）		
	爲明志寧燒死（12）		
◎晉陶母剪髮待賓 2-22	無	不成型	P186
◎秦月娥誤失金環記 4-50	仕女相互鍾情中舉方成眷屬（11）	父母對向其女求婚者的考驗　丙2	P55
◎秦脩然竹塢聽琴 1-22	設計激士求取功名（10）	暗中的扶持　丙3	P55
		謊稱其女友爲女鬼激士離開求上進　丙6	
◎破幽夢孤雁漢宮秋 1-30	自殺以示忠誠（9）	不成型	P50
◎破苻堅蔣神靈應 1-25	神靈助戰草木成軍（2）	神幫助祂的信仰者　乙1	P56
◎馬丹陽三度任風子 1-35	摔死己子以示決心（12）	夢或眞　乙4	P56
◎馬授擂打聚獸牌 4-8	聚獸牌（6）	不成型	P57
◎莽張飛大鬧石榴園 4-16	設晏爲名捕來賓（10）	不成型	P57
	暗號爲訊捕來者（10）		
◎㑳梅香騙翰林風月 2-3	設計激士求取功名（10）	父母對向其女求婚者的考驗　丙2	P57
◎徐伯株貧富興衰記 4-47	爲惡遭神罰（2）	神懲罰惡者　乙1	P58
◎徐懋功智降秦叔寶 4-29	無	不成型	P186
◎唐李靖陰山破虜 4-32	無	不成型	P186
◎唐明皇秋夜梧桐雨 1-18	馬踐罪人屍首方始前進（6）	不成型	P58
◎迷青瑣倩女離魂 2-4	魂離軀體成二身（3）	魂離軀體成二身　甲7	P58
◎凍蘇秦衣錦還鄉 3-8	假意屈辱以激人奮發（10）	假意屈辱以激人奮發上進　丙6	P59
		暗中的扶持　丙3	

◎海門張仲村樂堂 3-41	下毒嫁禍（10）	不成型	P59
十 一 劃			
◎硃砂擔滴水浮漚記 3-20	浮漚爲證魂擒兇手（17）	陽光下眞象大白　丙8 神懲罰惡者　　乙1	P60
◎曹操夜走陳倉路 4-11	刺字於身以譏辱（12） 知人心事惹禍上身（12） 喬裝脫逃（10）	不成型	P60
◎崔府君斷冤家債主 1-49	施法使活人夢游地府（5） 投胎討（還）債（14） 爲惡者地獄中受苦（14）	因果輪迴終有報　乙2	P61
◎眾僚友喜賞浣花溪	無	不成型	P187
◎崔鶯鶯待月西廂記 1-27	一見鍾情（6）	父母對向其女求婚者的 考驗　丙2	P61
◎救孝子賢母不認屍 1-23	以己子代他人之子受苦難 （9）	忠貞的後母　丙6	P62
◎望江亭中秋切鱠 1-7	美人計（10）	以美色誘人以達目的 丙6	P63
◎梁山五虎大劫牢 4-58	設計陷害再相救（10）	不成型	P63
◎梁山七虎鬧銅臺 4-59	設計陷害再相救（10）	不成型	P63
◎梁山泊黑旋風負荊 1-66	冒名嫁禍（10） 挖心梟首（12）	不成型	P64
◎諸宮調風月紫雲亭 1-72	無	不成型	P187
◎逞風流王煥百花亭 3-31	妓念舊情助郎投軍（9）	忠貞的妓女　丙3	P64
◎清廉官長勘金環 4-45	無	不成型	P187
◎張子房圯橋進履 1-26	黃石授書	不成型	P65
◎張天師斷風花雪月 1-71	無	不成型	P188
◎張于湖誤宿女眞觀 4-40	被告反得助（11.A）	不成型	P65
◎張公藝九世同居 3-18	憐人反助己（14）	幫助人後來得到所助者 的幫助　丙5	P65
◎張鼎智勘魔合羅 1-76	下毒嫁禍（10） 同語異事使其誤此爲彼 （10）	以假案破眞案　丙6	P66
◎張翼德單戰呂布 4-15	無	不成型	P188
◎張翼德三出小沛 4-20	無	不成型	P188
◎張翼德大破杏林莊 4-21	無	不成型	P189
◎尉遲恭三奪槊 1-79	無	不成型	P189
◎尉遲恭單鞭奪槊 1-80	無	不成型	P189
◎尉遲恭鞭打單雄信 4-30	無	不成型	P190
◎陶淵明東籬賞菊 4-22	無	不成型	P190

◎陶學士醉寫風光好 1-82	美人計	不成型	P66
◎陳季卿悟道竹葉舟 2-18	施法術竹葉變船（5）	瞬息京華　乙4	P67
	仙人知人夢境（2）		
十 二 劃			
◎散家財天賜老生兒 1-62	無	不成型	P190
◎雁門關存孝打虎 2-19	夢虎咬得猛將（8）	不成型	P67
◎雲臺門聚二十八將 4-9	指倒城牆（6）	不成型	P67
	神衹化身以助人（2）		
	貴人睡時顯蛇鑽七竅相（6）		
	烏鴉引路（7）		
	猛虎變驢（4）		
	聚獸牌（6）		
◎董秀英花月東牆記 1-20	一見鍾情（6）	父母對向其女求婚者的考驗　丙2	P68
◎黑旋風雙獻功 1-54	下毒救人（10）	不成型	P62
	暗號爲訊相呼應（10）		
	僞裝身分以殺人（10）		
◎開壇闡教黃梁夢 1-36	施法術讓人入夢（5）	瞬息京華　乙4	P68
◎程咬金斧劈老君堂 2-8	因人盡忠不究前嫌（9）	因人盡忠不究前嫌　丙3	P69
◎須賈諕范睢 1-56	憐人反救己（17）	用凶手當初害人的方法報復凶手　丙9	P69
	以其人之道還制其人（17）		
◎焦光贊活拿蕭天佑 4-38	無	不成型	P191
◎詐妮子調風月 1-4	無	不成型	P191
◎陽平關五馬破曹 4-12	知人心事惹禍上身（14）	不成型	P70
	喬裝逃脫（10）		
	喬裝替死（9）		
十 三 劃			
◎楚昭公疏者下船 1-44	捨己救人（9）	不成型	P70
	龍王救人（2）		
	寶劍自飛（6）		
◎感天動地竇娥冤 1-5	陰錯陽差（11.A）	鬼魂訴冤　甲7	P71
	冤死者屍血上噴不著地（12）	忠貞的媳婦　丙9	
	六月飛雪（1）		
	護婆婆媳婦甘蒙冤（9）		
	鬼魂托夢助破案（3）		
◎楊六郎調兵破天陣 4-36	因圓夢以解圍（8）	不成型	P71
	以貌似者替死以保命（10）		

◎閔闖舞射柳蕤丸記 3-23	無	不成型	P191
◎溫太眞玉鏡台 1-8	爲己求婚空設新郎（10）	不成型	P72
◎運機謀隨何騙英布 4-5	詐言騙局以勸降（10）	不成型	P72
十　四　劃			
◎趙氏孤兒大報仇 1-52	自殺以守密（9）	忠貞的臣子　丙3	P73
	以己子代他人之子受死（9）	兒子長大後才報仇　丙9	
◎趙匡胤打董達 4-42	無	不成型	P192
◎趙匡義智娶符金錠 3-17	繡球招親（11.B）	以假護眞事終成　丙6	P73
	假新娘（10）		
◎趙盼兒風月救風塵 1-9	美人計（10）	以假護眞事終成　丙6	P74
◎輔成王周公攝政 2-1	發願以身代死（9）	不成型	P74
	以妻兒爲人質示忠誠（9）		
◎壽亭侯怒斬關平 4-18	無	不成型	P192
◎閨怨佳人拜月亭 1-3	亂點鴛鴦（11.B）	亂點鴛鴦　丙7	
◎裴少俊牆頭馬上 1-19	一見鍾情（6）	不成型	P75
◎說鱄諸伍員吹簫 1-50	自殺以守密（9）	忠心的朋友　丙3	P75
◎漢高皇濯足氣英布 1-77	無	不成型	P192
◎漢鍾離度脫藍彩和 3-37	眾人皆老唯己年少如昔（6）	不成型	P76
十　五　劃			
◎醉思鄉王粲登樓 2-2	假意屈辱以挫人傲氣（10）	暗中的扶持　丙3	P76
		假意屈辱以激人奮發上進　丙6	
◎蕭何月夜追韓信 2-11	胯下之辱（14）	不成型	P77
	一飯之恩（9）		
◎劉千病打獨角牛 3-13	無	不成型	P193
◎劉夫人慶賞五侯宴 1-15	母親拜子，似有人推子起身（9）	不成型	P77
◎劉玄德獨赴襄陽會 1-55	馬躍大溪帶人脫困（7）	不成型	P77
◎劉玄德醉走黃鶴樓 2-23	馬能躍溪（7）	忠貞的臣子　丙3	P78
	僞裝身分以救人（10）		
	假誓毀令箭絕人退路（10）		
◎劉關張桃園三結義 4-19	耳垂過肩、手長過膝（6）	不成型	P78
	貴人睡時顯蛇鑽七竅相（6）		
◎魯大夫秋胡戲妻 1-74	秋胡戲妻（9）	丈夫考驗妻子的貞操　丙3	P80
◎魯智深喜賞黃花峪 3-43	信物爲證得以獲救報仇（10）	不成型	P80
◎錦雲堂美女連環記 3-16	美女離間計（10）	以美色誘人以達目的　丙6	P80

◎諸葛亮博望燒屯 3-1	佯敗誘敵以火攻（10）	不成型	P81
	炊煙欺敵得脫困（10）		
◎鄭月蓮秋夜雲窗夢 3-11	妓念舊情助士中舉（9）	忠貞的妓女　丙3	P81
◎鄭孔目風雪酷寒亭 1-38	救人出難還救己（14）	救人之後得到所救的人相救　丙5	P81
◎鄧夫人苦痛哭存孝 1-17	以其人之道還制其人（14）	用凶手當初害人的方式報復凶手　丙8	P82
◎鄧禹定計捉彭寵 4-10	無	不成型	P193
十　六　劃			
◎賢達婦龍門隱秀 4-25	睡時成虎形顯富貴相（6）	不成型	P82
◎薛仁貴衣錦還鄉 1-39	無	不成型	P193
◎薛包認母 4-48	無	不成型	P194
◎穆陵關上打韓通 4-43	無	不成型	P194
◎瘸李岳詩酒翫江亭 3-42	施法術讓人入夢以度脫（5）	瞬息京華　乙4	P83
◎錢大尹智寵謝天香 1-11	假意屈辱以激人奮發（10）	假意屈辱以激人奮發上進　丙6	P79
	機智不言避諱（10）	避諱　丙6	
	暗中的扶持（9）	暗中的扶持　丙3	
◎隨何賺風魔蒯通 3-25	佯裝瘋顛求免禍（10）	言功爲過而脫罪　丙6	P83
十　七　劃			
◎壓關樓疊掛午時牌 4-34	無	不成型	P194
◎薩眞人夜斷碧桃花 3-15	借屍還魂（3）	借屍還魂　甲7	P83
◎鍾離春智勇定齊 2-7	夢兆得人（8）	不成型	P84
	操響蒲琴（10）		
	碎解玉連環（10）		
	刺字於身以譏辱（12）		
◎謝金吾詐拆清風府 3-29	增添筆劃以害人（10）	不成型	P84
◎謝金蓮詩酒紅梨花 1-69	設計激士求取功名（10）	暗中的扶持　丙3	P85
		謊稱其女友爲鬼騙士離開求上進　丙6	
◎講陰陽八卦桃花女 2-25	施法術令人壽盡不死（5）	兩術士鬥法　甲1	P85
	施法術避凶煞（5）		
	施法術令人死而復生（5）		
◎龍濟山野猿聽經 3-35	猿變人（4）	不成型	P86
十　八　劃			
◎臨江驛瀟湘夜雨 1-37	誣妻爲奴（9）	貪榮害妻　丙4	P86
◎韓元帥暗度陳倉 4-6	明修棧道暗度陳倉（10）	不成型	P86
◎鯁直張千替殺妻 3-2	因奸害（殺）夫（12）	奸夫與淫婦　丙4	P87

◎魏徵改詔風雲會 4-28	改文字助人脫罪（10）	法官更改法令文書或變象解釋以懲惡人或救好人　丙6	P87
◎摩利支飛刀對箭 3-38	無	不成型	P195
十　九　劃			
◎蘇子瞻風雪貶黃州 1-83	無	不成型	P195
◎蘇子瞻醉寫赤壁賦 3-33	能知身後事（6）	不成型	P87
◎羅李郎大鬧相國寺 1-41	無	不成型	P196
◎關大王獨赴單刀會 1-1	劫持人質得脫身（10）	不成型	P88
◎關張雙赴西蜀夢 1-2	鬼魂托夢求報仇（3）	鬼魂求報仇　甲7	P88
◎關雲長千里獨行 3-6	假裝送客暗設伏兵（10）	不成型	P88
	下毒謀害（10）		
◎關雲長單刀劈四寇 4-17	無	不成型	P196
◎關雲長大破蚩尤 4-37	無	不成型	P196
二　十　劃			
◎嚴子陵垂釣七里灘 2-10	無	不成型	P197
◎龐涓夜走馬陵道 3-19	以比計謀高低爲計（10）	害人後來得到被害者的報復　丙5	P89
	減灶添兵誘敵（10）		
◎釋迦佛雙林坐化 4-51	無	不成型	P197
二　十　四　劃			
◎觀音菩薩魚藍記 4-52	神仙化人以度脫（2）	神仙下凡以度人　乙4	P89

主要參考書目

一、古典文獻

1. 春秋・孔丘撰；宋・朱熹集註，蔣伯潛廣解《四書讀本・論語》，台北：啓明書局。

2. 春秋・左丘明撰《左傳》，台北：藝文印書館（《十三經注疏》之 6）。

3. 戰國・孟軻撰；宋・朱熹集註，蔣伯潛廣解《四書讀本・孟子》，台北：啓明書局。

4. 秦・呂不韋撰《呂氏春秋》，台北：藝文印書館，1974。

5. 西漢・司馬遷撰《史記》，楊家駱主編，台北：鼎文書局。

6. 東漢・班固撰《漢書》，楊家駱主編，台北：鼎文書局。

7. 東漢・于吉編撰《太平經》合校，台北：鼎文書局，1979。

8. 晉・陳壽撰《三國志》，楊家駱主編，鼎文書局（台北）。

9. 南朝宋・范曄撰《後漢書》，楊家駱主編，台北：鼎文書局。

10. 南朝宋・劉義慶撰《世說新語》，嚴一萍輯，百部叢書集成初編之第 58 部：惜陰軒叢書之第 9 函。

11. 宋・劉昫撰《舊唐書》，楊家駱主編，台北：鼎文書局。

12. 宋・歐陽修撰《五代史》，楊家駱主編，台北：鼎文書局。

13. 宋・歐陽修撰《新唐書》，楊主駱主編，台北：鼎文書局。

14. 元・周德清著《中原音韻》，台北：廣文書局，1960

15. 元・脫脫撰，後漢・高誘注《宋史》，楊家駱主編，台北：鼎文書局。

16. 元・夏庭芝著《青樓集》，《中國古典戲曲論著集成》編入第二集，北京：中國戲劇出版社，1959。

17. 元・胡祇遹著《紫山大全集》，四庫全書珍本（四集）（別集）。

18. 明・朱權著《太和正音譜》，台北：學海出版社，1980。

19. 明・呂天成著《曲品》，《中國古典戲曲論著集成》編入第六集，北京：中國戲劇出版社，1959。

20. 明・宋濂撰《元史》，楊家駱主編，鼎文書局（台北）。

21. 明・祁彪佳著，《遠山堂曲品》、《遠山堂劇品》，《中國古典戲曲論著集成》編入第六集，北京：中國戲劇出版社，1959。

22. 清・李漁著《閒情偶寄》，台北：長安出版社，1979。

一、近人專著

1. 丁乃通著，鄭建成、李倞、商孟可、白丁合譯《中國民間故事類型索引》，北京：中國民間文藝出版社，1986.07。

2. 于成鯤著《中西喜劇研究——喜劇性與笑》，上海：學林出版社，1992.10。

3. 王利器輯《元明清三代禁毀小說戲曲史料》，上海：上海古籍出版社，1981。

4. 王忠林等合著《中國文學史初稿》，台北：福記文化圖書有限公司，1985.05三版。

5. 王明蓀著《元代的士人與政治》，台北：學生書局，1992.03。

6. 王國維著《王國維戲曲論文集》，台北：里仁書局，1983.09。

7. 王麗娜編著《中國古典小說戲曲名著在外國》，上海：學林出版社，1988.08。

8. 天津市古籍書店影印《曲海總目提要》，天津市：天津市古籍書店，1992.06。

9. 田仲一成（日）著，錢杭、任余白譯《中國的宗族與戲劇》，上海：上海古籍出版社，1992.08。

10. 吉川幸次郎（日）著，鄭清茂譯《元雜劇研究》，台北：藝文印書館，1987.10四版。

11. 別林斯基（俄）著《詩的分類》，北京：文化戲劇出版社，1981。

12. 余秋雨著《中國戲劇文化史述》，駱駝出版社（台北），1987.08。

13. 李肖冰、黃天驥、袁鶴翔、夏寫時著《中國戲劇起源》，上海：知識出版社，1990.05。

14. 李榮鋆著《舞台上的歷史人物》，台北：台灣商務印書館，1986。

15. 吳毓華著《古代戲曲美學史》，北京：文化藝術出版社，1991.08。

16. 沈堯著《戲曲與戲曲文學論稿》，北京：中國戲劇出版社，1986.10。

17. 青木正兒（日）著，隋樹森譯《元人雜劇序說》，台北：長安出版社，1981.11。

18. 周良宵、顧菊英著《元代史》，上海：上海人民出版社，1993.10。

19. 金榮華著《六朝志怪小説情節單元分類索引》，台北：中國文化大學中文研究所，1984。

20. 金榮華著《比較文學》，台北：福記文化圖書公司，1991.09 再版。

21. 孟瑤著《中國戲曲史》，台北：傳記文學出版社，1970。

22. 季羨林著《比較文學與民間文學》，北京：北京大學出版社，1991.07。

23. 胡世厚、鄧紹基主編《中國古代戲曲家評傳》，鄭州：中州古籍出版社，1992.07。

24. 胡適著《文學改良芻議》，（原《胡適文存》第一集第一卷，台北：遠流出版公司，收入《胡適作品集》3），1986.03。

25. 俞爲民著《宋元南戲考論》，台北：台灣商務印書館，1994.09。

26. 施淑青《西方人看中國戲劇》，台北：聯經出版事業公司，1976。

27. 段寶林著《中國民間文學概論》，北京：北京大學出版社，1985.10。

28. 馬丁、艾思林（英）著《戲劇剖析》，北京：中國戲劇出版社，1981。

29. 夏寫時著《論中國戲劇批評》，濟南：齊魯書社，1988.10。

30. 耿湘元著《水滸戲曲論集》，台北：世紀書局，1979。

31. 耿湘沅著《元雜劇所反映之時代精神》，台北：文史哲出版社，1987.07。

32. 孫述宇著《水滸傳的來歷、心態與藝術》，台北：時報出版社，1983.10。

33. 孫楷第著《元曲家考略》，台北：文史哲出版社，1989.06。

34. 洪忠煌著《戲劇意象》，天津：南開大學出版社，1991.08。

35. 張庚、蓋叫天著《戲曲美學論文集》，台北：丹青圖書有限公司。

36. 張相著《詩詞曲語辭匯釋》，台北：台灣中華書局，1989.09。

37. 張淑香著《元雜劇中的愛情與社會》，台北：長安出版社，1980。

38. 曹其敏著《戲劇美學》，北京：人民出版社，1991.10。

39. 許金榜著《中國戲曲文學史》，北京：中國文學出版社，1994.05。

40. 范常華著《元代報冤類雜劇研究》，高雄：復文出版社，1995。

41. 曾永義著《參軍戲與元雜劇》，台北：聯經出版社事業公司，1982.04。

42. 曾永義著《說俗文學》，台北：聯經出版事業公司，1984.12 二次印行。

43. 曾永義著《說戲曲》，台北：聯經出版事業公司，1977（台北）二版。

44. 黃敬欽著《元劇評論》，台北：楓城圖書出版社，1979。

45. 黑格爾著，朱光潛譯《美學》，北京商務印書館，1979。

46. 彭修銀著《中西戲劇美學思想比較研究》，武漢市：武漢出版社，1994.05。

47. 楊家駱主編《全元雜劇初編》，台北：世界書局，1984.03 三版。

48. 楊家駱主編《全元雜劇二編》，台北：世界書局，1988.10 三版。

49. 楊家駱主編《全元雜劇三編》，台北：世界書局，1973.03 再版。

50. 楊家駱主編《全元雜劇外編》，台北：世界書局，1974.05 再版。

51. 趙山林著《中國戲曲觀眾學》，上海：華東師範大學出版社，1990.06。

52. 寧宗一、陸林、田桂民編《元雜劇研究概述》，天津：天津教育出版社，1987.12。

53. 魯迅著〈中國小說的歷史變遷〉，收入《魯訊全集》第九卷，北京：人民文學出版社，1981。

54. 劉大杰編著《中國文學發展史》（校訂本），台北：華正書局，1983。

55. 劉輝著《小說戲曲論集》，台北：貫雅文化事業有限公司，1992.03。

56. 劉靖之著《關漢卿三故事雜劇研究》（二版），香港：三聯書店，1987.02。

57. 董鼎銘著《歷史劇本事考》，台北：台灣商務印書館，1987.01。

58. 葉朗著《中國美學史大綱》，台北：滄浪出版社，1986.09。

59. 郭漢成、張庚著《中國戲曲通史》，台北：丹青圖書有限公司。

60. 潭源材著《中國古典戲曲學論稿》，瀋陽：春風文藝出版社，1993.6。

61. 陳宗樞著《佛教與戲劇藝術》，天津人民出版社，1992.12。

62. 蔣國榮著《中國劇詩美學風格》，台北：丹青圖書有限公司。

63. 韓幼德著《戲曲表演美學探索》，台北：丹青圖書有限公司，1987.02。

64. 顏天佑著《元雜劇所反映之元代社會》，台北：華正書局，1984。

65. 羅錦堂著《元雜劇本事考》，台北：順先出版社。

66. 譚帆、陸煒著《中國古典戲劇理論史》，北京：中國社會科學出版社，1993.04。

67. 譚達先著《中國民間戲劇研究》，台北：木鐸出版社，1980.09。

68. 譚達先著《民間文學與元雜劇》，台北：台灣學生書局，1984.06。

69. 譚達先著《中國民間文學概論》，台北：貫雅文化事業有限公司，1992.07。

70. 譚達先著《講唱文學‧元雜劇‧民間文學》，台北：貫雅文化事業有限公司，1983.06。

71. 藍凡著《中西戲劇比較論稿》，上海：學林出版社，1992.11。

72. 鄭傳寅著《中國戲曲文化概論》，武漢大學出版社，1993.08。

73. 鄭傳寅著《傳統文化與古典戲曲》，湖北教育出版社，1990.08。

74. 顧學頡、王學奇著《元曲釋詞》，北京：中國社會科學出版社，1983.11。

二、碩博士論文

1. 李順翼《元代士人劇研究》，東吳中文所碩士論文，78.05。

2. 李相詰《元代風情劇研究》，師大國文所碩士論文，76.05。

3. 吳秀卿《元代文人故事劇研究》，台大中文所碩士論文，72.06。

4. 何美齡《關漢卿雜劇研究》，輔大中文所碩士論文，67.05。

5. 林逢源《三國故事劇研究》，政大中文所博士論文，71.06。

6. 柯秀沈《元雜劇的劇場藝術》，台大中文所碩士論文，77.06。

7. 洪淑苓《關公「民間造型」之研究——以關公傳說爲重心的考察》，師大國文所博士論文，83。

8. 秦慧珠《元代家庭劇研究》，輔大中文所碩士論文，68.05。

9. 翁文靜《包拯故事研究》，輔大中文所碩士論文，78.06。

10. 梁美意《三國故事戲曲之研究》，師大國文所碩士論文，69.05。

11. 張忠良《薛仁貴故事研究》，師大國文所碩士論文，71.06。

12. 許玫芳《元雜劇「趙氏孤兒」與服爾德「中國孤兒」因緣關係之研究》，師大國文所碩士論文，73.04。

13. 渡邊雪羽《元雜劇中的道教劇研究》，台大中文所碩士論文，75.10。

14. 齊曉楓《元代公案劇研究》，輔大中文所碩士論文，64.05。

15. 趙幼民《元代度脫劇研究》，輔大中文所碩士論文，66.05。

16. 蒲麗惠《秋胡戲妻故事研究》，文大中文所碩士論文，77.06。

17. 廖玉蕙《柳毅傳書與張生煮海研究》，東吳中文所碩士論文，67.05。

18. 劉惠萍《桃花女鬥周公故事研究》，文大中文所碩士論文，81.06。

19. 陳兆南《水滸故事之源流演變及其影響研究》，文大中文所碩士論文，72.02。

20. 陳宇碩《何仙姑故事研究》，東海碩士論文，73.11。

21. 陳秀芳《元雜劇中夢的使用及其意義》，台大中文所碩士論文，63。

22. 陳美雪《元雜劇神話情節研究》，輔大中文所碩士論文，67.05。

23. 陳桂芬《元代歷史劇及其時代意義》，輔大中文所碩士論文，67.05。

24. 陳桂雲《楊貴妃故事之研究》，文大中文所碩士論文，75.01。

25. 潘麗珠《「元曲選」百種雜劇情結結構分析》，師大國文所博士論文，81.01。

26. 謝碧霞《水滸戲曲二十種研究》，台大中文所碩士論文，67.06。

27. 鄔錫芬《王昭君故事研究》，東海碩士論文，70.04。

28. 譚美玲《元代仕隱劇研究》，輔大中文所碩士論文，78.06。

28. 鄭瑞山《水滸人物論》，東海中文所碩士論文，64。

30. 鄭義源《元雜劇歷史戲之研究》，政大中文所碩士論文，78.06。

31. 鄭黛瓊《元雜劇和南戲之丑腳研究》，文大藝研所碩士論文，77。

三、期刊論文

1. 沈堯〈再現、表現和戲曲的第三種〉,《中華戲曲》第 5 輯,太原:山西人民出版社。

2. 金榮華〈對湯普遜「民間文學情節單元索引」中歸類排列的幾點商榷〉,《漢學研究》第八卷第 1 期,1980.06。

3. 紀庸〈元雜劇之題材〉,《國文月刊》第 71 期。

4. 姚一葦〈元雜劇中之悲劇觀初探〉,《中外文學》第四卷第 4 期,1975.09。

5. 柳無忌〈論元人劇本中特出的平民性〉,《清華月報》新七卷 2 期,1969.08。

6. 耿湘沅〈元雜劇作者之身分與地位〉,《中華學苑》第 35 期。

7. 張庚〈中國戲曲在農村的發展以及它與宗教的關係——在戲曲研究所的講話〉,《戲曲研究》46 輯,北京:文化藝術出版社,1993.06。

8. 梁積榮〈元雜劇中的水滸戲〉,《山西師院學報》,1980.03。

9. 黃天驥〈元劇「沖末」「外末」辨釋〉,《中山大學(大陸)學報》,1964.02。

10. 麼書儀〈元雜劇中的「神仙道化」戲〉,《文學遺產》,1980.03。

11. 趙山林〈論戲曲觀眾審美趣味和審美層次的差異性〉,《中華戲曲》第 14 輯,1993.08。

12. 葉胥等著〈元雜劇中的三國戲與《三國演義》〉,《文學遺產》,1983.04。

13. 蔡美彪〈南戲《錯立身》之時代與北曲之南傳〉,元史論叢第五輯,北京:中國社會科學出版社,1993.08。

14. 劉淑爾〈論「曲江池雜劇」之故事演變的內蘊意義〉,《勤益學報》第 12 期,1994.11。

15. 劉淑爾〈「情節單元」在元雜劇研究上的運用意義〉,《勤益學報》第 13 期,1996.02。

16. 陸林〈元雜劇喜劇研究綜述〉,《中華戲曲》第 4 輯,太原:山西人民出版社。

17. 潘麗珠〈戲曲藝術中的角色功能〉,《師大國文學報》第 20 期。

18. 羅錦堂〈論元人雜劇之分類〉,《新亞學報》第四卷第 2 期,1960.02。

四、外文著作

1. Stith Thompson.《Motif-Index of Folk-Literature》. Revised and enlarged edition. Bloomington: Indiana University Press,1955,6vols.

2. Stith Thompson.《The Types of The Folktale》(FF Communications No.184), Second Revision. Helsinki: Academia Scientiarum Fennica,1973.